艺术之眼

The Eyes of the World

〔美〕哈罗德·贝尔·赖特——著
黄一瑜 黄林辰——译

人民日报出版社
·北京·

图书在版编目（CIP）数据

艺术之眼 /（美）哈罗德·贝尔·赖特著；黄一瑜，黄林辰译著. —北京：人民日报出版社，2021.1
ISBN 978-7-5115-6609-6

Ⅰ.①艺… Ⅱ.①哈… ②黄… ③黄… Ⅲ.①长篇小说—美国—现代 Ⅳ.①I712.45

中国版本图书馆CIP数据核字（2020）第213341号

| 书　　名：艺术之眼
| YISHU ZHIYAN
| 著　　者：（美）哈罗德·贝尔·赖特　著　黄一瑜　黄林辰　译著
| 出 版 人：刘华新
| 责任编辑：袁兆英　刘　悦
| 封面设计：刘　伟
| 出版发行：人民日报出版社
| 社　　址：北京金台西路2号
| 邮政编码：100733
| 发行热线：（010）65369527　65369512　65369509　65369510
| 邮购热线：（010）65369530
| 编辑热线：（010）65363105
| 网　　址：www.peopledailypress.com
| 经　　销：新华书店
| 印　　刷：大厂回族自治县彩虹印刷有限公司
| 法律顾问：北京科宇律师事务所　010-83622312
| 开　　本：880mm×1230mm　1/32
| 字　　数：256千字
| 印　　张：13
| 版次印次：2021年1月第1版　2021年1月第1次印刷
| 书　　号：ISBN 978-7-5115-6609-6
| 定　　价：48.00元

The Eyes of the World 目 录

第一章　　　他的遗产 / 001

第二章　　　毁容的女人 / 009

第三章　　　著名的康拉德·拉格朗日 / 021

第四章　　　费尔兰高地的别墅 / 040

第五章　　　玫瑰园之谜 / 052

第六章　　　未知的朋友 / 067

第七章　　　穿灰色贵格会礼服的泰恩夫人 / 076

第八章　　　似是而非的肖像画 / 086

第九章　　　康拉德·拉格朗日的奇遇 / 096

第十章　　　夜半悲泣 / 111

第十一章　　照镜子去吧，蠢货 / 121

第十二章　　初尝羞耻之果 / 132

第十三章　　迈拉·威拉德的挑战 / 138

第十四章　　在山里　/　148

第十五章　　森林管理员的故事　/　161

第十六章　　峡谷之门关闭时　/　173

第十七章　　泉边空地上的自白　/　182

第十八章　　西比尔·安德烈斯和蝴蝶　/　192

第十九章　　三件礼物　/　198

第二十章　　迈拉的祈祷和森林管理员的警告　/　206

第二十一章　　最后的攀登　/　215

第二十二章　　即将到来的阴影　/　224

第二十三章　　又在峡谷门外　/　231

第二十四章　　詹姆斯·拉特利奇犯了一个错误　/　234

第二十五章　　在管道线小径上　/　245

第二十六章　　我要你保持原样　/　253

第二十七章　　答案　/　263

第二十八章　　你被毁了，我的孩子　/　272

第二十九章	不祥的预兆 / 281
第三十章	同一时间 / 297
第三十一章	正如世人所见 / 302
第三十二章	神秘的失踪 / 313
第三十三章	搜索开始 / 324
第三十四章	花岗岩峰上的脚印 / 333
第三十五章	一条艰难的道路 / 341
第三十六章	他该怎么办？ / 356
第三十七章	那个男人疯了 / 364
第三十八章	不可避免的冲突 / 373
第三十九章	更好的方式 / 379
第四十章	面对真相 / 387
第四十一章	野兽的印记 / 399
第四十二章	亚伦·金的成功 / 405

第一章
他的遗产

凛冬，冰雪交加，树木凋敝，乌云密布，寒风刺骨。

这是一座承载了国家历史文化的古城，曾经孕育出许多教育、宗教、科学和艺术界的翘楚。在这座城的一条老街上，坐落着一幢古老的宅邸。

在我的故事开始之前——随着岁月变迁，这位女士原来的邻居好友们大多随着年青一代搬到更新潮的地区居住。在这座上一辈曾经居住过的城市中，没剩几个老伙伴了，能记得她的人更是寥寥无几；那些过去经常在她家客厅齐聚一堂并高谈阔论的文艺界的宗师们相继逝去，仅给后代留下了鸿篇巨制和显赫声名；而这些宗师的后人们，早已在物欲洪流中忘记了她曾在流金岁月中给予他们的款待和友谊。

这位女士租住的公寓里近乎空无一物，令人心酸。原有的艺术珍品和贵重的奢侈品早已荡然无存。即便家徒四壁，房间里仅有的几件生活必需品的搭配摆放，仍彰显出这位奄奄一息的女房客才智过人、品位高雅。

枕头上那张因病消瘦的脸毫无生气。女房客双目紧闭，眼窝深陷，前额瘦薄，颧骨突出，鼻梁瘦削，嘴唇发青，两颊凹陷，面容憔悴。但是这张脸依然轮廓优美，比例精致，俨然一副贵妇的模样。女房客那毫无血色的双唇仍在颤抖着，是她仅有的一丝生命迹象。她凭借不屈不挠的意志，正用尽全力挤出只言片语。

"今……今天……他会……来。"细碎断续的自语，仍然充满自豪和喜悦的色彩。

身穿护士服的年轻女子从窗边迅速回过身来，迈着职业的脚步轻快地穿过房间，在床边俯下身，训练有素地握住女房客骨瘦如柴的手腕，用缓慢而明确、清晰而冷静的专业语气，恭敬地问道："什么事，夫人？"

女房客那深陷紧闭的双眼睁开了，恰似一束阳光照进忽然开启的坟墓之门，点亮了她死灰般的脸。从她那双清明、灼热的眼睛里，护士看到了强大的个人意志；从她那幽深的双目中，护士还看到了最后一簇生命之火被聚拢在一起，由非凡的坚韧和执着的信念小心呵护着。生命垂危之际，女房客不愿死——也不能死——直到她赖以支撑的目标达成。死神虽然扼住了她，但她正迫使死神停手——即便生命之火即将燃尽，她仍和死神对峙着。

太神奇了！护士帽下那张温柔的脸微笑着，流露出钦佩和赞赏，同情和理解。

"我的儿子……我的儿子……今天……会来。"女房客的声音变得有力，眼神流露出不容置疑的坚定信念。

护士看了看表，"今天凌晨船就该到纽约了，夫人。"

外面大厅响起了脚步声，护士马上侧身看向门口。但女房客说："是医生。"她眼眸里燃烧的火焰再次被疲倦笼罩。

头发花白的医生正和护士在房间的另一端低声交谈。医生不可置信地问道："你说病情没有一点儿恶化？"

"毫无变化。"护士轻呼一声，"这太神奇了。"

"她头脑清醒？"

"好像没病似的。"

医生拿过护士的记录表，默默地审视片刻，然后惊奇地把记录表还给了护士："上帝！护士，"他低声说道，"她现在本应该在坟墓里！这真是个奇迹！但她一直都是这样……"医生带着困惑和钦佩的表情望向房间另一头的病床，自言自语，"总是这样。"

医生不慌不忙地走向护士为他摆好的椅子，静静地坐在病人旁边。他带着强烈的好奇俯下身，满是白发的头低着，以超出职业的关怀注视着枕头上那张消瘦的脸。

医生清楚地记得，在这位女士年轻健康的时候，这般精心雕琢的容貌曾经拥有非常难得而又可爱的光芒，此刻却因悲伤而憔悴，因疾病而黯淡，在濒临死亡时如此惨白。他回忆起她当新娘的那天，是那么甜美而高贵。当他再次见到她时，她的脸上闪耀着喜悦和神圣的母性光辉。

这位年迈的医生转过身去，哀伤的目光扫视着这间即将见证死亡的房间。

为什么这样的一位女士竟要这般死去？为什么一位拥有如此深厚内涵及才智禀赋的人——拥有可观的财富和文化修养的人——竟在一贫如洗中走向人生终点？

医生是少数知情人之一，是少数几个理解这位女士的人，这种人生变化对她来说是必然的。

曾经有些人并不理解她的所作所为，并因为过去的交情而给她提供物质保障，让她能再次过上年轻时习以为常的贵族生活。医生知道有这么一个人——是她的青梅竹马，现今是位著名的作家——即使远隔万里，他也会漂洋过海来照顾她。在她人生悲惨的日子里，他也竭尽所能地帮助她。后来，他明白了她的用意——所以就离开了。这位女士的儿子还被蒙在鼓里——即使他回来了，知道了母亲的做法，也不能理解，因为他还年轻。或许，他总有一天会明白，或许吧。

当医生再次转向病人，温柔地触摸病人的手腕时，他的眼睛湿润了。

感受到医生的触碰，她睁开双眼，怀着信任和感激之情注视着他。

"玛丽。"他近乎唐突地说。

她微弱一笑，眼中闪烁着如年轻时不屈的光芒。"哦……乔治医生，"她答道，"我……告诉过你……我不会死……直到他来。我必须……坚持我的方式……你明白的。他今天会来……他一定会来。"

"是的，玛丽。"医生仍握着她瘦弱的手腕，同时用专业而敏锐的目光凝视着她的脸，"是的，当然。"

"乔治……你不会忘记……你的承诺吧？当他来的时候，你一定会……会给我几分钟的力量……这样，我才能告诉他……我……我……必须亲自告诉他……乔治，你……会为我做……这最后一件事吧？"

"是的，玛丽。当然，"他再一次答道，"一切都将如你所愿——正如我承诺的那样。"

"谢谢你……乔治，谢谢你……我亲爱……亲爱的……老朋友。"

一直站在窗前的护士，快步走到桌子前。桌上放着一些瓶子、杯子和器皿。医生用犀利的眼神询问，护士默默点了下头，打开一个小而扁平的皮箱。医生依然轻握着病人的手腕，同时对护士下了一道医嘱。不一会儿，护士递给他一根注射针。

当医生把注射针还给护士时，门外大厅里响起了一阵急促的脚步声。

病人转过头，热切地盯着门口。她的声音——在强力兴奋剂的帮助下变得更加有力了："我的孩子……我的孩子……他来了！

乔治,护士,我的孩子来了!"

门开了。一位大约二十二岁的年轻人站在门口。

即使是最粗心的观察者都能一眼看出这位年轻、有活力,充满男子气概的男子是病危女士的儿子。他和这位女士有着同样的嘴型,同样的鼻子,精美的鼻孔,宽额下同样乌黑的眼睛;坚毅的下巴,方正的颌,棱角分明,轮廓优美;显露出他继承了世所罕见的才智、优雅和魅力。他的穿着表明他是当下有文化、有社会地位的绅士。他风度翩翩,高雅精致的品位与生俱来,从不刻意为之。

他在敞开的门边稍停了片刻,环顾着一贫如洗的房间,那张英俊的脸上掠过疑惑和惊愕。他开始后退——好像无意间进错了公寓。他看着医生,嘴唇轻启,仿佛要为他的打扰而道歉。但未及开口,他的目光就和床上那位女士的目光相遇了。

一声惊叫,他扑上前去——"妈妈!妈妈!"

他跪在床边,当重逢的最初一刻过去后,他把目光转向医生,又转向护士,接着又转向医生——这位母亲的老友。他的眼中燃烧着羞耻和悲伤——也包含着痛苦、怀疑和指责。他压低嗓音紧张地问道:"这是什么意思?为什么我妈妈在这儿……还这副样子?"他再次扫视了一遍空荡荡的房间。

这位濒死的女士答道:"我会解释,我的孩子。我一直在等着告诉你一切。"

医生使了个眼色,护士悄悄地跟着他离开了房间。

不久，当这位女士说完，支撑她完成最后一项任务的那股虚假的力量快速消失了。

"你会信守诺言，对吧？"

"是的，妈妈，是的。"

"你的学识……你的素养……你的血脉……这些……是我能……给你的……一切，我的儿子。"

"哦妈妈，妈妈！为什么你之前不告诉我？为什么我什么都不知道！"他的喊声表达着抗议——表达着最苦楚的羞愧和懊悔。

她笑了，"这是……我为了你……我的孩子……唯一能做的……唯一能帮助你的，我不后悔付出的代价。你不会……忘吧？"

"永不会，永远不会。"

"你承诺……重新取得……属于……你父亲的……"

在忠诚和爱的极端痛苦中，他郑重地回答："我保证……是的，妈妈，我保证。"

一个月后，这个年轻人乘坐现代蒸汽火车，以最快的速度向大陆西部边缘行去。

从出生的城市飞奔出来，犹如从一处被诅咒之地逃离。他面对着一片新的土地——决心在那里实现他的承诺——那个他一开始并不理解的承诺。

他是如何误解了母亲的遗愿？他又是如何自以为是地试图利用遗产来实现母亲的愿望？最终他又是如何领悟母亲遗产的真谛？这正是我要讲的故事。

第二章
毁容的女人

在圣戈尔戈尼奥隘口荒漠的一侧，双引擎的"金州号"正费劲地向上行进。

圣戈尔戈尼奥隘口——众所周知——是通往美丽的南加州核心地带的两个东部门户之一。正因如此，它也成为我故事的开场。

为了减缓坡度，沉重的火车在荒芜的长坡上蜿蜒曲折地行驶，这个年轻人坐在观光车厢平台上，可以望见远处的东方，洒满阳光的薄雾就像一层神秘的面纱，一如既往地笼罩着广袤的科罗拉多沙漠。随着这趟特快列车在弯道上颠簸地迂回前行，他透过松树环绕的加莱纳山的山脊上方，隐约看见圣贝纳迪诺山脉白雪皑皑的孤峰和古老的圣戈尔戈尼奥山，它们在蓝天的衬托下闪着银白色的光芒。在山口的南侧，他又看见圣哈辛托的峭壁和悬崖拔地而起。

当他观赏这千变万化的艳丽色彩和如梦似幻的景象时,并未在意眼前的风景对他来说是如此的新颖奇特,他的思绪飘向远方。在围绕圣戈尔戈尼奥的群山中,他从母亲那里继承的遗产的真正价值将有待检验;在松树环绕的加莱纳山脊上,在那些花岗岩绝壁和锯齿状的山峰中,他的勇气将面临考验———一种在凡尘俗事中极少有人会遭受的考验,但眼下这个年轻人并不知道这一点。

在横穿整个大陆的漫长旅程中,他很少留意那些令同车旅客们兴致勃勃的景色,对旅客本身也漠不关心。他温和有礼,沉默寡言,在这单调乏味的时段中,无心应对那些随意接近他的人。这个年轻人外表出众,教养良好,但显然不愿与人打交道,这使普尔曼列车[1]上这个小圈子的人们更加关注他。他欣然自得地沉浸在自我世界中,成为许多人无聊猜测的对象。

在好奇地打量着他的众多乘客中,有个人总是小心翼翼地掩饰着自己对他的兴趣。她是一名地位显赫的女士。在这个世界上,等级和优越感完全由金钱以及金钱所能买到的社会地位所决定。她很漂亮,但仔细审视一番,就有人会说她美而自知,美得出众。那丰满圆润、发育良好的身体裹着长袍,突出了她性感迷人的曲线。而这种将身体故意隐藏在外袍下的乔饰技巧,使她的

---

[1] 普尔曼列车:19世纪美国发明家乔治·M.普尔曼(George M.Pullman)设计的豪华型列车车厢,常用为特等客车。

魅力更有效地显露出来。她的容貌完美得近乎无可挑剔。她冷淡矜持，在自我抑制方面受过极好的训练。对她这么年轻的女人来说，她似乎太世故了。她脸上的冷漠仿佛在说："我的人生受过良好的教育，不可能犯错。"她和两个同伴一起旅行——一个活泼好动、毫不起眼的女人；还有一个男人，一个极少离开他的私密包厢的病人。

当火车接近隘口的顶部时，观光车厢平台上的那个年轻人看了看表。再有几英里，他就到达目的地了。他站起身来，深吸一口气，空气中充满了灿烂的阳光的味道。他背对着门，眺望远方，并未注意到那名地位显赫的女士正从车厢步出，径直站在他的身后，靠着窗前的铜栏杆稳住了身子。在那些无所事事的乘客看来，那位女士似乎也对远处的风景感兴趣。因为从他们坐的地方无法看到，其实她一直望着那个年轻人——平台上唯一的另一位乘客。

在原始又多彩的风光衬托下，年轻人站在那里，很容易就引起别人的关注。他卓尔不群，身材颀长，四肢匀称，肩膀宽阔，头型优美，有着一种因良好教养而与生俱来、泰然自若的卓越气质——他站在摇晃的平台上，优雅而从容，这说明他拥有紧实的肌肉，这在生活优渥的人群中实属罕见。

特快列车已经驶入山顶车站的区域，并逐渐减速。正当这个年轻人转身打算进入车厢时，火车完全停了下来。突来的震动把他几乎扔进了那位女士的怀抱。在他挣扎着试图恢复平衡时，他离她那么近,以至于他们的外套都碰上了。事实上,为了避免撞在一起,他只能伸出胳膊从她的肩膀上方,抓住她倚靠的车窗边沿。

那一刻,他的脸离她那么近,她都能感受到他的呼吸吹在她的脸颊上。他不由自主地直视着她的眼睛,却诧异对方并未退缩。事实上,一个心思单纯的人可能会把她大胆坦率的表情、微张的嘴唇、潮红的脸颊视为一种邀请的姿态——就好像她习惯了英俊的年轻小伙对她投怀送抱。

须臾,他眼中带着一丝笑意,客套地说:"请原谅,我真笨。"

他说话的时候,她瞬间戴上一副冷漠的面具。不屑于他彬彬有礼的致歉,她移开目光,走到平台的栏杆处,像是饶有兴趣地看着车站内繁忙的活动景象。

倘若那位女士——在他的胳膊撑在她的肩膀上方四目相对之时——微笑着,那么这个小插曲很快就会从他的脑海里消失。结果却是这个稍纵即逝的印象镌刻在他的脑海里,而且……

在前往大陆西部边缘的漫长旅程进行到最后一段时,列车发出了轰鸣,沿着山口海岸一边狭窄的圣提马太峡谷的陡坡而行。现在从车窗望去,乘客们瞥见了撩人的明亮的牧场和成群悠然自得的奶牛,白色的牧场建筑坐落在高大的胡椒树和桉树的树荫下。在峡谷两侧缓和的山肩和陡峭的侧翼上,麦田俯视着草地;不时地,在千回百转的峡谷风景中,檞树、月桂树、黑肉叶刺茎藜和鼠尾草形成了美景，将人们的目光吸引到松树环绕的加莱纳山脊；在那山脊之上，圣贝纳迪诺山上积雪覆盖的山峰和穹丘在蓝天的映衬下仍闪耀着冰冷的光芒。

在普尔曼列车上，为了挨过最后这段单调、烦闷的旅程，疲惫的乘客们又提起了兴致，把书籍、杂志和纸牌搁在一边，重新开始了闲聊。不久之后，热切期待的气氛布满整列火车，大家忙碌地准备下车。观光车厢平台上的那位女士悄然回到她的特等包厢。那个年轻人收拾好行李准备在下一站下车。

车窗外的景象飞速闪过，奶牛场和牧草正被小葡萄园和果园取代。北面的峡谷壁越来越高，越来越陡峭，把远处的群山都遮住了，只在锐利的边缘处露出一排排树木；巍峨的、未经雕琢的峭壁与灰、黄、棕、绿色的灌木丛相映成趣；山脚下，河谷边的橄榄树闪动着银色的柔光。

随着悠长而欢快的汽笛声，穿越大陆的火车——从冰雪之地——从荒漠和孤山——从狭窄的峡谷口冲出，冲进了美丽的圣贝纳迪诺山谷。映入旅客们眼帘的是广阔的、绵延几英里的绿色橘子树、柠檬树、胡桃树和橄榄树，以及数英亩的花园、葡萄园和果园。城市和小镇散落在果树林和花园中，街道和房子半掩在茫茫的桉树、胡椒树和棕榈树之中。美丽雄伟的群山高耸在可爱的峡谷之上，连绵不绝的山麓和映着白色光芒的孤峰，还有蒙着蓝色的面纱、云雾缭绕的峭壁和紫色荫蔽的峡谷。

时值一月。对那些刚刚离开寒冷之地的人来说，南加州的景色色彩斑斓、绿意盎然,在金色的阳光下多么温暖,仿如一处梦幻般的仙境。就好像山墙的裂缝突然引领他们进入另一个世界。对那些看惯了冬日冰雪,树木凋敝和乌云密布的人来说,这个世界确实太惊奇了。

山脚下宽阔的山谷里,许多小城市半掩在丰茂的亚热带翠树之中。"就是这样!我们南加州所有的城市,都坐落在美丽的荒原中,都在宽阔的山谷中,都在群山的脚下,都是旅游者的圣地!如果你问任何一位市民,每一座城市都是圣地中的女王!"如果你对这个事实有些许的怀疑,那就由你来撰写这个广告的文案吧。

你或许知道,"金州号"列车上的乘客们并不能直达费尔兰,他们在费尔兰枢纽站换乘。费尔兰这座小城就坐落在山谷南侧的小丘上,距离主干线大约三英里,如同一位特别的"女王",超凡脱俗、独辟蹊径,因领地优质的土壤骄傲和满足。据说,费尔兰的土壤比距它不到十五英里远的姐妹城市要肥沃得多。奇怪的是,海拔只相差几英尺,它的空气却更稀薄。费尔兰最引以为傲的地方在于,按照人口比例,它拥有的百万富翁比美国其他任何城市都多。

正是这些独特而广为人知的优势,促使我故事中的这个年轻人选择这座城市作为他实现理想抱负的起点。而且对于这个拥有无法用金钱衡量的丰厚遗产的人来说,费尔兰是个考验他的好地方。在这样的地区和环境下,我故事中的这个年轻人一定会发生点儿什么。

来自东部前往费尔兰的旅客们在枢纽站等候搭乘当地火车，这趟火车将带他们穿过橘树林到达旅程的终点。这时，年轻人注意到了观光车厢平台上的那位女士和她的两个同伴——他们也去费尔兰。好几天都被困在普尔曼列车上，这个年轻人正来回踱着步，享受着锻炼的乐趣，同时兴致勃勃地观察着那三个人。

三人中的那位男士，虽然年纪不大，但疾病和放荡的生活使他苍老得可怕。他的嘴唇粗糙厚实，嘴角耷拉着；皮肤布满斑点，还黏糊糊的；眼睛混浊，眼眶红肿，眼袋松弛；胸膛凹陷，脖子和四肢瘦削无肉；还有那细弱刺耳的声音——所有这些都是他穷奢极欲、可耻的一生所烙下的鲜明的印记。在世人看来，他显然是一个令人羡慕的上流社会的有钱人。

他们站在一棵树荫遮蔽了车站的大胡椒树下。这个年轻人在他们附近走来走去。那位男士用他那刺耳、嘶哑的嗓音，夹杂着咳嗽，咒骂着火车上的服务、乡村、天气。显然，只要他想起什么就咒骂什么，不管值不值得他发脾气。他的女儿瞥了这个年轻人一眼，隐隐带着些许成年女性的样子，做作地咯咯笑着说："哦，爸爸，别这样！哦，不是很可爱吗！哦，爸爸，别这样！安静点！别人会怎么想？"他女儿最后这声劝告一定给了他某种满足感，至少为他无的放矢的谩骂提供了新的靶子。他开始变得礼貌地咒骂那些擅自揣测他的人。结果是，在近处闲逛的两个墨西哥人听到后，觉得很有趣，羡慕地咧嘴笑了。而那位女士站在离他们稍远的地方,似乎在眺望群山,她漠然无视那男士的骂骂咧咧、咳嗽和他女儿的插嘴。可是这个年轻人却觉得有那么一两次,当他走到头回身时,她看向了自己。

当地的火车进站了,那三个人坐在靠近车厢前端方便起身的座位上。这个年轻人路过他们时低头看了一眼,那位女士坐在过道旁,正抬头凝视着他。

再一次,当他们的目光相遇时,这个年轻人感觉就像他们贴身站在观光车厢平台上的那刻一样,她并没有退缩。随即,在他环顾四周找座位时,他又看到了另一张脸,从轮廓上,和他刚才所见的那位女士的面孔是如此的相似,却又是如此的不同——表情和气质完全不同。这张脸立刻引起他的注意,勾起了他的兴趣。

勾起他兴趣的这个女人,正坐着眺望车窗外远处的山峰,年轻人觉得他从未见过如此完美的侧脸,也从没有一张脸上曾流露出如此协调的渴望、耐心、刚毅和圣洁的顺从。这是一张圣母玛利亚的脸——却是耶稣受难后的圣母玛利亚,有着孤独伤感的悲哀,有着鼓舞人心的精神力量,有着出尘的纯洁和自由的神圣。

她和这个年轻人的母亲年龄相仿;他一边看着她,一边沿着过道往前走。他上次与母亲见面之前印象中的母亲的脸,此刻正以惊人的鲜活形象浮现在他的脑海中。他停了片刻,挪到她旁边的座位,但后面两个位置都空着,他没有理由打扰她。他把手提包放好,迅速坐在后排靠窗的座位上,再次热切地把目光投向坐在前排的那个女人,惊讶与怜悯之情油然而生。

那女人一直从车窗凝望着远山,似乎并未察觉周遭的情况。此时,在这个年轻人惊愕和同情的注视下,她的另外半边脸出现了。一道覆盖了整个脸颊和脖子的巨大伤疤毁掉了她的脸,伤疤扭曲了嘴角,拉扯着下眼睑,把她的容貌变成了一幅丑陋的滑稽画。就连半掩在柔软的灰白头发下面的耳朵也没有逃过去,被同一个可怕的伤疤弄得畸形,它毁掉了这个年轻人所见过的最可爱的一张面容。

火车停在了费尔兰,乘客们挤进过道准备下车。我故事中的人物,那名地位显赫的女士随着男士和他的女儿走在前面,跟在他们身后的是那个毁容的女人和半截车厢那么长的人群。

车站站台上,人群正涌向街上,这个年轻人仍然紧跟在那个唤醒了他悲悯之情的毁容的女人旁边。一名满脸横肉、粗脖的男人接上了走在前面的那三名跨越大陆的乘客,并护送他们上了一辆豪华旅行车。

男病人和他的女儿上了车,当那名粗脖的陪同者转向剩下的那位女士时,看见了那个毁容的女人,此刻她离他们很近。他立即停住,略显粗俗的脸上露出了一种见到熟人的微笑。他举着帽子,在年轻人看来谦恭有礼地鞠了一躬。站在旁边的那位尊贵的女士,手搭在车门上,看见她的同伴正在向某个人致礼,就转过身来——转眼间,相貌看起来如此相像,但又如此不同的两个女人面对面了。

这个年轻人看到毁容的女人瞬间僵在那里,好像遭受到意外的打击而头晕目眩。然后,她伸出双手,做了一个恳求、摸索的手势,她蹒跚着,要不是这个年轻人走到她身边扶住她,她就摔倒了。

"请允许我扶着您,夫人,您看起来不舒服。"

她既不说话,也没有动;但是,她的眼睛紧盯着汽车旁边的那位贵妇,任由年轻人扶着她,仿佛没有意识到他的存在。年轻人从未见过人类的脸上出现过如此痛苦的表情。

向她致礼的粗脖陪同者走上前去,像是要为她效劳。但是,当他走向她时,她后退并低声说着"不,不"。她的眼神是如此的惊恐和害怕,以至于她身边的年轻人感到自己的肌肉因愤怒而绷紧了。

他直视着陪同者的胖脸,唐突无礼地说:"我想你最好走你的。"

对方漫不经心地耸了耸肩,转身回到汽车旁,低声对同伴们说着话。

一直冷漠地看着这一切的那位贵妇上了车。陪同者坐在司机旁边。旅行车开走的时候,毁容的女人又伸出手做了一个恳求的手势。

年轻人怜惜地说:"夫人,要我帮您找辆马车吗?"听到他的话,她抬起头看着他,似乎从他的脸上找到了她所需要的力量。她轻声答道:"谢谢您,先生,我现在好多了。如果您能把我送上车,我很快就会好起来的。"她指了指刚刚停在十字路口的一辆电车。

"您确定您可以吗?"他和蔼地问,陪着她走向电车。"是的,"她悲伤却努力微笑着,"是的,非常感谢您的良善之举,先生。"

他扶她上了电车的台阶,脱帽站着看她走进去,直至售票员发出开车的信号。

这个插曲没有引起那些匆匆离开火车的乘客的注意,他们太专注于别的事情,在他们看来,这只不过是日常生活中泛起的一点儿涟漪;那些碰巧注意到毁容女人不安神情的人,看到她已然受到了照拂,就毫不犹豫地把这一幕抛诸脑后。

当这个年轻人从街上回到车站站台上拿行李时,出租马车和旅馆巴士都不见了。当他站在那里,疑惑地环顾四周,想找一个能带他去旅馆的人时,他的目光落在了一个奇怪的人身上,而对方也正目不转睛地盯着他。

对方足足有六英尺高,非常瘦,使人联想到一具令人不悦的活骷髅。他狭窄的肩膀向内收着,含胸驼背,以至于这个年轻人的第一个念头是好奇如果他站直了,他到底会有多高。他瘦长的脸上布满皱纹,怪诞又丑陋,引人注目。在他粗犷、皱着的眉头下,那双锐利的青灰色眼睛好奇地注视着这个年轻人,带着质问的神情,有着困惑、试探、些许感伤和愤世嫉俗。他抽着一根笔直的、常用的欧石南烟斗,脚边躺着一只漂亮的爱尔兰赛特犬。

这个奇特的人用车站门廊的支撑柱挡住了自己，像是为了躲避那辆豪华旅行车上的人们的注意。他刚才一直盯着毁容的女人，不仅仅是因为一时的兴趣。而现在，他转向了这个好心的年轻人。

他简短地回答了年轻人的询问，点了点头，指引年轻人去两个街区外的一家旅馆。

向他道谢后，这个年轻人拿着行李出发了。刚到街上，年轻人就不由自主地回头望去。

那个看起来怪异的家伙没有挪动位置，而是站在那里，仍在盯着年轻人，嘴里叼着欧石南烟斗，脚边趴着爱尔兰赛特犬。

第三章

著名的康拉德·拉格朗日

这个年轻人到达旅馆后,径直进了房间,一直待到晚餐时间。

他回到大堂,一眼便看见那个粗犷的身影,就是在车站为他指路的人。

那个外表奇特的人,嘴里还叼着他的欧石南烟斗,脚边仍跟着爱尔兰赛特犬。他正站着——或者不如说懒洋洋地倚着职员柜台,弓着身子看着住宿登记册;他骷髅般的身躯更加弯曲,肩膀更内收——活脱脱地勾勒出了一个粗大的问号。

几分钟后的餐厅,这两个人坐在相邻的桌子旁;这个年轻人听见他的邻座正在欺负侍者——每上一道菜就低声评论,以一切异教徒之神的名义发誓,这里没有一道菜可吃,要不是因为这个受诅咒的小镇的其他地方都不如这儿的一半好,他肯定一口都不吃。然后，令这个年轻人暗暗发笑的是，邻座竟然津津有味地享用被他大肆诋毁，却真正美味的佳肴。

晚餐结束后，这个年轻人手夹着雪茄来到长长的游廊上，在火车上度过令人厌倦的几天后，一心准备享受夜晚的宁静。他搬了一把椅子走到无人的角落，正要抽雪茄时，爱尔兰赛特犬带着它尊贵的皇家血统的气势走了过来。它把深褐色的头和丝滑的长耳朵，自信地搭在年轻人的膝盖上。它抬起头望着这张陌生的脸，柔软的、金棕色的眼睛里流露出令人无法抗拒的真诚和友好。

"好狗，"年轻人由衷地说，"好伙伴。"接着亲热地抚摸着它光滑的头颈。

一股烟从他肩上飘过，他环视周围。狗的主人就站在他身后，带着探询、些许同情和幽默，却略显悲观的表情看着他。

这个在列车上对其他乘客的示好反应冷淡的年轻人，竟莫名其妙地主动搭讪："先生，您有一条不错的狗。"他热忱地说。

对方未搭腔便扭头离去，一会儿搬着把椅子回来了。于是，那只狗轻轻地摆动着毛茸茸的尾巴，把注意力转移到它的主人身上。

它的主人温柔地抚摸着这只狗深褐色的头，看着它那双温顺又善解人意的眼睛说道："如果人类能与这样的狗做伴，那么这个世界将变得更宜居。"浑厚深沉的声音从那深不可测的凹陷的胸膛传来，蕴含着一种非凡的男子气概，和他的外表不太相称。

他突然转向这个年轻人,直截了当地问:"你不是亚伦·金吗……新英格兰政坛名人老亚伦·金的儿子?"

在那双青灰色眼睛探寻的注视下,年轻人脸红了。"是的,我父亲在新英格兰的政坛中很活跃。"他坦率地回答,"您认识他吗?"

"很好,"对方答道,"很好。"他重复这两个字以示强调;他的眼睛紧紧盯着这个年轻人的脸,尽显好奇、困惑和质疑。

亚伦·金的脸颊变得更红了。

那个奇特的男人把目光转向别处,粗哑的声音变得柔和了些,说:"在车站看到你的时候,我就觉得你很眼熟。你妈妈和我自小就认识,你的模样有些像她。若是你的性格大部分也随她的话,那真是可喜可贺——我们也为你高兴。"最后一句话明显是冲着狗说的,它仍昂着头望着主人,似乎用缓慢摆动着的尾巴表示它理解主人言语中暗含的想法。

这个奇特的人性格中有一种超凡的特质,使他观察的对象不至于感到被冒犯了。

显然,亚伦·金见对方无意做自我介绍,便以他一贯优雅的声音和举止,彬彬有礼地问:"先生,我可以请教您的名字吗?"

对方仍看着狗,随口答道:"康拉德·拉格朗日。"

亚伦·金笑了。"很高兴见到您,拉格朗日先生。您肯定不会是那位同名的著名小说家吧?"

"为什么'肯定不会'?"对方反驳道,再次迅速地扭头看向亚伦·金,"我的外表还不够出众吗?我看起来像暴徒吗?的确,我是一个骨瘦如柴、驼背歪脸、衣衫褴褛的人。但是,只要我看起来不像暴徒——那又有什么关系呢?所谓的名气,就算和我的身体一样骨瘦如柴、驼背和歪脸——但这又有什么重要呢?无论是声名远播还是臭名昭著,看起来不像暴徒才是最重要的。"

最后一句话是对狗说的,似乎说话者从他的人类同伴转向了一个更有价值的听众。话语中独特的幽默、含着感伤的遗憾、源于蔑视的讽刺和狭隘的知识分子的傲慢,是无法付诸笔端的。

亚伦·金哑口无言。小说家突然抛出另一个问题:"你读过我的书吗?"

对方开始支支吾吾地回答,大意是每个人都读过康拉德·拉格朗日的书。但这位杰出的作家打断了他的话:"别出于礼貌而费心撒谎了,我要是让你具体谈谈,你就露馅了。"

亚伦·金笑着坦白道:"我只读了一本,拉格朗日先生。"

"哪一本?"

"那个……啊……哎呀,您知道的那本——一个有妇之夫爱上了一个有夫之妇,而这个有夫之妇却爱上了另一个有妇之夫。啧!……书名是什么来着?我是说,您知道的,就是那本受热捧的书。"

"是的,"小说家冲着他的狗说,"哦,是的,沙皇……我是著名的康拉德·拉格朗日,我注意到……"他偏过头,眨着眼睛接着说,"我注意到,金先生,你确实承继了相当多你母亲的品格。你不读我的书是对的,因为我比任何人都懂得如何去欣赏它。"他脸上一丝幽默的光芒转瞬即逝。接着转过身,低沉的声音温柔地继续说道:"先生,你的母亲有着世间少有的美丽的灵魂。她尊崇真实,热爱纯洁和美——我几乎不指望她的儿子会对我小说的现实主义感兴趣。我祝贺你,年轻人,"他停顿了一下,然后带着难以言状的苦涩补充道,"你没有读过我的书。"

有一阵子,亚伦·金默不作声。终于,他平静而庄重地说:"我母亲生前是一名非同凡响的女性,拉格朗日先生。"

对方立即看向他。"你说生前?你是指……"

"我母亲去世了,先生。因为她的病,我从国外赶回了家。"

小说家坐在那里凝望着渐浓的暮色。片刻后,他特意给烟斗装满烟,站起身对狗说道:"来吧,沙皇……该走了。"

没有道别,爱尔兰赛特犬稳步走在他身旁,和他一起消失于夜色中。

·※·※·

次日一整天,亚伦·金——在旅馆的餐厅、大堂和游廊上,甚至在这座小城市的街道上,等候着那位著名的小说家。他发觉自己渴望瞥见那个粗犷的身影和那张平凡、沧桑的脸,那与众不同的个性已经深深地吸引了他。一天将要结束时,和昨天晚上一样,亚伦·金正在游廊上抽着餐后雪茄,这时,爱尔兰赛特犬和一股烟宣告了这个怪人的到来——康拉德·拉格朗日再次现身了。

小说家没有坐下,直接说道:"我总是在一天中的这个时候去看看群山,金先生,你愿意来吗?你知道,那些山很真实,很值得一看——尤其是在这个时候。"现在,他深沉的声音里带着温柔,一改平日的语气,就像他的外表与这位年轻人不同一样。

亚伦·金赶快站了起来。"谢谢您,拉格朗日先生,我很乐意去。"

路边高大的胡椒树粗壮多节的枝干和优美低垂的树枝遮天蔽日。他们牵着狗,沿着林荫大道走到了小城市的边缘。在那里,北边和东北边的景色一览无余。就在街道变成小路的地方,康拉德·拉格朗日拉着同伴的胳膊,轻声说:"到了。"

在他们身后,美丽的费尔兰半隐在漫漫的树木和鲜花中。在他们面前则是一大片长满了野草和植物的、未经修整的土地。越过这几英亩没有树木的土地,橘子树聚集成许多深绿色的方块,到处都是排成一列的棕榈树,一丛丛的辣椒或高大的羽状桉树标记着道路和牧场的房屋。更远处,圣贝纳迪诺山似乎从树林中托起了庞大的山脉直入云天。夜色将至,城市的灯亮了起来。树林和花园的轮廓飞快地消失在渐暗的暮色中。山脊、山麓和下方的山嘴在深紫色的山谷和峡谷映衬下展现出柔和的深蓝色。最清澈的橙黄色照亮万里无云的天空,更高处的山峰线条分明;在昏暗的山谷上方一万英尺的地方,夕阳照亮了白雪皑皑的孤峰。随着落日余晖的消失,染成玫瑰红的峰峦变成了鲑鱼色,又衍变成紫红色。

怀着无以言表的情感,亚伦·金深吸一口气,打破了寂静。

康拉德·拉格朗日忧伤地说:"想想,在这个拥有一万人的城市里,大概有九千九百九十九个人从未见过此景。"

亚伦·金轻笑着说:"这景色令我手痒,想拿起调色板和画笔——尽管我不擅长。"

对方马上看向他,问:"你是个艺术家吗?"

"我刚刚在国外完成了三年学业,母亲病危时就回国了。很幸运地,我接到一个电话,他们说那边有个好机会。但我不知道在国内发展会怎么样。"他的声音里透着焦虑。

"你是画什么的?"

"肖像画。"

小说家再一次面向群山,若有所思地说:"金先生,这个西部地区将产生一些伟大的艺术家。到目前为止,这片土地中的大部分始终保持着自然原始的状态。对一个坚持自我的人来说,这里总比拥挤的东部城市更容易获得成功。这里少了俱乐部、派系、氏族以及学校的思维定式和精心编造的理论,他们还厚颜无耻地自称是神派来的审判者。这里少了风雅的茶会、唯美的姿势和深情的交流;但这里却有更多的机会让离群的艺术家创作出伟大的作品。这些山脉、荒漠和海洋营造的氛围激发了人的自我意识,不再执着地恪守他人的传统和文化。毕竟,什么是伟大的艺术家,除了坚持自我的人?"

亚伦·金用同样的语气答道:"拉格朗日先生,您的话令我回想起母亲最喜欢的一本书里的思想。她非常频繁地引用这本书里的话,所以我年少时就烂熟于心了,因此,这本书也成了我的最爱。事实上,有了母亲的阐释,我认为这本书对我人生的影响比其他书都要大。书里的思想是:'理解群山的信息,爱它们原本的面貌,在日常生活中,表达这种理解和爱——这才是灵魂真正伟大的标志。'我不知道这本书的作者,是佚名的。"

"我是这本书的作者,先生。"这个奇特的人带着纯粹的尊严回答道,"或者,更确切地……应该说,我曾是那本书的作者。"他带着一阵苦涩、讽刺的幽默补充道。"看在上帝的分上,别出卖我。我现在是著名的康拉德·拉格朗日了,你明白的。我要保护这个名声。"他低沉的声音因强烈的感情而颤抖,沧桑粗犷的面孔因激动而抽搐。

亚伦·金惊愕地听着这位著名小说家如此可悲的悔恨和尖刻的自责,一时语塞,就随口问道:"拉格朗日先生,您在这里写作吗?"

"写作!我?我在哪儿也不写作。我是个文学拾荒者,常出没于知识分子的屠宰场,以自尊自爱的作家所拒绝的腐烂垃圾为生,从生活的下水道和污水坑里捡拾恶臭的故事素材。为了钱,我为我的读者们提供了那些公共道德禁止他们亲身体验的刺激。我是精神卖淫的皮条客,我的书滋生了道德瘟疫和精神污染。我罪恶与污秽的作品弄脏了读者的思想,玷污了他们的想象力。我是伤风败俗和难以启齿的罪行的煽动者。写作！不，年轻人，我不写作。刚才，我在这个该死的小镇上忏悔，我的烂作品已经太多了，甚至我的身体……医生们把我送到西部来疗养。"

亚伦·金无言以对。两个人默不作声地离开了群山，沿着他们来时的那条林荫道往回走。

走了一小段路后，亚伦·金问："拉格朗日先生，这是您第一次来费尔兰吗？"

"去年来过。"对方回答说，"到过这里和那边的山上。你经常去山里吗？"

"在加州没有，这是我第一次来西部。不过，我在国外的旅游胜地看过一些山脉。"

"这意味着，"对方评论道，"你根本没有真正地见过群山。"

亚伦·金笑了："我敢说您是对的。"

"你呢……"小说家盯着他的同伴突然问道，"是什么让你来到这个人们更看重百万富翁而不是群山的地方？你是来费尔兰创作的吗？"

"我希望如此，"亚伦·金回答说，"我目前不想在东部工作是有……有很多原因的。我承认，我来这里是因为我了解费尔兰能为肖像画家提供绝佳的机会。我的作品要想取得成功，您明白，必须接触有影响力的人。当他们离开家时，像在这儿——他们的社会责任和商业事务并不那么紧迫，这时候更容易引起他们的兴趣。"

"毫无疑问，费尔兰会提供创作素材。金先生，"小说家以冷酷、刻薄的幽默回答道，"上帝！我真羡慕你！"他怀着一丝诚挚的热情补充道，"你还年轻……即将要开启毕生的事业……你期待着成功……你……"

"我必须成功，"亚伦·金急躁地打断他，"必须成功。"

"哪方面的成功？你说的成功是什么意思？"

"您当然应该明白我所说的成功是什么意思，"亚伦·金回嘴道，"您已经获得了……"

"哦，是的，我忘了，"对方突然插话，"我是著名的康拉德·拉格朗日。当然，你也一定要成功，你必须成为著名的亚伦·金。但你也许会告诉我，为什么你必须获得你所谓的成功？"

给出答复之前，亚伦·金犹豫了一下，然后焦虑而认真地说："我想我无法解释，拉格朗日先生，我母亲……"他踌躇了。

小说家忽然驻足，转过身面朝群山站了一会儿，圣贝纳迪诺金字塔状的山峰直冲星空。当他开口时，声音中那种挖苦的幽默消失得无影无踪。他缓缓地说："请原谅，金先生，我的灵魂像身体一样丑陋和畸形。"

他们再次无言地前行。快到旅馆时，小说家短暂变化的情绪恢复了。他用尖刻的口吻说："你走对路了，金先生。你来费尔兰真是来对了。很明显，你已经掌握了艺术的现代技巧。要成名，你只需为那些毫无道德可言的放荡贵妇画像，让她们看起来像无辜的少女。因为她们不仅出手阔绰，而且在世人眼里她们是社会的重要人士。在你的画布上为世人称之为杰出公民的人画像，让暴徒看起来像高尚的爱国者，让血腥的屠夫看起来像仁慈的圣人，低贱地赚钱，不必为自己的成功感到不安。这很容易：结交合适的人，利用你的姓氏和你显赫的祖先，打几条明智的广告，搞一些艺术噱头，要让自己长时间、频繁地登上报纸。无论如何，使自己变成一种时尚，成为社会独裁者的宠儿，这样就能保证你出名——你就会变成我这样的人。"

亚伦·金无视小说家诙谐的言辞，抗议道："但是，拉格朗日先生，描绘人性确实是正统的艺术。您说的西部将产生的伟大艺术家们，也未必就得是风景画家，或是专写自然的散文家，不是吗？"

"是的，对一个艺术家来说，描绘人性是正统的创作。"小说家表示同意，"但他必须描绘光辉的人性，必须在绘画作品和故事中表现出那种塑造人性的力量。世人很少能直接看到这些决定性的力量，这就是为什么要有绘画作品和故事的原因。如果一名艺术家意识不到要在他的绘画或文学作品中加入塑造人性的要素，在一定程度上，他就是失败的，又或者被自己的作品打上罪恶的粗心、伪艺术家或骗子的烙印；如果艺术家为了钱绘画或写作，而不考虑其作品对观看者或读者的人格影响，那么他就犯了人类法律无法惩戒的罪行。作为著名的康拉德·拉格朗日，你懂得，我有权这么说。如果你现在不相信的话，那总有一天你会相信。换言之，如果你有艺术家的灵魂和智慧，你就会相信它；如果你没有那也不要紧,你会为自己的成功感到高兴。"

当小说家说完时,两个人到达了旅馆的台阶处,一时竟踌躇不前。萍水相逢的两人此后没有其他计划,但又为了共同的兴趣,愿意延长短暂相伴的时间。他们站在那里,犹豫着是否各自离开时,一辆大旅行车开上了车道,停在游廊的灯光下。亚伦·金认出了观光车厢平台上的那位女士,还有她的两个旅伴,以及在车站迎接他们的那个肥脸的男人。当他们问候小说家而他回敬时,亚伦·金转过身去,又看到了那把椅子。一小时前,即将在他的生命和创作中扮演重要角色的那个奇特的人,就在那里找到了他。那只狗——沙皇,跟着这个年轻人,似乎更喜欢他的陪伴,而不是那些吸引主人注意的人。

亚伦·金从他坐的地方,可以看到这位著名小说家高大粗犷的身影站在汽车旁边,而车上的人似乎对他的话很感兴趣。那位女士美丽的脸庞神采奕奕,明显是她在主导着谈话。亚伦·金可以看到她笑着摇头,有一次,他甚至听到她叫出了小说家的名字;于是,游廊上每个能听得见这些对话的闲人,都偏过头来好奇地观察这群人。有好几次,亚伦·金注意到,她朝自己这边瞥了一眼,有些好奇又有些欣慰,好像她很高兴看到他和她的名流朋友在一起。然后,那名在世人眼中地位尊贵的小说家向后退了一步,举起他的帽子致意。汽车向前移动时,车里的人喊了一声"晚安"。那贵妇的声音清晰地响起,于是看客们都听懂了——"记住,拉格朗日先生……星期四……后天……我等您。"

当康拉德·拉格朗日走上旅馆的台阶时,所有人的目光都聚焦在他身上;但是他并不理会这群人,径直走向亚伦·金。他一言不发,一屁股坐到亚伦·金身边的那张空椅子上,开始若有所思地给他的欧石南烟斗加满烟。他把火柴随手丢到走廊的栏杆外,吐出一股浓烟,冷冷地说:"我的艺术家朋友,去你的主人那里吧。我相信你是怀着适当的敬意来观察他们的。我本可以引见你,但我不想在这场侮辱中采取主动,反正这很快就会来的。年轻人在可以享受自由的时候,就应该允许他们享受自由。"

亚伦·金笑着答道:"谢谢您的体贴,但我不认为我眼下有任何危险。"

"你这想法,"对方冷淡地评价道,"要么辜负了你的纯真和谨慎,要么辜负了你对生命非同寻常的理解。现在,我不准备评价你是见多识广还是孤陋寡闻。"

"我承认我有点儿好奇。"亚伦·金说,"我来的时候和他们中的三个人乘坐同一趟普尔曼列车。我可以问一下您朋友们的名字吗?"

对方以最无情的语气回道:"我没有朋友,金先生,我只有仰慕者。至于他们的名字,"他接着说,"我没有理由隐瞒他们是谁或他们是什么人。此外,我还观察到,统治'现代艺术'这片领土的'女神'已经盯上你了。我很快就要奉命把你拖到她的'宫廷'去了,你最好做好充分的准备。"

亚伦·金乐起来,而对方则停下来用力吸着欧石南烟斗。

"那个红脸粗脖的畜生是詹姆斯·拉特利奇,老吉姆·拉特利奇的儿子和继承人,"小说家继续说道,"老吉姆从他父亲那里继承了几百万美元,并以难以启齿的方式把这些钱花光自杀了。他的儿子正尽力完成父亲的使命,还有着光明的前景和超越他那高贵的双亲最美好的梦想。但不幸的是,他捉襟见肘——大部分家族财富都随着老人一起没了。"

"您是说詹姆斯·拉特利奇,那位了不起的批评家吗?"亚伦·金兴致勃勃地喊道。

"是他,"对方回答,面带扭曲的微笑。"我原以为你会认出他。作为一个艺术家,你无疑会与他有很大的关系,他的友谊对你的成功至关重要。相信我,你会很充分地认识到,他在现代艺术中的力量是举足轻重的。至于他的同伴,"他接着说,"爱德华·J. 泰恩是个可怕的例子——他是詹姆斯·拉特利奇的朋友和同道中人,也是他的长辈。也许撒旦可以解释这个人是如何设法比他的伴侣活得长的。他的家在纽约,但他在费尔兰高地有一栋大房子,还在这个地区有大片的橘子林。他来这儿过冬是为了他的健康。他很快就会死的。那个闹腾的小东西是他的女儿露易丝,由他的第一任妻子所生。那位'女神',比他女儿大不了多少,就是现在的泰恩夫人。"

"他的妻子!"

亚伦·金的惊呼引来对方嘲讽的窃笑。"我现在知道了,我能证明你的心灵和思想是纯真无邪的,"他挖苦道,"然后,祈祷吧，为什么不能是他的妻子呢？你看，她受老拉特利奇的监护，据说是他的侄女。拉特利奇太太，你一定听说过，她自杀了。她死后不久，老吉姆就把这个小家伙带回家了。她和小吉姆一起长大。她的监护人——老吉姆——在他的肉体无法再忍受无限制的消耗，即将离开这个可悲的世界时，把这个女孩作为一个活生生的纪念品，送给他的挚友和同伴，来纪念他那些不可言喻的邪恶行为——还有什么比这更自然或更合适的事呢？你知道，这笔交易能使他利用泰恩上百万美元的资产，使他能优秀的完成自己辉煌的职业生涯。你，以艺术家超凡的想象力，肯定一直认为她是为爱而生的。我向你保证她知道得更清楚，她所接受的教育让她非常清楚自己是为了什么而生的。"

"我听说过泰恩家族，"亚伦·金想了想说道，"我想应该是同一个家族吧。他们在社会上很有名气，而且是相当慷慨的艺术赞助人？"

"在世人眼中，"小说家说，"他们是贵族中最高贵的，他们生活在远离常人的富豪圈，让穷人羡慕不已。他们自认为是最有教养的人，艺术的赞助人！伙计，他们有我所有的亲笔签名书！他们和他们的同类养活我和我的同类。他们会养活你，先生，靠上帝你会饿死的！但你不必担心你的那份天赋。"他意味深长地补充道，"正如我说的，'女神'已经盯上你了。"

"您为什么总是特别提到那位女士呢？"艺术家暗自感到好笑，他带着一丝有教养的傲慢问道，"泰恩夫人在艺术界有这么大的影响力吗？"

即使康拉德·拉格朗日注意到他同伴的态度，也对此不予理睬。他说："我察觉到，你仍缺少点儿行业的基础知识。在成名的阶梯上攀爬的现代攀登者所坚守的信条——就像我曾获得的，同时也是你正渴望的——是'提携'的成功。我们的信条是'嫁接'。'影响力'可以让我们站上神坛，也可以让我们跌落神坛。泰恩夫人很高兴成为一名艺术界的说客。她了解内部圈子、派系和委员会的内幕。这些人界定什么是艺术，什么不是艺术；他们宣布谁该是艺术家，谁不该是艺术家。她有能力对那些用权力赋予别人名气和地位的人施加影响，就像他们在政界的亲戚们施舍果子给那些谄媚的人。那些伟大的批评家，对圈外可怜的魔鬼大发雷霆地咒骂，却都从她手中乞食。小吉姆·拉特利奇和他邪恶的团伙也听从她的召唤。你看，小吉姆尽其所能想得到泰恩的几百万，所以他希望能娶到露易丝。你几乎无法责怪年轻漂亮的泰恩夫人对她丈夫不感兴趣，他很快就要死了。这个可怜的女孩必须要有一些娱乐，所以她投身艺术，你不懂吗？她为艺术家和评论家们举办更多的晚宴，购买更多的画作，也让更多的画被买走；创办更多的艺廊，挖掘更多的新星和旷世奇才。简而言之，她拥有业内规模最大、最训练有素的名人团队，她经营名人生意。收集他们是她的爱好，就像其他人收集蝴蝶或邮票一样。她还有另一种不那么有害却同样具有欺骗性的爱好——小心维护她谨慎保守的名声。有时我觉得众神一定是笑了，或是噎住了。如果没有经过正式引见,那个女人就不会跟你说话,就像她没有穿鞋或长筒袜就不可能上街一样。从来没有人见过她穿晚礼服的样子,她美丽的肩膀从未裸露在世人眼前。"

亚伦·金想起了在观光车厢平台上的那一幕。

不一会儿,小说家装满烟斗,异想天开地说:"金先生,总有一天我要写一个真实的故事,它将是一部当代小说,人物取材于生活。在我的故事中,这些人物将以造就他们的力量之名命名,而他们反过来让这些力量得以呈现。我指的是塑造这个时代的生活和思想并为之添彩的那些力量。"

"这应该很有趣,"对方说,"但我不太清楚我是否明白。"

"你大概不明白。你没有过多地考虑这些事情。你关注的是名望,而那个老巫婆生活在另一个方向。举个例子——我们的粗脖朋友、著名的评论家詹姆斯·拉特利奇在我的故事中将被命名为'欲望';他杰出的父亲叫'肉欲';那个可怕的人,爱德华·泰恩先生——'肉欲'的慷慨的伙伴——就是'物质'。"

"好!"亚伦·金笑起来,"我懂了,说吧,谁是'物质'的女儿?"

"'拉格泰姆[1]',"小说家随即咧着嘴回答,"除了她还能是谁呢?"

"泰恩夫人呢?"亚伦·金催促道。

---

[1] 拉格泰姆音乐(早期爵士音乐,多在钢琴上演奏,20世纪初由非洲裔美国音乐家发展而成)。

这位小说家很快回应道:"哟,在'现代艺术'领域里占统治地位的'女神',当然是'时代'。你看到了吗?'时代'的同伴'肉欲'为了卑鄙的目的而把'时代'献给了'物质'。而你……"他停顿了一下。

"接着说,"亚伦·金喊道,"在您的故事里,我是谁或什么?"

"你,先生,"康拉德·拉格朗日严肃地回答道,"在我的现代生活故事中,代表'艺术'。'时代'是否会把你收入囊中或会不会有其他的影响介入,我们拭目以待。"

"那您呢,"亚伦·金坚持问道,"您肯定也在故事里。"

"我会频繁地出场,"对方答道,"我叫'文明'。我的故事将在我死后出版。你明白,我要维护声誉。"

亚伦·金此刻没有笑。他可以从这个男人沉稳的声音中感受到,他粗鲁的外表下深深地隐藏着某种东西。他天马行空的言辞背后蕴藏着某种强大的力量,紧紧攥住了这位艺术家的心,迫使他在小说家的奇思妙想中寻找深层的含义。

沉默了片刻,亚伦·金悠悠地说:"昨天,我遇到一个人,拉格朗日先生,这个人可能会加入您的人物表中。"

"是有几个人会加入的。"对方随口回答。

亚伦·金又道:"您注意到车站那个毁容的女人了吗?"

康拉德·拉格朗日迅速地看向他的同伴说:"是的。"

"您认识她吗?"

"不认识。为什么这么问?"

"只是因为她勾起了我的兴趣,而且她似乎认识您的朋友——拉特利奇先生和泰恩夫人。"

小说家在游廊的栏杆上轻敲烟斗,把烟灰敲掉。这个动作似乎表达了一种特别的脑力活动,好像在努力恢复已经消失的记忆。他慢条斯理地说:"当然,我看到了在车站发生的事情,我以前见过这个女人,她住在费尔兰,叫威拉德小姐。似乎大家都不太了解她。我无法摆脱我应该认识她的那种印象——多年前我在某个地方见过她,认识她。她昨天见到泰恩夫人时的举止确实很奇怪。"像是为了把自己的思绪从那些无法忆起的事情中解脱出来,他站了起来,"但是金先生,为什么要把她加到我的小说里呢?她代表什么?"

"她的名字,"亚伦·金说,"以您对生活的探究,她的脸一边如此美丽,另一边如此扭曲,暗示着她的名字应该是'符号'。"

"你真的有前途,"小说家带着挖苦的笑容回答道,"晚安!来吧,沙皇。"他走进旅馆——那只狗跟在他脚边。

两天后的星期四,康拉德·拉格朗日对泰恩夫妇进行了一次难忘的拜访。在我的故事中,这是值得纪念的一次拜访,因为当时泰恩夫人明确表现出了她对亚伦·金本人及其未来的兴趣。

第四章
费尔兰高地的别墅

正如我的一位社会学家朋友常说的那样：社会阶层或多或少是由地域清晰界定的，这是都市生活所特有的一种现象。

也就是说，在英语国家的日常生活中，不同阶层的人分别居住在城市不同的地区。例如，某些街道和街区是给批发商的，有些是给零售店的，还有一些是给制造厂的；还有公寓区、贫民窟、富人区和时尚区。

在费尔兰，社会等级主要是以海拔高度来区分的。这座城市坐落在山腰上，略微俯瞰着山谷。平民行业和在费尔兰工作的人们居住在海拔最低的位置，海拔最高处则被费尔兰引以为傲的富翁们所占据。在这两个极端之间，费尔兰人根据他们的社会等级公平地分层居住。观察这片富饶地区的公民是如何渴望居住在更高层，这令人愉悦；这种巧妙的排列方式让每个人都能俯视自己的邻居，毋庸置疑地体现了费尔兰人所具有的独特的骄傲精神。

从泰恩的越冬别墅能看到壮丽的景色。

那天下午，在泰恩夫人的房间，凭窗眺望，可以鸟瞰整个费尔兰。事实上，人们看到的景色或许比这更好。放眼望去，这座城市掩藏在郁郁葱葱、茂密的亚热带植物中，但还能看到红砖砌成的基督教青年会建筑的塔楼，白色的市政旗杆，以及教堂的尖顶和钟楼。如果你抬头仰望群山，巍峨、崇高的群山庄严地昂着头，俯视着居住在底层、努力向上爬的费尔兰人，俯视着所有费尔兰人中最高傲的那些人——甚至俯视着泰恩一家。

但是泰恩夫人女神的荣耀并不是群山授予的。她确实坐在窗边，但她的目光落在一本打开的书上。这是一本通俗小说，由于当局的良知所致的某种异常的法理疏漏，这本书已经出版了，而且仍被允许出版。

这个让泰恩夫人如此着迷的故事，在她看来，在文学上几乎与它的作者康拉德·拉格朗日本人一样伟大。那些界定作家价值的权威人士把他评为他那一代人中最伟大的作家之一。他是个现实主义者，一个有思想的现代人。他的作品从来没有被非艺术和过时的理想主义所贬低。他声称自己是天才，并以他没有理想这一事实为依据。他挑选精英圈子并为那些人写作，他们像泰恩夫妇和拉特利奇一样，能够欣赏他的作品。这一切都意味着他用优美的语言讲述肮脏的故事。他故事的素材和主题，与那些只有在最低级的理发店和声名狼藉的酒吧里才会发生的肮脏故事相同。但这丝毫没有减损评论家的赞誉、出版商的慷慨和读者们的欣赏。

爱德华·泰恩步履蹒跚,颤颤巍巍地走进了房间。他站在那里,静静地看着他年轻的妻子。他瞪着这个丰满撩人的美人,那呆滞、发红的眼睛充溢着一种近乎疯狂的阴郁和无能为力的欲望。突来一阵咳嗽让他喘不上气,虚耗的身躯颤抖着,沉迷于酒色的脸因阵发性的痉咳可怕地扭曲着。恣意挥霍的人生摧残了他的肉体。曾经他频繁地召唤狂热邪恶的魔鬼来服侍他,而他现在成了这些魔鬼嘲弄和折磨的奴隶。虽然他令人厌恶,却能唤醒人们最深切的怜悯。

正在阅读小说的泰恩夫人抬起头,纳闷地看着他,一动不动,一言不发,也没有改变悠闲的姿势。可以说,她那过于完美的面容上几乎浮起了一丝浅笑。

那个男人,虚弱而精疲力竭地倒在椅子上。当他能开口时,他对她怒目而视,用沙哑的声音低声咒骂道:"你似乎很开心。"

尽管如此,她还是没有说话。她脸上绽放出诱人的微笑,懒洋洋地在椅子上舒展她美丽的胴体,就像一只油光水滑、体态优美的动物心满意足地伸着懒腰。

他又骂骂咧咧:"我很高兴你这么喜欢和我在一起。即便被嘲笑,也比你那该死的冷漠要好。"

"你误会我了,"她的声音轻柔,光彩照人的身体透着勃勃生机,令人浮想联翩,"我不是对你的身体状况漠不关心,恰恰相反，我非常感兴趣。至于你给我带来的乐趣……请考虑一下，我已经取悦你三年了，你不能否认该轮到我了吧？"

他骇人而阴郁地咯咯笑着，附和道："我的钱花得值了，我劝你好好利用你的机会。我和你在一起的时候，会尽我所能取悦你。但你是知道的，我现在随时都有可能离开你。"

"请不要匆忙离开，"她甜甜地答道，"你不在了我会想你的。"

他狠狠地瞪着她，而她却嘲讽地笑着。

"大家都上哪儿去了？"他问，"这个地方像坟墓一样寂寞。"

"露易丝和吉姆出去骑马了。"

"那你在家干什么？"他带着猜疑反问。

"我？哦，我留下来照顾你，以免你会寂寞。"

"你撒谎，你在等人。"

她笑了。

"这次是谁？"他固执地问。

"你的含沙射影太没有根据了。"她喃喃地说。

"你在等谁？"

"哎呀！你是多么执着地寻找邪恶啊，"她挖苦道，"你很清楚，多亏了我的机智，大家都公认我是个模范妻子。你真应该培养一下更信任别人的性格。"

又是一阵咳嗽，他正痛苦的时候，她再次带着探究的神情看着他。当他能控制自己的声音时，喘着气低声说："你这个恶魔！

我清楚，你也知道我清楚。杰克·汉诺威，查理·罗杰斯，布莱克·惠特曼，还有很多他们这样的男人，都可以在我的眼皮底下和你做爱，我会傻到毫不知情？你他妈的小心翼翼——穿着保守的衣服、摆着守礼的姿态。世人对你的放荡一无所知，但你却从不费心对我隐瞒。"

她起身故意站在他面前。"对你，我为什么要费心隐瞒呢？"她诘问道，"看看我，"她摆了一个姿势，好像为了他挑剔的检阅而展示她那迷人的肉体，"看看我，我难道要把这一切都浪费在你身上吗？你告诉我钱花得值，买我的钱当然是我的，我愿意怎么花就怎么花。就算我和你肮脏的心灵看起来一样邪恶，你又有什么权利反对呢？你贞洁吗？敢向我扔石头吗？我难道只能在你为我所造的地狱里郁郁寡欢，而不能欢欣雀跃地看着你困在你自己所造的地狱里吗？世人没有看到你的羞耻，你就应该知足了。虽然我的小心谨慎不是出于对你的体贴，而是完全为了我自己。至于保持端庄，你知道这不是一时的兴致，而是一种必要。"

"你就是这个样，"他反唇相讥，"你就是这么假模假样、惺惺作态！你被迫遮住自己的肩膀，却假装心甘情愿，你利用的正是你觉得羞耻的东西。"

"我们不都是这样做的吗？"她冷酷又玩世不恭地反问，"难道你不像我一样惧怕世人的目光吗？知足吧，我还和你一起玩这个体面的游戏，我不会成为别人茶余饭后的谈资。你也只能保持这样，"她极其直白地说，"因为在这件事上你已经无能为力了。"

她刚说完，一个仆人上前告知康拉德·拉格朗日先生到访。小说家高大粗莽的身影定格在门口，他敏锐的双眼古怪、好奇又迷惑地打量着他们。

爱德华·泰恩恶心地坏笑着："你好，拉格朗日，很高兴见到你。"

泰恩夫人上前迎接访客，一边把手伸给对方一边说："你来得正是时候，拉格朗日先生，爱德华和我正在讨论你的新书。我们认为这是一部现实主义小说中的杰作。我相信它将给你带来极大的声誉，我所到之处人们都在说它是今年最受欢迎的小说。你真了不起！你是怎么创作的？"

"我没有创作，"康拉德·拉格朗日直视着她的眼睛回答，"故事本身就是这样。我的书确实是读者时代的真实产物。套用一位政治家的话——他自己也是所属时代的产物——读我书的那些人，他们自己就是这类书，也是我所期待的读者。"

泰恩夫人带着新奇、半怀疑半渴望的神情看着他，仿佛她领悟到一点点他话中蕴含的深意。"你总是这么……这么拐弯抹角地说话。"她呢喃道，"我想我并不总能明白你的意思，但是当你这样看着我的时候，我总觉得似乎我的女仆忘记扣好我的衣服。"

这位小说家故作殷勤地鞠了一躬，这一动作使他那粗野的身形显得比以往任何时候都更加怪诞。"夫人，在我卑微的眼中，你确实是最美丽、最恰当，啊……得体的。"他转向病人，"迷人的泰恩夫人的这位幸运的丈夫今天过得怎么样?"

"很好,拉格朗日,我很好。"那人说,一阵咳嗽打断了他的话,"真的,我认为格特鲁德对我的情况过于担心了。在这种美好的气候下,我觉得自己像个三岁的孩子。"

"你看起来还是那样。"小说家回答道。

"我没什么事,只是有点儿支气管方面的问题。"对方继续说着,又咳起来。然后,泰恩先生对他的妻子说:"亲爱的,请按一下铃好吗?我想我该喝杯甜酒了,也许拉格朗日先生会和我一起喝一杯。拉格朗日,你想喝点什么?"

"这会儿不喝,谢谢。"

"不喝?但我相信你一定会原谅我。医生的嘱咐,你懂得。"

一位仆人出现了。泰恩夫人亲手把杯子递给她丈夫,温柔地关心他:"亲爱的,你不觉得你应该躺一会儿吗?你知道,拉格朗日先生会留下来用晚餐。你一定不要累着自己,我相信他会原谅你的。在吉姆和露易丝回来前,我会安排一些消遣活动。"

"我想我该休息一会儿了,格特鲁德。"泰恩先生又看向客人,"你明白的,拉格朗日,虽然身体没有什么毛病,但还是稳妥些为好。"

"无论如何,"小说家真诚地说,"你应该照顾好自己。请别让我再耽搁你休息了。"

泰恩夫人小心体贴地陪着丈夫走到门口。当他走出房间时,她转向小说家说:"拉格朗日先生,你不觉得爱德华的情况实在很糟糕吗?我在撑着门面,你知道的,但是……"她停顿了一下,带着一种不知所措和焦虑的迷人神态。

"夫人,你的丈夫当然不是一个健康的男人,但是你假装得很好。真不懂你是怎么做到的。不过我想,就你的本性而言,这是很自然的。"

她又一次带着一种疑惑又理解的神情接受了他的话,仿佛感知到礼貌、客套的这句话的言外之意。然后,好像要引开这个话题似的说道:"你一定要告诉我,你觉得我们加州的家怎么样?你记得吗,我在纽约时告诉过你,我应该一开始就问你的。去年没碰到你,我们深感遗憾。请坦率地说,这儿很美,对吗?"

"非常漂亮,"他回答,"品位高雅,与现代艺术完美融合。"他揶揄的眼神闪烁着,一个夸张的笑容扭曲了他的脸,"这儿闻起来像纸醉金迷的天堂。"

她欢快地笑了。"你应该很熟悉这种气味,"她反驳道,"因为你的版税让你变得非常富有。出名的感觉一定很美妙——知道全世界都在谈论你!这让我想起了……在旅馆里你的那位英俊的朋友是谁?前几天晚上我很想问你,但是我没敢问。我知道他是个名人。"

康拉德·拉格朗日仔细打量着她的脸,不情愿地回答道:"不,他并不出名,但他恐怕很快就会出名的。"

"又是一句弯弯绕的话,"她回嘴道,"我就想要个答案,所以你不妨直说。你认识他很久了吗?他叫什么名字?他是做什么的——作家吗?"

"他的名字是亚伦·金。他母亲和我在同一个街区长大。他是一名艺术家。"

"多么浪漫啊!你是说他属于新英格兰那个古老的金家族吗?"

"他是最后一个,他的父亲是老亚伦·金,是他所在州的一位杰出的律师和政治家。"

"哦,是的!我想起来了!他死的时候是不是有什么传言……有些丑闻被掩盖了,钱失窃了,或是什么?是什么?我想不起来了。"

"不管是什么,泰恩夫人,他的儿子和这件事无关。你不认为我们应该让死者入土为安吗?"康拉德·拉格朗日眼神一凛。

泰恩夫人急忙回答:"的确,是的,拉格朗日先生,你说得对。你应该带金先生来见我。如果他像他的外表那么可人,我向你保证我会对他很好的。也许,我可以帮他一点忙,你知道的,让吉姆带他接触合适的人,诸如此类。他是画什么的?"

"肖像画。"小说家粗声粗气地回答。

"那我确定能为他做很多事。"

"我确信你会对他做很多事。"康拉德·拉格朗日坦言。

她又笑了起来:"你刚才这么说是什么意思,拉格朗日先生?我不确定这是赞美还是责备。"

"这取决于你认为什么是赞美,"另一个人辩驳道,"正如我告诉你的——亚伦·金是个艺术家。"

她再一次带着疑问又理解的神情向他示好,装作悲伤地摇摇头,长叹一口气。"又在含糊其词了。"她伤心地说,"在我们相处得这么融洽的时候,你不试着再回答一次吗?"

"那么,简单来说——放过他。现今的他和二十年前的我一模一样。看在上帝的分上,放过他吧。和那些不会对世界造成损失的人,或者像我一样已经迷失的人一起玩你的游戏吧。让他搞自己的创作,别像毁掉我一样毁了他。"

"天哪,天哪!"她讪笑道,"还真是简单明了!你说得好像我是一条寻找天才来吞噬的可怕的龙!"

"你就是。"小说家没好气地说。

"太好了,我已经高兴得浑身发抖了。你看,你现在必须带他来了。不妨试试,如果你不带他来,当你不在他身边保护他的时候,我会设法另辟蹊径。你不想在没有保护的情况下把他托付给我吧?"

"不,我不会的。"康拉德·拉格朗日抗议道。虽然泰恩夫人没有明说,但也是在旁敲侧击。

"但毕竟他可能不会来。"她假惺惺地焦虑起来。

"别担心,夫人……他和我们其他人一样是个傻瓜。"

当小说家说话时,他们听到了泰恩小姐和她的陪同者詹姆斯·拉特利奇的声音。泰恩夫人只来得及向拉格朗日摇摇手指,开玩笑地警告说:"请你把画家带到我这里来,不然你不在的时候我就去找他。听着,不要告诉吉姆关于他的事,我得先看看他是什么样的人。"

第二天午餐时，康拉德·拉格朗日用他最无情的幽默问候这位艺术家："著名的亚伦·金今天怎么样？我相信这个时代最伟大的肖像画家一切都很好。酒店的员工有适当关心他们的贵宾是否舒适吗？如果最珍贵的天才得不到他应有的服务，艺术界可是会蒙受损失的。"

亚伦·金听了同伴嘲弄的话语，满脸通红，但他还是笑了："早餐时我想你了。"

"理智的放荡让我沉睡——吃了一顿有'物质''欲望''拉格泰姆'和'时代'的晚餐，我需要一些时间才能恢复过来。"小说家手里拿着菜单回答道，"他们要在我们的水槽里放些什么泔水作为今天中午的饲料呢？"

亚伦·金又笑起来。但是，当小说家对女服务生指手画脚地点餐时，亚伦·金看着他，好像饶有兴致地等待他进一步评论他与泰恩一家共度的晚间时光。

女服务生走后，康拉德·拉格朗日又转向他的同伴，他皱着眉头看着亚伦·金，就像一个干瘪的科学家在看着玻璃下一只有趣的昆虫。"请允许我祝贺你。"他意有所指地说——好像这只虫子完全成功地按照科学家的某种预期行动了，但他却非常厌恶这种行动方式。

亚伦·金的脸又烧起来，好奇地问他："祝贺什么？"

"祝贺你已开始朝着你希望达到的目标前进了。"

"什么意思？"

"泰恩夫人要见你。"

"你很爱开玩笑。"在同伴的注视下，亚伦·金觉得他的回答丝毫掩饰不了自己的欣喜。

"我是很爱开玩笑。我再说一遍，泰恩夫人想见你。统治现代艺术的'女神'——'时代'——命令我把你带进她的'宫廷'。你赢得了她的青睐，她觉得你长相英俊。她希望你的内在和你的外表一样美好。如果你没让她失望，你的名气就有保障了。"

"胡说八道。"亚伦·金有点尖刻地说，他被小说家这露骨的言辞以及讽刺的语气惹恼了。

对方暗示道："恰恰因为你知道这根本不是胡说八道时，你才能说'胡说八道'。但确切的事实是，你有很大的成名机会，我的朋友。"

"那你的成功和名声有没有曾被什么统治'女神'保证过？"

小说家那独特、敏锐的眼睛，沮丧地盯着同伴的脸，用饱含愤世嫉俗的哀伤语调回答："没错。我向宫廷的权势支付了代价，他们把我所求的东西赏赐给了我，他们造就了现在的我。"

于是康拉德·拉格朗日适时地把亚伦·金领到了费尔兰高地的别墅里。或者，正如小说家所说的，他——"文明"，服从"时代殿下"的命令，把这位艺术家呈送至"女王的皇宫"，让这个年轻人可以请求王室的恩惠。

大概是在呈送仪式之后的一个月，亚伦·金发表了一个重要的声明——至少对他来说是重要的。

第五章
玫瑰园之谜

　　亚伦·金和康拉德·拉格朗日之间的关系从邂逅迅速发展成友情。

　　这位被评为世界上最受欢迎的文学巨匠之一的小说家，由于自身的某种怪异扭曲的性格，盛名之下的他感到如此孤独和愤恨。在成功梯子下意图向上攀爬的芸芸众生中，他似乎从亚伦·金身上发现了一些令其脱颖而出的特质。

　　无论是因为亚伦·金的母亲，还是拉格朗日深藏的过往与神圣的记忆，又或是想象中对这位画家的天赋和可塑性的认可，这个奇特的人一直不露声色地寻求亚伦·金的陪伴，并且毫不掩饰这一偏好。如果康拉德·拉格朗日对此说过些什么，他很可能会解释他感兴趣的原因是基于他的狗，画家的陪伴令沙皇十分愉悦。与此同时，他们的友谊，在世人眼中赋予了这个年轻人一种特殊的荣耀，这位雄心勃勃的画家对此并没有感到任何不快，而且他很可能高估了它的价值。

除了因这位著名小说家的关注引来的微妙的奉承之外，对亚伦·金来说，这个怪人的性格中还有一种特别的力量吸引着他。也许是因为这个人的言论常常尖锐刺耳，带着挖苦讽刺的意味，又可以说，这些言论似乎总隐含着深意，令画家瞥见了他的另一种本性，那深埋在破灭的梦想和令人失望的成就的残骸下的本性。或许是因为，在所有表达出来的残酷、世事无情的想法下，这个年轻人感觉到了一种潜藏的悲哀。又或许，正是那些难得的时刻——在某次散步中，他们走到了郊外，群山一览无余——苦涩的阴云散去了，拉格朗日富有诗意地谈论着生活的现实和艺术真正的荣光和使命；用一种真实、灵巧、稀有而美好的智慧来教导他的朋友。

康拉德·拉格朗日把亚伦·金领到费尔兰高地的别墅里已经近两个月了。夜色已深，亚伦·金在泰恩家吃过晚饭，并度过了晚间的大部分时光。他回来后，发现小说家带着烟斗和狗，坐在酒店游廊的一个空荡无人的角落里。亚伦·金没有跟小说家打招呼，而是一下子坐进旁边那把似乎为等待他而特意摆放的椅子上。当沙皇那褐色的头紧紧地靠在他的膝盖上，轻轻摆动着尾巴，向他表示欢迎时，他俯下身来，用所有狗都理解的语言回应它：他一边亲切地看着它那双棕色的眼睛，一边轻抚着它顺滑的毛。而小说家则皱着眉头，目不转睛地注视着一人一狗。

"你的缺席让他们很失望，"画家随即说道，"尤其是泰恩夫人嘱咐我说，她不会原谅你，除非你为你的罪做适当的忏悔。"

"我有更好的同伴，"对方辩驳道，"沙皇和我去山上看了看。我想你已经注意到了，沙皇对费尔兰高地的人并不感兴趣。对一只狗来说，它的友谊非常独特，它的直觉非同寻常。"

一听到自己的名字，沙皇立刻把注意力转移到主人身上，然后在小说家椅子旁边的老地方舒展着身体。

画家笑了："我尽力为你编造了一个合理的借口，但她说这没用，除了你自己祈求宽恕，什么都没有用。"

"哼，你本应该提醒她，几周前我刚买了一张赎罪券。"

对方很快又乐了。康拉德·拉格朗日打量着他，用最讥讽的语气说："年轻人，我相信你并没有错失良机。让我们看看——晚餐和晚间拜访五次，下午的拜访一样多，开车去名胜古迹短途旅行，还有一次是去洛杉矶的戏剧派对。相信我，奋斗中的天才在完成糟糕的作品而获得关注之前，往往不会得到如此丰厚的奖赏。"

"我一直这样游手好闲，真丢人，不是吗？"画家说。

"游手好闲！"小说家发出刺耳的声音，"你是这片土地上最忙碌的干草摊晒工，在利用阳光这方面，加州这些科学的、集约耕作的农民都比不上你。听我的忠告，继续你目前的行动，不要为你闲置的调色板和画笔感伤而自寻烦恼，你的画技和这些庸俗的工具都不及你的天赋和机会重要。"

然后，亚伦·金有些窘迫地宣布："大家可能都是这样，"他说，"但我照样要创作的。"

"我就知道，"小说家带着嘲弄的胜利回答，"你一上台阶我就看出来了。你走路的姿势，环绕周身的氛围，你的举止和神态，你的声音、你的笑声都散发着一股成功的气息——你要给她画肖像了。"

"何乐而不为呢？"画家相当尖锐地反驳，被对方的腔调弄得有点儿心烦意乱。

"的确，何乐而不为呢！"小说家喃喃道，"是的，当然可以！这是多么正确的一件事，多么令人吃惊。在攀爬名望的高峰时，你的一举一动都自信十足，这真是不可思议。"

"如果一个人的作品是真实的，我不明白他为什么就不应该利用任何有助于他成功的影响。"画家说，"我向你保证我还没富到可以拒绝如此诱人的委托。你必须承认，这位美丽的泰恩夫人的肖像画是值得任何一位艺术家去创作的。我雄心勃勃，确信自己一定能做好这件事。"

小说家似乎被画家话语中直白的真诚所打动，他放下讽刺的语气，真挚地说："我的朋友，这位美丽的泰恩夫人是一个值得大师们去描绘的对象。但是请相信我，如果你像真正的大师那样去画她的肖像，你就会签署自己的死刑令——你作为一名艺术家的名气和声望会随之消亡。"

"我不信。"亚伦·金断言。

"我知道你不相信。如果你相信了还接受委托,你就不适合和像沙皇这样诚实的狗做朋友了。"

"可是为什么?"画家坚持道,"为什么你坚决认为我画泰恩夫人的肖像会对我的成功造成灾难性的影响?只是因为这是一件描绘了真实之美的作品吗?"

小说家含蓄地回答:"如果你看不到缘由,你明白与否都无关紧要。如果你确实看到了缘由,但仍然画出一幅肖像来取悦被画像的人,那么你就将付出代价,也将得到你的奖赏——"说话者的语调变得悲伤而痛苦,"你将变成我现在这样。"

他忽然站起身来,再不多说,阔步走进旅馆;那只狗紧跟在他身后,神态从容。

几乎从他们相识之初,小说家和画家就养成了一起用餐的习惯。第二天早餐时,康拉德·拉格朗日重新开始了他昨晚突然结束的谈话。"我想,你将以适当的方式建一个画室?"

"泰恩夫人告诉我有一处地方要出租,她认为那里很适合我,"亚伦·金回答,"就在泰恩先生拥有的那一大片橘子林的马路对面。我想知道你今天上午是否愿意和我一起去,帮我参谋参谋。"

小说家诚恳地接受了邀请,并向对方保证他是真的感兴趣。于是亚伦·金见了代理人,拿到钥匙并获得了房屋查看权。一小时后,两人出发了。

他们在小城的东边找到了这个地方。房子半掩在四面环绕的橘子林中。高大的棕榈树沿着屋前的道路生长,胡椒树和桉树为房子投下了浓浓的树影,绿色围墙的小院里橘子树排列整齐。这些都标志着,在远东的财阀们发现费尔兰山脉的独特魅力之前,这个地方就已经建好了。草坪、散步道和车道上都非常蓬乱,杂草丛生。房子本身是一座小别墅,门前有个宽敞的门廊直通到房子的西边,已经有若干个季节没有粉刷过了,被大自然刷上了一层柔和而宁静的灰色。

但是,当画家和他的朋友走到房前时,眼前的美景令他们惊叹。玫瑰花似乎因摆脱了束缚而欢欣鼓舞,它们声称这所被人类如此忽视的房子已经完全属于它们了。玫瑰花藤爬到门廊的每一根栏杆上;爬上门廊的顶部,铺满自己的色彩;它们攀上山墙,优美的藤蔓、旁枝、叶子和盛开的花朵组成的藤网遮住了窗户;它们爬上屋脊,越过屋檐,延伸到屋顶,甚至一路奋力向上占领了最顶端的烟囱。在那里,玫瑰仿佛在一种肆意的可爱中狂喜地飞舞,一股灿烂绚丽的芬芳飘散在空气中。

他们俩在前廊上转过身,目光越过路另一边的橘子林的缓坡,望向高耸的山峰和山脊。冬日,在这样的海拔上,它们闪耀着冷白的光芒。在东北方,圣贝纳迪诺峰孤单而威严地抬起头,俯视着山麓和下方山谷里弱小的居民。远处,作为群山的统治者,圣戈尔戈尼奥山被更高的山脊、山峰和峡谷环抱着,登上了天空中的王座。他们从东北方举目向西,主山脉到卡戎山口和圣盖博山脉之间浩瀚辽阔,更远处的圣安东尼奥、库卡蒙加和它们的姐妹峰昂头傲视群山。在眼前的风景中,看不到任何房屋或建筑物。在他们和黄褐色的山麓之间,每一座人类建筑都隐藏在大片深绿色的橘子林里,仅露出了西边相邻小屋的山墙和烟囱。

"听!"康拉德·拉格朗日一如既往地被这壮丽的景色打动了,他低声说,"听!你没听到它们的呼喊吗?难道你没感觉到群山在向这些可怜的昆虫传递它们的信息吗?在这片被人类称为'世界'的、泥泞的土地中蠕动着的可怜虫们。天哪,伙计!要是我们在创作中能听到群山的信息就好了!"

这位小说家说话时,带着如此强烈的感情,声音透出如此痛苦的悲伤和悔恨,以至于亚伦·金不知如何回应他。

画家转身打开门,他们走进房子。

他们发现屋内布置得很好,维护得也不错。"适合单身汉居住,"——这是画家的判断——"但要当画室……不可能。"他的声音里透着一丝遗憾。

"我们再四处看看吧,"小说家满怀希望地说,"那边有个谷仓。"他们走出房子,沿着院子东边的车道往下走。

在这里,他们看到玫瑰花又一次完全占据了这个被人类遗弃的地方——从地基到屋顶,这座建筑结构小而简单,几乎隐藏在一簇簇藤蔓之下。下层是个大房间,上层是个阁楼,后面是马厩。显然,这座建筑的建造时间比那座小别墅要晚一点儿,修缮得更好。坚实的侧墙上爬满了玫瑰,地面上还铺着地板。滑动的大门面对着车道,从大门和墙角之间往西有一扇小门,在西边的尽头有一扇窗。

康拉德·拉格朗日好奇地从这扇窗户向外望了一眼,发出一声惊呼,然后匆匆跑了出去,画家紧随其后。

从谷仓的一侧延伸整个建筑那么宽的距离到西边的院墙,这中间是一座玫瑰园——亚伦·金从未见过这样的花园。这个小花园的三面被高高的知更草树篱环绕着;南面和西面的树篱上方,是橘子林组成的深绿色围墙;院子北面能看到胡椒树和桉树,以及远处山峦的景色;东面是藤蔓掩映的谷仓的墙壁。入口是花藤缠绕的网架拱门,正对着拱门的是一个小小的、靠近南面橘树墙的菱形凉亭,里面有一张简陋的桌子和几把椅子。和谷仓一样,凉亭完全被鲜花织成的织锦所覆盖。他们在离入口最远的树篱的角落里发现了一扇狭窄的门。与小别墅和谷仓不同的是,这个玫瑰园井然有序——玫瑰花被精心照料和修剪,散步道整洁干净、边缘整齐;没有杂草,也没有任何杂乱或忘记整治的地方。

这两个人是如此突然地、出乎意料地来到这里,这个花园与无人打理的庭院和房屋形成了如此鲜明的对比,以至于他们只能默默对视。这个小小的静修之所是如此可爱,将自身的美丽隐藏于俗世中,被一双细心的手如此呵护着——似乎一个看不见的精灵时常出没于此。他们悄悄地、近乎虔诚地四处走动、轻声交谈,仿佛有点期待,期待着某种未知。

"有一个人肯定很喜欢这里。"当他们再次站在入口处时,小说家低声说。

画家同样轻声细语："我想知道这是什么意思？"

当他们再次回到谷仓时，亚伦·金对这宽阔空间的规划充满热情。"墙和天花板上挂些合适的暖色粗麻布，"他指了指，"地板和地毯要协调；在那里，"他边说边把大门拉回原处，"北面有光线，用一些帘子和屏风遮住阁楼的楼梯和马厩的门；入口在这里的拐角处，正好不挡道，还可以从窗户看到花园。好极了，这太棒了！"

"还有，"康拉德·拉格朗日站在大门前回应，"群山！别忘了群山。北面的光线柔和、稳定地投射在你的画布上，而通过同一扇窗户，群山可以向你的灵魂传达信息。这儿应该是个创作的好地方，画家先生。我想就在这里，"他从窗口挪开，用他嘲弄的口吻说，"在这里，准备一张茶几来招待圈中被选中的女士们，她们会用'噢''啊'表达她们对新晋天才的钦佩，并喋喋不休地谈论她们对他的艺术的误解。当然，会有辉煌的篇章。无论如何，要弄到一个东方小孩，今年东方元素相当流行。你知道，你应该充分利用一切能助你成功的因素。而且，无论你做什么，都不要忘了咨询'女神'关于你这些技巧的要领。许多有前途的天才因为邀请了错误的人到他们的工作室喝茶而声名狼藉。但是……"他古怪地说着，从窗户往花园望去，"但是你认为住在外面的精灵会对这些邪恶的事情怎么想呢？"

・※・※・

接下来的两周，亚伦·金都很忙。他租下了橘子林那儿的小别墅，并派人整修以便居住。草坪和庭院被修剪整齐，房子的内部被油漆工和贴壁纸的工人修葺一新，谷仓在他的指导下被改造成一个理想的画室。他去了洛杉矶，其中一次非常幸运，那天泰恩夫人一定要去洛杉矶购物——他买了地毯和帘子；还有一次去买了画具。最后，要找一个中国厨师和管家，还需要一些厨房用品。正是在康拉德·拉格朗日的建议下，从一开始，每个人都收到严格的命令，不得进入那个玫瑰园。

每天，这位小说家总是在沙皇的陪同下，特地去看看事情进展得如何。而且，如果不是亚伦·金太忙而没有注意到，他可能常常会从这位名人犀利而沮丧的眼神中看到一种渴望的神情——如此的厌世和悲伤。尽管他不断地嘲笑和戏弄他年轻的朋友，并提出苛刻的建议，但从他最刻薄和严酷的话语中，经常能听到明显的哀伤，就像一个小调和弦。至于沙皇，它总是很不情愿地回到旅馆，以狗的方式，努力表达它尊敬的主人说不出口的想法。

载着费尔兰高地别墅里的那群人的大旅行车也常常停在小别墅前，他们参观了房子，发出了许多奉承的赞叹，还提了几个建议，表明他们的兴趣。

装修及时完工，一切都准备好了——从画室北边明亮的窗户边的大画架，到厨房里穿着白色褂子的叶凯。最后一个工人带着工具走了,这两个人四下查看了一小时后,站在前廊上。康拉德·拉格朗日说:"舞台已经搭好了。场景切换器关闭,观众在等待。下一幕开场的铃声已经响起,连沙皇看了这一切也都说很好……嘿,沙皇?"

那只狗走到他跟前,有几分钟,小说家低头看着他的四脚同伴,那双棕色的眼睛似乎非常理解它的主人。小说家依旧抚摸着那只狗,并没看向画家,他继续说:"我想你明天早上会把东西搬过来吧?要不然,我们再一起吃个午饭好吗?"

亚伦·金笑了。就像一个准备了惊喜的男孩一样,在合适的时机到来之前,一直在努力、勇敢地保守着秘密。他把手放在他同伴的肩膀上,意味深长地回答:"我是打算咱们明早搬家的。"看到对方困惑的表情,他开怀大笑。

"咱们?"小说家面对他的朋友,快速地问。

"过来,"亚伦·金答道,"我必须给你看一些你没看过的东西。"

他领着小说家来到一间他们原本决定空置的房间,房间的门是锁着的。他从口袋里掏出一把钥匙,递给了他的朋友。

"这是什么?"小说家看着手里的钥匙,傻傻地问道。

"这是那扇门的钥匙,"对方愉快地窃笑,"开门吧!"

"开门?"

"是啊,这就是我为什么给你钥匙。"

康拉德·拉格朗日服从了。透过敞开的门,他看到的并不是他本以为空荡荡的房间，而是一间卧室——装潢华丽的卧室，每一处细节都很完美。他回过身来，静默地、探询地面对他的同伴，奇特而沮丧的眼里流露出一种亚伦·金从未见过的神情。

"这是你的，"画家急忙说，"如果你愿意来的话，这里供你随意使用。你知道，我大部分时间都会在画室。凯会烹调你喜欢的食物。你和沙皇可以自由来去。你知道的，玫瑰园里有一个凉亭。看这儿。"他走到窗前，"我为你选了这个房间，因为从这儿可以看见群山。"

那个奇特的人站在窗边，在画家看来，站了很长一段时间。突然，他扭过头来激动地问道："年轻人，你为什么这么做？"

"为什么？"亚伦·金不知所措，结结巴巴地说，"因为我需要你……因为我以为你愿意来。如果我弄错了，请你原谅……但肯定还没有造成任何伤害。"

"你认为你能忍受和我住在一起，住多久都行吗？"

画家如释重负地笑了，"哦，那就这样！我不知道你有一颗这么柔软的心。你让我担惊受怕了一分钟，我想你现在应该明白，你不能用你邪恶的舌头来对付我。"

小说家的脸扭曲成一个怪诞的笑容。"我警告你，我会照样鞭挞你和你的朋友。这是为了你的灵魂好。"

"只要是为了我的灵魂好，多频繁多严厉都如你所愿。"对方由衷地说，"你会来吗？"

"你能让我承担我的那部分费用吗？"

"只要你愿意来,你想怎么样都行。"

小说家第一次用画家的名字来称呼他,温和地说:"亚伦,我相信你是世界上唯一真正需要我的人;我也知道你的邀请是世界上唯一会让我心怀感激的。"

画家正要回答,那辆大汽车停在屋前。沙皇坐在门廊上,发出一声不满的低吠;透过敞开的门,他们看到了泰恩先生和他的妻子,以及詹姆斯·拉特利奇和露易丝。

小说家低声说了什么,声音很恶毒,与他刚才的语气截然相反。沙皇厌恶地撤退到叶凯的领地寻求庇护。亚伦·金却笑着出去迎接朋友。

"今天下午您在家呀,艺术家先生?"当他走下散步道时,泰恩夫人欢快地叫道。

"我总是待在家里等着合适的人。"他回答后,向其他成员打了招呼。

当他们朝房子走去时——泰恩先生喘息咳嗽着,他的女儿叽叽喳喳地叫喊着,詹姆斯·拉特利奇挑剔地观察着。泰恩夫人稍稍后退到亚伦·金身边。"你终于安置好了吗?"她热情地问道,带着一种迷人、亲密的神情。

"我们明天早上搬来。"他回答。

"我们?"她质问。

"康拉德·拉格朗日和我。你知道,他会和我住在一起。"

"哦!"

值得注意的是，一个女人能在这个小小的音节里塞进多少意义，尤其是当她说这话的时候还从你身边退开了一点。

"怎么了？"他轻声道歉，"你不赞成吗？"

泰恩夫人美丽的眉毛试探地扬起："我为什么要赞成或反对呢？"

客人们来到门廊的台阶上时，康拉德·拉格朗日出现在门口，这个年轻人得救了。

"这儿太讨人喜欢了！"泰恩夫人由衷地喊道，接着她又向那位著名的小说家打招呼，"金先生刚刚告诉我，你要和他一起分享这个可爱的小地方。我真羡慕你们俩。"

其他人已经走进房子了。

"你有时会为自己说的违心话感到内疚，不是吗？"小说家回答。他说话的时候，那双炯炯有神的眼睛盯着她，仿佛在读她内心深处的想法。

她在他意味深长的注视下脸红了，但仍没事似的高兴地说："天哪！我不知道我的女仆这次是不是把我的衣服扣好了。"

他们把泰恩先生安置在一张安乐椅上，并留下了一瓶他最喜欢的威士忌，然后参观了整片地方——从玫瑰园的凉亭到叶凯的食品储藏室——拉特利奇先生，批判地、权威地赞许着；露易丝，每走一步都发出同样兴奋的吹捧之语；泰恩夫人则带着一种主人翁的神气；康拉德·拉格朗日若有所思地看着他们；亚伦·金自己则没心没肺地、带着孩子气的骄傲，展示着他的成果。

在画室里，泰恩夫人站在大画架前，询问画家什么时候可以开始画她的肖像。她太感兴趣了，很想赶紧开始，她最快什么时候能来？露易丝摆出一副崇敬的态度，用虔诚的眼睛凝视着年轻的画家，屏息以待。詹姆斯·拉特利奇靠过来并屈尊地注意着引人注目的中心。康拉德·拉格朗日也侧过身。

"真的，"画家嘟囔着说，"我希望你不要太急躁，泰恩夫人，恐怕我还得等一段时间才能准备好。我想我必须坦白，事实上，我对周围的环境过于敏感，因为陌生的环境会影响我的创作心态。等我适应了新环境，就会为你做好准备的。"

"太棒了！"露易丝吸了一口气。

"完全正确。"拉特利奇先生表示同意。

"什么时候准备好都行。"泰恩夫人顺从地说。

当高地的朋友们离开后，康拉德·拉格朗日上下打量着这位画家，尖刻地讽刺道："你做得非常好。你对环境过于敏感，见鬼！如果你有点神经质，你就没必要炫耀它。这是个弱点，而不是美德。利用别人弱点的人——即使是他自己的弱点——要么是罪犯，要么是傻瓜，或者两者兼而有之。"

然后他们回到旅馆吃晚饭。

第二天早上，亚伦·金和康拉德·拉格朗日从旅馆搬到了橘园的小别墅里并安顿了下来。那是一座可以一览群山的房子，还有个被神秘照料着的玫瑰园。

第六章
未知的朋友

当叶凯做好午餐,画家、小说家和沙皇都已在新家安顿下来了。午后,画家花了一两个小时待在画室,手忙脚乱地整理着旧素描;而康拉德·拉格朗日和沙皇则懒洋洋地倚在前廊上。

有一回,那只狗悄悄地站了起来,沉着地走到朝西的门廊边,原地站立,警觉专注地望着那一大片深绿色的橘子林。几分钟后,它仿佛得出了不管是什么都没关系的结论,便平静地回到了小说家的椅子旁。

"你知道吗?"当天晚上他们坐在门廊上,吸着餐后烟,画家说,"我觉得这个老房子闹鬼。"

"是吗,应该是吧,"小说家回答,心满意足地拨弄着沙皇顺滑的耳朵,"一个好鬼魂——他或者她,很适合这里,不是吗。鬼魂会四处飘荡来寻找一处更讨喜的地方寄居。当然,假如她是一个品格非常高尚的鬼魂,那会为咱们家增添多么迷人的一笔啊。当厌倦了沮丧、皱眉、啜泣、哀号和胡言乱语时,她可以蜷缩在你的床脚上睡觉,就像沙皇蜷缩着睡在我的脚边一样。你知道,一个好的鬼魂如果真的依附于你,就像一条好狗一样恒久不变、忠贞不渝、和蔼可亲、友善相伴。"

"呃……"画家打了个冷战。沙皇转过身来,疑惑地看着他。

"尽管如此,"画家继续说,"当我在画室的时候,我能感觉到有人在看着我……你明白那种感觉。"

康拉德·拉格朗日打趣他道:"我相信你过于敏感的艺术气质不会被我们的幽灵访客影响得太深,以至于让你适应不了你的工作。"

画家笑了。随后他严肃地说:"玩笑归玩笑,拉格朗日,我有种说不出来的预感……我觉得我就要在这里开始我生命中真正的创作了。我……"他犹豫了一下,"在我看来,我能感受到某种我无法确定的影响……也许是那个玫瑰园的奥秘吧!"说完他又笑了笑。

在世人眼中,康拉德·拉格朗日已经获得了他朋友渴求的巨大成功,并被许多人羡慕,但他的生活也因此苦不堪言,他以缓慢而扭曲的微笑回应画家。

他们静静地看着群山的紫色阴影逐渐加深,看着茶色山麓的轮廓变得模糊暗淡,直至消失在昏暗单调的暮色之中。最后一缕夕阳余晖从圣盖博山上的天空中消失了。而在靠近山峰和山脊的地方,繁星点点。一排排橘子林的轮廓再也辨认不清,附近的树木也失去了形状,茂密的枝叶上富有光泽的绿色被黑暗的夜色抹去。而远处山谷里的城镇和小村庄闪烁的灯光,像墨色天鹅绒长袍上璀璨的珠宝,层层叠叠地铺满大地。

两人静默无声地抽着烟。过了一会儿,画家缓缓地开口问道:"你很了解我母亲,是不是,拉格朗日先生?"

"从小我们就在一起,亚伦。"每每提及这个年轻人的母亲,小说家低沉的声音就一如既往地透着温柔。

两个人又陷入了沉默。他们坐着眺望群山,看似深深沉浸在各自的思绪中。然而,他们却觉得在某种程度上,对方都理解自己此刻的所思所想。

画家再一次率先打破寂静,面对他母亲的朋友,下定决心,仿佛觉得自己不得不开口却又不知该从何谈起。"在……我父亲去世后……我在国外的时候,你了解我母亲的情况吗?"

小说家点了点头,说:"是的。"

"非常了解?"

"非常了解。"

亚伦·金一时失语,似乎仍犹豫不决。"拉格朗日先生,"他终于说道,"既然如此,关于……关于母亲的一些事情……我想告诉你……我想她也会希望我告诉你。"

"是的。"康拉德·拉格朗日温和地说。

"嗯……首先,你或许知道,我和母亲之间一直是多么亲密……"他那悦耳的嗓音突然哽住,小说家又点了下头;但是,画家略微抬起他坚毅的下巴,平静地继续说,"父亲去世后,直到我十七岁我们都从未分开过。她是我唯一的老师。后来我就去上学了,只有在假期才能见到她,我和她总是在乡下度过假期。三年前,我出国完成学业。直到……直到我被叫回家,我才再次见到了她。"

"我知道。"对方深沉地回应。

"但是先生,虽然我必须离开家……我们必须分开……但在这段时间里,我们几乎每天通信,计划着未来,盼望着我们能再次团聚的那一天。"

"我知道,亚伦。你们的感情非同一般,而且很美好。"

"在我离开家之前,我和母亲在一起的时候,我还只是个孩子。"画家接着说,"我大体上知道,父亲是一位成功的律师,在政界颇有名气。而且……他死后我们的生活方式没有任何改变,似乎我们想要什么都有钱买……因此我就草率地认为我们一直很富裕。在我上学的那些年里,母亲的信中从未透露出一丝一毫的暗示,会使我怀疑她的资金是否充足。当他们把我叫回家的时候,"他哽咽了,"我发现我的母亲快死了……几乎一贫如洗……家里没有了她所热爱的艺术珍品。她自己的房间,除了最基本的生活必需品,什么都没有。"亚伦·金悲痛又羞愧地把脸埋在手心里。

小说家悄然等待着,憔悴的面容抽动着,即使他长期接受人生悲剧的洗礼，也无法抑制这种情感。

在某种程度上，画家稍微控制了自己的情绪，接着说出的每一个字都饱含惭愧和屈辱："在她去世之前，她告诉我……关于我父亲的事情。父亲刚去世的那段时间里，母亲处理他的事务时，发现他似乎利用了某些客户的信任，并辜负了这些信任，为了自己的利益占用了一大笔钱。他甚至利用了母亲在特定圈子的影响力，并靠着她对他正直诚实的品格的绝对信赖，使她毫无察觉地成为推进他计划的工具。"

康拉德·拉格朗日好像要说话，但还是克制住了自己，等待对方继续。

亚伦·金随即讲下去："遭受损失最大的那个人，在某种程度上能够保护她。出于对我母亲的考虑，这件事就被尽量压了下来。其余的所有人都得到了全额补偿。但是母亲……或许她当时死了的话，对她来说还容易些。她逃离了她的朋友们，远离了她所热爱的生活。她拒绝了所有想帮她的人，并把她的一生献给了我。最重要的是，直到我有能力在这个世界上赢得她梦寐以求的一席之地前，她都打算对我隐瞒真相。就是为了瞒住我，她才把我送走了，让我离开家。我的教育费用的负担自然而然地变得越发沉重，她变卖家里的珍宝，放弃她从小就习惯了的奢侈品，以此增补偿还父亲债务，之后所剩无几。她甚至去世之后还给我留下一笔钱，虽然不是特别多，但也很可观，足以保障我在获得认可和创作收入前能衣食无忧。"

在记忆的鞭挞下,这个年轻人跳了起来。

"以上帝的名义,拉格朗日,为什么没有人告诉我?我不知道……我什么都不知道……我以为……哦,妈妈,妈妈……你为什么这么做?为什么不告诉我?这些年来,我一直活得像个自私的傻瓜,而你……你……我早该放弃一切……我该在沟里干活,而不是接受这些。"

康拉德·拉格朗日沉稳的声音打破了画家如风暴般激昂的话语之后的寂静。"这就是答案,亚伦。她太清楚了,如果你早就知道,那你肯定不会接受她的牺牲,这就是为什么她直到你完成学业为止都一直保守着秘密。她禁止她的朋友们——她禁止我插手。难道你看不出来她是对的吗?你还不明白吗?如果我们违背她的意愿,剥夺她的这一特权,这对她是极大的不公。她非凡的骄傲、崇高的荣誉感、高尚的精神需要她做出牺牲,这是她的权利。上帝原谅我……我曾试着让她看看其他解决办法,但她想得最明白。她的头脑总是最清醒的,亚伦,她唯一的希望就是让你重获自尊和地位,而这本来是你应有的、与生俱来的优势。她赋予你的姓氏也只有你自己才能恢复其荣耀。培养你,让你具备创作的能力,使你不受经济束缚而站稳脚跟,这是她一生坚定的信念并为之燃烧了激情。她的牺牲,她为此所遭受的痛苦,是她因你父亲的挥霍而唯一能补偿你的。她那骄傲的精神,她的聪明才智,她的母爱,都要求她这么做。"

"我知道,"画家回答说,"母亲在去世前告诉了我,她让我明白了这一切。她说这是我的遗产,还要求我保证会忠于她的目标。她的遗言表露了她的信心,她相信我不会让她失望的——我能赢得地位和名声,来洗刷我父亲的耻辱。我会的,拉格朗日,我必须做到。母亲……母亲不会失望……她不会失望的。"

"是的,是的,亚伦,你的母亲不会失望的。"小说家的声音如此柔和,以至于对方正被他自己激烈的思绪所折磨而没有听见。

他们又默不作声地坐了良久。然后画家说:"我希望我能知道母亲那位朋友的名字——那位因我父亲而遭受了最大损失的人,他在危机中那么慷慨地保护着她,至少我要感谢他。我恳求她告诉我,但她不愿意。她说对方不想让我知道——在那个人看来,如果我试图补偿他,就会违背了他的本意。"

康拉德·拉格朗日低着头,轻声对他脚边的狗说着话。沙皇站起来,把柔软的下颌搭在主人的膝盖上,抬头看着那张平平无奇、饱经风霜的脸。这个奇特的人轻轻抚摸着沙皇棕褐色的头,他是如此孤独,对他为之付出了巨大代价而换来的声名如此愤恨。

"你的母亲洞悉一切,亚伦。"他慢慢开口,并未看他的同伴,"你必须相信她是最明白的那个人。她那美丽的心灵不会把她引向歧途。在这件事上,她也是正确的。你的感情值得尊敬,但你必须尊重她的意愿。不管那个男人是谁,我敢肯定她这么做是有缘由的……你最好不知道。或许是这个人对你的影响使她有理由感到害怕。"

"这非常奇怪。"画家迟疑地回答,"也许我不该这么说。但我觉得,正如你所说的,她害怕我知道,她似乎想告诉我,但为了我,她没有说出口。这很奇怪。"

康拉德·拉格朗日没有回应。

"我想让你知道母亲的事,"画家继续说,"是因为我想让你明白,为什么我必须要在创作中取得成功。"

小说家在暮色中暗自笑了。"我一直都知道你为什么一定要成功,亚伦。"他答道,"我从未怀疑过你的动机,我只是质疑你对成功的理解。请原谅我……我质疑你能否正确理解你母亲对你的期盼。"

然后,在一种罕见的、转瞬即逝的情绪中,他似乎向年轻的朋友揭示了他深藏于世的、真实的天性。他补充道:"你说得对,亚伦,这是鬼魂出没的地方,山精在群山中游荡,花灵在那边的玫瑰园中飘舞。你在画室中进行创作的时候,群山静谧的力量和花园的美丽将陪伴着你。我毫不惊讶于你会预感到自己将在这里塑造艺术前程。因为这些来自大自然的影响和那些将会到来的其他影响都将施压在你身上,你会被迫在两者之间做出决定。愿所有真正的艺术之神和艺术家们帮助你不走歧路。听!"

这番感悟来源于这个人丰富的人生阅历和毕生挚爱的深处。像是为了呼应他庄严的话语,一阵音乐从芬芳的黑暗中传来。在某个藏于橘园深处的地方,一位真正的音乐家正在寻求用小提琴的音调表达自己的灵魂。

柔和、悲伤、深刻而清晰的音乐响彻黑夜。起初是低沉的哀求；随后变得有力，情感更蓬勃，仿佛在温柔地坚持呼唤着；接着音量增强，激情高涨，像是在警示某种邪恶的威胁；随后充满爱的忧虑响起；然后是痛苦的啜泣、恸哭、悲叹；最后是真切的、荣耀的胜利；最终沉浸在庄严虔诚的祝福中。乐声逐渐消散在黑夜里，正如它悄然来临时一样。

这两个人天生就喜欢这样的音乐，他们带着无以言表的情感聆听着。此时此刻，这音乐对他们来说，是山之精灵以其平静、雄伟的力量，对他们发出的守护、呼唤和警示的声音。它们与山脚下那卑微的世界里琐碎的激情和渴望相去甚远；这是花之精灵发出的情深意切、甜美纯净和神圣美丽的声音。好像为了证实康拉德·拉格朗日刚才说过的话，精灵们在黑夜里如此虔诚地向他们大声呼喊。

第七章
穿灰色贵格会[1]礼服的泰恩夫人

  亚伦·金似乎很不愿意着手画泰恩夫人的肖像。日复一日,他毫无缘由地推迟了这件事。他会花好几个小时在小别墅的区域漫无目标地游荡,在门廊上发呆,或者在他的画室里无所事事。他会从小别墅走到玫瑰园尽头的那栋建筑,仿佛被某种清晰明确的决心所感动。然后,在一小时或更长的时间里,毫无头绪地与他的画材一起消磨时间:随意翻看草图和素描,仿佛在寻找他明知不会搁在那里的东西;摆弄他的颜料和画笔,或坐在空白的画架前,透过大窗户眺望远山。他似乎无法专心于他如此重视的这项任务。泰恩夫人来访过好几次,但他都恳求她耐心些;她假装怀着对天才的敬畏等待着。

  康拉德·拉格朗日冷嘲热讽,提出讥诮的建议或挖苦的恭维,

---

[1] 贵格会是基督教的一个教派,是基督教新教的一个派别。

在话语之下，则是他敏锐的警觉和同情。他也许比画家自己更了解这种犹豫下的秘密。未曾露面的音乐家每天都会在橘园里为他们演奏一段旋律，时而在早上，时而在下午或傍晚。无论旋律是沉重的还是欢快的，总是带着第一晚神秘黑暗中的那种情感，使他们为之动容。

当然，他们现在知道了这位音乐家就住在隔壁的房子里。从橘子树的上方可以看到房子的山墙和烟囱，仅此而已。服从于某种莫名的启示，从第一晚的环境和情绪中产生的这种启示，无疑促使他们俩不再往下深究。尽管没有说出口，他们担心知晓音乐家的身份会剥夺他们通过音乐本身而发现的特别的乐趣。因此，他们总是以假想的方式谈论他们不知名的邻居，就像他们以幽默的方式谈论亚伦·金坚称的仍在这里出没的鬼魂一样，或像他们随之提到的被精心照料的玫瑰园之谜一样。

当这位画家再也拖不下去的时候，他终于告知了泰恩夫人来画室的确切日子。到了约定时间，画家待在他的画室里。画架上放着一块画布，调色板、颜料和画笔都在手边。画家站在北边的大窗户前，抬头望向远处的群山，那些小说家所说的群山是如此坚持不懈地呼唤着。忽然，他侧耳倾听，穿过橘子树组成的绿色墙壁，传来了那把隐藏的小提琴的乐声，甜美、清脆而低沉。

他站在那里，注视着群山，聆听着音符传达的思想，亚伦·金猛然意识到，这一瞬间是那些难得的时刻之一。预感出乎意料地来到了，当有了先见之明，就可以清楚地看到他所追求的路途尽头和到达时等待他的命运；他也同样清晰地看到了另一条路，并了解这一预示的含义。但在这样的时刻，赋予他的力量还太少，他无法为自己做出选择。虽然另一条路也是如此明确，但他的脚还是牢牢站在他选择追随的道路上，除非有人牵着他的手说"来吧"，否则他不会转向另一边。

一种与音乐完全不协调的声音打破了画家的幻象。他转过身来，看见泰恩夫人满怀期待地站在敞开的门前。"嘘！"画家仍然被那一刻充满无限可能性的魔力迷住了。"听，"——他做了个手势，制止她上前，"听。"

那女人过于完美的容貌上浮现出傲慢的惊讶之色。然后，当她听到小提琴的琴声时，她稍微侧过身，但也只有一瞬间。

"很灵巧，不是吗？"她一边说着一边走上前，"这一定是老贝克尔教授。我知道他住在这附近，他们说他人很好。"

画家诧异地看着她，片刻之后，思绪恢复正常，他顿时尴尬地笑了起来。

看着她茫然又疑惑的神情，他说："请原谅，泰恩夫人，我没有意识到刚才我是多么粗鲁地迎接你。其实我……我是在做梦。"他引导性地转向画架上的画布，"你看，等你的时候我在思考，然后音乐响了……嗯……当你真正现身的那一刻，我竟没有意识到那真的是你。"

"你真可爱！"她回答道，"能成为一个艺术家梦的主题，这真是我收到过的最好的赞美。告诉我，你喜欢我穿这件衣服吗？"她让外套从肩上滑落，穿着贵格会少女样式的、朴素的灰色连衣裙站在他面前。她故意把自己美丽的一面转向他，接受他挑剔的检视。她来回走着，坐着，半倚着，站着，摆出各种优美的姿势；她引诱着，直面他最密切的关注，敢于承受他对每一个曲线和细节的审察，当然是专业的审察。

尽管这件长礼服的颜色和线条都很简单，但它仍带有穿着者明显的个性。严肃的线条巧妙地突出了曼妙的身姿，那种虽被布料遮住却无法掩饰的性感，淡雅的颜色更凸显了隐藏在衣服下的肉体。装饰物的缺席，使注意力全都聚焦在那大声嘲笑着它们的魅力上。这是在宗教肃静的氛围下发出的世俗的响声。就高雅的品位而言，这本身就是低俗的广告。她把端庄变成了轻浮的女仆，这种肆无忌惮和厚颜无耻令画家颇为震惊。

"哦，天哪！"她看着他的脸说，"怕是你一点儿也不喜欢……我觉得这是一件如此漂亮的小礼服，是你告诉我喜欢穿什么就穿什么的。"

"这确实是件漂亮的长礼服，"然后他急忙补充道，"你穿着它很美丽，你穿什么都会很美丽。"

她摇摇头，对他报以赞同和理解的微笑。"你这么说是为了让我高兴，看得出你不喜欢我这个样子。"

他一口咬定："但我喜欢，我非常喜欢你这个样子。我只是有点儿惊讶，仅此而已。你看，我本以为你会挑一件……你明白的，挑一件符合你社交地位和社会阶层的晚礼服……露出你美丽的肩膀……"

好像被冒犯了似的,她眼眸低垂,冷冷地说:"我美丽的肩膀不是给公众看的。我从来没有穿过,也不会穿那种可怕、轻佻的礼服。"

亚伦·金被搞糊涂了。忽然,他想起了康拉德·拉格朗日对泰恩夫人风格的评价。她穿着一件刻意展示她迷人身材的长礼服,如此直白地在他面前展示着自己,而这之后竟然嫌弃裸露肩膀的传统服装……这太过分了!

"我再一次请你原谅,泰恩夫人,我不知道你不喜欢晚礼服这件事。"他勉强说道,"服装展现穿着者的气质,所以在这种情况下,你的装扮确实使我们很好地摆脱了选择服装的困境。"

"哎呀,我也是这么想的。"她热切地回答,"这和我真正的品位是完全一致的,你不明白吗?一幅真正的肖像画,我指的是一幅严肃的艺术作品,你知道,应该永远不仅仅是画得像,不是吗?你不认为一幅真正优秀的肖像画就必须凸显精神和品格,必须刻画出灵魂和特征吗?为你着想,我特别希望这能是一幅真正伟大的作品。"她的态度似乎表明她所做的这一切都是为了他。"你知道的,我从来不允许任何人画我的肖像。"她刻意加了一句。

他指着画架上的画布郑重地说:"你真是太好了,泰恩夫人。相信我,我真的很感激这次机会,我会尽最大努力在这里表达我的感激之情。"

当模特摆好他需要的姿势时，画家在画布上用木炭扫了几笔，简略地勾勒出人物的轮廓。接着他弯下腰看着他的颜料盒。为了让她放松下来，他随口问道："今天下午你是一个人来的，是吗？"

"哦，不，的确不是！我把露易丝带来了。我应该一直带着她或是其他什么人。你明白，一个人再小心也不为过。"她装作天真地说。

画家仔细端详着她的脸，机械地回答："确实。"

当他转回画布时，泰恩夫人继续说道："我把她留在小别墅里，给了她一盒巧克力和一本小说。我觉得你宁愿和我独处。"

"请不要往下看，"画家说，"我需要你看着这里。"他指了指墙上的一幅画，这幅画在画架左边稍微靠后一点儿的地方。

在这之后，画室里安静了。泰恩夫人乖乖地保持着这个姿势，她的眼睛盯着画家所指的那一点。但是，当画家的眼睛盯着他的画布或调色板时，因为他自己就差不多在她的视线之内，她很容易就能看到他作画。这种安排很不错，因为它减轻了模特目前的沉闷，使她脸上流露出一种生动有趣的表情，并被如实地呈现在画布上，而这应该能确保任何画家的名声和未来。

要说亚伦·金正全神贯注于自己的创作，那言过其实了。他熟练运用绘画工具也精通绘画技巧，但他只对技能的运用感兴趣，并没有沉浸在自己的创作中。有两三次，泰恩夫人看见他迅速地向后瞥了一眼，好像在等什么人。有一次，他有意从画架边走到窗前,相当长的一段时间内一直抬头望着远处的山峰。还有好几次,他好像在倾听着什么。

她最终问道:"我可以说说话吗?"

"啊,当然可以。"他回答,"我需要你完全放松,就像在自己家里一样。自然一点儿,想说什么就说什么,没有任何礼仪的束缚,无论什么都可以,把我当作一个器物吧,只不过是一件家具而已,就像你独自待在自己的房间里那样彻底地放松自己。"

她沉思着说:"真有趣。"

"一点儿也不,"他答道,"就那么回事。"

"不过,如果我相信你的话,那就太好笑了。"她突然改变了姿势,直视着他的目光,"一件器物能这样看着我吗?"

"我是说你要把我当作一件家具,不是说我像一张桌子或一把椅子。"

"哦!"

"别往下看,请保持刚才的姿势。"画架边的人有些严厉,好像他在精神上控制住了自己。

在那之后,她越发兴趣盎然地看着他,当他以那种倾听的姿态偏过头时,她的眼神流露出一丝好奇和愠怒。

不一会儿,她猛然问道:"你听到了什么?"

"我想我听到了音乐。"他回答时脸微微红了,然后忽然对他的作品产生了浓厚的兴趣。

"那把小提琴让你如此着迷,而我的到来解除了它的魔咒?"

她固执地打趣道,尽管她眼中并没有俏皮的光芒。

"是的。"他简短地回应,往后退了一步,把手放在眼睛上方遮住光,端视着他的画布。

"你不知道是谁吗?"

"你说是个老教授什么的。"

她回嘴道:"那是我的第一个猜测,我说得对吗?"

"我不知道。"

"但音乐是从隔壁那个小房子传出来的,不是吗?"

"显然是的。"画家答道,随即,他把调色板和画笔放到一旁,匆匆地说,"今天就这样吧,谢谢你。"

"哦,这么快!"她叫了起来,声音里流露出的遗憾让那个绝对不是器物的男人非常高兴。

她急切地朝画架走去。但是画家迅速拉过一块帘子盖在画布上,遮住了作品,接着一边制止她一边说:"还不能看,拜托。在我说可以之前我不想让你看。"

"你真是太小气了。"她抗议道,带着迷人的顺从,随后,她急切地问,"你想让我明天来吗?你是这么想的,不是吗?"

"好的,请……在同一时间。"

当贵格会少女的礼服被安全地藏在她的外套下面时,泰恩夫人站了片刻,若有所思地环顾了一下画室;而画家则在门口等着,准备护送她上汽车。"我会爱上这间屋子的。"她慢悠悠地说。她的声音第一次充满真诚,还带着一丝忧郁,这令画家诧异地看着她。

她冲动地走向他。"当你成名的时候,当你成为一名伟大的艺术家,所有的大人物和名人都来找你画肖像的时候……我想知道,你还会记得可怜的我吗?"

"我真的会出名吗?"他犹疑地反问,"你就这么确定这幅作品将意味着成功吗?"

"当然,我确定——我知道。你想成功,不是吗?"

亚伦·金看着她一时没有作答。然后,他以一种迅猛的决心,流露出她从未在他身上看到过的深沉的情感,大声说道:"我想要成功吗?我……我必须成功。我告诉你我一定要成功。"

这个女人把手搭在他的臂上,非常温柔地回答:"你会的……你会的。"

康拉德·拉格朗日和沙皇在前廊上找到了画家,他正闷闷不乐地抽着烟斗。

"今天的事都结束了吗?"小说家站在那里,用独特、犀利、令人费解的目光俯视着这个年轻人。

"都结束了。"画家说着,沙皇把鼻子戳在他的膝盖上以示问候,他则用爱抚来回应它,"你飞到哪里去了?"

小说家陷进椅子里。"为了避免被那个'拉格泰姆'的无足轻重的人类代表——露易丝·泰恩逗乐,我会飞到任何地方。我恰好看见她们来了。"他边说边往烟斗里装烟丝,"肖像画进展如何?"

"还好吧。"画家冷漠地答道。

小说家好奇地斜着瞥了一眼他那郁郁寡欢的同伴，然后，划了根火柴，小心翼翼地点燃他的烟斗。他看着冒出的青烟，挖苦道："我想'女王陛下'为了这一场合一定盛装出席，穿着与她国家尊严相称的衣服——像华丽的细麻和紫袍之类的？"

这种暗讽的语气让画家转过身来，粗暴地回答："我想你肯定知道，该死！我正在把她画成贵格会的少女。"

康拉德·拉格朗日的反应就像画家的爆发一样令人意外。他并没有像画家所预料的那样，用尖酸刻薄的长篇大论戏弄对方，而是皱着眉头凝视着画家，悲伤地摇摇头，带着真诚的惋惜和理解说："可怜的家伙，那一定是地狱。"当他敏锐的头脑继而领悟到画家话中全部的意义时，他若有所思地呢喃着："'时代'的化身伪装在贵格会的灰色装扮之下——过去巨人的影子！多好的一个机会，只要你有勇气去做。"

画家从椅子上站起来，在门廊里走来走去，奋力地挥动双手表示抗议："别这样，拉格朗日，别这样！我现在受不了。"

对方由衷地说："好吧，我不会了。"他起身把手放在朋友的肩膀上。"来吧，在叶凯叫我们吃晚饭之前，我们去看看玫瑰吧。"

在玫瑰园里，画家看到一个白色的东西躺在整洁的小路上。他惊呼一声，急忙去把它捡了起来，那是一块儿在边角处精巧地绣着一个"S"的，有着细致花边的方形手帕。

两个人相视一笑，带着疑惑的眼神对望无言。

第八章
似是而非的肖像画

泰恩夫人,一个被康拉德·拉格朗日视为这个时代化身的女人,她的肖像画正由亚伦·金进行最后的调整。

自那天晚上,亚伦·金把他母亲自我奉献的故事告诉了康拉德·拉格朗日后,他们俩之间的友情就已超越了对女人的爱情。尽管小说家信守诺言,为了画家的灵魂,从没有停止鞭挞他的年轻伙伴,但他似乎越来越频繁地以温和的态度发表见解;而画家也更加欣赏他非凡的想象力、细腻的情感、高深的智慧和敏锐的洞察力。这位卓越的小说家正是因为这些天赋而使自己的心灵备受煎熬。

画家创作肖像期间,小说家一直拒绝看这幅画。他对此直言不讳,他不愿冒任何风险去妨碍他的朋友成名,也并不需要目睹这幅画完成的各个阶段,他更愿在肖像完成后旁观他朋友的羞耻。画家用笑来掩饰一个令人尴尬的事实，那就是他相当乐意把这幅特别的画留给自己独自处理。

然而，康拉德·拉格朗日并没有拒绝偶尔陪他的朋友去费尔兰高地的别墅，画家仍在那里消磨掉大量的时间。当泰恩夫人嘲弄般地提起小说家的那个许诺，即他不会让画家毫无保护地置身于她的温柔怜悯之下时，他总是用一些——正如她所说的——拐弯抹角的话来回应。大意是，目前的情况丝毫没有削弱他拯救这个年轻人的决心，他会将这个年轻人从那些即将毁掉他天分的影响中拯救出来。"如果，"他总是加上一句，"如果他值得拯救。不过这还有待观察。"在泰恩家中，他们总能遇见詹姆斯·拉特利奇，这位著名的评论家同样也时常造访橘园中的小别墅。

应泰恩夫人的要求，在拉特利奇娴熟的操作下，报纸已经在忙着报道亚伦·金和他的绘画作品了。诚然，这位评论家从来没有看过亚伦·金的作品。但即便如此，全国各地的报纸和杂志还是经常提到这位画家非凡的才华。在这些报道中，关于他在国外学习和成功的故事很少，只委婉地提及了他的贵族家庭；报道娓娓动人地描述了他与著名小说家在费尔兰的橘园中的浪漫生活，以及这位杰出的画家在他加州的玫瑰花簇拥的画室里，正如何为知名的社交领袖泰恩夫人创作肖像画——这是这位著名的美人有史以来的第一幅肖像画。虽然在这个国家，这位罕见的天才的作品是如此的鲜为人知，但所有被获准欣赏这幅旷世之作的人，都一致认为这幅肖像画会在展出时引起轰动。

康拉德·拉格朗日说:"一切就是这么简单。"

有那么一两次,画家或小说家看到那个毁容的女人,小说家仍试图在脑海中忆起她,却徒劳无功。每天,他们都会听到邻近橘园深处传来的那把隐秘的小提琴的琴声。他们常常用调侃的语气谈论着出没在这个地方的幽灵,但他们并不想揭开那个被精心看顾的玫瑰园的神秘面纱。他们知道照看玫瑰花的那个人只会在清晨时进园工作,所以在吃完早餐前他们都谨慎地避免走到房子的后院。他们觉得探查可能会剥夺他们想象中特有的幽默。这些想象对他们两人来说是种乐趣,为橘子树和玫瑰花簇拥下的家赋予了额外的魅力。

但好友三人组中的另一名成员就没有那么谨慎了。以犬类最原始的本能,沙皇养成了一种不寻常的习惯。傍晚,当三人组坐在门廊上时,它会时常突然从主人的椅子旁站起来,沉着地走到门廊边,面对隔壁的山墙和烟囱站着,聚精会神地听着;然后,没有那么多的"请勿见怪",它会毫不迟疑地跳到地上,消失在屋角附近的某个地方。过了一会儿,它沉着地原路折返,坚定地把它柔软的鼻子依次戳在那两个人的膝盖上,以示问候,并用那双富有表情的棕色眼睛无言地向他们保证,它的任务是极其正派的,他们可以相信它不会犯愚蠢的错误,不会破坏他们小家庭的平静与和谐。那两个人一直赞成它的做法。事实上,他们充分地信任它,甚至从不走到门廊的角落察看它的去向,在它回来之前他们也不会离开椅子。

泰恩夫人来画室的日子里，露易丝总是小心地陪她来到小别墅。每当她们来时，康拉德·拉格朗日就消失了。这个男人向他知道的所有奇妙的众神发誓，他害怕和那个年轻又热情奔放的艺术爱好者在一起，哪怕度过一小时，以免群山因盛怒而倾倒在他身上。

但是那天，当泰恩夫人最后一次作为模特到达时，小说家正在和画家进行有趣的谈话而忘了躲起来。

"你逃不掉了。"那辆大汽车停在门口的时候，画家幸灾乐祸地喊道。

"我要是被抓住了就该下地狱。"小说家回应，并没有亵渎的想法，只是字面上的意思。他抓起一本书，猛冲进厨房，差点把不安的叶凯吓死。

"发生什么事了？"那个中国人问，把头伸进客厅的门里。他那双杏核眼尽可能地睁得大大的，带着一种令画家震撼的惊天动地的表情。他一看到汽车，黄皮肤的脸上就皱起了理解的笑容："哦！看她们来了！哈！我就知道，她来了，他总走，他说不喜欢拉格泰姆·泰恩。狗，沙皇，它也一直不见了；它和拉格朗日先生一样，也不喜欢拉格泰姆。哈！我也去了。"继而他也消失了。

"你今天来早了。"亚伦·金陪泰恩夫人去画室的路上说。

刚进画室的门，她就立即回过身面对着他。两人站得很近，她精心的装扮和丰满撩人的胴体，充满着性的诱惑。她过于完美的面容微微泛红,眼眸顺从地微垂着。"你忘了这是我最后一次来吗?"她柔声问道。

"当然不是。"他平静地回答,"明天你和其他人要一起来,不是吗?"她的丈夫、詹姆斯·拉特利奇以及露易丝·泰恩已被邀请第二天来欣赏这幅肖像画。

"哦,但那会很不一样的!"她解开外套,以一种难以形容的熟练姿势把它丢到了一旁,"你不知道这些时光对我意味着什么,你怎么会知道呢?你又没有生活在我的世界里。你的世界是……是如此不同,你不明白……你不明白。"她突然迸发出激情,补充道,"我生活的世界是地狱,而这里……这里……哦,这里一直是天堂!"

她的话语,她的声音,她的身姿,以及张开的双臂,这一切近乎一种邀请,像是她被他降服了,以至于画家冲动地迎上前去。那一刻,他忘记了他的创作,忘记了一切,他只记得站在他面前的这个女人。但是,正当那女人的眼睛里闪耀着胜利之光时,画家停了下来,退却了。他别过脸,听着那把隐秘的小提琴奏出的音乐,乐声传递着由那温柔的灵魂所发出的悦耳动人的启示。事实上,就好像这些群山本身,它们如此远离人类低劣悲惨的小世界,在宁静的至高之处守护着他。"你不认为我们最好继续我们的工作吗?"他恢复了冷静。

那女人眼中胜利的光芒变成了愤怒,她转身掩饰她的眼神。她走到自己的位置上摆着姿势,对画家的话语不予回应。现在,当他的眼睛盯着画布的时候,她就看着他,正如她以往日复一日地注视着他一样。来画室的第一天,她询问过那位从未现身的音乐家,之后,这个问题就再未提及。尽管在这种环境下,他们已经不可避免地越发亲密了。但是,不止一次,他停下画笔倾听着,或是从窗口望去,仿佛有些期待着什么人的到来,而没有注意她,那时她的眼睛里总是闪过怨恨的光芒。可当画家再次转向画架,从画布上方望向她时,她就迅速地藏起了怨恨的眼神。

那天下午,画家准备好开始工作时,音乐就停止了。此刻,泰恩夫人不再默默地观察,而是用一种相当随意的口吻问道:"我想你还不认识你的音乐家邻居吧?"

"是的,"他微笑着回答,似乎是在自言自语,而不是在回应对方,"我们从没想过要结识她。"

那女人快速地抓住了他的把柄:"结识她?如果你不知道对方是谁,为什么要说'她'呢?"

画家被搞糊涂了。"我说的是'她'吗?"他反问道,脸因尴尬而涨得通红,"这是个口误。康拉德·拉格朗日和我都对我们的邻居一无所知。"

她讥笑道:"你很容易就能知道的。"

"我想是的,但我们从不在乎。当音乐响起的时候,比起是谁演奏的这个问题,我们更愿意接受音乐本身带给我们的东西。"他说得很冷淡,似乎这个话题当下令他有些反感。

但是这个女人坚持说:"嗯,我知道是谁。要我告诉你吗?"

"不，我不想知道。我对这位音乐家不感兴趣。"

"哦，但你可能会，你懂得。"她辩驳道。

"请摆好姿势。"亚伦·金专业地回答。泰恩夫人明智地暂时放弃了这个话题，心满意足又意味深长地笑了。

这位画家一声不响、全神贯注地创作那幅即将完成的肖像画。他现在不像构图铺色时那样，用沾满颜料的刷子快速有力地作画，而是不时地用灵巧的笔触在这儿画一下、那儿补一下；他经常退开几步，专心地审视一番，然后目光迅速地在模特和画像之间反复；接着他快步上前，用手里的画笔补上几笔。一会儿又退后，进行另一次漫长而深入的审视。不久，他长舒一口气，放下调色板和画笔，微笑着向泰恩夫人伸出手。"来吧，"他说，"告诉我，我画得是好是坏。"

"画完了吗？"她叫道，"我可以看看吗？"

"这是我所能做的一切，来吧。"他回答，把她领到画架旁，俩人并排站在这幅肖像前。

这幅画的颜料还没干，是一幅泰恩夫人的肖像画，但也不是。它细腻的色彩，完美融合的色调和线条，每一处用心的细节和每一个画笔的痕迹——这些深思熟虑和抽丝剥茧的描绘，都表现出了一位画家训练有素的绘画技巧和对绘画透彻的理解，至少他在画肖像方面是个顶尖高手。但是，或许有人会这么说：这幅画与其说是一幅肖像，不如说是一幅意象。画布上的脸和泰恩夫人的脸一般无二，但这也是一张甜美谦逊的贵格会少女的脸。这个美丽的女人在现实中那过于完美、过于精心修饰的面容，在画布上被赋予了一种天然的、不谙世事的可爱。那双盯着画家的眼睛，有着对生命特定的感悟和由此而生的魄力，在画中散发着天真少女般的迷人魅力。头发的颜色和发型都被巧妙地改变了，用以表达女性天生的温柔气质，而不是昂贵的美容师和时尚的美发师的技艺展示。这件衣服，穿在泰恩夫人身上时，充分暴露了她的本性；而在这幅画中，它却成了一种纯洁而深刻的宗教精神的象征。

泰恩夫人不假思索地转向画家，拉着他的胳膊，兴奋地叫道："哦，这是真的吗？我真的这么美吗？"

画家笑了。"你喜欢吗？"

"喜欢吗？我怎么能不喜欢呢？它太美了。"

"我很高兴，"他答道，"我希望作品能让你满意。"

"那你呢，"她热切地问道，"你满意吗？你觉得它好吗？"

"哦，至于这一点，"他回答道，"我想人们永远不会满足。在某种程度上，我知道这作品画得不错……但恐怕远远没有达到应有的水平。毕竟，我觉得我没有充分利用这次机会。"他说话时有些许失落。

她再次任性地用手触碰他的胳膊，同时急切地回应："啊，但其他人不会这么说的，他们也不敢。我告诉你，这将是今年的轰动事件。你就等着吉姆·拉特利奇来看这幅画吧！等到它被挂起来展览时，他会向全世界介绍它的。然后所有有头有脸的人都会来找你。而我……我会记住和你在一起的这些时光,也很高兴能帮上忙,哪怕只有这么一点点。我想知道,你也会记住这些日子吗?这幅肖像画完成了,你高兴吗?"

"你不高兴吗?"他别有深意地反问。

两个人都忘了面前的这幅画,都看不到它了,他们的眼里只有彼此。

"不,我不高兴。"她轻声说,"如果我一个人来这儿的话,人们很快就会议论纷纷,因为这幅画已经完成了。"

"我想不管怎样,你很快就要离开费尔兰去避暑了。"他缓缓地说。

"哦,听着。"她激动地喊道,"我们要去寂静湖。有什么能阻止你的到来?你知道,每个人都会去那里,你不来吗?"

"但这真的安全吗?"他迟疑了。

"为什么这么问,当然安全。你不明白吗?泰恩先生、露易丝和吉姆,我们都要一起去。我觉得你肯定是不想去,"她噘着嘴说,"我看你是想忘掉这一切。"

她那勾人的姿态,诱惑的话语和声音,抚上他胳膊的手,以及紧贴上来的身体,都让这个男人为之倾倒。一时的激情使他抓住了她的手,话语中也充满了鲁莽的亢奋。"你知道我不会忘记你的。你知道,即使我愿意我也做不到。你以为我全神贯注于我的画笔和画布而没有注意到你吗?我画得那些东西和你美丽的本人相比又算得了什么?我必须把自己变成一台机器来描绘你的美,但你以为我就对你的魅力无动于衷吗?我不是机器。我是一个男人,而你是一个女人,所以我……"

突然,她制止了他,快步退到一旁:"嘘,有人来了。"

门正好开着,画家也听到了声音。

泰恩夫人飞快地穿过房间去拿外套。亚伦·金走到画架前,拉起天鹅绒的帘子遮住了那幅画。

第九章
康拉德·拉格朗日的奇遇

诚然,那天下午,当康拉德·拉格朗日如此仓促地躲避露易丝·泰恩时,他一定想不到这个小插曲将标志着他生命中一个新纪元的开始,并且将对他最亲密的朋友的人生产生如此深远的影响。他的初衷仅仅是为了避开那个可怜的年轻女人的浅薄和自夸,寻求一时的宁静。露易丝自以为对艺术和文学非常感兴趣,并会绝妙地展示出她的生长环境及所受教育的特质。

小说家拿着烟斗和书躲在玫瑰园里,坐在画室墙壁和知更草树篱夹角处的草地上,这样任何人进入画室时都不太可能看到他。沙皇由衷地赞同主人的做法,舒舒服服地趴在离它最近的玫瑰花丛下,等待事态进一步发展。

不一会儿,小说家听到他的朋友和泰恩夫人从小别墅里出来,走进了画室。尽管画家纯粹的男孩气经常打动他,但有那么一刻,他感到不安,担心这位画家会把泰恩夫人领到花园里来。那一刻过去了,小说家在心里因这个年轻人的宽容而祝福他,满意地笑了笑,点上烟,打开了书。然而,他刚找到要阅读的段落,又被来自邻居的小提琴悠扬舒畅的旋律打断了。他把书搁在一旁,在玫瑰的遮挡下向后倚着,眼睛微合,沉溺于从芳香的橘林深处召唤而出的精灵幻境中。

他头顶的树篱和画室墙上的一大丛玫瑰花,将可爱的花瓣洒落在他身上。午后温暖、斜射的阳光,在闪闪发亮的树叶和树枝的遮挡下变得温婉柔和、五彩缤纷,令人眼花缭乱。金色的蜜蜂和有着天鹅绒翅膀的蝴蝶四处飞舞,履行着仙女般的职责。远方,一只鹰悬在深蓝色的天空中,翅膀一动不动。一只孤独的乌鸦向着遥远的、闪烁着银白之光的山峰飞去,略低于这些山峰的山脊被罩上了一层蓝色和紫色,山麓丘陵染上了黄褐色。空气中弥漫着玫瑰、橙花、桉树和胡椒树的香气,以及加州春天的千百种芬芳。

乐声停止了。小说家等待着,希望它能重新响起。但并没有,他正要再次拿起书,这时沙皇站起身,伸了个懒腰,以优美、倾听的姿势立着,没多久,它在玫瑰丛中小跑起来,这让小说家心神不宁,一种古怪的预感油然而生,使他在留下还是离开之间游移不定。一想到露易丝还在家里,他就决定藏在原处。一个狡黠的微笑悬在他那刻满沧桑的脸上,仿佛自己终于进入一场愉快的冒险中。

不久,他便隐约听到花园另一端的某处传来轻柔的嘟囔声。声音非常迷人,纯净而甜美、清澈而饱满。声音越来越近,这个男人笑意渐浓。那个只闻其声却未曾露面的人,正和沙皇说着话。小说家脸上的笑容更深了,他放低声音,自言自语道:"坏蛋!原来这就是它一直在做的事!"他悄悄地半跪着,透过满是鲜花的灌木丛暗中观察。

一位美貌绝伦的年轻女子正徜徉在花园中,弯腰看着玫瑰,轻声与沙皇聊天,而沙皇——在它藏匿着的主人看来——非常享受这名温柔的朋友的亲昵举动。这位小说家在研究人性方面是个老手,长年观察和经历过人类矫揉造作的虚伪世界后,他深深地陶醉在眼前的景象中。

她衣着朴素,穿着柔软的白色贴身裙,领口是剪裁得当的方形低领,袖子的长度在肘部下方一点儿,镶着一条薄薄的蕾丝花边;她体态轻盈,身形柔和圆润,在她四处走动的时候,既有少女的明媚,又有成熟女子的优雅。当她俯身在玫瑰上,或者弯下腰温柔友爱地抚摸狗的时候,她的脚步、她的姿态、她的每一个动作,都体现出天生的健康和力量,这在那些受到传统社会桎梏的人群中是极其罕见的。她的脸被室外柔和的阳光镀上了一层金色,只见她皮肤紧致,线条清晰,纯洁无瑕,浑然天成——犹如她俯身亲吻的花。

就在小说家观望时,他注意到她总待在花园中朝着小别墅的那一侧,于是他露出了会意的微笑。因为在这一侧,光透过大北窗射进画室，画家站在画架旁，从画室尽头的小窗户是看不到她的；而她躲在那高高的树篱旁，叶凯在厨房里同样看不到她。她也常常驻足倾听，仿佛在听所有可能靠近的脚步声——在小说家的想象中，她就像来自另一个世界的某种生物——轻轻地摆好姿势，随时准备着，一旦有任何粗鲁的观察者靠近，就立刻消失得无影无踪。很快，她谨慎、犹豫地环顾四周并竖起耳朵听着，接着像小鹿一样敏捷地穿过花园溜走了，那只狗跟着她，消失在靠南墙的玫瑰花覆盖的菱形凉亭里。

康拉德·拉格朗日暗自窃笑，他悄悄地沿着树篱爬到了凉亭的门口。

当她看到他时，轻叫了一声，好像要逃跑似的，但是小说家微笑着挡住了她的去路。沙皇一边高兴地向主人打招呼，一边把目光转向那女孩，再转回主人，仿佛它要把注意力平分在这两个人身上，一心要向对方保证另一方是不错的朋友。毫无疑问，这只狗正在介绍他们认识，它为自己的新朋友感到自豪，也很高兴引荐更年长、更亲密的伙伴。

当女孩领悟了沙皇的意思后，她迷人的脸上绽放出灿烂的笑容。"哦，"她说，"你是它的主人吗？"她的举止像孩子般自然、至情至性，她悦耳的声音甜美轻柔，就像一个不习惯喋喋不休的人群或不习惯城市喧闹拥挤的人。

"我是它最忠实、最谦卑的臣子。"小说家荒诞地回答。

她大方地端详着他的脸，而她自己——没有学过如何掩饰情感,也没有练过如何骗人——她的面容坦然地泄露了每一个转瞬即逝的思想和情绪。小巧的下巴,感性的嘴唇,细致的鼻孔;大大的蓝眼睛——带着初生牛犊不怕虎的神情——透露出美好而珍稀的心灵;低矮宽阔的前额被头发遮住了——浓密柔软的棕色发丝被灵巧地梳成简单的发型,似乎吸引着每一股任性的微风来轻抚——这赋予了她额外的魅力,充满力量和决心的魅力。小说家看着这一切,并意识到这些品格的价值——极少人能理解它们的价值。他正等待着她的裁决。

她带着微笑和揣想,仿佛领会了小说家答复中的心绪。"它告诉了我很多关于你的事——你对它有多好,它有多爱你。它和我已经相互了解成为好朋友了,我希望你不要介意。你不告诉我它的名字吗?我什么都试过了,但似乎都不合适。把这样一个高贵的同伴叫作'狗狗'根本不行,对吗?"

康拉德·拉格朗日开怀大笑——这是不为世人所知的康拉德·拉格朗日发出的笑声。"不,"他故作严肃地说,"'狗狗'完全不行,它不是那种狗。它的名字叫沙皇,而且……"他补充道,把他滑稽的幽默发挥得淋漓尽致,"我给它取了这个名字,它就把沙皇当成自己的头衔了。它也是那样做的,你明白,所以我会永远记住它是我的陛下。"

她笑了,笑声轻浅、饱满而清脆,像一个还没有悲哀地得知自己已是成年女人的小女孩。然后,她开始爱抚那只狗,并叫它的名字;而沙皇竭力表达它的喜悦和满足,虽然这对它来说有损威严。

当小说家望着他们,他粗犷、饱经风霜的面容被一种愉悦的表情照亮了、改变了。

她仍在回应小说家调皮的心思。"我想,沙皇已经告诉你我擅自闯入了你们的花园。当然,这是它的职责。我希望它也告诉过你,我没有偷你们的玫瑰。"

对方摇了摇头,他那双锐利的、青灰色的眼睛正闪烁着欢愉的光,就像一个怀着某种有趣的冒险精神的小男孩。"哦,没有!沙皇对擅入者只字未提。不过,它确实告诉过我,每天都有一个奇妙的生物来参观花园。它认为是一位仙女,从远处的银色山峰和紫色峡谷中走来的一位美丽的俄瑞阿得斯[1],或是来自橡树和松树间的一位可爱的德律阿得斯[2]。不过,我非常确定这位仙女一定是俄瑞阿得斯,因为沙皇说她来采集玫瑰的颜色,每天早晚她都会用这些颜色来给她的山峰们的峰顶着色,使它们变得如此美丽,以至于凡人总是以仰望它们来开始和结束每一天。当然,我一看到你,我就知道你是谁了。"

她像一个天真烂漫的孩子,被他离奇有趣的想象逗乐了。她愉快地问道:"我猜,因此你就藏在玫瑰花丛里来伏击我?"

他愤慨地反驳道:"我没有,真的没有。我被迫从一个企图折磨我的邪恶的饶舌妇身边逃亡,我勉强逃过一劫,躲进了花园

---

[1] 俄瑞阿得斯:希腊神话中掌管山脉和岩洞的山岳神女。
[2] 德律阿得斯:民间传说和希腊神话中的树神。

并从恐惧中恢复过来。然后我听到了最美妙的音乐,猜想你一定就在这附近。接着沙皇离开了我,它是跟我一起躲避房子里的那饶舌妇的。我想看它去哪儿了,然后我就发现了你,果然是你。你知道,我这辈子都想抓到一个真正的仙女,但从未成功过。所以当你走进凉亭的时候,我忍不住要再试一次。现在,我们来了——沙皇说没事的。"

听了他说的那些花言巧语,她又大笑起来,高兴得两颊通红。然后,她郑重其事地甜甜地说:"请你坐下,让我认真解释一下,好吗?"

"我想你一定是伪装成了我们人类,"他带着无奈的神情回答道,"不过,沙皇和我都知道你不是人类。"

当他们就座后,她直截了当地说:"我叫西比尔·安德烈斯。这个地方曾经是我的家,我母亲亲手栽种了这个花园里所有的植物,这里的大部分玫瑰都是我们从山中的家带来的。我是在山里出生的,直到五年前我还和父母一起住在山里。我依然觉得,山里的那些老地方才是我真正的家。每年夏天,几乎所有人都离开费尔兰而我无事可做时,迈拉·威拉德和我就会长期住在那里。你看,我在教堂里演奏并教音乐课。我的小提琴是威拉德小姐教我的,她和母亲是我仅有的两位老师。父亲去世后,母亲、迈拉和我在这里住了两年,然后母亲去世了。因为我们负担不起这片地方的费用,迈拉和我搬到了那边的小房子里。买下这房子的人允许我来照看花园,所以我几乎每天都来照料玫瑰,从树篱角落里的那扇小门穿过来,就在那里。不过,自从你们搬进来后,我大多是在清晨,在你们起床之前进园的。下午的话,我只会在我觉得安全的时候偷溜进来几分钟。你看,作为一个陌生人,如果我……如果我要求来的话,我……我怕你们会认为我很失礼。你知道的,很多人真的不能理解。"

康拉德·拉格朗日深沉的声音非常温柔。"金先生和我一直都明白,我们对这个花园并没有真正的所有权,安德烈斯小姐。"然后,他带着怪诞的微笑,补充道,"你看,我们从一开始就感觉到有个可爱的精灵在玫瑰园中游荡。如果我们贸然闯入,它就会完全消失。这就是为什么我们一直这么小心,我们不想把你吓跑,而且,你知道,沙皇告诉我们一切都好!"

因为这个男人亲切的话语,她蓝色的眼睛蒙上了一层明亮的薄雾,闪耀着光芒。"你真好,拉格朗日先生,一直以来,我所害怕的都是你。"

"为什么是我,而不是我的朋友?"他纳闷地打量着她问道。

在他探询的目光下,她的脸微微红了,但她那童稚坦率的回答,正是她迷人魅力的一部分。"为什么?因为你的朋友是个画家,我想他一定能理解的。当然,我知道你是个著名的作家,大家都在谈论你在这里的生活。"她似乎认为她的话解释了缘由。

"你是说你怕我是因为我出名吗?"他疑惑地追问。

"哦,不,"她笑道,"不是因为你出名,我是说……我不怕你的名声。"

"现在,"小说家果断地说,"你必须马上告诉我,你读过我的书吗?"他等待着,好像她的回答对他很重要。

她坦然地,睁大了蓝色的眼睛直视着他,一边忧伤地说:"不,先生,我试过了,但是我读不下去。它们糟践了我的音乐,不知怎么了,阅读它们,我的身心会受到伤害。"

康拉德·拉格朗日听了她的话,心里五味杂陈。既为她的率直坦诚感到高兴,又带着苦涩的羞耻、懊悔和屈辱,但最后还是觉得真正的高兴和宽慰。"我知道了,"他恍然大悟地说,"我就知道,你是因为我的书才这么怕我的?"他急忙问道,正如人们会小心求证自己深信不疑的信念一样。

"你看,"她被他的语气逗笑了,"我不知道一个作家会和他所写的东西有这么大的不同。"然后,她带着困惑的神情问,"但是你为什么要写那些糟践我音乐和使我害怕、讨厌的东西呢?你为什么不写写你对山的感悟呢?你为什么不把书写得像……像……"她似乎在找一个合适的词,当她找到的时候,她高兴地笑起来,"像你自己一样?"

"听着,"小说家有些动容,用他那奇特的幽默做掩护,焦急地说,"听着,我要告诉你一个秘密,这个秘密必须永远只能你知我知……你喜欢秘密,对吗?"

她笑得更灿烂了,立刻回应了他:"当然,我喜欢秘密。"

他点头表示赞同。"我就知道。现在,听着,我不是真正的康拉德·拉格朗日。当我在你的玫瑰园里,或者在听你的音乐,或者离开这里去你的山上时,我就不是那个写伤害你的书的作者。只有当我在那个阅读且喜欢我的书的不洁世界里,我才是写那些书的人。"

她的眼睛闪闪发亮,马上领会了并赞同地说:"当然,你绝不可能是那种人。你喜欢音乐,喜欢流连在玫瑰花丛间,喜欢登山,对吗?"

"不止这些,我还要告诉你一些与我们的秘密相关的事情。你真正的名字并不是西比尔·安德烈斯,也不是住在那边的小房子里。你真正的家是在群山之中,正如你所说的,你真正生活在多姿多彩的峰峦之中,在黑松下,在山脊上,在峡谷的紫色阴影里。你降临到费尔兰只为向这里的人传递山脉的信息,我们把你的信息称为音乐,而你的名字是……"

她身体前倾,脸上洋溢着渴望的神情。"我叫什么名字?"

"除了'自然',还能是什么呢?"他温柔地说道,"就是这样,'自然'。"

"那你呢?当你不在……不在那另一个世界的时候,你是谁?"

"我?哦,我真正的名字是'文明'。你猜不出为什么吗?"

她摇了摇头。"告诉我吧!"

"因为无论那个肮脏的世界能给予我什么,可怜又古老的'文明'若没了'自然'从大山带来的信息,就不会快乐。"

"你也爱那些山和……和这个花园,还有我的音乐吗?"她半信半疑地问道，"你不会也是在假装吧……只是为了逗我开心吗？"

"不，我不是在假装。"他说。

"那为什么……你怎么能做……那另一件事？我不明白。"

"当然，你不明白，你怎么可能明白呢？你是'自然'，'自然'一定会经常对'文明'所做的事情迷惑不解。"

"是的，我想这是真的。"她表示同意，"不过不管怎样，我很高兴你喜欢我的音乐。"

"我也很高兴，我有资格喜欢它。这是唯一能拯救我的东西。"

"你的画家朋友呢，你觉得他喜欢我的山之乐吗？"

"非常喜欢，他也需要它。"

"我很高兴。"她干脆地回答，"我希望他会喜欢，希望这会对他有所帮助，我真的是为了他才演奏的。"

"你是为了他演奏的？"

"是的。"她的答复毫不迟疑，"你看，我不了解你，当时，我以为你就是写那些书的那个人，所以我不能为你演奏。就是……我是说……你明白的……我不能……"她似乎又在寻找合适的表达，然后发现了它，微笑着说，"我不能为你演奏我的心声。但我想，他是个画家，他能理解。如果我演奏的音乐使他能感受到群山的讯息，这或许对他有点儿帮助，让他的作品变得美丽和正确，你明白吗？"

"是的，"他微笑着回答，"我明白了。我早应该知道你是为了他才带来了山的讯息。但是，你知道的，可怜的老'文明'有时愚蠢得可怕。"

她笑着转过身去，对着凉亭的花格墙，把藤蔓组成的屏风拨开一点儿，对他说："看这儿！"

康拉德·拉格朗日站在她旁边，透过花园旁画室尽头的窗户，看到亚伦·金站在画架前；他沐浴在北边大窗户的光线下，正处于两扇窗户和凉亭之间的连线上。泰恩夫人坐得离这条线太远而看不见了。

这个女孩得意扬扬地笑了。"你见过他画画吗？起初，我躲在这里只是为了看看是什么人住进了我以前的家。但当他把我们的旧谷仓改造成一间画室，我还得知了你们的身份之后，我来这儿纯粹因为我喜欢看他，当我试着演奏音乐时，我想他会喜欢听的。"

小说家心无旁骛地端详着她。她是如此朴实无华，如此超然物外。总之，她的毫不掩饰和直抒胸臆深深地打动了他，他把一生中最美好的年华都用来制造幻想以投喂那些恶毒、肉欲横溢的野兽般的读者。他不知该说什么好，最后，他迟疑地问道："那么，你喜欢上这位画家了？"

她的眼睛充满了诧异的笑意。"为什么这么问？你的问题真有趣，我和他从来没有说过话，我怎么会喜欢一个我根本不了解的人呢？"

"但是你为他演奏音乐,而且你来这里不就是为了看他?"

"哦,但那是为了他正在做的工作,是为了他的作品。"她又回过身去,透过凉亭里的那道缝隙望向画室。"我多么希望能进那间漂亮的房间看看啊!我知道它一定很漂亮。有一次,你们都走了之后,我试着偷偷溜进去;但是,当然,他把门锁上了。"

"我来告诉你咱们要怎么做。"对方突然说道,她的自白让他恢复了玩闹的心情。

"什么?"她积极地响应,带着同样调皮的劲头。

他半开玩笑地说:"首先,我必须知道你现在是否能既为他也为我演奏。"

"对于那个热爱山脉和花园的你,我相信我可以。"她迅速答道。

"好吧,如果你答应了,如果你答应不光为了他,也为了我演奏,那我来安排,这样你就可以去那边的画室了。"

"哦,不管怎样,我也会一直为你演奏的,现在我了解你了。"

"当然,"他说,"咱们可以直接走到门口,我帮你引见,但这对咱们来说不合适,是吧?"

她断然地摇了摇头:"我不想那样做,我敢肯定,他会认为我侵扰了。"

"那么,咱们就这样办吧,等我找一个我和金先生要一起出门的日子,叶凯也不会在家,我会先溜出去,在那个小门边留下一封信和一把钥匙。信里我会告诉你我们什么时候出发、什么时候回来。这样你就知道你是否安全,能待多久。只是……"他变得非常严肃,"只是,你必须答应一件事。"

"什么?"

"你不能看画架上的画。"

"但我为什么必须做这个保证呢?"

"因为那幅画还需要很长一段时间才能完成,在我说可以之前,你一定不能看它。我敢肯定金先生也不想让你看到它。事实上,他不想让任何人看到他正在创作的这幅画。"

她茫然地说:"真有趣,那他画这幅画是为了什么?我喜欢人们听我的音乐。"

对方脱口而出:"但我不喜欢别人读我的书。"

她害怕地缩了回去,眼神焦虑不安。"哦,他……他原来是那种画家吗?"

"不不,不是!"小说家连忙喊道,"你千万别那么想。我并不是让你那么想。如果他是那种画家,我根本就不会让你进画室。金先生是个好人,是我迄今为止认识的最好的人。他会和我做朋友,是因为他也知道我的秘密,就是你知道的那个秘密。他也不读我的书,无论如何他一本也不会读的。只是这幅画尚未完成,当它完工时,他就不会在乎谁看到它了。"

她说:"我很高兴,你吓了我一跳……现在我明白了。"

"你能保证不看画架上的画吗?"

她点了点头。"当然。我出来的时候会锁上门,再把钥匙放回小门那里。除了你和我,没有人会知道的。"

"除了你和我,没有人会知道。"他保证道。

他正说着,静静躺在凉亭门口的沙皇迅速站起来低吠了一声。

这个女孩透过藤蔓朝着小别墅那边仔细地看了一下,惊恐地叫了起来,向后退去,转向她的同伴央求道:"啊,求求你,不要让那个男人发现我在这里。"

康拉德·拉格朗日瞧了一眼,看见詹姆斯·拉特利奇正沿着小路朝花园的拱门走来,而凉亭就在拱门的正对面。

"拦住他,请拦住他。"女孩悄悄地说,她的手拽着他的胳膊。

小说家快速地说:"待在这儿,我来把他弄走,我不会让他进花园的。等我们走后,你就可以逃走了。别忘了为我演奏,还有别忘了小门边的钥匙。"

他招呼着沙皇,狗乖乖地跟在他脚边,小说家走上前去拦住拉特利奇先生,对方是来接泰恩夫人和露易丝的。

康拉德·拉格朗日一路和那个男人说着话,把他领到画室门口。但他一直都在想,为什么花园里的那个女孩脸上会露出恐惧的表情?西比尔·安德烈斯和詹姆斯·拉特利奇之间到底有什么关系?

第十章
夜半悲泣

当康拉德·拉格朗日和拉特利奇先生走进画室时,亚伦·金从画架旁转过身来,他已经用天鹅绒的帘子遮住了那幅已完成的肖像画。泰恩夫人则站在房间的另一边,手里拿着外套,平静地等待着,准备随时离去。画家真挚地问候了拉特利奇先生,而泰恩夫人则扬扬得意地宣布她的肖像画已经完成了。

"啊!老兄,请允许我向你表示祝贺。"拉特利奇亲热地对画家说。"我想今天下午看这幅画是不是有点儿早?"

"谢谢,"画家答道,"请按约好的那样,明天下午三点钟和其他人一起来吧。今天我不太愿意展示它,因为看画最好的光线已经有点过了,我希望您能在最佳的环境下看到它。"

评论家显然对画家恭维的态度和他精挑细选的人称代词很受用。"很好,"他赞许地说,"很对,老朋友。"他转向小说家,"你知道的，拉格朗日，这些画家喜欢在我做出评价之前，花上几个小时做最后的修改。"他因自己的这番话狂妄地笑起来，其他人也跟着笑了。

泰恩夫人和她的同伴们离开后，画家急忙对他的朋友说："来吧，让我们把这件事做个了结。"他带着小说家回到了画室。

"我原以为光线效果太差了。"当他们走进画室时，小说家调侃道。

画家粗暴地回嘴："这足以满足你的需要了，烛光下你都能看得清。"他怒气冲冲地把帘子扯到一边，对那幅画连看都不愿多看一眼，径直走到窗前望向玫瑰园，等待着小说家铺天盖地的轻蔑之声把他淹没。最终，并没有声音打破房间的宁静，他回过头，发现只剩下他一个人了。

康拉德·拉格朗日看了一眼画架上的肖像后，便悄悄地溜出了画室。

几分钟后，这位画家发现他的朋友在前廊上抽着烟斗，陷入沉思，沙皇趴在他脚边。

"好吧，"正如画家所说的，他急于想结束这件事，"见鬼，你干吗不说点儿什么呢？"他纳闷地问。

小说家慢条斯理地回答："我的词汇量太有限了，这是一个原因。"他低头看着沙皇，"还有就是，我宁愿等你完成这幅肖像画后再评价。"

画家绝望地说："我画完了，我发誓我再也不碰那该死的东西了。"

对方拿着烟斗，对脚下的狗说："沙皇，你听听他说的，听听这个可怜的画家说的话。"

那只狗站了起来，头靠在主人的膝盖上，抬头望着那张布满皱纹的粗糙的脸。小说家继续说道："如果他对这件事稍微有点张狂和自负的话，现在，我们就可以发挥自己的作用了。我们会这样做，不是吗？"沙皇缓慢地摇着毛茸茸的尾巴，庄重地表示赞同。它的主人接着说："但是，当一个人犯下了这样的罪行，而心中仍保留着足够的美德，来倾听自己作品问世而引来的声震寰宇的诅咒，那么此时局外人最好还是保持缄默。你可怜的、苍老的主人明白自己说的是什么，是不是，沙皇？他就是这样做的！"

"关于这幅肖像，你想说的只有这些吗？"画家催促道，似乎出于某种原因，他对朋友的沉默感到失望。

"我可以加一句忠告。"对方说。

"嗯，是什么呢？"

"如果你有信仰的神的话，你祈求你的神，仁慈一点，赐予你更少的天赋或更多的智慧来欣赏它。"

· ※ · ※ ·

第二天下午三点，从费尔兰高地来的一小群人来看这幅肖像画,当汽车驶近房子时,正如康拉德·拉格朗日所说的,"瞧,他们来了,'时代'伴随着'物质''欲望'和'拉格泰姆'一起来看堕落的艺术,还要称赞它。"在画家和小说家的陪同下,他们随即去了画室。

这群人对这幅画的欣赏是瞬间的。事实上,看画的时间是如此的短暂,以至于露易丝·泰恩甚至在肖像揭幕前就已经摆好了表达钦佩的"噢"的口形。仿佛画家在拉开画架上的布帘时,就放出了一个既定的信号,"噢"突然像礼炮似的一飞冲天,伴随着它飞行的是一大堆形容词,就像嘶嘶作响的、飞溅的、闪闪发光的火花,毫无意义地填满了空气。不管怎样,这些火花很快就灰飞烟灭了;这场焰火表演在另一个"噢"的爆裂声中达到了高潮,发出了天女散花般绚烂的感慨,以及心醉神迷的神情和含混不清的惊叹。最后,一切都重归黑暗。

为了缓解画家的难堪,泰恩夫人急忙将他的注意力转移到另一种赞赏上。这种赞赏虽然肤浅,但至少具有更持久的价值。她带着深情的关怀靠近她的丈夫,声音微颤,以一种关爱和渴望取悦对方的语气问道:"你喜欢吗,亲爱的?"

"太杰出了,太华丽了,太完美了!"对方吃力地说出一串赞美画家作品的词句,暴露了他真实的身体状况和他付出的代价。被穷奢极欲的生活掏空的残躯突然爆发出一阵痉咳,使他油尽灯枯的身体被折磨得几乎无法支撑。这阵咳嗽还羞辱了他的赞美之词,并向人们揭示了一个事实:无论是他的赞扬还是蔑视都是无法持久的。当他又能开口时,他热情洋溢地握住画家的手,用嘶哑的嗓音低语着:"亲爱的朋友,我祝贺你。它很精美,展出时一定会引起轰动的,先生。你出名是肯定的了。你的画使泰恩夫人的美貌和品格能够永垂不朽,我必须感谢你带给我的这一荣耀。"接着,他又对他的妻子说,"亲爱的,我为你感到高兴和自豪。你本人和肖像画一样珍贵。"他转向正津津有味地观察着这一切的康拉德·拉格朗日,"拉格朗日,我说得不对吗?"

"很对,泰恩先生……很对。正如你所说,这幅肖像画与绝代佳人的美貌和品格最为相配。"

又一阵咳嗽仁慈地阻止了这个可怜虫作答。

现在,这一小群人不约而同地看向詹姆斯·拉特利奇,这位令人畏惧的艺术界的权威和仲裁者。其他人说话的时候,这位杰出的专家一直在专心地倾听,表面上,他正以一种训练有素的技巧审视着这幅画,似乎能准确地发现那些常人无法感知的更精妙的价值和缺陷。他们静静地,怀着敬畏地,屏息观察着这位专业评论家裁定的过程。也就是说,他们以为这种审视已经是整个过程了。但事实上,评判的方法比他们所知道的要精巧得多。

这位伟大的评论家在画架前来回踱步,稍退几步或俯下身来细细地观察这幅作品,好几次把画架移动了一根头发丝的距离,一会儿坐下,一会儿站直,一会儿又心不在焉地喃喃自语。他用一声令人钦佩的"嗯哼"清了清嗓子,眯起眼睛,向后仰着头,或者把头转到他肥大的脖子允许的任何一个角度;他透过半握的拳头和报纸卷成的纸筒看着作品，或用张开的双手或是一张报纸挡住画的一部分。其他人认为他们目睹了他如何以专家的水准权衡评价这件作品是否优秀。其实，是他的耳朵而不是他的眼睛帮助评论家做出了最后的决定，他最终在一种令人信服的、沉闷的气氛中宣布了判决。事实上，这是一个不用提出上诉的判决，因为它准确地表达了那些将从中获益的人们的意见。然后，他以一种微妙的方式暗示自己也是这个名人团体的同伙，因此他也转向康拉德·拉格朗日，用一种学者般高深的口吻问道："你不同意吗，先生？"

小说家慢悠悠地回答："毫无疑问，这幅画完全值得您给予的鉴赏和赞美。我已经向金先生表示祝贺了，在您到来之前，他好心把他的作品给我看了。"

随后，叶凯出现了，为大家奉上了茶水。至此，一位艺术天才的发布仪式结束了。

"顺便问一句，拉格朗日先生，"泰恩夫人漫不经心地说，在温和的刺激性饮料的影响下，她的语气变得轻浮，"你那才华横溢的邻居是谁呢？小提琴演奏的乐声竟让金先生如此着迷。"

当小说家转身面对说话者时，匆匆瞥了一眼画家，那双敏锐而复杂的眼睛同时注意到了詹姆斯·拉特利奇，这位评论家正说着话，却在听到这个问题时，停顿了一下。"这是我们浪漫环境中的奥秘之一，夫人。"康拉德·拉格朗日轻松地说。

这个女人答道："这似乎是一个非常迷人的奥秘，看看它对金先生的影响，真是太感人了。"

画家笑了。"我承认，我发现音乐非常鼓舞人心，而对于把音乐和美人更加巧妙地融合到画布上，我是如此的无能为力。"

泰恩夫人完美的脸颊上闪过一丝愤怒的红晕。她用意味深长的口吻应对道："你的话就像你的画一样讨人喜欢。我向你保证，我可不想和那默默无闻的音乐家相提并论。"

这位警觉的小说家发现，詹姆斯·拉特利奇的小眼睛好奇地盯着发言者们，满脸的赘肉也无法掩饰他的兴趣。"这音乐真的别具一格吗？"他装出一副漠不关心的样子问道。

露易丝·泰恩意识到这位无名小提琴家的音乐已经被康拉德·拉格朗日和亚伦·金所喜爱，这两位可是她所向往的艺术界的代表，她不能让机会溜走，她脱口而出地对这位音乐家的赞美几乎把他们淹没了。不管适不适用，每一个跳进她空虚的头脑中的音乐术语全都被用上了。

"的确，"评论家说，"我好像错过了一次音乐的洗礼。"然后，他直接对画家发问，"你说你完全不认识那位小提琴家，是吗？"

"完全不认识。"画家简短地回答。

康拉德·拉格朗日看到詹姆斯·拉特利奇的胖脸上闪过一丝会意和怀疑的微笑。

最后，汽车载着宾客们离开，这两个人站着目送汽车沿着西边的路朝小镇驶去。当那辆车开走的时候，他们看见泰恩夫人探着身子跟司机说话，而坐在前排的詹姆斯·拉特利奇转过身来，摇了摇头，好像在反对她的提议。那个女人看起来坚持不懈。汽车放慢了速度，司机疑惑地等待讨论的结果。然后，就在隔壁那栋房子前面，拉特利奇似乎硬生生屈服了，汽车突然转向路边停了下来。泰恩夫人下了车，消失在橘园的深处。

亚伦·金和康拉德·拉格朗日面面相觑。随后画家笑了："我们可怜的小秘密。"

但是当他们走回房子的时候，小说家郑重又愤慨地诅咒了泰恩夫人、詹姆斯·拉特利奇和他们所有的亲戚和同类，虽然画家已经对他这位朋友独特又丰富的表达技巧非常熟悉了，但还是大为吃惊。

那天晚餐后，画家和小说家照例坐在门廊上，看着天色渐暗，夜晚越过山谷、山丘和山脉，爬到最高的山峰上方。星之神俯瞰着人类城镇忽闪忽闪的灯光。此时，藏在橘园里的小提琴家也按照惯例，演奏着他们两人都非常喜欢的音乐。

那晚的音乐给他们带来了一种新的感觉，一阵模糊、断断续续的凄婉旋律令他们感到恐惧。它激起了他们的疑问和好奇，两个人都无缘无故地把音乐中的不安与那辆停留在隔壁小房子门口的汽车奇怪地联系在了一起：画家是因为那天下午泰恩夫人不断地询问关于他并不认识的那位音乐家的事情，而康拉德·拉格朗日则是因为詹姆斯·拉特利奇出现时，花园里的那个女孩的举止，以及詹姆斯·拉特利奇在画室听到小提琴家时所表现出的兴趣，但他们俩并没有交换各自的想法。

不久,音乐停了。他们安静地坐了一小时,只是有一搭没一搭地聊着,就像密友之间会做的那样。

乍然,他们被一声哀号吓了一跳。在这静谧的夜色中,从神秘的橘园深处传来的声音是如此的震撼,以至于那两个人一时愣在原地,焦急地问着对方:"那是什么?""你听到了吗?"好像他们几乎不能相信自己的耳朵。

喊叫声又传来了,这次可以肯定是从西边毗邻的那所房子传来的。毫无疑问,这是一个女人的哭声,一个处于恐惧和痛苦中的女人。

他们一跃而起。

那悲泣声从橘园的黑暗深处再次传来,因极端恐惧而战栗。

他们俩从门廊里跳了出来,穿过橘子树组成的黑色围墙,朝着声音传来的地方跑去,狗跟在后面。

他们跑得上气不接下气,闯进了小盒子般的房子的前院。从窗户可以看到屋内灯火通明,似乎一切都寂静安宁,沙皇也丝毫没有流露出不安。他们走上前敲了敲门。

屋里除了有人走动的声音外,没有人应门。

画家又用力敲了敲。

门开了,一个女人站在门边。

他们的位置离门边不远,借助房间的灯光,这两个男人清楚地看到了她的容貌,是那个毁容的女人。

康拉德·拉格朗日先控制住了自己的情绪。"对不起，夫人，我们住在隔壁的房子里。我们好像听到了一声悲伤的叫喊，请问我们可以提供什么帮助吗？有什么我们能效力的吗？"

毁容的女人轻声回答："谢谢您，先生，您真是太好了，但没什么事，没什么要麻烦您的。"

西比尔·安德烈斯站在房间更靠后的地方，画家站的位置看不到她。她补充道："你能来真是太好了，拉格朗日先生，但真的没什么事。我们很抱歉打扰到了你们。"

"一点儿也不。"这两个男人回答道。这时那个毁容的女人退回屋内，说了句："晚安。"

屋内也传来另一声"晚安"之后，门就关上了。

第十一章
照镜子去吧,蠢货

那天下午,当汽车载着泰恩一行人驶离亚伦·金和他的朋友时,泰恩夫人对司机说:"亨利,在隔壁的房子那里停一会儿。"

詹姆斯·拉特利奇被吓得猛然转身,即使是她开了一枪,他也不会受到比这还要恐怖的惊吓。

"你究竟想干吗?"他简短地问道。

"我要停车。"泰恩夫人平静地回答。

"但我必须马上进城。"他抗议,"我已经浪费了大半个下午了。"

"你的生意好像突然变得很重要啰。"她看着他,讽刺地说。

"除了跟你一起拜访友人,我还有别的事要做。"他反驳道,"往前开,亨利。"

泰恩夫人严厉起来:"吉姆,你真的太过分了。亨利,拐到房子那儿。"汽车朝路边拐去,然后停下了。下车时她补充道:"吉姆,我就耽误一小会儿。"

拉特利奇嘟囔着骂了一句。

"你们猜她在搞什么鬼啊。"泰恩先生吼道。

这引起了他女儿惯常的劝告:"爸爸,别这样。"

当泰恩夫人走近房子时,西比尔·安德烈斯正在散步道旁的花丛中忙碌着——她听到了脚步声,就静静地站在那里等泰恩夫人。这位访客脸上的表情完美地表达了诚挚的兴趣,以及恰如其分、因良好教养而生出的优越感。西比尔·安德烈斯的脸上则流露出孩子气的惊讶和好奇,是什么风把这位著名的社交界领袖从费尔兰高地吹到这么偏远的山脚下,吹到橘子林中这所贫穷的小房子呢?

"下午好。"泰恩夫人说,"你是安德烈斯小姐,对吧?"

"是的,"西比尔笑着回答,"您不进来吗?我去叫威拉德小姐。"

"哦,谢谢,不用了。我只有一点儿时间,我的朋友们还在等我。我是泰恩夫人。"

"是的,我知道。我经常见您路过。"

对方忽地转过身去。"多漂亮的花啊!"

"它们很可爱吧?"西比尔附和道,欣然接受了客人的赞赏,"我送您一束吧!"她敏捷地摘了一大捧花。

泰恩夫人起初婉言谢绝，但当西比尔彬彬有礼又温和可爱地把花束献给她时，她无法拒绝。收到礼物的那一刻，她姣好的容貌不由自主地染上了红晕。"安德烈斯小姐，"她说，"我知道你是一位很有造诣的小提琴家。"

"我在帕克教堂教琴和演奏。"对方简洁明了地回答。

"真不巧，我从未听过你的琴声。"泰恩夫人平淡地说，"但是我的朋友拉格朗日先生和金先生跟我说起过你的事，他们就住在你隔壁。"

"哦！"西比尔的声音隐约有些不安，而对方见她温润的脸颊红了。

"你能为他们演奏对你来说是件好事。"这位从费尔兰高地来的贵妇漫不经心地继续说，"能和这样的名人交往，你一定很高兴。你知道，你和他们的友谊会让很多人羡慕。"

西比尔快速回应道："哦，但是您弄错了。我完全不认识他们，应该说……我完全不认识金先生，从来没有和他说过话。我只是偶然遇见了拉格朗日先生，聊了几分钟。"

"真的呀！我想我忘了来访的目的了，我的朋友们会不耐烦的。安德烈斯小姐，你有在私人聚会上演奏过吗？为了……比方说晚宴或者酒会，你明白吗？"

"我很乐意参与这样的活动，泰恩夫人。我必须尽力靠音乐赚钱，而且我的学生不多，有空余时间，但是您或许应该先听听我的演奏，我去拿小提琴。"

泰恩夫人阻止了她："哦，不，真的，完全没必要，亲爱的，你尊贵的邻居们的意见足以证明你的水平了，我只是想知道你是否愿意接受这种活动的邀约。我会记住你，以备将来之需。非常感谢你送的鲜花，再见。"

她转身正欲离开，附近门廊传来的一声低呼把她俩都吓了一跳。她们转过身来，看到那个毁容的女人站在门口，丑陋的面孔上混合着惊讶、爱和哀求的表情。当她们看向她时，那个毁容的女人开始朝她们走去——冲动地伸出双臂，好像这个手势表达了某种情不自禁地、深层的情绪——然后她猝然停下脚步，似乎有些踟蹰。

西比尔·安德烈斯喊了一声："咦，迈拉！亲爱的，你怎么啦？"

泰恩夫人惊恐地回过身，用低沉、急促的声音对姑娘说："天哪，真可怕！我真的得走了。"

当泰恩夫人沿着鲜花小径走向街道时，门廊上那个毁容的女人再次哀求似的伸着胳膊。西比尔走到她身边，这个可怜的女人紧紧地抱住了西比尔，一下子痛哭起来。

· ※ · ※ ·

泰恩夫妇和詹姆斯·拉特利奇刚回到费尔兰高地的房子里，泰恩夫人就立即回自己豪华的卧房去了。

晚餐时间，一个女仆来传话，说女主人头痛得厉害，不下来用餐了，并恳请大家晚上不要去打扰她。

泰恩夫人的头痛是老毛病了，丝毫不影响她琢磨心事。她独自待在房间里，因为她不能在人前毫无顾忌地思考这些事情。她坐在一扇窗前，透过窗户，可以俯视令人羡慕的景色——费尔兰人精心划分的居住层级，以及下方横跨山脉连绵起伏的宽阔山谷。从这个制高点，可以从群山最低的山脚看到最高的顶峰。但住在费尔兰高地上的这个女人，既没有俯视邻居们的家，也不看下面熙熙攘攘的山谷，更没有远眺耸立于它们之上的山脉。她一门心思扑在对她来说更重要的事情上。

夜幕降临时，她的女仆轻轻地走进房间。泰恩夫人告诉她如果自己没按铃就不要再来，把她打发走了。拉上窗帘，泰恩夫人离开了窗户边，在已经亮灯的房间里心绪不宁地走来走去。她不时停下来抚摸或整理一些熟悉的东西——银色相框中的照片，雕花桌子上的一本书，散放在桌上的小玩意儿，或者壁炉装饰花瓶——然后焦躁不安地离开这些物件，继续她漫无目的的游荡。当敲门声粗暴地打破了房间的寂静时，她停下了脚步，怒气破坏了她那精心养护的美丽容貌。

敲门声持续响着。

她烦躁地喊了一声，穿过房间，猛地把门打开。

没有一句道歉，她的丈夫不请自来。他进房后，突然发作的一阵剧烈的咳嗽使他呼吸急促，喘不过来气，径直跌坐在就近的椅子上。

泰恩夫人站在那里冷眼旁观，脸上带着不加掩饰的讶异和忖度。待到咳嗽的折磨缓解些后，他筋疲力尽，虚弱得浑身发抖。此时，泰恩夫人冷言冷语地问："说吧，你想要什么？来这儿干吗？"

那人抬起他苍白而憔悴的脸，用一只蜡黄的手爪子擦去额头上湿漉漉的汗珠；他那双凹陷的眼睛透着疯狂，色眯眯地盯着她。

泰恩夫人一脸嫌弃，她的声音里没有丝毫的怜悯之意。"玛丽没告诉你，我想一个人待着吗？"

"当然说了，"他低声讥笑道，"这就是我来的原因。"他笑得令人毛骨悚然，但最后还是以咳嗽收场。他再次用瘦削、颤抖的手擦掉额头上细密的汗珠。"这正是丈夫应该去看望妻子的时段，不是吗？当她独自一人的时候。或者，"他咧着嘴坏笑着，"她希望独处的时候？"

她肆无忌惮地憎恶和鄙视他。"你这肮脏的畜生！你能从我的房间里滚出去吗？"

他瞪着她，就像一个恶毒的魔鬼幸灾乐祸地看着一个即将受到刑讯的灵魂。"除非我自己愿意，亲爱的。"

倏然，她改变了态度，带着从容又嘲弄的笑容，在他的注视下，悠闲地走到一张高背的、有许多软垫的长沙发上。她摆好靠垫，慵懒而风骚地躺卧在中间，随性地舒展着撩人的身体。她大方、招摇地摆出各种优美的姿势。面对他炽热的凝视——她把双臂举过头顶，更贴合坐垫；性感地扭动身体，搔首弄姿，而对他的存在置之不理，好像房间里只有她一个人似的。最后，她用冷淡，甚至毫无感情的语气发问："你或许能告诉我你想要什么了吧？"

那个因自我放纵而深受其害的可怜虫怒不可遏，气到浑身发抖。他咳嗽着，因呼吸困难而在椅子上不停地挣扎——他瘦弱的四肢怪诞地扭曲，灰黄的脸上流淌着汗水，鸟爪般的双手握住又松开，毫无血色的嘴唇向上翻着，露出一口黄牙，因无能为力的狂怒而笑得狰狞又恐怖。而她则躺在沙发上面带微笑，一直用无情又嘲弄的眼神看着他，就好像那个恶毒的魔鬼和煎熬的灵魂忽然之间互换了位置。

当他能开口时，就不停地用刺耳的低语辱骂、诅咒她，以至于他的舌头都要磨出泡了。她全盘接受了他费力的嘲笑和辱骂，带着一种纯粹的肉体上的享受，不时地在靠垫中换个姿势。这对她的丈夫来说，是非常抓狂的。

"如果这就是你来的全部目的，"她轻松地说，"你可以省省力气了——你不觉得吗？"

在一定程度上控制了自己后，他回答："我是来告诉你，你必须和那个该死的画家停止这种亲密关系。"

她微微眯起眼睛，一只手藏在靠垫里，紧紧攥着直到戒指硌痛了她。"你刚才提的亲密关系是什么意思？"她不动声色地问。

"你知道我的意思,"他凶狠地回答,"我的意思就是——对你这种女人来说的,那种和男人的亲密关系。"

"你这个思想肮脏的人也只能有这一种理解。"她很自然地驳斥,"如果你值得我说实话的话,我会说,我和金先生单独在一起时的举止,就像……我和你单独在一起时这样得体。"

这种暗讽让他发疯了。接二连三的咳嗽打断了他的话——他因窒息感而大口地喘着气,眼里充满了仇恨和情欲,言语中夹杂着谩骂和诅咒——他对她大发雷霆。"你以为我快死了……就不会怨恨今天看到的东西吗?你以为我病入膏肓……就看不出来你对那个画家的兴趣吗?你们两个……整个下午都在一起……他都在看着你。在他的画室里,除了你们两个,没有其他人……他当时在画穿着那件衣服的你……你是为他的成名之路才故意穿那件衣服的吗?当然不是。因为他的艺术,没人会去打扰他和你的天才。他的艺术!伟大的上帝!自从有了地狱,可曾有过如此该死的闹剧吗?艺术!你……你……你!"他因妒火而癫狂,颤抖着用蜡黄的、皮包骨的手指着她。他竭力提高嗓门来代替沙哑的低语,骨瘦如柴的脖子青筋暴露,脸也因此而扭曲——"你!竟然被画成了一个……谦逊的贵格会少女……脸上还带着纯真、贞洁和虔诚的所有魅力。你!这幅画将会作为一件艺术品被展出,被报道!你将启动所有的关系网……运用你所有的影响力,让这件作品被视为一件杰作。"

"还有,"她平静地补充道,"你会开一张支票,然后就像今天下午那样说谎。"

他没有理睬她的话,继续说:"你知道这幅画一文不值。他知道……康拉德·拉格朗日知道,吉姆·拉特利奇也知道……你们这些该死的小集团和帮派都知道。那个画家就跟他所有的同类一样……一个伪装者,一个装腔作势的人,就为了社会地位和财富……被你这样的女人玩弄于股掌之中。我们和我们的同类……我们假装相信这些该死的寄生虫,推崇他们和他们所谓的艺术……买他们的画,让他们过着奢华的生活,就因为他们出卖肉体……他们的才华满足了我们的虚荣心。我们知道这一切都是该死的骗局和伪装,假如他们是真正的艺术家……以一个诚实的创作者对自己作品的尊重,他们不会……接受我们。"

"别忘了给他寄张支票。"她喃喃地说,"你不能忽视这一点……想想人们会怎么议论。"

"别担心,"他回答,"不会有闲话的。我会以艺术的神圣之名把支票寄给他——用来和我妻子做爱……关于他的画作,我会和你们一起撒谎。但你不许再和他有亲密关系了。你是我的妻子,尽管身处地狱,但我从现在起……要看到你对我的忠诚,你不应该只是穿着那朴素的衣服、摆着令人作呕的姿势——而应该也有这种忠贞的品质。在我所剩不多的时间里,我要独自占有你,否则我就杀了你。"

接着,他提到了她拒绝在公共场合露出肩膀一事,这打破了这个女人的平静,并使她勃然大怒。她拍案而起,站在他前面,而他则因费神说话而筋疲力尽，在椅子上缩成一团。

"和现实比起来，你那愚蠢又无聊的威胁算什么呢？"她尖刻而轻蔑地说，"杀了我而不是让我继续做你的妻子，这将是一种超出你能力范围的善举。你知道你买下我的时候是多么的卑鄙，你知道我和你在一起的每一刻对我来说都是一种折磨。你应该对我心存感激，是我帮助了你，让你活在自己的谎言里——我和你玩了一场体面的游戏，我不介意再玩一段时间，直到你永远放手，放了我们两个。

"如果我就是你认为的那样，你又有什么资格来反对我的快乐？在你游手好闲、堕落奢侈的一生中，你曾害怕过那些满足你兽性的恶事吗？你知道你没有。你只害怕邪恶的表象，只要表面上看起来不邪恶，你就可以无恶不作。这是你教会我玩的游戏，也是我们一起玩的游戏。这是我们和我们的同类坚持要求艺术家和作家们来参与的游戏，也是我唯一知道的游戏。按照我们的游戏规则，只要世人还被蒙在鼓里，我就要做我喜欢的事。

"你已经得到我了，你付了钱，然后得到了你的回报。你还有什么权利否定我，难道刚才是短暂的失忆吗？每当我想到如果没有你，我本可以成为什么样的人时，我都会怀疑我是否还愿意活下去，我不愿意——除了折磨你这种可悲的娱乐外，我想我不愿再活下去了。

"你嘲笑金先生为我画的肖像，是因为他没有画出真实的我！如果他画出了真实的我，你又会怎么说？如果康拉德·拉格朗日为他的数百万读者写下了关于你我和我们这类人的真相,你又会怎么说?你嘲笑我,因为我不穿我们阶层的传统服装而露出肩膀,因为我把非做不可的事情装成心甘情愿,用虚假的谦逊庄重欺骗了世界。照镜子去吧,蠢货!你那可憎的脸上的每一条纹路都剥夺了你嘲笑我这可怜的小伪装的权利。现在,滚出去。我要休息了。"

她按铃叫来了女仆。

第十二章
初尝羞耻之果

那天,邮车停在小别墅门前时,是康拉德·拉格朗日去取的信件。画家正待在画室,小说家知道他此刻没在作画,就拿着一封信去找他。

那幅肖像还立在画架上,被天鹅绒帘子遮住了。亚伦·金坐在桌旁,桌上堆满了乱七八糟的素描、书籍和文件,他正在重新捆绑一叠旧信,显然他刚刚读过这些信。

小说家走到他跟前,画家扬着手中的信平静地说:"我母亲的信,她在我留学的最后一年写给我的。"小说家没有回应,于是他若有所思地继续说,"你知道吗,拉格朗日,自从认识你之后,我在这些旧信中发现了许多东西——当初收到这些信的时候,我根本无法领会信中含义。你似乎以某种方法正帮助我更好地理解我母亲的精神和思想。"说完他笑了。

康拉德·拉格朗日相信现在是自己说话的时机了,于是他开口道:"亚伦,你母亲的思想和精神十分精妙和深奥,只有受过生活锤炼的人才能完全领悟。当她写这些信的时候,你还只是个学习绘画技能的学生。她肯定也意识到你无法完全理解她所写的内容。但她还是将这些写了下来,将她高深的智慧和精神财富留给你。她相信你出于对她的爱会保存这些信件,相信经过岁月的洗礼,你终能领悟她给予你的启示。"

"真巧,"画家喊道,"这几乎就是她的原话——跟我刚才读的一样!"

对方微笑着,平和地继续说:"亚伦,你会越来越欣赏和理解你的母亲,她的思想将伴你一生。当你老了——像我一样老的时候——你仍会在那些信中发现隐藏的思想宝藏,以及比你现在所能意识到的更具价值的真理。不过,给,我带来了下午的信件。"

亚伦·金打开小说家放在桌上的信封,信的内容让他陷入沉思——甚至对周遭的一切失去了感知。

站在窗前望着玫瑰园的小说家偏过头对亚伦·金说话,但对方没有吭声。窗前的那个人又对画家说了一遍,但这个年轻人仍没有反应。这时,康拉德·拉格朗日面带焦虑地回到桌子边:"怎么了,老伙计?出什么事了?希望不是坏消息吧?"

亚伦·金从沉思中惊醒,苦笑了一下,把刚收到的信递给他的朋友。信是泰恩先生寄来的,随函附上了这位百万富翁的支票。这是一封正式的商业公函，而支票上的金额使小说家咂着嘴，轻吹了一声口哨。

"这可比犹大老兄的报酬高多了，你们提供的服务明明都差不多，不是吗？"他一边把信和支票递回，一边评论道。然后，他瞧着这个年轻人的脸问："怎么了，难道你不喜欢这第一批羞耻之果的味道吗？我建议你出于自我保护的目的，尽快培养对这类东西的喜爱。"

"你不觉得你对我们所有人都有点儿太苛刻吗，拉格朗日？"画家淡淡笑着，"那群人很满意，他们很喜欢这幅画。"

"他们当然很高兴。"小说家反驳，"你明白这是一场交易，这令你苦恼，也令我们大家苦恼。当下——我们画家、作家和音乐家都太了解这种交易了。我们拥有精湛的技艺，掌握着行业的诀窍，因此我们可以凭个人喜好去创作书画和音乐作品。我们滥用自己的技艺来达到虚荣的目的，而不是被艺术所驱使，去创作一些充分体现伟大真理的作品，而这些真理正需要通过我们的作品让世人聆听。我的朋友，你总结了整个艺术界的现状——你都说了，那群人很满意。你出卖了艺术，给了他们想要的。这就是我这些年来一直在做的事情——给人们他们想要的东西。他们出钱，我们来为他们服务——甚至像他们的裁缝、制帽匠和理发师一样。世界上再也不会有真正伟大的艺术或文学作品，除非像我们这样的人——出于神圣而自私的使命感——要求自己创作出从头至尾都能令自己满意的作品。"

小说家走到画架前，粗暴地拉开帘子。画家不由自主地走到他身边，站在画前。

"看着它！"小说家喊道，"用你自己的天赋来鉴赏它吧！难道你没有看到它的力量吗？它没有告诉你，如果你愿意的话你能做什么吗？如果你不能重新画一遍，或者你没有欲望要重新画一遍，那就无所谓了，我会让你骑着你的调色板下地狱，让你见鬼去吧。但这件事展示了一种世界不能失去的力量，正因为这种力量太重要了，失去它会是多么令人痛彻心扉。过来！"他把朋友拉到大窗户边，指着群山说，"我的孩子，有一种艺术就像那些山一样——孤独，与世隔绝，远超人类卑劣的野心，它有着神一般的平静与和谐的力量——有着一种人们可以从中获取灵感、勇气和希望的艺术；还有另一种费尔兰式的艺术——渺小、肤浅和卑鄙——只有它的信徒们臆想出来的虚假价值，但这些价值实际上从未实现过。听着，亚伦，别再错读你母亲的信了。不要误解她，以为她渴望你获得的地位就是那群人有能力给予你的地位。跟我到那边的山里去吧。来吧，让我们看看，在上帝的群山里，你是否能找到自己。"

当康拉德·拉格朗日说完后，画家站了一会儿，没有回答——他手上捏着支票，踌躇不定地站在画前。最后，他默不作声地回到了桌子旁，简短地写下了给泰恩先生的回信。写毕，他把信交给康拉德·拉格朗日，对方读道：

尊敬的先生：

贵方十三日来函收悉，收到同函所附的为支付泰恩夫人画像的支票一张。感谢您的慷慨，但我现在还不能接受。

经过反复考虑，我发现我对这幅肖像画并不完全满意。因此，我将保留这幅画直至其完成、我愿意署名为止。

兹随信退还您的支票，因为我不能接受未完成作品的付款。

再过一两天，我和拉格朗日先生将出发去山上郊游。相信您和您的家人会在寂静湖度过愉快的夏季。向您致以亲切的问候。

您诚挚的，

亚伦·金

当天晚上，康拉德·拉格朗日和亚伦·金讨论了他们的旅行计划，并立即执行这项计划。康拉德·拉格朗日说，他们将沉浸在山中，没有明确的目的地，也没有确定的返程日期。此外，他还规定，他们应该轻装简行——只需要一头小驴子来运送物资。而且他们应该绕开人们常去的避暑胜地，专门走那些人迹罕至的小径。小说家对他们将要去的那片山区很熟悉，他在所爱的荒野中进行了多次探险，从而获取了丰富的丛林生活经验，所以也没有必要聘请向导了。对亚伦·金来说，这将是一次全新的体验，当小说家说话时，他发现自己像个小学生一样渴望这次旅行，而遥远的群山本身似乎也在召唤他——邀请他学习它们平静力量的奥妙和它们崇高和谐的精神。第二天，他们会去城里采购一套必要的设备和用品，雇一头驴，处理一些零碎的事情，为他们未定归期的旅行做准备。

巧合的是，叶凯第二天刚好也要去城里——在他们离开的几个星期里他要照看小别墅，所以他自己也有一些重要的事情要处理。当他的主人告诉他当天不会回家吃午饭时，他利用这个机会请了一天假。

就这样，次日早晨，康拉德·拉格朗日就像一个怀揣秘密去冒险的男孩，偷偷溜进玫瑰园，把上次说好的信和画室的钥匙放在知更草树篱角落的小门旁。

第十三章
迈拉·威拉德的挑战

自从在玫瑰园碰见了康拉德·拉格朗日,每天西比尔·安德烈斯都在寻找那封他们俩约定好的信。这日午后,她就发现了这封有趣的信——本着那日他们在玫瑰园见面时的调调——康拉德·拉格朗日告知了他们回家的大概时间,并警告她小心避开画架上的那幅画,以免受到某种怪诞的惊吓,最后祝她这次冒险愉快。随信附上了一把钥匙。

几分钟后,西比尔·安德烈斯打开画室的门,走进了她曾经如此熟悉的建筑,但是现在谷仓内部已经焕然一新。她慢慢地把身后的门推上。似乎因自己大胆的行为而心生怯意,她一动不动,四处张望。在那布置得有点富丽堂皇的房间里,她羞怯地站着,随时准备逃跑似的;她似乎真的是小说家在戏谑的幻想中认定的那个精灵。她的双颊笼罩着热情的红晕,她的双眼因这次纯真的冒险和对这间漂亮的房间由衷的钦佩和欣赏而闪耀着兴奋的光芒。

过了一会儿,她变得越来越大胆,开始在画室里走来走去。她脚步轻盈,身姿绰约,就像从她山中的家园走出来的小兽,也像树林中一只温顺的动物,误入了人类的栖息地。她对所发现的东西极其感兴趣,渐渐忘记了自己的怯懦,带着孩子般的自由和放纵,全身心地感受着周围的一切所带来的乐趣。她把眼睛睁得大大的,如饥似渴地看着一幅幅画。她翻了翻大文件夹里的素描,这些素描是如此诱人地摊在眼前;她敬畏地看着插在大瓷罐里的画笔,还有调色板和各种管状颜料;她飞快地走到能看到玫瑰园的窗户旁,然后又回到那扇宽大明亮、可远眺群山风光的北窗前。她一次又一次地背着双手,驻足在架立着那幅覆盖着天鹅绒的画像的大画架前。接下来,她必须试试椅子,那张东方沙发,甚至那个凳子——就是她在凉亭里偷看画家作画时,他偶尔坐的凳子。最后——在一个相当虚构的场景中——她试着坐在了模特的宝座上,好像正为她自己的肖像画摆着姿势。

突然,她惊叫着跳了起来,接着又缩回到沙发上,脸色苍白,浑身颤抖——她那双大眼睛充溢着央求的恐惧,紧紧盯着站在敞开的大门边的那个男人,对方正带着好奇、得意的微笑望着她。那个男人正是詹姆斯·拉特利奇。

西比尔刚才一直沉浸在孩子气的喜悦中,没能听到有汽车停在了小别墅前。詹姆斯·拉特利奇发现屋里没人,便径直走到画室。他自认自己是位熟客便一把推开了画室那扇虚掩着的门。

看到眼前这女孩惊恐的样子，詹姆斯·拉特利奇笑了。他关上门，若有所指地冷笑着说："看来你没料到是我吧。"

他的话让西比尔从一时的软弱中振作起来。她站起身，平静地说："我没想到会有人来，拉特利奇先生。"

他又笑了——带着令人不快的气息。"你看起来确实很自在。"他自信地走到画架前，坐在了那个凳子上，奸笑着说，"让我来暂时代替画家，没什么问题吧……至少在他回来之前。"

西比尔太天真了，无法理解他的假设，但她纯洁的心灵却能感觉到他话语中的邪恶。

"我今天下午来这里是经过允许的。"她的声音不由自主地有点儿颤抖，"请你离开，好吗？金先生和拉格朗日先生都不在家。"

"我相信你来这里确实是得到了许可，"他答道，并强调了"许可"这个词，"我看到你甚至还带着这间画室的钥匙，这间令人愉悦的画室。"他转头看向她刚才落下的，现在仍插在门上的钥匙。

这一次，她总算听懂了他的言外之意。一瞬间，她羞愧地直往后退。随后，她勃然大怒，朝他迈了一步，明确地问道："你是说我有来这里见金先生的习惯吗？"

他戏谑地笑了起来。"说真的，亲爱的，看到你在这儿，没有人会责怪他给了你这间画室的钥匙。通常人们认为他在这里是不受打扰的。金先生既不是一个品德高尚的圣人，也不是一个全身心投入艺术的人，他不会仅仅因为可爱的幻象以有血有肉的形式出现就厌恶这种陪伴。为什么生我的气？"

她的脸颊涨得通红，又说了一遍："你不走吗？"

"除非你我达成和平协议。"他色眯眯地笑着说，"今天下午，幸运之神眷顾我，我得从中获利才行。"

有一瞬间，她既害怕又沮丧地看着他。倏地，她以闪电般的速度从他身边飞奔而过，她凭借山野生活练就的体能，躲过了他的拦截，跑出画室。

詹姆斯·拉特利奇骂了一句，鲁莽地追了出去。在画室外，她消失在玫瑰园中，他只来得及瞥见她的白色连衣裙。他追进玫瑰园时，看到她穿过远处树篱角落的小门溜进了橘园，他不顾一切地紧随其后。在树林中，他又一次瞥见了她白色的裙子，就直接冲了过去。更远处，小树林边缘用围墙围着的小院子，是西比尔的住所。他看见西比尔站在厨房门口。但是，在西比尔和最后一排密密麻麻的树之间，那个毁容的女人站在那里，正等着他。

詹姆斯·拉特利奇停下脚步——为自己如此愚蠢地屈服于冲动而气闷。

迈拉·威拉德无所畏惧地向他走去——美丽的眼睛里闪烁着义愤填膺的光芒。"你想干什么，詹姆斯·拉特利奇？"她大声而清晰地质问道。

对方沉默以对。

"你真不愧是你父亲的儿子,"迈拉·威拉德接着说——每一个直白刻薄、轻蔑的词都刺痛着对方的神经,"在他的时代,他尽其所能把这个世界变成地狱,让那些不幸的人去取悦他邪恶的喜好。我看,你正在忠实地追随他的脚步。我了解你,也了解你这种人的信条——就像我之前看清你父亲一样。没有一个天真美丽的女孩可以逃过你们的魔掌。你邪恶的心灵无法相信美德,就像你控制不住自己疯狂的欲望一样。"

詹姆斯·拉特利奇因她尖锐的话语而恼羞成怒:"把你那张丑陋的脸从我眼前移开。"他残忍地说。

她面无惧色,朝他迈了一步。"正因为我是个女人,我才有了这张丑陋的脸。詹姆斯·拉特利奇,"她摸了摸自己被毁掉的脸颊,"这些伤疤是掌管你身体和灵魂的那只野兽的印记,先生。离开这个地方,否则,以上帝的名义,我会讲一个故事,让你不能再在公共场合露出你那张邪恶的面孔。"

她说话时的眼神和举止,令他愤怒却也使他退缩。她大胆的言辞传达了某种神秘的力量,让他明白她的威胁并不是空穴来风。在幽暗的橘子树林边缘,这位艺术和文化圈中的名人,和这个原本拥有美丽的面容,却被伤疤扭曲成丑陋的女人对峙着。詹姆斯·拉特利奇冷哼了一声,转身离去。

· ※ · ※ ·

亚伦·金和康拉德·拉格朗日从城里回来了。快到家时,他们看到房前停着一辆泰恩家的汽车。"是公司的。"画家笑着说,想起了他写给泰恩先生的回信。

"是拉特利奇。"注意到司机不在,小说家如是说。

在大门口他们正准备往里走,沙皇蹿到前面,好像要查看一下,突然它停住了,发出一声低沉又不满的咆哮。

"哈!"康拉德·拉格朗日咧着嘴笑道,"果然是老'欲望'。看看沙皇,他知道那头野兽就在这附近。去把他叫来,沙皇。"

随着一声愤怒的犬吠,沙皇消失在门廊的拐角处。跟在后面的两个人遇到了拉特利奇,他从隔壁的房子那边穿过橘园和玫瑰园而来。沙皇咕哝咆哮着,怀疑地嗅着他的脚后跟。

"沙皇。"它的主人暗斥一声。狗会意地瞥了主人一眼,不情愿地中止了它那令人难堪的怀疑,转而去查看拉特利奇一路过来的那些地方是否安好。

寒暄之后,小说家和画家客套地问拉特利奇是否已经等了很长时间,对方笑着回答:"哦,没有……我一直在你们的住处周围闲逛。这里很舒适,真的,我以前从来没有欣赏过它们的魅力。"

他们坐在门廊上。康拉德·拉格朗日——想起了西比尔·安德烈斯和他留在门边的那封信,他一边紧紧盯着拉特利奇,一边小心翼翼地填着烟斗。

"我们喜欢这儿。"画家回答。

"我也是这样想的——如果我是你的话,离开这儿我会很不舍的。泰恩先生告诉我你们要进山。"

"不过,我们不会抛弃这个地方的。"亚伦·金答道,"叶凯会留在这儿等我们回来。"

"哦,明白。当猎鹿季开始时,我通常会去山里打猎,也许我会在某个地方遇到你们。顺便问一下,你还没见过你的音乐家邻居,是吗?"

小说家特别认真地盯着他的烟斗,似乎烟斗出了点儿问题。

画家简短地回答:"没有。"

"如果我是你,我一定会去结识她的。"拉特利奇带着暗示性的微笑说,"她就是一个梦。你的画室是一个令人愉快的隐蔽之处。"

画家对此人含沙射影的话语和神情感到迷惑不解,漠然地说:"作为画室确实很不错。"

对方不怀好意地笑了起来:"是的,哦,是的……一间很棒的画室。我想……啊……在你们离开的这段时间,你不怕把你的艺术珍品托付给那个中国人吧?"

康拉德·拉格朗日现在可以肯定,拉特利奇已经看到西比尔·安德烈斯进出画室了——他打断道:"你不必担心金先生的画室，拉特利奇，我可以向你保证，那里的珍宝会得到很好的保护。"

詹姆斯·拉特利奇领会了小说家话中所传达的警告，却什么也没有对亚伦·金透露。

"真的，"画家问向拉特利奇，"你不会是在担心泰恩夫人肖像画的安全吧，是吗，老兄？当然，如果你担心的话……"

"该死的泰恩夫人的肖像！"拉特利奇喊着，匆忙站了起来，"你知道我的意思，当然一切都很好。我得走了，祝你们郊游愉快，回来后你所有的艺术珍宝都能安然无恙。"他干笑两声，走下人行道。

汽车驶离后，画家转向他的朋友。"他为什么发火啊？他怎么了？你认为他们会觉得我不肯交出画像是因为出了什么差错吗？"

"亚伦，他就是只污秽不堪的畜生。"小说家干脆地答道，"他父亲是我所知道的最坏的人，他跟他父亲一样，忘了他吧！送货员来了，让咱们彻底检查一下行头。我希望天黑前他们能把那头毛驴送来。我们把驴拴在哪儿，拴在画室里？嗯？"

"看这儿！"几分钟后，画家去画室转了一圈回来说，"这就是拉特利奇发火的原因。是你干的，老兄，这是你的钥匙。"

"什么意思？"对方拿着钥匙，不解地问。

"哎呀，我发现画室的门敞着，你的钥匙插在锁里。今天早上咱们离家之前你肯定去过那儿，却忘了锁门。拉特利奇在这个地方转悠时可能瞧见了,他是因为我的粗心大意而责备我。"

康拉德·拉格朗日呆呆地盯着手里的钥匙。"好吧,我该死。"他嘟囔着,紧接着,他又粗暴地加了一句——在画家看来,他不必如此自责的话,"我是一个愚蠢的、笨手笨脚的、不负责任的老傻瓜。"即使画家天真地向他保证,他的粗心大意并没有带来任何损失,他也没有得到一丝宽慰。

是夜,两个人坐在门廊上看着山顶上最后一缕光,他们再次听到了从那隐藏在橘园深处的小房子里传来的恐惧和痛苦的哭声。他们惊异地听着,哭声又一次传来——充满了恐怖的战栗。

哭声停止时,康拉德·拉格朗日若有所思地把烟斗里的灰烬敲掉。"可怜的人,"他说,"那些伤疤不仅毁掉了她美丽的脸蛋,我敢打赌还一定伴随着一个悲惨的故事,亚伦。奇怪的是,我怎么会被应该认识她的想法所困扰,但我实在记不清了。"过了一会儿,仿佛是为了让自己从不愉快的想法中解脱出来,他接着说道,"嗨,等咱们安全到达山那边时,我会很高兴的。你知道吗,老兄,我觉得咱们好像是在紧急关头逃走了。我悚立的寒毛,还有刺痛的大拇指都在警告我,你心爱的幽灵们正联合起来,要对咱们进行某种毛骨悚然的行动。如果他们趁咱们不在大举进攻,希望叶凯有足够香烛来抵挡他们。"

亚伦·金在暮色中悄悄笑了,他回道:"我有一种预感,家里那些宝贵的成员正准备陪着咱们到山里去,我从骨子里觉得在那儿会有事发生……"他指着远处的群山,然后补充道,"至少对我来说，我觉得我将会收获颇多，如果你明白我的意思的话。我希望咱们家的那头驴不是一头通灵的驴子，或者，如果它是的话，它会通情达理、心甘情愿地以血肉之躯护送咱们。"

话音刚落，屋前传来一声充满活力的驴叫，打破了寂静的夜晚。"嘻……呎，嘻……呎。"

"看吧，我刚跟你说过！"画家喊了出来。

两人笑着，在黑暗中跟着沙皇走下散步道，去迎接那头将陪伴他们四处游荡，毛茸茸、长耳朵的同伴。

正如许多人所做的那样——亚伦·金玩笑地预言了他并不知道的真相。

第十四章
在山里

清晨,天刚蒙蒙亮,费尔兰高地的居民们还在睡梦中,亚伦·金和康拉德·拉格朗日就准备出发了。

那头驴子被拉格朗日命名为克罗伊斯[1]——对此,这位著名的小说家解释说:"那位古代的大富豪就是头蠢驴,你懂得。"他们将所有要用到的身外之物都托付给了这头驴。老练的康拉德·拉格朗日谨慎地指出,此种安排,就克罗伊斯的特质而言,非常符合现代朝圣的习俗。他熟练地将背包固定在驴背上适当的位置,小心地调整鞍座,精准地划分了两边的重量,把毯子放在最上面;然后,他将防水油布折叠成合适的大小,盖在所有东西的上面,再整齐地塞好两端;最后,为确保整个物件捆绑结实,

---

[1] 克罗伊斯是古代吕底亚的国王。在西方,克罗伊斯就是非常有钱的象征。

他打了个外行眼里极其复杂的菱形结。他们行军时自然会让克罗伊斯领头,小说家一边系紧马鞍肚带,一边专业地解释说,凡是注重正确的行进队列的人,都会把驴放在队伍领头这个恰当的位置。画家看着这一切,感到他真的要远离他熟悉的生活环境了。

一切准备就绪,这两个人身穿法兰绒上衣,下着灯芯绒裤子,足蹬高帮山地靴。他们向叶凯告别后,恭请克罗伊斯出发。他们还带着第四位队员——沙皇没有一丝平日的尊严,兴致高昂地上蹿下跳。太阳虽刚刚升到半山腰,万丈光芒已将峰顶镀成金黄。他们背对着人类建造的城市,面向镌刻着上帝之名的每一个山脊、山峰、悬崖、峭壁和峡谷进发。

正如康拉德·拉格朗日所说——他们本可以雇一辆马车,甚至是租一辆汽车,把他们俩和装备直接送到某个山区牧场,在那里,他们可以毫不费力地找到一头驴,以便在山中漫游。这样的话,中午时分出发,太阳升到足以俯瞰峡谷壁之前,马车或汽车就已经把他们送达清溪峡谷了。"但是那样……"此时小说家解释说,"但那不是进山的正确方式。"他们悠闲地走在两旁都是与橘子树林接壤的一排排棕榈树的道路上,感受着标志新一天诞生的神秘气息。

"这些山,"小说家望着远处的高山继续说,"那些像去参观人类城市那样叽叽喳喳、匆匆忙忙、沸沸扬扬的人是看不见的;只有那些文雅安静的人、有悟性的人、有爱心的人,以及有敬畏精神的人,才能看到它们。人们接近群山,不是像去看赛马或看马戏，而是要以一种即将进入大教堂的心情，或者说，以一种寻求进入上帝殿堂的心情来走近它们。进山的时候，应该不慌不忙地去感受群山的吸引力，因为山从不与行色匆匆的人亲近，一般的观光客几乎看不到什么东西。"小说家对他的同伴一本正经地微笑着坚称，"如果可能的话，在整个进山过程中，人们至少应该花上一整天的时间。在直面群山之前，人们应该先远观，从山麓看到山顶——在清晨的荣光中，群山守候着世界苏醒；在正午的威严中，人们处于白昼混乱的搅扰下，群山却平静如常；在壮丽的落日中，群山峰顶沐浴着夕阳的余晖。然后，这样的一天结束后，人们应该在山脚下睡上一晚。"

画家欣然听着，当他的朋友以这种罕见的心境说话时，他总是这么倾听着。这种心境揭示了小说家在那个他声名远播的世界中不为人知的一种天性。当小说家说完时，画家柔声道："朋友，你这番话几乎直接摘自我母亲钟爱的那本匿名书。"

"也许是，亚伦。"康拉德·拉格朗日承认了，"也许是的。"

他们就这样度过了那一天——悠闲地向群山进发。耐心的克罗伊斯驮着担子，总是走在前头；而沙皇就像一个快乐的精灵，四处玩耍。他们几次停在路边休息，有远见的克罗伊斯趁机嚼了好几大口野草。路边移步换形的景色，让他们多次驻足欣赏。

沿着缓坡一路向上，中午他们已经离开了低洼山谷处的耕地，前往地势较高、尚未开垦的土地。墨绿光泽的橘子树、色泽明亮的柠檬林，以及浓郁、缎灰色的橄榄树，现在已被更柔和的灰色、绿色、黄色和棕色的丛林所取代。空气中不再弥漫着浓重的玫瑰花和橙花的芳香，而是充斥着北美圣草、黑肉叶刺茎藜和鼠尾草的刺鼻气味。回望身后，他们可以看到山谷被道路分隔成许多绿色的方块，小城镇散落在四处。山谷一直延伸到西边的大海，直至消失在灰蓝色的薄雾中。远处的圣盖博山，越过卡戎山口，直插晴空，恍如梦幻之境的海岸线从梦幻之海升起。在他们面前，圣贝纳迪诺山越来越近，越来越亲切，正默默地邀请他们，以世上最古老的耐心，请他们到山中来。它怀着崇高谦逊的精神，奉献自己，赐予他们群山教义的财富。

傍晚时分，他们到达落脚处。在这里，道路第一次穿过一条两岸是桤木和杨木的小溪，这条小溪还未流至山谷，就被引流到灌溉水渠和管道中了。

虽相去甚远，他们已然听到了数条山溪在布满卵石的河道上一路跃下的声音。克罗伊斯以驴的预知力把它的长耳朵伸向前方——经验告诉它，今天的工作即将结束。沙皇已经沿着小溪跑来跑去了，吓得一群松鼠急忙蹦跳到树顶，还有一群鹌鹑惊恐地嗖一下飞向丛林深处。画家像个小学生似的冲着溪流欢呼。康拉德·拉格朗日奇迹般地重现了男子汉的微笑和声音，轻声说："我们就在这儿过夜。"

扎营很简单。克罗伊斯只想卸下身上的重担，它完全能自理。他们在清澈冰冷的溪水中洗澡；画家捡树枝生起火，康拉德·拉格朗日靠着这一小堆火做了一顿简餐；伴着潺潺的水声，他们铺开防水帆布和毯子，欣赏着落日熔金的醉人景色；在神秘的暮光中，他们静静地抽着烟斗，在柔和的黑暗中互道"晚安"；他们睡在了山脚下。无数的星星俯视着篝火余烬的暗红色微光，浩瀚的山丘守护着他们的安宁。

当人们在星空下露宿时，就不会醒得太晚。早餐后，画家又上了一堂行李打包课，然后他们就朝着新的世界出发了。那个被他们用一天脚程远远地甩在下面的原来的世界，在这个新的世界面前相形见绌。夜晚一股浓雾从海上滚滚飘来，将山谷淹没在灰暗的深处。除了眼前的群山，他们看不到任何景色，这使画家的脑海中产生了一种不可思议的印象，即他熟悉的生活是一个离奇又虚幻的梦。

而现在，随着他们前行，清溪峡谷褶皱的入口变得越来越清晰。更高的山峰看似在后移，隐藏于山麓下。当他们靠近斜坡和山壁下方时，山麓的高度和体积魔法般膨大。临近中午，他们来到布满岩石的峡谷前庭，两边岩壁峭立。如今，他们的道路不过是悬崖下一条狭窄的栈道。栈道下，远处冻雪化就的白色溪水急促地向前翻滚，跃过挡路的巨石，喧嚣的旋律回荡在礼堂般的峡谷内。不久，峡谷通道变得狭窄，岩壁贴近，形成一线天，尤显冷峻。然后他们到达了一处地方，两边宏伟凸出的悬崖形成了山脉巨大而崎岖的入口。

从道路绕过最右端的拐角处看，前方凸出的悬崖就像一面空墙，堵死了前行的路。但是，随着他们继续往前，挡路的悬崖似乎裂开了,道路转向峡谷中心。这样,越过豁然开阔的道路,他们看见了大峡谷和远方的群山,仿佛有一双强大而无形的手为他们默默地推开了那些令人敬畏的巨石山门。

在狭窄通道的内侧,峡谷突然比外面前庭处宽了许多倍,道路横跨小溪向左转弯。因此,当他们往前走的时候,猛然回头,看到身后的巨石山门又闭合了——就像开启让他们进入时一样。仿佛那个守卫着群山宝藏的精灵哨兵小心翼翼地设下路障,拦住其他世人的跟随。

亚伦·金停了下来。他深吸一口气,摘下帽子,目光从那座山墙转向四周皆是松林的山脊和高耸的山峰。他确实已远离他所熟知的世界。

康拉德·拉格朗日一声不吭,面带微笑,看着他的朋友。

清溪峡谷是一个幽深狭窄的山谷,长约十五英里,最宽处接近一英里,位于圣贝纳迪诺山的主山脉和加莱纳山脉较低的山脊之间。峡谷的底端被陡峭的悬崖壁和崎岖的狭口所封闭。顶端的分水岭将清溪从冷水水域分隔开来,这片水域在圣戈尔戈尼奥的山口和圣哈辛托的山峰流向科罗拉多沙漠。大约在入口前方两英里处,峡谷逐渐变宽直到整段峡谷的最宽处;在小山谷的区域——绵延约五英里的地方,山壁再次贴近——在布满卵石的清溪上方的边线,坐落着几个山地牧场和政府护林站。

他们在护林站停了下来。康拉德·拉格朗日想跟森林管理员打声招呼,他是在上次旅行中认识这位森林管理员的。但对方不在护林站，或许正漫游在某个偏僻的地方，所以他们没有在此逗留。

就在护林站前方，他们离开主干道，走上了通往坐落于奥尔德峡谷口的莫顿牧场的路。奥尔德峡谷是一个山侧的小峡谷，峭立于通往主山脉的一个低矮的裂口。越过莫顿农场，只有一条狭窄的小径。牧场围栏前方三百码处，就是大路的尽头和小径的起点。这里人迹罕至，已经看不到山民的家了，只剩一条狭窄蜿蜒的小径，他们必须排成一列行走。

三个星期以来，他们只有那些偏僻的山间小径可以走。有时，他们走在铺满棕色枯松针的幽暗松林间，空气中弥漫着强烈的松香味。若扎营过夜，他们便会捡拾松节和松果点燃篝火。其他时候，他们穿过山翼边的熊果树和鼠李灌木丛，或者沿着锯齿状狭窄的峡谷壁蜿蜒而下，在细长的桤木下露营。他们还从翻腾冷冽的激流中抓上来不少活蹦乱跳的鳟鱼，将它们都放在了克罗伊斯驮着的行囊里。那些高高地根植在花岗岩山脊或山峰上的松树，被强风扫过而扭曲、折断和撕裂。他们俯视着远处绵延起伏、隐藏于翻滚的云海下的世界。或者，在某个巨型峭壁的背风处，他们燃起篝火。当夜空放晴时，他们看到远方他们暂别的城市里，万家灯火好似繁星闪烁。又或者，他们停驻在幽谷环绕的森林和丘陵中。湿地里郁郁葱葱的草长得几乎与克罗伊斯的驴背一样高，而百合则长得更高。在那里，胆小的鹿越过深绿色的草丛，俯身在某山涧的源头喝水。最后，他们漫游到了圣戈尔戈尼奥白雪皑皑的峰顶处——这是所有山峰中最高的。那天晚上,他们在森林线上宿营。第二天,趁天还未亮,他们俩轻装简从登上山顶,适时看到了一轮红日从地平线冉冉升起。

就这样,群山敞开怀抱,接引他们。于是,居住在这个纯净世界的精灵,向他们悄声述说它的不朽力量和崇高和谐的秘密。

从圣戈尔戈尼奥出发,他们沿着小径通往清溪上游——在月桂溪的瀑布上方的焦松营地住了一晚,然后他们离开月桂小径,翻越了主山脉的一小段山峰,沿着峡谷陡壁一直向下,到达了蕨溪上的孤独屋。第二天,他们继续往下,走到主峡谷的底部——这儿比他们开始漫游时进入峡谷的地方高出了五英里。

他们穿过峡谷,到了清溪电力公司的进水口,选了一条沿着公司南墙管道铺设的小径。这条小径长达九英里,从渠首向上直至清溪峡谷口的发电站上方两千英尺的水库。它是由加莱纳山脉陡峭的一侧切割出来的,悬在下方狭窄的山谷之上。走到橡树丘的时候,他们停了下来。这里有一条政府为森林管理员铺就的小径,沿着管道曲折而下,一直延伸到下面的公路。

康拉德·拉格朗日解释说,这里有三条路可以回到他们一个月前出发的城市:第一条路是管道小径,它通往水库,然后一直延伸到发电站,最后到达费尔兰大道;第二条路是政府铺设的小径,从管道线跨过加莱纳到达山谷的另一边;第三条路是橡树丘小径,顺着清溪向下,穿过峡谷的入口——他们就是从这条路来的。

亚伦·金躺在距小径仅几英尺之遥的山坡上的一棵槲树下，懒洋洋地反对："但是，无论哪条线路，都是以我们想要返回费尔兰为前提。"

小说家笑了。"听听他说的，沙皇。"他对趴在脚边的狗说，"听听画家的话，他是不想再回费尔兰了，是吗？"

沙皇站起来，缓慢摆动着尾巴，望着他的主人。过了一会儿，它又询问地转向画家。

"好吧，老朋友。"画家说，"怎么选？我们应该走哪条路？或者任选一条？"

沙皇打了个大大的哈欠，似乎表示它厌倦了他们愚蠢的优柔寡断，它"呜呜"地低吠着转向团体的第四名成员，那头驴正沿着小径的边缘吃草。每当沙皇对人类同伴的需求有疑问时，它总是冲着驴叫。

"它说：'问问克罗伊斯。'"画家评论道。

"太好了！"小说家笑着喊道，"让我们把问题抛给这个金融家，让它来选择吧。"

"等等，"当小说家转向毛驴时，画家说，"别着急，这个场合需要严肃的静思和崇高的演说。"

"对不起，是这样的。"小说家答道，"我会发表演讲的。"他精心挑选了一块小石子，准备用来强调自己的言论。然后他对着他们毛茸茸的命运仲裁者发表了演说："克罗伊斯阁下，汝之行囊在数顿餐食之后，已经比出发之时轻减不少。我们将汝从可恶的商人手中救出,但是汝之责任成倍地加重了。现在,有一重大事件将依靠汝之智慧做出抉择。光荣的驴子啊,汝今日有机会报答世人,偿还汝可恶的祖先和所有长耳朵同类犯下的许多罪孽。现在,选择汝之恩人该走的路吧,克罗伊斯。汝一定要做出明智的判断,否则,我们要从汝之长耳朵开始剥下整张驴皮,挂在山坡上,以警示汝之同类。"

瞄准,投掷,小石子准确击中了驴身。狗叫了起来,克洛伊斯愤慨地猛地昂头,甩了甩尾巴,向前冲去。在岔路口,它停住了。那两个人饶有兴趣地等着。毛驴带着身担重责的神气,在通往峡谷底部的狭窄小路上转着圈。俩人笑着跟在后面——但离得足够远,方便驴首领在到达山墙脚下的公路时自主选择。克罗伊斯毫不犹豫地踏上公路,加快了驴步,几乎要跑起来了。

"哎呀,"小说家脱口而出,"它表现得就像知道自己要去哪儿。"

"它听信了你的话。"画家回应,"看它走!你的演讲显然仍在激励着它。"

驴子突然滑稽地小跑起来,绑在背包外面的煎锅和咖啡壶发出欢快的嘎嘎声。它蹚过小溪,消失在一丛桤木和杨柳的黑影中。那里,道路穿过一条从上方一百码处的泉水流下来的河溪。它从阴暗的凹地爬出来,路向左急转,那两人加快脚步追上驴,以免他们的四脚向导离开他们的视线太久。就在小丘的顶端,他们在转弯之前停了下来。在路右侧几英尺的地方,克罗伊斯站着,鼻子对着栅栏上一扇旧门,并不理会沙皇命令他继续前进的叫声。

在栅栏的另一边,是一个长期无人打理、破旧的苹果园,一座摇摇欲坠的原木谷仓,以及一座废弃的房屋,壁炉和烟囱孤零零地矗立着,述说着过往。这是个老牧场,被那些曾经称为家的人遗弃了,电力公司为获得水域权而将其买了下来。从大门望去,杂草丛生的古老马车的车辙,延伸到果园边缘的某个地方,消失在果园纷乱的树木和灌木丛下。

这两个人面面相觑,惊讶地笑着。驴子转过头,越过肩部诧异地盯着他们,像在说:"喂,怎么回事?你们为什么不跟我来呢?"

"如果有疑问,就问克罗伊斯。"画家郑重其事地说。

康拉德·拉格朗日从容地打开了旧门。

驴子再次敏捷地跑在前面。沿着古老的长满杂草的车辙,它带领他们绕过果园的下端,蹚过一条小溪,然后再次转向,爬上果园后方缓坡上开阔的草地。最后,它带着一种完成使命的神态,停在了一片美丽的梧桐树林里,这片树林毗邻一块小沼泽地。

因为老果园的遮挡,从门前的路完全看不到此处。这里背靠山脚,形成了小山谷的北缘,可以欣赏到环绕的山峰和山脊的壮美景色,圣贝纳迪诺山几乎就在他们的头顶。东面,是峡谷的千峰万仞;前面是美丽的橡树丘,天空映衬着深色的峭壁和加莱纳松树环绕的山顶；而西面，遥远的圣盖博山的蓝色山峰则出现在较低的山嘴和离它更近的山麓之上。前方再近一点儿是一个缓坡，一直延伸到老果园边上的小溪。稍靠左一点，就是沼泽地。茂盛高大的沼泽禾草和芦苇组成丰富的颜色，镶嵌着金黄和猩红的艳丽花朵，并与优美的柳树相连。果园里交错的树枝遮挡着碰巧路过的旅行者的视线。

这两个好友坐在小丘上的梧桐树荫下，欣赏着美丽的景色和这个迷人的与世隔绝的小地方；而克罗伊斯则耐心地站着，仿佛在等待着他们把它的包袱卸下，以报答它的美德；就连沙皇也忍住了没到处跑窜，它心满意足地趴在他们的脚边，好像终于到达了他们一直在寻找的地方。

这个果园是邻近牧场主从电力公司租下的，他们很容易就获得了牧场主的许可。康拉德·拉格朗日带着这名牧场主和牧场的大型山地马车去了一趟城里——第二天带着叶凯和行头回来了。他还从画室带来了一些东西，因为画家宣称他不会再没有画画的素材了。几天后，他们建造了一个舒适的营地，帐篷、家具、吊床、书籍一应俱全，还有兴高采烈的叶凯照顾他们。

营地建成后的第一天，画家扬言他要立即解决叶凯是否能像小说家那样熟练地烹制鳟鱼的这个问题——他拿起钓竿和假蝇出发去了峡谷，把那位著名小说家留在了吊床上，沙皇就躺卧在附近。画家沿着小溪走了大概两英里，从清澈的池塘里或漩涡中把鱼捞到鱼篓里，他时不时地驻足，以艺术家的眼光欣赏着千变万化的美景。

当他最终要返回营地时，整个下午几乎都过去了，这已经超出了他预期逗留的时间。但是，正如所有渔夫都会理解的那样，在顺溪流而下的路上，他还是忍不住要在引诱他的池塘边四处抛甩鱼竿。

夕阳映在山顶上时，他返程的路只走了一多半。他熟练地将假蝇甩到花岗岩巨石阴影下的一个深水池中，决定这是他最后一次甩杆，此时传来了令人震惊的清晰而甜美的小提琴声。

一条大鳟鱼跃出水面。浮漂一沉，这个走神的"渔夫"感觉到了拖拽。不给鱼脱钩的时间，亚伦·金慢慢地收紧了钓线。

他惊喜地聆听着那纯净而充满活力的音乐。对他来说，这音乐无疑正是来自那位未曾谋面、住在他费尔兰画室隔壁的橘园深处的小提琴家。

第十五章
森林管理员的故事

在费尔兰,画家也许能抑制住探究邻居的冲动,但在山里他却失去了自制力,也许是山里异乎寻常的自由更易令人随心所欲。亚伦·金的脚步没有迟疑,他听从了那个借助小提琴说话的精灵的召唤,朝乐声传来的方向走去。

他从河床爬到山坡上的平台,这个平台大概有四分之一英里,可以直通峡谷壁的底部。他发现自己走在一条老旧的路上,这条路曾经跨过小溪,但却被山洪冲毁了。他惊奇地循着这条依稀可辨的小径,穿过茂密的树丛,来到一片雪松中,音乐似乎就是从雪松那头传来的。这条路弯弯曲曲,穿过绿色屏障向前蜿蜒而去。他止步于绿色屏障之前——毋庸置疑,这位音乐家就在屏障的另一边。一时心血来潮,他小心地拨开树枝,向内窥视着:这是一块小而平整的林间空地。这块空地的四面都被一排排高山植物、一丛丛深色的雪松，还有一团团野玫瑰花丛包围。他的正对面有一座小木屋，半掩在大梧桐树下，一缕蓝烟从烟囱里懒洋洋地冒出，卷散在空中。这个地方是电力公司收购的另一个老牧场，废弃回归荒野后，一些吃苦耐劳的定居者则被允许重新修整并使用这里。这片小空地长满了坚实的草皮，被四处游荡的牛和鹿啃得很短，可以看出这里曾是山民家的前院。离门廊不远的地方，一个优美的身影在野玫瑰的衬托下被勾勒出来——西比尔·安德烈斯站在那里，演奏着小提琴，而亚伦·金则把这一切尽收眼底。

西比尔·安德烈斯拉琴的时候，她那可爱的脸仰望着山峰，她的身体轻盈地站立着，拉弓的手臂摇摆着，就像柳树的枝条一样。在藏于雪松中的这个男人看来，她仿佛是山林中某个美丽的精灵，一旦他走出藏身之处，她就会瞬间消失。他离她那么近，都看得见她那双大而专注的蓝眼睛，她的嘴唇自然地微翘着，她的双颊在暖棕的色调下因饱满的情绪而显得红扑扑的，她看似在倾听乐声，转而又毫不费力地让夹在下巴下的乐器奏出一段旋律。

亚伦·金被眼前美丽的画面深深地打动了，他的心绪从未如此翻腾。音乐的独特魅力，可爱的女孩本身，小空地上的景色：野玫瑰、巨大的梧桐树、深色的雪松和环绕着的山壁，都笼罩在柔和神秘的黄昏中；还有不期而遇的心动，这一切在画家的脑海中留下了多年不曾磨灭的印象。

他正看着，音乐声戛然而止。西比尔·安德烈斯放下小提琴，轻声笑着对门廊上的某个人说："噢，迈拉，我想跳舞，我不能光站着。我太高兴了，看到老'圣贝多'和'灰背'以及其他所有的朋友都在那上面！真的很高兴又回到家里。"梧桐树的树干挡住了画家的视线，他看不到迈拉的身影。这女孩张开双臂，像是在回应来自大山的欢迎。然后，她轻快地旋转着，把小提琴交给了门廊上的同伴。"演奏吧，迈拉。请，亲爱的，拉琴吧！"

话音刚落，小提琴声再次响起。在这位隐身于梧桐树干后的音乐家手中，小提琴笑着，唱出一首欢快奔放之歌——自由和喜悦、幸福和爱之歌。而女孩则在地毯般的草皮上跳了起来，与旋律的精神和节奏完美地融合在一起。在这片被生机勃勃的绿色围墙隔绝的小空地上，她翩翩起舞，舞姿浑然天成，轻盈似羽翅，天真无我的神态好似在森林深处嬉戏的小兽，那般的无拘无束，就像旋绕着山腰的和风。

这舞蹈是她身心愉悦的自然流露，如同她的笑声和脸颊上的红晕一样质朴。这是亚伦·金从未见过的。

这位画家拨开旧公路旁的雪松树枝，透过屏障向里窥视，屏声静气，唯恐美丽的这一幕消失。但他忘记了自己的位置，忘记了自己在做什么。他在画室里作画时常听到的音乐如此出乎意料地出现了，他又被吸引着循声来此，沉浸在眼前的美景中。他没有意识到当下的举动是多么粗鲁无礼。突然，一只手重重地拍了下他的肩膀，他猛然回过神。他直起腰，那只手按着他的肩把他转了过来，映入他眼帘的是一张因多年的野外生活而晒得黝黑、布满皱纹的脸。

这位如此唐突地抓住画家的人，身高略超六英尺，胸肌发达，一身精瘦的肌肉，这种体格往往是山野生活孕育出来的标记。他没有穿外套，敞开的背心上印着美国林务局的盾牌。他的臀上松垮地绑着装满子弹的弹带，上面挂着一个破旧的枪套，里面装着一把沉重的柯尔特左轮手枪。他从宽边帽檐下，疑惑又怒气冲冲地瞪着亚伦·金。

两个人本能地都没有吭声，因为雪松的另一边会听到他们的动静。森林管理员打了个手势命令画家跟上，两人悄悄地沿着公路向小溪退去。

等到他们的说话声传不到空地上那女孩的耳朵里时，森林管理员突然愤怒地质问："现在，先生，告诉我你是谁，你为什么那样偷窥那两位女士。"

"我不怪你叫我来问话。"对方无法掩饰自己的尴尬，"如果是我——我是说，如果咱俩换位的话——我就会把你踢到那边的小溪里去。"

那双一直敏锐地冷冷打量着画家的蓝眼睛，闪烁着一丝幽默的光芒。"你确实看起来像个绅士，你知道。"好像是在为自己没有听从画家的建议而辩解，"但是，尽管如此，你必须解释，你是谁？"

"至少这应该不难。"对方回答，"虽然在这种情况下的会面很容易诱人撒谎。"

"这对你没有好处,而且可能会引起令人不快的连锁反应。"森林管理员严厉地警告。

受盘问的人依然很窘迫,他轻笑着回复,"我真的没有认真想过要撒谎。我叫亚伦·金,是个画家。我想你是奥克利先生吧!"

森林管理员点点头,终于露出了微笑。"是的,我是布莱恩·奥克利。"

亚伦·金继续说:"一个月前,康拉德·拉格朗日和我来山区郊游。路过护林站时我们曾去拜访你,但那里没有人。大多数时候,我们只是四处游荡。现在,我们在那片老苹果园后安营扎寨了。"

森林管理员忽然大笑起来。"你们来的那天,奥克利太太正在峡谷那儿看望朋友,但是后来莫顿告诉我了。我已经顺着你们的路线来回十几趟了,看到你们的次数也几乎一样多。但我总是太忙,没时间去找你们。我知道拉格朗日不需要任何关注,你明白的。所以我只是估摸在某个地方会碰巧和你们见面,比如——大概在吃饭的时候。"他又笑起来,"这样巧遇很好。"他停顿了一下,享受着画家的窘态,然后又好奇地发问,"你到底为什么要在树丛里那样鬼鬼祟祟的?那些女士不会咬人。"

亚伦·金解释了他是如何在钓鱼时听到音乐,如何冲动行事的。他循声至此,想在自己露面之前一睹这位不知名的音乐家的风采。然后,一时的沉迷竟让他忘记了自己在扮演偷窥者的角色,直到森林管理员的手如此粗暴地唤醒了他。

布莱恩·奥克利咯咯笑着说:"如果我一见到你在雪松丛里偷看就立即行动的话,你会比刚才受到更大的惊吓。可当我偷偷靠近你时,我注意到你的装扮,还有你拿着的鱼篓和钓竿。我猜到你大概是怎么来的,所以我想我应该走得再慢一点儿。"

"而且你穿的靴子也挺重的。"画家提醒道。然后,他更加自在地参与到自嘲的行列中。

"钓到鱼了吗?"对方发问的同时掀开了鱼篓的盖子,当他看到里面的东西时说,"哟!这太棒了!我饿得像头母狼!自打太阳升起我就一直骑在马上,一口饭都没吃。如果我今晚对你和拉格朗日进行一次拖了很久的社交拜访,你会怎么说?"

"我会说太好了!奥克利先生。"画家热情洋溢地答道,"我猜你知道拉格朗日会怎么说。"

"当然。"他吹了一声轻快的口哨,一匹漂亮的栗色鞍马应声从树林中走了出来,画家刚才根本没有看见过它。"我们要走了,麦克斯。"森林管理员打着官腔说。两人出发了,马紧随其后,带着一种公事公办的神态,获得了这位画家的赞赏。

亚伦·金赢得了森林管理员的认可,这一点从对方提出去梧桐林的营地吃晚饭就可以证明。这位森林管理员善解人意地告诉康拉德·拉格朗日,他只是见到这位画家带着装满鳟鱼的鱼篓,所以很想随行。他的说法得到了这个年轻人长久的感激。就这样，他们碰面和相互介绍时的情形，就被打上了特殊的烙印，标志着一段真诚而持久的友谊的开始。然而，尽管微妙地考虑到了画家的感受，森林管理员避免提起那令对方尴尬的事，但因为画家的反应和他自己的乐趣，布莱恩·奥克利还是忍不住暗中提及他们会面的情形。因此，晚饭后他们拿着烟斗坐着聊天，话题就这样转到了西比尔·安德烈斯和那个毁容的女人身上。

森林管理员为了打趣画家，在称赞了他们营地的位置之后，随口说："而且你们还有些很棒的邻居，离这儿还不到一英里。"

"邻居！"康拉德·拉格朗日喊道——语气将他的态度表露无遗。

另外两人都笑了，森林管理员则说："哦，我知道你的感受！你不想让任何人在你的保护区偷猎，你上山是为了躲避人群，诸如此类。但你不必感到不安，你甚至都见不到这些人——除非你暗中靠近他们。"他窃笑的同时偷瞄了画家一眼，对方正偷偷地向他挥舞拳头。"不过，你可能会听到她们的声音。"

小说家粗声粗气地反驳："这可能也一样糟糕。"

"噢，我不知道！"森林管理员回答，"你也许能忍受得了。我想你不会反对时不时地听点音乐吧？我是说真正的音乐。"

"这么说来我们的邻居都精通音乐，是吗？"小说家似乎有点兴趣了。

"西比尔·安德烈斯是我听过的技艺最高超的小提琴家。"森林管理员说，"你知道，我也并不是总住在这山里。至于迈拉·威拉德,嗯……她教过西比尔……虽然她现在不再声称能和西比尔匹敌了。"

康拉德·拉格朗日兴趣渐浓。现在,他认真地转向画家,急切但也谨慎地问:"你觉得那会是我们橘园里的邻居吗,亚伦?"

布莱恩·奥克利瞧着他们,偷偷乐着。

"我早知道是她们。"画家回答。

"你知道?!"对方喊道。

森林管理员大笑起来,画家急忙补充说:"当然……我今天下午在钓鱼的时候听到了小提琴声。"

小说家生气地评论:"在我看来,你在保守秘密这方面非常谨慎!"

这令森林管理员又欢呼雀跃起来。

这两个男人随即向森林管理员解释了来自橘园里的音乐。康拉德·拉格朗日讲述了他们在夜里第一次听到那声哀号,以及他们赶到隔壁时看到了那个毁容的女人站在门口。

"是威拉德小姐。"布莱恩·奥克利平静地说,"她有时会梦见那场事故,或者不管是什么,她会梦见给她留下那些伤疤时的事情……至少,我是这么认为的。当然,能让一个女人哭成那样,这肯定不是个普通的梦。我第一次听到她哭,事实上也是她第一次这么哭——那是三年前的事了,那天她和西比尔在我家过夜。吉姆·拉特利奇刚到西部,那是他第一次来这里旅行。当时他正上山打猎,大约是在日落时分出现的。当他走进房间时,迈拉看到了他，我以为她会晕倒。他看起来像她认识的某个人——她是这么说的。就在那天晚上她发出了可怕的哭喊。主啊！这不仅把我吓了一跳，我妻子一星期都没能摆脱紧张的情绪。迈拉解释说她梦魇了，但她只愿意说这么多。我估摸她是见到拉特利奇后心烦意乱，想起了某个她认识的人，唤起了她的回忆——然后她就梦到了给她留下伤疤的那些事情。"

"你认识威拉德小姐很久了，是吗，布莱恩？"康拉德·拉格朗日对这位老伙伴随意、不拘礼地发问，因为男人们在山里快速发展出的友谊，可能比在城里花几年时间每天见面都要亲密。

"自从她来到这山里，我就认识她了。那是西比尔出生的那一年，所有人都知道从那之后发生的事情。西比尔的母亲甚至在她去世前一个月告诉我，迈拉的过往还是跟她停在他们家门口的那天一样不为人知。"

"我无法摆脱我应该认识她的那种感觉——多年前我在某个地方见过她。"小说家解释他为何对此人感兴趣。

"那应该是在她没有那些伤疤的时候。"森林管理员回答，"没有人会忘记她现在这张脸的。"

"而且，"画家评论道，"如果在你认识她之后她脸上才有这些伤疤的话，那你现在就无法认出她了。"

"尽管如此，"好像被自己记忆中想不起来的某个事件所困扰，康拉德·拉格朗日说，"我还是放不下。布莱恩，你介意把你对她的了解告诉我们吗？"

"啊,一点也不。"森林管理员答道,"这个故事在这儿家喻户晓。它是如此尽人皆知,这很可能是你以前在这里时没听到它的原因——可能大家都以为你知道。

"我来的时候,西比尔的父母就在山上了。他们住在迈拉和西比尔现在住的地方。我从来没有想过会遇到比他们更好的人——无论是当代还是未来。二十年来,我和他们都很亲密。威尔·安德烈斯一生都是一个真实、正直、纯洁的男人,奈莉也是个和他一样好的女人。他们俩和我们夫妻的关系比亲兄弟姐妹还亲。

"在西比尔出生前一个月的某天,趋近日落,奈莉听到狗吠声,就去一探究竟。迈拉·威拉德站在门口,就像从天而降。除了知道她是从铁路上的某个车站向山口走来的,就只有上帝知道她的来历。她当时几乎筋疲力尽,当然,奈莉把她请进屋,很快就把她治好了。她想找份工作,但坦承她从来没有做过太多家务活。她直截了当地说,他们对她的了解永远不应该超过他们当时所知道的。但她坚称自己不是一个坏女人。起初,威尔和我都反对留下她,因为很容易就能看出她在试图逃避什么。但女人们——奈莉和我的妻子——不知何故相信了她,而且孩子一个月后就要出生了,很需要一个人来帮忙。她们赢了,好吧,先生,她做得很好。如果说二十年的相识有什么价值的话,那就是她好得像是上帝的同类,我一点儿也不在乎她的历史。

"我们很快就发现她受过教育,很有教养,而且正如你们看到的那样,她在被毁容之前一定非常漂亮。当孩子出生后,她那可怜的、破碎的心接纳了这个小家伙,视若己出,甚至西比尔几乎不知道哪个才是她的亲生母亲。当女孩到了上学的年龄,迈拉恳求威尔和奈莉让她教导这个孩子。她总是派人去买书,大约就在那个时候,她让人去买了一把小提琴,然后这女孩就像小鸟一样喜欢上了音乐。好吧……西比尔就是这样被抚养长大的,她接受了他们能给的所有最优秀的教育——甚至是法语、意大利语和德语。而且她正好错过了学校在课本以外所教的某些俗事。她有个图书馆,大部分书籍是迈拉赠送给她的,一次一本,都是世界上最杰出的作家的代表作。你也知道她的音乐怎么样。但是,见鬼!"森林管理员抱歉地笑了笑,中断了自己的话,"我应该谈的是迈拉·威拉德。我没意识到我跑题跑得这么远,因为西比尔——除了威尔和奈莉遗传给她的天性外——是迈拉造就了她。

"当威尔被那些墨西哥暴徒杀害时——这本身就是一个故事——奈莉把牧场卖给了电力公司,并在费尔兰买了一片橘子园。这是她应该做的事情,因为她和迈拉可以处理那些财产,而且她们无论如何都得离开牧场。奈莉去世前和我商量了一下,为了把这个女孩托付给迈拉,她把一切都交到迈拉手中由对方掌管。后来,迈拉卖掉了你们现在住的橘园和别墅,买下了隔壁的小房子。然后她把剩下的钱以西比尔的名义投资到金边证券,这可以保证女孩在未来的几年内不会缺钱,而西比尔靠她的音乐帮忙增加收入。伙计们,故事就是这样。每年夏天她们都会到山里来，在旧家住上一个月左右。"

森林管理员起身要走了。

"但是你认为那些女士单独待在山里安全吗？"亚伦·金追问。

布莱恩·奥克利笑了。"安全！你不了解迈拉·威拉德！而且西比尔自己就可以用她的六发式左轮手枪击中山里最高的松树上的一只松鼠。威尔和我在她长大的过程中把我们一身的本领都教给了她。除此之外，你看，我几乎每天都来看看她们是否安然无恙。"想起画家的表现，他故意笑着对康拉德·拉格朗日补充道，"不过，我要告诉她们，西比尔必须注意她在这些山丘上跳舞的方式——因为她有这么出众但不可靠的邻居。"

他吹了一声口哨，那匹栗色的马在他们回荡的笑声消失之前就跑到他身边了。

随着一声"再见"，森林管理员骑着马走进了夜色。

第十六章
峡谷之门关闭时

如果问亚伦·金那天在布莱恩·奥克利有力的手打破魔咒之前，是什么把他困在雪松林中，他可能会回答是他对眼前美景的艺术共情。但是在他内心深处，有一个平静、微弱的声音坚持不懈地宣称：那美景蕴藏一种以他的专业语言也无法表述的含义。

假如他不具备长久以来养成的自制力，在森林管理员到访的第二天，他就会去清溪钓鱼，至少会到那条大鳟鱼咬钩的池塘去——但他没有。相反，他毫无目标地在营地附近漫步，在梧桐林里溜达；沿着山路爬上山翼，又爬下去；绕着沼泽地走一圈；最后，他来到了溪边果园中废弃的房子和谷仓的废墟。

离孤零零的壁炉和光秃秃的烟囱不远的地方，河岸上游有一棵挂着槲寄生的橡树，树下一排古旧倒塌的篱笆上，有一扇小小的旧栅栏门，不经意间吸引了他的注意。透过小门，他看到有条小径曾一度沿着河岸通向一汪泉水,在那里,一股涓涓细流穿过百码之外的道路,流向清溪。推开垂挂在倾斜的柱子上的门,亚伦·金沿着这条小径走下去,发现自己置身于一处迷人的角落——环绕四周的森林植物在泉水的浇灌下,浓荫密蔽。

在门边泉水那一侧的空地上,草皮坚实而光滑。一块灰色的花岗岩巨石立于空地中央,到处长满了野玫瑰花丛和细长挺拔的灰色桤树。高高的桤木上秀丽的银绿色树叶遮住了天空,枝条上挂着的野葡萄藤和铁线莲藤蔓绕成许多优美的结环。旧篱笆下面的河岸边,野生黑莓与玫瑰争夺地盘;而小溪上嫩绿的豆瓣菜斑驳地生长,两边嵌生着苔藓和芬芳的薄荷。在河谷柳树的前方,空地另一边,可以看到橡树丘和松木点缀的加莱纳山;但在果园的那一侧,爬满葡萄藤的河岸和槲寄生橡树下的旧门挡住了视线。阳光透过桤木、葡萄、柳树和铁线莲组成的屏障的空隙照射下来,就像透过教堂窗户的花饰窗格一样。清澈的泉水被绿色的草地轻柔地托着,悄悄地从生机盎然的河岸下溜走,没有发出一点儿声音;但是远处更大的河流发出低沉的潺潺声传到了这里,就像某个大管风琴的低音。一些摆放整齐的石头,表明此地曾是家庭食品储藏处[1]。桤木光滑的树皮上刻着名字、首字母、心形和日期——现在树木长大了,这些痕迹已模糊不清,让这块地方似乎充满了幽灵般的记忆。

---

[1] 旧时,山里人搭建在流动的泉水上方的小房子,利用泉水的低温来保存食物。

整个下午，亚伦·金都待在这个小小的静修之地。第二天，他带着画架、画布和颜料盒，再次来到这片空地，决心把此处迷人的景色描绘下来。

一个月来，没有社会责任之类的干扰，亚伦·金受到了自然的影响，唤醒了他的艺术之魂，因此创作激情达到了最高境界。创作的欲望不可抑制，喷涌而出。他拒绝使用人类语言这一媒介，也禁止朋友陪同。他带着一种以前极少有的欣喜若狂的心情，在泉边空地上作画，而康拉德·拉格朗日明智地满足了画家不受干扰的愿望。

随着时间的流逝，这位画家越来越专心致志于他的艺术。他的灵魂为领略眼前这一幕美景而欢唱，他吸纳美景，以画笔呈现——使它成为自己真实的一部分。食品储藏处地基的石头和树上的旧刻痕所带来的往事追忆；阳光如同透过教堂花饰窗格一样，柔和地飘落在空旷幽静的空地上；远处小溪似管风琴般低吟的水声——所有这一切都为这块空地营造了一种神圣的宗教氛围，因此画家近乎虔诚地献身于他的创作。

第三天下午，亚伦·金意识到自己听到了一阵轻柔的歌声时，已说不出听了有多久——歌声与山间溪水似管风琴的声音如此交融，仿佛就是从那翻滚的水声中传出来的。

握着画笔的手停在了调色板和画布之间，亚伦·金偏过头倾听，他有点儿倾向是自己幻听了。但这并不是幻听，唱歌的人越来越近，旋律也越来越清晰，但声音依然与远处小溪的深沉伴奏完美搭配。

然后亚伦·金看到了她。她穿着浅棕色的衣服，与绿色的柳树、灰色的桤木树干、黄褐色的玫瑰和黑莓灌木、焦茶色的摇曳着的葡萄藤，以及交错多变的林间光影巧妙地融合在一起，似乎她就成长于斯，一如她那轻柔的歌声从似管风琴的流水声中传来。

为了获得最令他满意的效果，亚伦·金把画架支在了离绿草如茵的空地稍远一点儿的地方。他坐在灌木丛中一张低矮的折叠椅上，轻易不会被人发现——即使是那些在树林和山丘中长大的人，拥有一双长期训练出来的敏锐的眼睛，也不容易注意到他。当女孩走近时，亚伦·金看到她胳膊上挎着一个篮子，正在采摘野黑莓。这些黑莓生长在河岸底部的隐蔽之处，肥沃的土壤、充足的水源使其十分甘美。当她采集大自然馈赠的果实时，没有感知到任何听众。她在大自然音乐的伴奏下歌唱，带着一种天真和自由，就像小兽在原生之地无所畏惧。

亚伦·金仍未动笔。过了一会儿，当女孩走出他的视线时，他转向画布，仿佛又在专心工作似的，但他仍然能听到身后的歌声。

然后旋律停止了，不是戛然而止，而是逐渐变弱——再一次消失在远方水域似管风琴的水声中，正如它来时一样。有一段时间，这位画家不曾停下画笔，也不敢把眼睛从画上移开；但他每一根刺麻的神经都感觉到她就在身后。最后，似乎是迫不得已，亚伦·金忽然转过头——直视着她的脸。

亚伦·金表面上一直全神贯注于他的工作，所以女孩第一次看见他时，几乎没有受到惊吓。当她停止唱歌时，他仍然没有环顾四周。被他的画所吸引，她悄悄地走近他，嘴唇轻启，脸红扑扑的，眼睛里闪耀着兴奋和喜悦。她身体前倾，胳膊上挎着篮子。她对这幅画如此感兴趣，以至于她仿佛完全忘记了画家的存在。他突然面对她时，她丝毫没有感到尴尬。

"真漂亮。"她说，好像在回应他的目光，她说话的语气和样子让人无法怀疑她的真诚。"这太真实了，太……太……"她搜肠刮肚地寻找一个恰当的词来表达，在找到后她得意扬扬地笑了起来——"太高尚……美得太神圣了。它……它让我感觉……仿如置身教堂之中……管风琴声轻柔低沉，光线从窗户里斜照进来，有人念着那句优美的话：'唯耶和华在他的圣殿中。全地的人，都当在他面前肃敬静默。'"

"天啊！"亚伦·金惊呼道，"这正是我想说的。我发现这个地方，听见那边的水声，好像一架巨大的管风琴在演奏，看到阳光是如何从树间洒下来的时候，我的感受就如你所说的那样。我正努力把这里的景致画下来，让那些欣赏画的人也有同样的感觉。"

她的脸上洋溢着热情和理解，急切地叫道："哦，我懂！我懂呀！我的音乐就是这样！当我有时看着山或花草树木，或听着水的歌唱，或风的呼唤——我感到内心是那么的充盈，甚至有点儿堵得慌。我觉得好像我必须倾诉出来——然后我拿出小提琴，试着……试着用音乐表达我的感受。不过，我从来不能全部倾诉出来。但是你的画已经充分表达了你的感受，这就是为什么它如此高尚，是吗？在费尔兰，他们说你是一位伟大的艺术家，现在我明白为什么了。把你所看到和感受到的东西融合呈现在这样一张画里，没有什么能改变或破坏它。这一定很棒。"

亚伦·金像个孩子一样尴尬地笑道："哦，但你知道，我不是一个伟大的艺术家，我一点儿也不出名。"

她那双蓝色的大眼睛看着他，由衷地感到困惑不解。"一定要家喻户晓才伟大吗？"她问，"难道一个默默无闻的艺术家就不能很伟大吗？或者，一个真的非常、非常……"她似乎又被单词卡住了，当她想到时，微笑着说，"一个真的非常渺小的人，却能闻名于世？有时，报纸会让一些非常坏的人出名，不是吗？不，不，你一定是在开玩笑，你不会真的认为出名和伟大是一回事吧？"

亚伦·金仔细地观察着她，发现她像孩子一样直抒胸臆。他试探地说："如果把感受融入作品中是伟大的，那么你就是一名伟大的艺术家，因为你的音乐确实让人感觉到它好像是来自山脉本身。"

她很高兴，亲切地叫道："哦！你喜欢我的音乐吗？我太希望你能喜欢了。"

她没有想过问他什么时候听过她的音乐，他也没有想过解释。他们两个人都没有意识到他们还没有相互介绍过，他们真的应该装作不认识彼此。

"有时候,"她带着可爱的自信继续说道,"我觉得自己真的是一位伟大的小提琴家……然后,再说一遍,"她想了一下接着说,"我知道我不是,但我肯定我一点儿也不想出名。"

亚伦·金笑了。"当一个人在山上,峡谷的大门关闭时,名气似乎并不那么重要,是吗?"

她快活地和他一起笑了。"你看到了吗?你看到那些巨大的山门打开,等你进来后又在你身后关上,好像要把外面的世界隔绝在外一样?你当然会看到的,任何能做到这一点的人,"她指着画布,"不会看不到峡谷的大门。"当她的眼睛再次盯着这幅画时,她似乎又一次忘记了画家的存在。

看着她的脸——这张脸泄露了她每一个稍纵即逝的思想和情感,就像一片毫无波澜的池塘映照着岸边生长的花朵,或是一只停下来喝水的鸣鸟。亚伦·金为了让她转换一下心情,问她:"你爱群山,不是吗?"

她转而面对他,简洁地回答:"是的,我爱群山。"

"如果你是画家,"他微笑着说,"你会画这些山,是吗?"

"我不知道我能不能,"她想了想,"但我会试着把这些山呈现在我的画里,不管它们是什么样子。我不知道你懂我的意思吗?"

"是的,"亚伦·金答道,"我想我明白你的意思,这是一个美丽的想法。你不会画肖像画,是吗?"

"我想我做不到,"她答道,"在我看来,把山画成任何人的肖像都是很难的。一个艺术家——我是说一个伟大的艺术家,他的作品必须真实,不是吗?如果他画的是一个不太好的人的肖像,而他真实地画出来了,那他就不会很受欢迎,是吗?不,我认为我不会画肖像——我只能为那些希望我画出真实的他们的人画肖像。"

亚伦·金听了她朴实无华的话语,满脸通红。他认真地看着她,但是除了表达自己的想法之外,这个女孩并无其他深意。她做梦也没有想到她简单朴素的话语所蕴含的力量直击人心。

"你也喜欢山,不是吗?"她突然问。

"是的,"他回答,"我喜欢这些山。我正学着越来越爱它们,但我担心我不像你那么了解它们。"

"我在这里出生。"她说,"直到几年前,我都一直住在这里。有时候,我觉得,群山几乎能与我倾心相谈。"

"不知道你是否愿意帮我了解你所熟知的那些山脉。"亚伦·金焦急地问道。

她稍稍后退,没有回应。

"你看,我们是邻居,"亚伦·金继续微笑着说,"前几天的晚上,我在你住所附近的小溪边钓鱼时,听到了你的小提琴声,所以我知道就是你住在我们隔壁的橘园里。拉格朗日先生和我现在就在果园后面扎营。我们不可以做朋友吗,你不愿意帮我了解你的山脉吗?"

"我了解你。"她说,"布莱恩·奥克利告诉我们,你和拉格朗日先生在那边扎营。拉格朗日先生说你是个好人,布莱恩·奥克利也这么说——你是好人吗？"

画家脸红了，他陷入尴尬中而没有注意到她提到小说家的重要意义。"至少，"他温柔地说，"我不是一个很坏的人。"

她脸上露出了笑容——她的情绪转变很快，就像幻化无端的云彩。"我知道你不是坏人。"她说，"一个坏人是不会像你一样想画这个地方的。"

她转身就要走。

"等等！"亚伦·金喊道，"你还没有告诉我，你能教我了解那些山脉吗？正如你所了解的那样。"

"我确信我没法说。"她一边走一边微笑着回答。

"但至少，我们还会再见面的。"他急促地说。

她兴高采烈地笑着："为何不可？山对你和对我都是一样的；山虽大，路却窄，隘口也少。"

她又笑了一下，溜走了——她棕色的衣裙，在斑驳的树影下，与灌木、藤蔓、树木和岩石的颜色如此协调。她飞快地消失在画家眼前，似乎融进了他面前的景色中。

但是不一会儿，亚伦·金又听到从一排排柳树那边传来的声音——她在山涧的伴奏下唱着歌。旋律轻柔地消失在远处，最后消失在山水间深沉似管风琴的流水声中。

这位画家仍旧站在那里听了好几分钟，仿佛余音不绝于耳。

那天晚上，亚伦·金没有告诉康拉德·拉格朗日他在泉边空地的奇遇。

第十七章
泉边空地上的自白

第二天,当亚伦·金在那片空地上画画时,他竖起耳朵倾听,希望能从远处水域似管风琴的乐声中捕捉到那个声音。他多次回过身去,在身后灌木丛摇曳的光影中寻找,想再次见到那姑娘棕色的衣裙和迷人的脸庞。

又过了一天,她来了。

画家的目光紧盯着曾落在绿色草地上、现在洒在灰色花岗岩巨石上的那缕阳光,然后他转向画布,在他看来,这只是一瞬间的事。当他再次把目光投向那块巨石时,她已经站在那里——显然站了有一段时间,正笑眯眯地等着他发现。

她肩上挂着一个用网状皮带拴着的鱼篓,手里拿着一根做工精良的细长的飞蝇竿。她穿着浅棕色的衣服、短裙和高帮的靴子,卷发盘着,戴了顶宽大的毡帽。她的蓝眼睛充满了乐趣,暖色的皮肤因运动而透着健康的光泽。在画家看来,她更像是山里某种神话中的精灵,而不是一个有血有肉的少女。她现身的方式更加深了这一印象,他没有听见她走近的声音——没有脚步声,也没有灌木丛的沙沙声,他没有觉察到灌木丛中有什么动静,组成绿篱墙的柳枝也没有被分开,没有任何迹象表明她就在这附近,他甚至猜不出她是从哪个方向过来的。

乍一看,他简直不敢相信自己的眼睛,身子因惊讶而定住,而她欢快的笑声打破了定身魔咒。

他从座位上跳起来,向前走去。"你是精灵吗?"他喊道,"你知道,因为你出现和消失的方式,我觉得你一定是个幻影。上一次,你从水的乐声中走来,又从水的乐声中消失。今天,你从空中来、从树上来,或是从让我烦恼的那块灰色巨石中爬出来。"

她笑着回答:"我父亲和布莱恩·奥克利教我的。如果你想观察森林里的野生动物,你也可以学会的。我不是精灵,我不过是一只在茂密的丛林里跟踪兔子的美洲狮,一只滑到溪边岩石旁的水貂,或者是一只蹲着躲在灌木丛里的小鹿。"

"你刚才一直在钓鱼吗?"他问。

她戏谑地笑道:"你观察得太仔细了!我想你可能想当然地认为我去钓鱼了,然后问我运气如何。"

"我相信我也会认为这是理所当然的。"他说。

"我钓到了几条。"她漫不经心地回答,然后带着可爱的命令的语气,"现在,你必须回去画画了。如果你因为我在这里而再浪费时间,我马上就消失。"

"但我想聊聊。"他回嘴,"从中午开始,我就一直在努力画着。"

"你当然有努力。"她反驳,"可是不久光线又要变,今天就不能再画了,所以你得趁现在赶紧忙起来。"

"如果我继续画,你就不会消失了吧?"他迟疑地问。她笑得那么调皮,他担心如果自己转过身去,她就会消失得无影无踪。

她放声大笑:"如果你作画,我就不走。"她说,"但是如果你停下……我就走啦!"

她边说边走向他的画架,小心翼翼地把她的鱼竿靠在附近一棵桤树的树干上,让鱼篓从肩上滑下来,把它和帽子一起放在地上。然后,她静静地站在那里看着这幅画,而画家在看着她。不一会儿,她也看向他,任性地跺了下脚,质问道:"你为什么还不干活?你怎么能浪费时间和这光线却看着我呢?如果你还不画,我现在就走。"

他笑着照做了。

她看了他一会儿,然后转身走开了。他听见她沿着小溪走来走去的脚步声,这条小溪在柳树下不知流向何处。

有一次,他搁下画笔,朝着她的方向问道:"你在干吗?"

"我要离开你。"她娇嗔道,"如果你再四处乱看。"

他立刻转过身去看他的画。

很快，她回来了，坐在鱼篓和钓竿旁，从那里她可以看到画家笔下的画。"如果我旁观的话，会不会干扰你？"她轻声问道。

"完全不会。"他回答，"它有助于……也就是说，如果是你在看，就会对我有所帮助。"令画家暗暗吃惊的是，他的话竟然成真了。阳光被那块灰色的岩石挡住而不能直线射过来，现在光线洒满了草地，不再困扰他了。有她相伴，他自由而踏实地作画，这是一种乐趣。

当他忍不住朝她看过去时，见她弓着腰，双手忙碌地摆弄着腿上的柳枝。"你究竟在做什么？"他好奇地问。

"你不应该知道我在做什么。"她嗔怪道，"你又偷看。"

"你那么安静，我怕你不见了呢。"他笑着说，"如果你一直跟我说话，我就知道你还在，那样就好了。"

"你确定聊天不会打扰你吗？"

"当然不会。"他回答。

"那么，你跟我说话我会回应的。"

"我要坦白一件事。"他一边说，一边仔细研究着灰色巨石那边的桤木树干的暗部色调。

"坦白？"

"是的，我想了结此事——这样我就不必感到自责了。"

"关于我的事？"

"是的。"

"哎呀，这就是我努力让你专心画画的原因——因为我也有件事得向你坦白。"

"是对我吗？"

"是的……请别四处张望。"

"不过，你有什么事可向我坦白的呢？"

"你先说你的事。"她催促着，"说吧，也许这会让我轻松一些。"

他刻意盯着画布，告诉她他是如何从雪松林中偷窥她的。他说完后，她一直没说话，他以为她生气了，就转过身来，以为会看到她收拾东西准备离开。

她竭力忍住笑声。当看到他脸上惊讶的表情时，她才开怀大笑起来，这片空地上回荡着她欢乐的声音，画家不由自主地跟着笑了。

"哦！"她喊道，"但那太有趣了！我很高兴，很开心！"

"你这么说是什么意思？"他迫切地想知道答案。

"为什么……为什么……这正是我试图鼓足勇气向你坦白的原因！"她吸了口气，接着告诉他，她是如何从玫瑰园的凉亭里窥探他，以及他不在的时候，她如何造访了他的画室。

"但你究竟是怎么进去的？我不在的时候，画室都是锁着的。"

"哦，"她搞怪地说，"有个善良的精灵让我从钥匙孔钻进去。你知道，我没有瞎翻东西，我只是看了看你漂亮的房间。至于画架上的画，我一眼都没瞧。精灵告诉我你不喜欢那样，即使他没说，无论如何我也不会拉开帘子的。至少，我想我不会的……但是也许我会……你知道，我也不能确定自己会做什么。"

画家突然回想起那时他发现画室的门开着，而康拉德·拉格朗日的钥匙就插在锁眼里，以及他是如何用那么夸张和激烈的言辞责备自己的。刹那间，他也记起了那天下午詹姆斯·拉特利奇的来访，想到了他那奇怪的举止和含沙射影的言辞。

"我想我已经知道你的那位好精灵的名字了。"画家非常认真地面对女孩问道，"但是告诉我，你在画室的时候没人来打扰你吗？"

她的脸颊涨得通红，所有的笑意都从她的声音中消失了，她回答："我不想让你知道这一点。"

"但我必须知道。"他严肃地坚持。

"好吧。"她坦白，"拉特利奇先生发现我在画室，然后我穿过花园逃跑了。我不喜欢他，他吓到我了。拜托，我们有必要再谈这件事吗？当然，我不得不招供，但我们一定要谈这事吗？"

"不，"他答道，"我只是有必要知道这件事，不必再谈论了，我们永远不会再提这件事了。等我们回到橘园后，你可以随时来玫瑰园和画室，你的好精灵和我都会确保你不被任何人打扰。"

听到他这么说，她脸上露出了喜色。"你真的喜欢我为你所作的音乐吗？就像拉格朗日先生说的那样？"

"我没法形容我有多喜欢它。"他微笑着回答。

"琴声不影响你创作吧?"

"你的琴声对我有帮助。"他想起了泰恩夫人的那幅肖像画,肯定地说道。

"噢,我很高兴,很高兴!"她喊道,"我希望能对你有所帮助。我就是为了这个才拉小提琴的。"

"你拉琴是为了帮助我?"他惊奇地问道。

她点点头。"我想,音乐可能对你有益……如果我能融入更多山的气息到我的音乐中,你明白的。"

"你偶尔也会为我跳舞吗?"他问。

她摇了摇头。"这我可说不准。你看,我只是随心而跳,只在……音乐似乎不能充分表达情感的时候才跳舞。当我……当我……"她因找不到合适的词语而语塞,然后忽然接着说道,"噢,我没法告诉你……这只是一种感觉,没有词来形容它。在费尔兰度过整个冬天之后,我刚回到山里时,就总是跳舞,感受山峰的高大强壮——有时我会在月光下跳舞,感受月色如水,多么柔和、明亮和纯净;有时我会在暮色中跳舞,感觉黄昏时分是多么宁静,空气是如此……如此充满着一日劳作后回家休憩的慵懒气息;有时我会在大松树下跳舞,沐浴着从山顶吹来的风,在天空下,让歌声穿过黑色的松树树枝。"

"但你不曾为了让你的朋友开心而跳舞吗?"

"哦,不,我跳舞不是为了取悦任何人,只是为了我自己——当做什么都无济于事的时候,就只能跳舞。当然,有时迈拉、布莱恩·奥克利或奥克利夫人也会和我在一起,但你知道这并不重要,他们是我的一部分,我不介意。"

"我想知道你是否愿意为我跳舞?"

她再次摇摇头。"我不这么认为。我怎么能跳呢?你看,你跟我认识的任何人都不一样。"

"但是那天晚上我看见你跳舞了,你记得吗?"

"记得,但我不知道你在那儿。如果我早知道的话,我就不会跳了。"

她说话的时候,手指一直忙着拨弄那些纤细的柳枝。"现在,"她突然转移了话题,笑着说,"现在,你必须去画画。"

"但是眼下光线不好了。"他辩解道。

"没关系,你必须假装光线还好。"她娇嗔地说,"你就不能假装一下吗?"

为了迎合她,他笑着服从了。

一分钟后,她说:"你现在可以看了。"

他转过来看到她站在自己旁边,手里举着一个漂亮的小篮子。篮子是她用柳条编织的,装饰着苔藓和豆瓣菜。在篮子里,六条优质的鳟鱼躺在凉爽潮湿的苔藓上,鱼身上轻轻覆盖着水芹。

"真漂亮!"他喊出来,"原来你刚才一直在做这件事!"

"给你的。"她简单地说。

"给我的?"他叫道。

她轻快地点了点头。"给你和拉格朗日先生的。我知道你喜欢它们，因为你说你是钓鱼时听到我的琴声，我想你应该不想耽误画画的时间去钓鱼，所以我就替你钓了一些。"

　　画家好不容易才掩饰住自己的窘态。在相当正式地表达他的感谢和赞赏的同时，他敏锐地打量着她的脸。但她送出礼物时，那种自然的天性、真诚的友善以及对传统规矩的天然漠视，足以让一个不那么彬彬有礼的男人卸下武装，更何况是亚伦·金这种与生俱来的绅士。

　　她把那篮鳟鱼搁在他手里，回过身把空的鱼篓甩到肩上，然后戴上帽子，拿起了鱼竿。

　　"哦……你要走了吗？"他问。

　　"你今天的工作已经做完了。"她回答。

　　"让我陪你一起走吧，就一小段路。"

　　她摇了摇头。"不，我不用你陪。"

　　"那你还会再来的吧？"

　　"也许吧……如果你一直来这里作画……但我不能保证……你看，在山里我永远不知道自己下一步要做什么。"她异想天开地回答，"明天早上我可能会到老'伯多'的山顶上去；或者，当你来这儿画画的时候，我可能就在这里等你啦！"

　　亚伦·金把东西收拾好放进盒子里，想着如果她看到他今天真的不再画了，就能说服她让他陪着走一段路。当他俯身看盒子时，她还在说话。"我希望你来！"他回应了她。

没有应答。

他直起身子,环顾四周。

她已经走了。

站在空地上,他仔细地搜寻了一段时间,竖起耳朵捕捉声音,脸上流露出一种摸不着头脑、茫然困惑的神情。最后,他带着东西踏上了小路,但在他到达那扇老旧的小门之前,轻浅的一声笑使他迅速地循声望去。

她站在泉水边,脸上挂着调皮的笑容。他还没来得及做出反应,她就蹦蹦跳跳得像小精灵一样,穿过围墙般的柳树溜走了。愉快的笑声传到他耳边,之后只留下空地的寂静和远处的水声。

亚伦·金手里拿着那一篮子鱼,慢慢地走回营地。当康拉德·拉格朗日看到画家如此小心地拿着的是什么东西时,就该做出一番解释了。

第十八章
西比尔·安德烈斯和蝴蝶

次日,亚伦·金完成了下午的工作,正在收拾东西时女孩出现了。

长而倾斜的阳光和逐渐浓重的阴影预示黄昏已近。他弯腰收拾着颜料盒,怀着些许遗憾,寻思着她不会来了——她也许永远也不会来了。一想到自己可能再也见不到她,一种奇怪的恐惧揪住他的心。正在此时,他的思绪被一阵细微、银铃般的笑声打断了,于是他一跃而起,目光仔细地扫视着这片空地。

"出来吧!"他喊道,仿佛在恳求一个看不见的精灵,"我知道你在这儿,出来吧!"

伴着笑声,西比尔·安德烈斯从一棵最大的树的树干后面走了出来,距他站的地方不到几英尺。当她向他走来时伸出了双手,手中捧着一只用梧桐叶和蕨类植物编织而成的精致篮子,篮子里装满了熟透的、最甜的黑莓。递上礼物时，她并没有开口说话，但是亚伦·金看着她含笑的眼睛，想象着她这一简单的动作所蕴含的某种意义和目的。

拿着这个精美的篮子，亚伦·金表达了喜悦之情，情不自禁地又加了一句："但是你为什么要给我带东西来呢？"

西比尔·安德烈斯以一贯任性、幽默的口吻答道："因为我喜欢。我告诉过你，在山里的时候，我总是率性而为。"

"我希望你能一直这样。"亚伦·金回答，"如果你喜欢的都像这个一样美味的话。"

就像一个心里藏着秘密却又急于和他人分享的顽皮孩子，西比尔·安德烈斯神秘兮兮地说："我还有一件礼物要送给你。"

"我知道你的礼物意味着什么。"亚伦·金喊道，"你送我礼物不仅仅是因为你想让我拥有你带来的东西。"

"哦，就只是这样而已。"她淘气地反驳他那得意扬扬而又期待的语气，"如果我不想让你得到我带来的东西，哎呀……那我就不会带了，不是吗？"

"但这还不是全部。"亚伦·金一口咬定，"告诉我你为什么说你还要带一个礼物来呢？"

西比尔·安德烈斯摇摇头，带着一种令人期待的神秘感："等着吧，我下次再来的时候会告诉你的。"

"那你明天会来吗？"

西比尔·安德烈斯取笑他猴急的心情。"我怎么知道？"她答道,"我自己也不知道明天我会做什么。当我在山里的时候,峡谷的大门关闭着,世界被抛在了外面。"就在她说最后这句话的时候,她的情绪也随之发生变化,就像一个天性狂放而自由的精灵被囚禁起来,只被允许短时间内出去放风那样惆怅。

这位画家对她瞬息变化的情绪感到茫然,尤其当她在谈到峡谷大门以外的世界时的态度,让他不知如何作答。他站在那里——站在那片阳光照耀下的小空地上,宛如身处一座肃穆的大教堂里。周边回荡着远处水域似管风琴颤动的深沉的水声,他手里拿着叶子和蕨类植物编成的篮子及盛着的野果,望着那个为他带来礼物的美丽姑娘,她身上带着山野孩子自然的气质和林地精灵的气息,再一次让他感到他所熟悉的世界距他是多么遥远。

那个女孩也缄默不语,仿佛通过某种巧妙的力量,她知道了他的想法,不想打搅他。

他们是如此安静,以至于一只野鸟冲过桤木枝干的屏障,落在他们头顶的小树枝上荡来荡去,奏出一段原始森林的旋律。在柳树组成的围墙外的小河边,一只鹌鹑开始了它的晚间鸣叫,它的伙伴在河岸上那棵槲寄生的橡树下与其共鸣。一对灰白色的松鼠顺着灰色的树干溜下来,蹿过花岗岩巨石到泉边喝水。当它们瞅见那对男女时,半是嬉戏,半是惊恐地蹦蹦跳跳地跑走了。松鼠不见了,西比尔·安德烈斯轻声笑了起来,这是一种与野生动物亲密相伴而完全领会了它们的幽默时所发出的笑声。接着,仿佛沿着一道阳光的轨迹,两只翅膀棕黄交错的艳丽的蝴蝶,穿过铁线莲的藤蔓，在空地上御风飞舞——时而飘飞于高高的桤木叶隙中，时而扑向玫瑰和浆果丛，悠悠地落在花蕊上，时而追逐嬉戏在溪畔泉边的芳香薄荷中，然后再次翩翩飘舞到柳树的枝头上，仿佛要离开这片空地，却又凌空轻盈地折返至覆盖河岸的藤蔓上，翻飞于点缀着丛丛青草的花朵中。

"哦！"当美丽的蝴蝶最终消失时，西比尔·安德烈斯激动地喊道，"人类要是能那样就好了！在这个世界上做自己太难了。在那里，每个人似乎都试图伪装自己，没有人敢做真正的自己。在这里，一切都是如此正确，如此真实，如此公正。而在那里，所有的东西都是如此费力地掩盖真实的面孔，那个世界甚至扭曲到人们无法相信一个事物的本来面目。"

与其说她是对着同伴说出这番话的，不如说她是在自言自语。看着蝴蝶的时候，西比尔·安德烈斯离开了画家身边，目光追随着蝴蝶，迈出了轻盈的步伐，来到了空地开阔的、绿草如茵的中心。她仰脸望着树叶的缝隙，蝴蝶就从那儿消失的。

画家还未来得及回答，这对美丽的生物就像它们飞走时一样乘风归来了。西比尔·安德烈斯低声欢呼起来，看着蝴蝶在头顶上飘舞飞旋，在阳光和枝叶间跳着空中华尔兹。亚伦·金看着她，只见她没有理会他的存在——轻盈地站立着，双臂向上伸展。不久，她那双大而明亮的眼睛追随着那对华丽的长着翅膀的精灵，在芬芳的空气中旋转。她带着愉悦的微笑，在空地光滑的草地上翩翩起舞，犹如自由飞舞的蝴蝶，她的每一个舞步、每一个动作都与无忧无虑、自由奔放的精神完美和谐，就像她那些娇媚的蝴蝶同伴一样。她没有注意到那个正看着她的男人，忘记了他的存在。西比尔·安德烈斯屈从于一时的心血来潮，以自由、律动的舞蹈来表达她强烈的情感。

亚伦·金本能地保持沉默，纹丝不动地站着，似乎害怕她会受到惊吓而飞走。

西比尔·安德烈斯跳舞的时候，她的眼睛总是随着那对长着翅膀的同伴，此刻蝴蝶飞舞到亚伦·金的头顶上。她忽然意识到了他的存在。她两颊绯红，低声浅笑——她的舞就像精灵一样轻盈——她热情地向他伸出双手，愉快地邀请他——好似在挑逗他，邀他共舞。

她邀约的手势是自发的、纯真的、自由的，就像她送来采自山涧和灌木丛中的礼物一样。但是这个男人被引诱得忘乎所以，只记得眼前狂野可爱的景色。亚伦·金举步朝她走去，随着他越来越靠近，她的脸上流露出茫然而又恐惧的神情，吓得一时控制不住自己的动作，仿佛被某种隐藏的力量所驱使。她盲目地、不自觉地朝他走去，她的眼睛瞪得大大的，带着一种质问而害怕的表情。亚伦·金几乎就要走到她跟前了，这时，她的意志力仿佛起了作用，她停下定在那里，凝视着他的脸，浑身都在发抖。随着一声低呼，她以一种惊恐、畏缩、恳求的姿态跌坐地上，双手捂住了自己通红的脸。

好像有一只看不见的手拦住了亚伦·金，他停下脚步，自己的双颊比那女孩的更红。

亚伦·金就地站了一会儿,然后一步跨到她身旁。他伸出手碰了碰她的肩膀,正要说话。但在他的碰触下,西比尔·安德烈斯又叫了一声,跳了起来,如同一只小兽,闪电般敏捷地消失在围着空地的灌木丛中。

这个男人吓了一跳,试着跟在她身后呼唤她,安慰她,恳求她回来。但是没有任何回应,也没有瞥见她的身影。尽管有一两次他觉得自己听到了她在峡谷中疾行的声音。

亚伦·金一路跟到第一次见到西比尔·安德烈斯的地方,但在雪松林之前停了下来。他在那里站了许久,直至黄昏消逝,夜幕降临。在朦胧的夜色中,他低着头,像一个卑微又愧疚的人,慢慢地沿着峡谷走回那片空地,然后回到了宿营地。

第十九章
三件礼物

第二天,亚伦·金心烦意乱,不想画画。整个下午他都在那片空地上闲逛,但那女孩没来。天黑的时候,他回到营地,告诉自己她再也不会来了。因为一时冲动,他本能地屈服于她奔放之美的诱惑,恰好打破了他们之间亲密关系的魔力。他诅咒自己,一如许多男人诅咒过的那样——冲动是魔鬼。

但接下来的那一天下午,这位画家开始潜心作画,他决心迅速画完这个地方,现在这片地方似乎在用其圣洁的甜美氛围申斥他。突然,他听到了那女孩与山溪的水声交融的低沉的歌声,正像他第一次所听到的。亚伦·金坐在那里,丝毫未动,假意全神贯注于画作,却一心一意地捕捉着她走来的脚步声,而不是倾听她那越来越清晰的歌声。最后,他感知她就站在柳树的另一侧,在泉水那边。他知道她正隐藏在某处盯着他,但不敢朝那边看。

他确信，如果他过于急切地暴露自己的意图，她又将消失得无影无踪。亚伦·金弓着身子看着画布，装出一副对画作高度关注的样子，等待着。

有几分钟，她一直躲着轻声歌唱，似乎要用歌声的诱惑来试探他。然后，当亚伦·金举着画笔，目光从画布扫向风景时，忽然看见西比尔·安德烈斯站在泉边，穿着棕色衣服，优雅的身影被柳树的绿色勾勒出来。她的怀里塞满了采自山坡、角落、林间空地和峡谷的野花。

"如果你不找我，我就用不着躲起来。"西比尔·安德烈斯喊道，仍然站在泉水的另一边，认真地看着他。亚伦·金觉察到她话中有话，她那双蓝色的大眼睛里隐藏着一个令她烦恼的问题。

"我一路都在找你，一直找到你家。"他温和地说，"但你不让我靠近。"

"我吓坏了。"西比尔·安德烈斯答道，并没有垂下眼眸，而是用一种质问的神情坚定地盯着他。

"对不起。"亚伦·金说，"你能原谅我吗？我再也不会那样吓你了，我不是故意的。"

"哎呀，"她回答，"我必须宽恕自己和你。你看，我也把自己吓坏了，和你吓到我的程度一样。我觉得你不是真正的罪魁祸首，不应该受到责备——就像我一样。我试过责怪你，但是我做不到，所以我回来了。只是，我……我再也不能为你跳舞了，是不是？"

亚伦·金无法回答。

西比尔·安德烈斯似乎完全放下心,而且对他的反应非常满意。她跳过脚下的小溪,穿过泉边空地向他走来,把怀抱中的那一大捧鲜花举到他面前。"看,"她微笑着说,"我给你带来了三件礼物中的最后一件。"她优雅地跪在地上,把鲜花放在他的颜料盒旁边。

亚伦·金向她表示了感谢。她的诚实和对自己单纯的信任深深地打动了他,她谈到礼物时那种娴静、自然而高贵的神态使他陶醉。

"现在,"亚伦·金补充道,"意义……告诉我你这些礼物的意义。你答应过的……你记得你说过,当你再来的时候,会解读这些美丽的谜语。"

西比尔·安德烈斯笑得很开心,带着调侃的心情问道:"你猜不到它们的意思吗?"

"我怎么猜得到呢?"亚伦·金辩解道,"你知道,我没有在你们的山上接受过教育,这里的世界对我来说依然是一个陌生的世界。"

西比尔·安德烈斯想到什么,调皮地笑了起来:"但是你不是一次又一次地要求我帮助你,来了解我所知道的山脉吗?"

"是的,"他说,"但你不会答应的。"

"我做得比承诺的要好,"西比尔·安德烈斯回答,"我从山上给你带来了它们最好的三件礼物。"

亚伦·金摇了摇头,带着一个懵懂的小学生的语气:"你不念课文吗?"

"如果我说话的时候你愿意画画,那我就说。"她被他无可救药的态度和语气逗乐了。

亚伦·金顺从地拿起画笔,转向画布。

西比尔·安德烈斯摘下帽子,坐在地上,就坐在她为鳟鱼编织柳篮的地方。

沉默片刻后,她开始说话——起初是怯生生的,后来当她找到词语来表达她迷人的想象力时,她变得越来越自信。"首先,你必须知道,就自身的大小和重量的比例而言,在山里所有的野生动物中,没有一种动物像生活在山间溪流中的鳟鱼那样强壮。它们生活在冰冷的急流中,这些急流由最高的山峰以及峡谷的雪水汇聚而成。毫不夸张地说,它们生活在群山的内心和生命的最深处。它们在瀑布底觅食,那里的水流澎湃咆哮,在巨石间激湍翻腾,在布满岩石的河床上倾泻而下。鳟鱼的肌肉结实如淬火的精炼钢,它们逆流而上,甚至征服了五十英尺高的飞流直下的瀑布。它们的力量是一种无声的力量,除了自身的美丽,它们没有发出其他任何声音,你可以看到它们闪闪发光的颜色。在清晨和傍晚,群山的巨峰、山肩和山侧都会染上同样的颜色。因此,我给你带来的第一份礼物——来自大山的心,代表大山的力量。

"第二份礼物来自野生的灌木丛。它们生长得无拘无束,就像浇灌它们的雨水、滋养它们的泥土和使它们变甜美的阳光一样。这些灌木丛有着山雾、低垂的云和闪闪发光的露珠的味道，有潮湿的腐叶和肥沃的土壤的味道，还有阳光的芬芳和它们生长的背阴角落的甜蜜柔和。这第二份礼物，我给你带来了山的纯净和味道。

"然后是今天，"西比尔·安德烈斯简单地说，"今天我给你带来了山峦的美丽。"

"你带给我的不仅仅是群山的力量、纯洁和美丽，"亚伦·金感叹，"你给我带来了它们的秘密。"

她疑惑地看着他。

亚伦·金真诚地解释道："你以自身的美丽，给我带来了群山这些神秘的信息。太精彩了！我从未见过像你这样的人。"

西比尔·安德烈斯完全理解不了这番赞美的意思——如果对方真是这么想的话。"我想我肯定是不一样的。"她有点自怨自怜，"你看，我从来没有像别的女孩那样接受正规的教育。除了迈拉告诉我的事以外，我对你生活的世界一无所知。"为了转移话题，她羞答答地问，"今天你愿意听我的音乐吗？"

亚伦·金急切地同意了，以为她想唱歌。但是，她站起身来，穿过空地消失在柳树后面，没多久，她拿着小提琴回来了。

她听到他欣喜的惊呼，便笑着说："我把小提琴带来了，因为我想如果你让我拉琴，也许音乐会帮助咱俩忘记我跳舞时发生的那……那件事。"

西比尔·安德烈斯站在灰色的巨石旁，面朝群山，把下巴靠在琴上，在琴弦上轻轻地拉着弓。

她演奏了一个多小时。然后，当沙皇稳步跑到空地时，她放下乐器，愉快地跟康拉德·拉格朗日打了个招呼。被音乐吸引而来，康拉德·拉格朗日正站在河岸上的小门那里——在亚伦·金看不见的位置上。"过来吧，善良的精灵，过来吧！你在那里已经看得够久了，快点来，否则我就用我的魔法把你变成一只神奇的、会跳舞的虫子，就像那些跨立在泉水上的虫子一样，要不然就变成一只在黑色淤泥里的枯叶和腐木间摇摆的肥蝌蚪。"

西比尔·安德烈斯快速地用下巴夹住小提琴，惟妙惟肖地模仿着一位受欢迎的表演者，拉了几小节最糟糕的拉格泰姆乐曲。她刚刚演奏的效果既怪诞又可怕。

"主啊！仁慈的主啊！"站在门边的小说家喊道，"求求你！我求求你！我祈求善良的仙女，不要用你可怕的力量折磨我。我发誓我会服从你的每一个愿望和奇思妙想。"

就像使用魔杖一样，西比尔·安德烈斯用弓指着那块大石头，严厉地命令道："来，坐在这块石头上，从我把你留在玫瑰园讲起，把你所做的一切完完整整地告诉我。否则我就撕裂你的耳朵，把你的灵魂绑在一个可怕的噪音架上折磨。"

她威胁着再次举起小提琴，康拉德·拉格朗日赶紧跑下小路，坐在灰色的大石头上。

亚伦·金笑着叫好，但是康拉德·拉格朗日和西比尔·安德烈斯并没有在意他不得体的欢呼。

"说吧！"她挥舞着魔杖命令道，"你做了什么？"

"难道我没有听从你的意愿，按照我所能创造的条件，为你打开你所渴望的宝库吗？"康拉德·拉格朗日在岩石上咆哮。

"不过，"西比尔·安德烈斯驳斥道，"当我受制于这些条件，乖乖地不去察看隐藏的奥秘时，我渴望的宝库竟然变成了一个陷阱，把我出卖给粗鲁无礼的人，我险些逃脱不了。而你……你逃离了你做坏事的现场，甚至没有说'请勿见怪'。在这漫长的几个星期里，你还一直不负责任地在我的山里徘徊。你不是说过，我的家在这些发光的山峰下，在这些峡谷的紫色阴影中吗？你以为在这里我会找不到你，在我的地盘里不能再次迷住你吗？"

"你的意愿是什么，善良的精灵？"康拉德·拉格朗日谦恭地问道，"告诉我你的意愿，我一定会帮你实现的——只要你愿意用手中的乐器演奏。"

西比尔·安德烈斯笑着结束了这出戏，正式发出邀请："我的愿望是明天晚上，你和金先生来与威拉德小姐和我共进晚餐。布莱恩·奥克利和奥克利太太也会出席，我也想要你们一起来。"

这两个男人无法置信地看着彼此。

"说真的，安德烈斯小姐，"画家说，"我们……"

那女孩一下子打断了他的话，霎时情绪也跟着起了变化。"我已经发出邀请了，你们一定要来，我等你们。"在两个男人都没来得及开口说话之前，她轻盈地跳过小溪，穿过柳树的围墙消失了。

"嗯,我会……"康拉德·拉格朗日严肃地闭上了嘴,茫然地盯着她消失的地方。

亚伦·金笑了。

"你觉得怎么样?"康拉德·拉格朗日问向他的朋友。

亚伦·金收拾好自己的东西,回答说:"我想我们最好还是去吧!"

那天晚上顺道拜访他们的布莱恩·奥克利也赞同这一观点。

第二十章
迈拉的祈祷和森林管理员的警告

同一天下午,就在西比尔·安德烈斯在泉边空地为亚伦·金演奏音乐的时候,布莱恩·奥克利顺着峡谷而下,在迈拉·威拉德和女孩居住的旧宅停了下来。他骑着马走进四周长满野植的院子,那个毁容的女人坐在门廊上,亲切地向他打招呼。

"你好,迈拉。"他回礼后就从马背上跳下来,让马随意溜达,自己走到门廊前,他的马刺轻轻地划过低矮茂密的草地,叮当作响。

"西比尔去哪儿啦?"他坐在最后一级台阶上问道。

"我确实不知道,奥克利先生,"迈拉·威拉德微笑着回答,"你不是真的期望我知道,是吗?"

森林管理员笑了。"她是带了枪、篮子、钓竿还是小提琴?给我一个线索,这样我就能知道她是去打猎、采浆果、钓鱼还是拉小提琴了,还是她把这四样东西都带上了?"

迈拉·威拉德凑近看着他。"她只拿上了小提琴,午饭后出的门,我想是去了峡谷。奥克利先生,您特别想见她吗?"

迈拉·威拉德看到森林管理员明显地松了一口气。"哦,不,她带着小提琴就不会走远。如果她去峡谷,倒是没什么关系。不过我来这儿就是要告诉她,这段时间她必须小心。我今天早上收到消息,有个罪犯逃到我的辖区里了。我已经在孤独屋、焦松和清溪的源头四处巡查,看看从何处着手,我没有发现任何迹象,但信息是可靠的。告诉西比尔,就说是我说的,她不可以不带枪出去——如果我发现她手无寸铁地四处游荡,我会立刻把她捆起来送回文明社会去。"

"我会告诉她的。"迈拉·威拉德说,"我会提醒她带枪的,我想如果她待在家里会更好,但这似乎太难了。"

"如果她有枪,就会没事的。"森林管理员自信地断言,"不管遇到什么事,我都会支持她,只要她有枪在手。顺便问一下,迈拉,你的邻居来过吗?"

"没来……至少,我在家的时候没来。我出去过两三次,去采浆果了,他们可能在我出门的时候来过。"

森林管理员接着问:"西比尔见过他们了吗?"

"如果她见过的话,她也没有提过。"

"嗯……"布莱恩·奥克利思忖着。

迈拉·威拉德对女孩的爱促使她即刻对森林管理员的态度产

生了疑问。

"怎么了，奥克利先生？"她问，"这孩子是不是太轻率了？她做错什么了吗？她和那些男人在一起吗？"

"西比尔见过他们中的一人好几次了。"布莱恩微笑着回答，"你知道，在岸边的老泉旁，金先生正在画那片林间空地。我猜她是偶然碰到他的，因为那里是她最喜欢的地方之一。但请你宽心，迈拉，这没有什么坏处，西比尔自然会对任何画那片地方的人感兴趣，因为她自己也深爱那块空地，她在那里度过了很长时间——自从她长大到可以离家那么远的时候。"

"奇怪的是，西比尔没有向我提起这件事。"迈拉说，尽管森林管理员说了些安慰的话，她还是感到不安。

森林管理员突然把注意力转向他的马："麦克斯！你别碰西比尔的玫瑰。"马疑惑地转头看向它的主人。"退后！"森林管理员喊着，"退后！"听了他的话，马随后倒退到院子的另一边，直到森林管理员叫了一声"可以了"，马才停住，不耐烦地甩甩头，再次询问似的向门廊望去。"现在没事了。"那人说。于是马开始安心吃草。

"有一次，我在费尔兰的车站偶然遇见了金先生。"那个毁容的女人继续说，"他给我留下了深刻的印象，他是一个真正的好人，一位真正的绅士。但是，从康拉德·拉格朗日的书来判断，拉格朗日并不是一个我希望西比尔认识的人，我对这位艺术家与他的友谊感到纳闷。"

"迈拉，我告诉你，拉格朗日是个不错的人。"布莱恩·奥克利坚定地说，"他有时古里古怪，粗言鄙语，但你凭他的作品想象的他和现实的他完全不一样。他本质上是个正直的人，你不必担心，西比尔和他相识只会有益处，不会有什么坏处的。至于金……嗯……康拉德·拉格朗日为他担保。如果你了解拉格朗日，你就会明白那是什么意思。他和那个年轻人的母亲一起长大，他发誓说这个小伙子是正直可信的。从我对那孩子的观察来看，我也相信这一点。然而，这并不意味着你不需要睁大眼睛，那姑娘天真得像个孩子——虽然她已经是个女人了。而且……嗯……你知道的，有些意外已经发生了。"他一边说，一边不自觉地瞥了一眼那些毁坏这个女人美丽脸庞的伤疤。

迈拉·威拉德脸红了，伤心地答道："是的，我知道意外已经发生了，我会和西比尔谈谈的，你不去和她说说吗？她是那么爱你，总是遵从你的教导，你说几句会多一层保障。"

"我当然会嘱咐她的。"森林管理员诚恳地说，一边站起来朝马吹了声口哨，"可是听着，迈拉，"他说着，一只脚搁在马镫上，"你知道，这女孩一定有自己的想法，我们不想让她认为世界上的每个男人都是恶棍，都在伺机伤害她。有一些是清白正直的家伙，遇见这样的人对西比尔有好处。"他轻快地跨上马。

迈拉·威拉德笑了："在了解了她父亲和你之后，西比尔就不可能认为所有的男人都是邪恶的，奥克利先生。"

森林管理员笑着掉转马身，朝向雪松林的入口处。"迈拉，威尔是上帝和奈莉造就的;而我……如果我相当正派的话,那是因为玛丽及时地掌控着我。我觉得,男人基本上都是你们女人造就的。"

"别忘了,你和奥克利太太明天要来吃晚饭。"迈拉·威拉德在他身后喊道。

"我们绝对不会忘记的。"他回答说,"再见!"马轻松地跑出了院子。

迈拉·威拉德一直待在门廊上,直到马疾驰的蹄声逐渐消失在峡谷的方向。她耳听着森林管理员离去的声音,眼睛却望向远处——仿佛他的话语唤起了她心中久远的回忆。当最后的回声消失在山间稀薄的空气中时,她进屋去了。

这间房子是她和西比尔同住的,房间里陈设粗陋简朴,几乎像营地一样。她站在一面小镜子前,仔细端详着镜子中的脸——她慢慢地侧过脸,仿佛在把美丽的、没有疤痕的一面和丑陋得令人毛骨悚然的另一面相互比较。她在镜子前站了一段时间,毫不畏惧地注视着已毁的美貌,忍受着锥心之痛,饮尽她隐秘记忆中的一杯悲伤的苦酒。直到她似乎再也忍受不了了,她才往后退了退——因为痛苦和恐惧,她的眼睛瞪得大大的,她那张毁损的面孔因痛苦的精神折磨而怪异地扭曲着。她凄惨地呻吟着,跪下来祈祷。

以她虔诚的灵魂,出于她的奉献与爱——她祈求上帝赐予她智慧,来正确引导由她照料的西比尔,她大声说出了自己的心声:"亲爱的主,求你不要让我剥夺她的爱,要帮助我使她的爱正确无误;求你帮助我,在她的伴侣来到时,不要因为我对她的担忧而使她背离她的伴侣;求你帮助我,使我不要对她纯洁的心灵灌输对所有男人的怀疑和不信任,以至于她只会寻找邪恶;求你帮助我,不要让我教导她把爱完全视为卑鄙和虚伪的东西。上帝啊,求你保护她美丽的生命免受不值得的爱的玷污。"当那个毁容的女人起身时,听到了西比尔的声音,她边走边唱,正沿着老路向雪松林走来。

片刻之后,西比尔进屋了,迈拉·威拉德正在洗脸,仍然焦躁忧虑。那女孩看见后,马上不唱了。她走到这位如同她亲生母亲的女人身边,试图找出令她举止不安的原因,用充满爱意的话来安抚她。

迈拉·威拉德把西比尔紧紧搂在怀里,看着这张可爱、迷人的脸,这是一张未被世俗邪恶思想所污染的纯洁无瑕的脸。

"亲爱的孩子,你看到我这丑陋的脸,有的时候难道不觉得厌恶吗?"她说,"在我看来,你肯定会。"

西比尔搂着她同伴的脖子,用她纯洁娇嫩的嘴热情地吻了一下那些伤疤。"傻迈拉,"她喊道,"你知道我太爱你了,我只会看见伤疤下那个美丽的你。对我来说,你的脸一直都是这样的美……"接着,她又轻柔地吻了一下对方另一边完美无疤的脸颊,"无论是什么原因留下的疤,我都知道它们并不可耻。所以我根本不去想它们,只看到美丽的这一面——那才是真正的你,你知道的。"

"是的,"迈拉·威拉德温柔地回答道,"我的伤疤并不可耻,但是亲爱的孩子,世界不会像你一样用纯洁的眼睛来看我,世界只会看到我丑陋、毁容的一面,它从来不看另一边。听着,亲爱的,世人经常在没有耻辱的地方看到耻辱,在许多善的事物中看到恶。"

"是的。"女孩答道,"但你从来没有教过我用世人的眼光来看,所以对我来说,世人所见并不重要。"

"孩子,愿世人的眼光对你永远都不重要。"那个毁容的女人真挚地盼望着。

然后,当她们走到门廊时,她问:"你回家时遇到奥克利先生了吗?"

西比尔笑了起来,脸上还带着一种莫名的困惑:"是的,遇见了——但他责骂我了。"

"关于你不带枪的事?"

"不是……但他也告诉我这件事了。我不明白为什么每当一个可怜的罪犯逃跑时,他总是逃到我们山里。我不喜欢'带枪',除非我去打猎。但是布莱恩·奥克利并没有因此骂我——他知道我总是按他说的去做。他责备我是因为我没把要去泉边空地见金先生的这件事告诉你。"意识到自己脸上泛起了红晕,她笑了起来,"我告诉他,无论我告不告诉你都没关系,反正他总是知道我的一举一动。"

"亲爱的,你为什么不告诉我?"迈拉·威拉德反问,"你以前从来没有对我隐瞒过什么——我敢肯定。"

"哎呀,亲爱的,"女孩坦率地回答,"我自己也不知道我为什么不告诉你。"迈拉·威拉德知道,事实确实如此。

然后,西比尔把她如何与画家和康拉德·拉格朗日相识的一切都告诉了她的养母。从她第一次看到画家谈起,她如何在玫瑰园凉亭里遇到小说家的,一直谈到下午她邀请他们第二天来共进晚餐为止,只有她在画家面前跳舞这件事,女孩瞒下了。

晚些时候,西比尔说她要用音乐哄迈拉入睡,她拿着小提琴来到窗外的门廊上。黄昏中,她奏出清淡、洁净、柔和的音律,直至抚平了那女人忧愁焦虑的心。当月亮穿过峡谷,从加莱纳山后升起时,女孩蹑手蹑脚地走进房子,温柔地俯身在熟睡的女人身畔。她弯下腰,带着所有真正的女人都有的那种慈母般的温柔,轻轻地亲吻了枕头上那张毁容的脸。触碰之下,迈拉·威拉德不安地动了动,西比尔不敢出声,小心翼翼地退了出去。

在门廊上,西比尔又拿起小提琴,好像要演奏似的,但是,她却一动不动地坐着——她的脸朝着峡谷,她的眼睛望着远方。然后,她迅速地把乐器搁在一旁,似乎突然屈服于内心的某种冲动,她溜到绿草如茵的院子里。在白色的月光下,只有山脉、树木和繁花可见。她再次翩翩起舞,就像她在空地上,在画家的面前跳舞一样。她把脸转向峡谷,向着老果园后面的梧桐林营地渴望地张开双臂。

猝然，从迈拉·威拉德睡觉的房间里传来一声战栗、惊恐的叫声。

西比尔像鹿一般敏捷地跑进房子。她跪下来，用她年轻有力的手臂搂着床上瑟瑟发抖、蜷缩成一团的身体。"好了，好了，亲爱的，没事了。"

毁容的女人急忙抓住西比尔的手。"我……我……又在做梦了。"她低声说，"而且这一次……噢，西比尔……这一次，我梦见的是你。"

第二十一章
最后的攀登

亚伦·金和康拉德·拉格朗日第一次受邀到访西比尔·安德烈斯的老房子,预示着一段美好友谊的开始。

此后,这两个人通常和沙皇一起在晚间时段去拜访住在峡谷上方的邻居,待上一小时。他们总是受到迈拉·威拉德温和有礼的欢迎,西比尔对他们的来访也喜形于色,总是盛情邀请他们"下次再来"。拜访时,布莱恩·奥克利和奥克利太太也经常会出现在那里,或者布莱恩·奥克利会在他们离开之前骑马进入院子。有时,西比尔和小说家会玩别出心裁的文字游戏,峡谷的山壁就会回荡着这一小群人的笑声。或者,在静谧的夜晚,年长的一辈会聆听画家和女孩的男女声合唱,而迈拉·威拉德则用小提琴为他们伴奏。又或者,西比尔仰望着山顶,为她选定的朋友们创作山间音乐。

同样，西比尔也经常去梧桐林里的营地回访——有时和森林管理员一起骑马来，有时独自一人；或者，当她经过果园的另一侧时，他们会听到她欢快的致意。有时，她会出现在早上，带着钓竿、枪或篮子，坦率地邀请亚伦·金一起去山林中漫步。

这个年轻男子毕生事业之初的日子和这个年轻女子成年之初的日子就是这样度过的。在峡谷爬上爬下，沿着涛声轰鸣的清溪中那布满卵石的河床，从护林站走到瀑布，走到缠绕着铁线莲和野生葡萄藤的桤木下方幽静的林间空地，走到山翼或山肩的槲树下，走到光线暗淡、雪松掩映的山谷中，走到高大的欧洲蕨树和百合花丛中，走到高耸的峡谷壁上芬芳的黑松下。她带着他走过她少女时期熟悉的所有小路和小径——带他看每一处角落，每一片林间空地以及每一个幽谷。如他所要求的，教他认识她自己如此热爱的山脉。

那两个男人必须返回费尔兰的日子终于到来了。他们和奥克利夫妇一起在西比尔家消磨晚间时光时，康拉德·拉格朗日宣布他们将在两天后离开山区。

"可是，"西比尔脱口而出，"金先生和我明天要去爬山，用最后一次登山作为告别，对吧？"她转向画家。

亚伦·金笑着回应："这样看来我们肯定要进行这一次攀登了，我们要去哪里？"

"我们会早出晚归。"西比尔回答，"任何人都应该知道所谓登山就是纯粹的攀登。听着，不带钓鱼竿，不带枪，不带素描本,午餐我来准备。"

"小心逃犯,"森林管理员警告说,"他现在一定饿得要死。"

西比尔·安德烈斯和亚伦·金一大早就出发了。穿过峡谷,他们爬上了橡树丘小径——几周前,亚伦·金和康拉德·拉格朗日就是在克罗伊斯神秘智慧的带领下,沿着这条小径来到了管道线。他们从管道线下面的小路走到了山肩相对平缓的斜坡上凿出的一条栈道,在槲树下停住,眺望下方一千英尺深的狭窄山谷。视线穿过灰色、宽阔、由山洪冲出的布满鹅卵石的河道,河道中央是流水潺潺、波光粼粼的清溪,可以看到老果园后面标示营地的一堆白点。再往上游走,雪松灌木丛的小入口和标记西比尔出生地的巨大梧桐树依稀可辨。

亚伦·金看着这个女孩,回忆起那天他和康拉德·拉格朗日本着冒险的乐趣,把路线选择权留给了驴子。"很好,老克罗伊斯!"他笑着说。

西比尔·安德烈斯知晓他们是如何被带到露营地的,所以也笑着回应:"它是一头叫克罗伊斯的可爱的老毛驴,但它值得拥有一个更好的名字。"

"普路托斯会更好。"亚伦·金建议。

"是因为希腊的神比吕底亚的国王更好吗?"她好奇地问。

"普路托斯不是财神吗?"

"是的。"

"嗯,宙斯强迫他给人分发礼物,而从不考虑收受礼物的人的性格。"

西比尔·安德烈斯笑得很开心。"不管是叫普路托斯还是克罗伊斯,我都很高兴它选择了橡树丘小径。"

"我也是。"对方回答得很诚恳。

西比尔·安德烈斯和亚伦·金悠闲地沿着高悬在陡峭峡壁上的山路走,从峡谷底部往上看不到这条细窄如线的路。山路转弯后绕过一个侧边小峡谷的内弯处,那里的松树长得又黑又高。一个思虑周全的人从山路下的巨型导水管隧道铺设了一条小管道,将水引至固定在山路下方山坡上的一个桶中。他们在那里又停了下来,闲逛了一会儿,把小水壶灌满从山的中心流出的冰冷、清澈的泉水。之后,他们继续前行,管道又绕过了两个山峦之间的山墙内弯处。他们在这里转向了政府铺设的小路。这条小路通向加莱纳山顶的防火带,然后向下进入另一边的山谷。在加莱纳步道穿过防火林带的空隙,他们再次掉转方向,悠闲地沿着宽阔的、没有灌木的断裂带往前走。这条断裂带位于许多褶皱、弯曲和折裂的地方,就像一条巨大的丝带缠绕在山脊薄薄的顶部。现在,他们每走一步都在往上爬。中午时分,他们站在山脉西缘的高处之一,在松树丛边缘的一块巨石旁停下用午餐。

他们俩坐在大岩石的背风处,风吹过山顶,在他们头顶的松林中歌唱。他们直接俯视宽阔的加莱纳山谷,并望向远处的圣哈辛托斯山脉的支线和斜坡。西比尔从小受过山地训练的敏锐眼睛,锁定了正爬下圣戈尔戈尼奥山口、驶向远方的海洋一列火车。她用手指着，试图让她的同伴也看到那列火车，但没有成功。在这个城里人的视野范围内，亚伦·金无法在广阔风景中找到那个微小的斑点。他看了看表，这列火车就是几个月前把他从遥远的东部载到这里的"金州号"。

亚伦·金回忆起他是如何站在观光车厢平台上仰望着群山的，而此时却在俯瞰着它们。他还记起了那天，他第一次和泰恩夫人的对视。他把脸转向西边，在远处的薄雾中，他能辨认出费尔兰橘子树林的深色方块。不出三天，他将再次回到画室和家中，再次见到观光车厢平台上的那个女人。亚伦·金把目光从遥远的费尔兰收回，看向山顶上他的女伴那张迷人的脸。

"拜托，"迎着他严肃的目光，西比尔·安德烈斯带着坦率友好的微笑问道，"请问，我做了什么？"

亚伦·金微笑着一本正经地答道："我不太清楚……但你确实做了些什么。"

"你的表情看起来很凝重，肯定情况很糟糕。你在想什么？"

亚伦·金笑了。"我在想那里的事。"他指着西边远处山谷的阴霾。

"别这样，让我们想想这里。"西比尔·安德烈斯朝圣贝纳迪诺的最高峰和周围的山峰挥了挥手。

"等我们回到橘园时，你能让我给你画幅肖像吗？"亚伦·金问。

"我真的不知道，"她答道，"你为什么要画我？你知道，我只是个无名小辈——我只是我自己。"

"这就是我想画你的原因。"亚伦·金解释说。

"原因是什么?"

"因为你就是你。"

"但我的肖像画不会助你走上成名之路。"她反驳道。

亚伦·金往后一缩。"也许,这就是我要这么做的原因之一。"

"因为它帮不了你吗?"

"因为它对我成名没有帮助。你会给我当模特,对吗?"

"我说不准,也许……咱们不要再谈这件事了吧。"

"有何不可?"亚伦·金好奇地问。

"因为,"西比尔·安德烈斯认真地回答,"在山上,我们一直是很好的朋友,很好的同伴。在山上,峡谷的大门紧闭,与我不了解的那个世界隔绝了。你就像……像布莱恩·奥克利……像我父亲曾经那样……但在那里……"她犹豫不决。

"是的,"他说,"在那里我会是什么?"

"我不知道。"西比尔·安德烈斯有些伤感,"但有时我能看到你不停地追逐名利和它所带来的回报,你似乎离山和我们的友谊越来越远。你走得那么远,我就再也看不到你了。你知道的,我不喜欢失去我山中的朋友。"

亚伦·金笑了。"但是无论我变得多么出名,无论名声给我带来什么,我都忘不了你和你的群山。"

"如果你出名的话，我不想让你记住我。"西比尔·安德烈斯迟疑地补充道，"我的意思是……如果你只是为了出名而出名的话。但我知道你永远忘不了群山，这样会使你很困扰。你懂吗？如果你能忘记这些山脉，那就没关系了。问问拉格朗日先生，他明白。"

亚伦·金一时语塞，有一段时间，他坐在那里沉默不语，环顾着眼前的这个世界——与另一个他素来熟知的世界相隔甚远。西比尔·安德烈斯静静坐着，似乎理解了亚伦·金自己可能也无法表达的思想。

然后，亚伦·金慢慢开口道："我想我不再像你教我了解群山之前那样在乎名望了。不知何故，现在名望对我似乎没有那么重要了，毕竟作品才是真正重要的，不是吗？"

西比尔·安德烈斯开心地说："是的，真正重要的是作品，我敢肯定是这样的。"

下午，他们继续沿着防火带往下，一直走到距离水库一英里远的发电站上方的山上，这是防火带与管道线相交的地方。然后他们回到橡树丘，再沿着管道小径一直走下去——完成了这次美丽的永生难忘的攀登。

太阳刚照到西边山脉的山顶，下方的峡谷就已笼罩在阴影中，他们开始爬下橡树丘，当他们走到小径尽头时，已是黄昏时刻。在大路对面的一条小溪旁——清溪的支流，一群猎人正准备在那里过夜，男人们的声音清晰地从渐浓的暮色中传来，亚伦·金和西比尔·安德烈斯可以看到树下篝火的点点红光。他们不曾注意在小径通往大路的附近,有个人正半遮半掩地站在路边的灌木丛中。这个男人默默地看着亚伦·金和西比尔·安德烈斯拐上大路,他们将沿着这条路走上一小段,然后再穿过峡谷前往西比尔的家。他们往前走了五十码,遇到了布莱恩·奥克利。

"你好,你们两个。"森林管理员兴高采烈地叫道——但没有勒住马,"已经很晚了,是不是?"

"我们将在天黑前赶回家。"亚伦·金喊道。森林管理员继续往前走了。

听到山里人的声音,灌木丛中的人急忙后退。森林管理员训练有素的眼睛捕捉到了灌木丛中的动静,他在马上向前倾了倾身子。

过了一会儿,那人回到大路上,往下走了几步,拐了个弯。当森林管理员靠近时,听到有人大声地问候他:"你好,布莱恩!你最好停下来吃点儿东西吧!"

"你好,拉特利奇先生?"森林管理员勒住马,也打了个招呼,"你什么时候进山的?"

"今天下午。"对方答道,"我们正在扎营。去见见那些家伙吧,你认识他们中的一些人。"

"谢谢,今晚不行。"布莱恩·奥克利答道,"我想你们是来猎鹿的吧!"

"是的,我想我们正好赶上这一季的开始。顺便问一下,你知道拉格朗日和他那位画家朋友在哪里露营吗？"

"在那边的老果园后面的梧桐林里。"森林管理员回答的同时，犀利地看着对方的脸，"我刚和金先生擦肩而过，就在这条路不远的地方。"

"是吗？我没看到他经过。"对方回答，"我想明早过去向拉格朗日问好。不管怎样，我们明天只走到焦松那里。"

"睁大眼睛寻找逃犯。"森林管理员漫不经心地说，"他大约一个月前进山的，现在可能正在山里某个地方徘徊——他可能会洗劫你们的营地。再见。"

"也许我们可以帮你抓到他。"对方笑着说，"晚安。"森林管理员骑马离开后，他转身朝树下的篝火走去。

"那家伙到底为什么要对我撒那样的谎。"布莱恩·奥克利自言自语道，"他肯定看到了金和西比尔顺着小径走过来。麦克斯，老伙计，当一个男人无缘无故地刻意说谎时，你就得提防他。"

第二十二章
即将到来的阴影

第二天早餐后,亚伦·金和康拉德·拉格朗日正无所事事地待在营地里,沙皇竖起耳朵,迅速转头,发出一声不满的低吼,接着向前走了一两步,直起身子,肌肉绷紧,眼睛警觉地盯着果园的尽头。

"沙皇,有人来了吗?"亚伦·金问。

狗低吠了一声作为回应,脖子上的毛气得竖了起来。

"一个我们不喜欢的人,嘿!"小说家猜测道,"或者,"他考虑到动物的本能,又说,"我们应该讨厌的某个人。"

詹姆斯·拉特利奇此时出现在通往营地的斜坡底下,沙皇朝他叫了一声。

亚伦·金和康拉德·拉格朗日礼节性地接待了他,因为他们还记得这个客人最后一次拜访费尔兰的家时,他在画室里见到了西比尔一事。沙皇依旧表现得很愤怒，直至受到主人的斥责。然而，这种冷淡的接待丝毫没有使詹姆斯·拉特利奇感到狼狈；相反，他过度地装出一副很高兴再见到他们的样子。

他解释说，他是和一群朋友一起来打猎的，并告诉他们，他是如何遇到布莱恩·奥克利，并从他那里得知他们藏在老果园后面的这个营地。他说，他的其他朋友都爬上了峡谷，将停留在月桂溪边的焦松那里，这样他可以很容易地在天黑前跟他们会合。他声称，他怎么也不能路过他朋友们的营地却不进来问候一声。

"你们两个在寻找舒适的、偏僻的住所方面无疑是专家。"他评论道，一边假装欣赏一边仔细地察看营地和四周的环境，"成千上万的人可能会路过这个陈旧荒废的地方，却从来不会想到你们会如此惬意地隐藏在这后面。"

讲完后，他四处游移的目光落在了一双手套上，那是西比尔上次来的时候粗心落下的。她把手套放在一个靠近一棵巨大梧桐树的树桩上。一般露营时，这种树桩是用来存放钓竿、鱼篓和枪支的。亚伦·金原本打算在前一天，把手套连同女孩也忘带走的鳟鱼饵盒一起还回去。但由于他当天急于外出，忘记了带上这些东西。

细心观察着来客的康拉德·拉格朗日注意到詹姆斯·拉特利奇看到了那副泄露内情的手套，他那独特的眼神盯着来客，突然礼貌而意有所指地询问起泰恩夫妇和露易丝的健康情况。

当詹姆斯·拉特利奇把目光从手套上移开，对上小说家的眼神时,他肥硕的脸上掠过一丝暗笑,令人十分恼火。

"那老头的健康每况愈下。"他毫无感情地说,"医生告诉我他熬不过这个冬天,他走了大家就解脱了。泰恩夫人和往常一样,健康又漂亮——鉴于她丈夫病情这么严重,她还能这样撑住场面,真是了不起。露易丝和往常一样,他们将在下个月回到费尔兰。他们还让我向你们俩问好——万一我碰见你们呢。"

这两人循惯例致以谢意,并告知他们将于第二天返回费尔兰。

"这么快?"客人叫了起来,皮笑肉不笑的,"我不明白你们怎么会想离开这个令人愉快的营地,我知道你俩在这儿也有那么迷人的邻居。不过,也许她们也将回到橘园和玫瑰园。"

亚伦·金的脸顿时涨得通红,他刚要对那些冷嘲热讽的话做出有力的回击,康拉德·拉格朗日马上以眼神示意他冷静。这位小说家温文尔雅地回答说,他们觉得自己必须重返文明,因为他需要处理他上一部小说的新版本的相关事务,画家则希望回到他的画室继续创作。话中并未提及他们的邻居。

"真的,"拉特利奇讥笑地怂恿道,"你们不应该现在回去,再过两天就是猎鹿的季节了,为什么不和我们一起去打猎呢?你们能来的话,我们会非常高兴。"

他们冷冷地婉拒了邀请,从对方发出邀请的语气来看,这显然不是一次诚心相邀。这时沙皇欢快地叫着冲进了树林。过了一会儿,一个清脆的少女的声音从与沼泽地接壤的树丛中传来。

"嗬……噢。"这是西比尔每次接近他们营地时发出的信号。

詹姆斯·拉特利奇突然阴险地笑了起来,西比尔的这两个朋友则愤怒地面面相觑。招呼声过后,西比尔由那只欢跳的狗陪伴着,出现在大家面前,她手里拿着鱼竿,鱼篓在肩上晃来晃去。

当西比尔发现并认出了他们的访客时,尴尬得可怜,但为时已晚。她慢吞吞地走上前,迷茫却不能退缩,拉特利奇又开始笑起来,但是亚伦·金制止了他并低声强调:"别笑了,注意点!"

说着,画家站了起来,和康拉德·拉格朗日一起上前,尽可能地以他们往常的方式和西比尔打招呼。

他们把拉特利奇正式介绍给了这个女孩。在画家威胁的目光下,拉特利奇向她打招呼的声音和态度丝毫没有粗鲁的迹象。他带着微笑,彬彬有礼地说:"我有幸与安德烈斯小姐相识已有三年了,让我想想……三年了,是不是?"他直接向她求证。

"我是三年前第一次见到你的,先生。"她冷冰冰地回答。

"我记得那是我第一次进山,"拉特利奇轻松地说,"我在布莱恩·奥克利家见到你。"

她没有搭理他,转而恳求地对亚伦·金说:"我……我把手套和鱼饵盒落在这儿了,我正要去钓鱼,就过来拿了。"

画家交还那些东西,并为自己的粗心向她表达了歉意。西比尔向两个朋友简单道了一声"再见",瞧都不瞧拉特利奇一眼,就顺着来时的方向返回了峡谷。

女孩消失在树林中时,詹姆斯·拉特利奇诡秘地一笑说:"真的,我欠你们一个道歉,我这个不速之客,我……"

康拉德·拉格朗日简短地打断了他的话:"不必道歉,先生。"

"不必?"拉特利奇回答时带着上升的音调,尾音拖得异常的长,让人几乎受不了。"无论如何,我真得走了。"他继续说,"我们的人就在前面不远的地方,你们真的不想一起来吗?"

"谢谢!很遗憾!但是这次不行,很高兴你能邀请我们。"亚伦·金和小说家异口同声地说。

"这不能怪你们。"来客说,"以前在这一带钓鱼的感觉很好,你们一定玩得很开心。你们不来和我们一起猎鹿,这一点儿也不奇怪,安德烈斯小姐是个可爱的年轻姑娘,也是迷人的伴侣——无论是在山里还是在文明世界。再见……费尔兰见。"

当他走远后,这两个人口头宣泄了他们的情感,这些话也许最好不要付诸文字。

"最糟糕的是,"小说家评论道,"否认莫须有的事情,或对那些含沙射影的指控做出解释,这是非常危险的。"

"我几乎忍不住要把那畜生踢下山。"亚伦·金恶狠狠地说。

"那样的话,"对方劝解道,"事情就会变得极其复杂,而且毫无所获。看在西比尔的分上,把你的怒气留到审判的日子吧。如果我对现有迹象没有判断失误的话,审判的日子一定会到来的。"

·※·※·

　　那天早晨，当西比尔·安德烈斯沿着峡谷来到梧桐林的营地时，对她来说，整个世界都是明亮的。她的心在她所热爱的景色中欢快自由地歌唱着。无忧无虑，快活幸福，就像她少女时期去泉边空地时那样快乐，而且她现在还能感受到一种比她小时候所知道的更深层的快乐。

　　当她再次回到峡谷时，她一天中所有的光彩都消失了，心中充满了不祥的恐惧，被一种她无法理解的，即将来临的邪恶所压迫。山林里的任何声响都会吓她一跳。她时不时地回头，仿佛有人追捕她似的，像森林中的一只动物，随时准备着立即惊慌失措地逃走，因此，她没有停下来钓鳟鱼，甚至没有去小溪边，就径直回家去了。看见她这么早空手而归，迈拉·威拉德有些纳闷。但对于这个女人的询问，西比尔只是回答说她改变主意了——她从朋友的营地拿回落下的手套和鱼饵盒之后，就决定回家了。那个毁容的女人知道亚伦·金第二天就要离开山区，以为自己理解西比尔的心情，就明智地不做任何评论。

　　亚伦·金和康拉德·拉格朗日与朋友们度过了他们在山上的最后一个夜晚，布莱恩·奥克利也来了，但这三个男人都没有在女人们的面前提到詹姆斯·拉特利奇。而西比尔显然又恢复了她那开朗快乐的本色——同小说家一起玩别出心裁的文字游戏，同亚伦·金一起唱歌,为他们演奏小提琴。但是在晚间聚会结束之前,康拉德·拉格朗日找了个机会告诉森林管理员早上发生的事情,以及詹姆斯·拉特利奇显然对西比尔造访他们营地一事产生了误解。布莱恩·奥克利回想起前一天晚上,詹姆斯·拉特利奇一定看到了画家和西比尔在暮色中从橡树丘小径走下来的情景——他低声咒骂着。

第二十三章
又在峡谷门外

亚伦·金和康拉德·拉格朗日决定按照他们进山的方式原路返回。小说家说:"从众神面前匆忙地跑走,就像不敬地来到众神面前同样不体面。"

画家笑着回答:"即使是被判刑的罪犯,至少也有不愿进监狱的诉求。"

于是,他们虔诚而不情愿地下山了。

叶凯带着营地里更精细的装备坐着一辆货车先行离开。康拉德·拉格朗日、亚伦·金、沙皇和驮着还够露营一夜所需物品的克罗伊斯随后出发。当一切准备妥当,他们两个没有任何借口再拖延时间了,康拉德·拉格朗日吩咐驴子启程。一行人沿着长满草的小斜坡向下走去,从沼泽地穿过小溪,绕着老果园的下端,走上一条古老的杂草丛生的路。就连沙皇也低着头,磨磨蹭蹭地,仿佛很惋惜离开它以狗的方式也爱过的群山。

在老果园门口,亚伦·金假称自己在泉边空地上可能遗留了东西,想去查看一下,请这位小说家先行几步,他很快就会追上。康拉德·拉格朗日同意了,和四脚同伴们一起穿过大门,沿着大路走去。当他们安全地绕过第一个拐弯处时,沙皇从主人发笑的样子猜测,那天早晨老克罗伊斯身上一定发生了什么特别有趣的事。

泉边空地上当然没有亚伦·金想要找的东西,这一点他自己很清楚,就连那位笑着的朋友也很清楚。在河岸上那棵槲寄生的橡树下,亚伦·金犹豫地驻足——就像一个人要进入一座神圣的建筑前常常会停下来一样。他轻轻地推开那扇旧大门,好似在推开一座教堂的门,他脱下帽子,缓慢地、恭敬地沿着小路走着,没有寻找任何他可能遗留的东西,只是在桤树下站了几分钟。灰色的树干上刻着很久以前,许多男男女女留下的相爱的痕迹。在薄荷镶边的泉水旁,散落着那些老地基的石头——在那里,阳光透过树枝、葡萄藤和铁线莲组成的屏障倾泻而下,犹如穿透教堂的花格窗,深沉的山间水声宛如一架大管风琴在演奏。

当时亚伦·金很可能自己也不知道是什么缘由,促使他即将离开群山之刻鬼使神差地再次前往那片空地,去看看西比尔·安德烈斯从山上带给他三件礼物的地方——在那里,她以天真无邪的神情,在他面前跳着蝴蝶求偶之舞;在那里,她用小提琴的音乐,把他们的友谊从危险中拯救了出来——把他们的关系从亲密提升到更高层次的纯洁氛围中,正如她带着他从峡谷底部走上通往峰顶的环山小径一样。然而，当他和康拉德·拉格朗日重新会合时，他脸上的表情似乎阻止了小说家调侃他的冲动。

这两个人走出峡谷的大门向后望去，那些巨大的山门在他们身后又悄无声息地关上了。亚伦·金被一种奇怪而新鲜的情感所打动。两个月前，他还注视着这些大门敞开着接纳了他，依然如此真切。那时他知道山，却不了解山；然而现在他了解山，却仍然不了解自己。

在道路与从群山中心奔涌而出的溪水最后一次交叉的地方，他们止步扎营，在山脚下睡了一夜。第二天，他们回到了橘园的小别墅。对亚伦·金来说，他们似乎已经离开很多年了。

抹去山中漫游的岁月痕迹，他们重新穿上了世俗的服装。把户外装备收拾停当，还为耐心的克罗伊斯找到了一个驴棚后，画家去了画室。下午过去了，叶凯招呼大家吃晚饭，但亚伦·金没来，康拉德·拉格朗日去找他。小说家轻轻地推开画室的门，看见画家坐在泰恩夫人的画像前，手里拿着一叠他母亲的信。

小说家悄悄地退了出来，把门半开着。他走到小别墅的屋角，轻吹了一声口哨，沙皇听到后从门廊一跃到他跟前。"沙皇，去找亚伦，"他指着画室说，"去找亚伦。"

狗顺从地摇着尾巴，小跑着走了，它把门全部推开进了画室；过了一会儿，它的主人也来了。

康拉德·拉格朗日笑了，因为他看到画架上没有了画——泰恩夫人的肖像被反着挂在了墙上。

第二十四章
詹姆斯·拉特利奇犯了一个错误

那天晚上在西比尔·安德烈斯的家,亚伦·金和康拉德·拉格朗日对他们的朋友们说了"再见"后,回到梧桐林的营地度过山中最后一个夜晚。他们走后,西比尔·安德烈斯又陷入一种被萦绕不去、不祥的恐惧所压抑的情感中。

西比尔无法表达,甚至她自己也无法定义这种恐惧,她只知道在詹姆斯·拉特利奇面前她感到很害怕。她尝试过多次,试图克服这种奇怪的憎恶感。那天在画室碰面之前,她一直觉得拉特利奇是善良、温文尔雅的,并且坚持不懈地想赢得她的友谊。她的畏惧也许缘于三年前,在布莱恩·奥克利的家里第一次见到拉特利奇时,迈拉·威拉德的态度,在她的记忆里烙下了不好的印象;也许是因为这个毁容的女人经常警告她,不许她和拉特利奇发展一丁半点的友谊;也许是因为其他别的什么东西——可能是出于某种本能和她纯洁的、未受污染的天性——不管是因为什么，这个山野姑娘天生无所畏惧，却害怕这个男人，而这个男人在他所处的世界里是公认的精神和道德方面的最高裁决者。

那天晚上，她没怎么睡。到了早上，神经一跳一跳的。她觉得自己如果不消耗体力的话就要发疯了。带上午饭，她告诉迈拉·威拉德她要去钓鳟鱼，度过愉快、充实的一天。刚要出发，迈拉叫住她。

"亲爱的，你忘了奥克利先生的警告。你知道，你不能手无寸铁。"

"噢，那个老逃犯真烦，布莱恩·奥克利太担心这件事了。"西比尔喊道，"我钓鱼的时候不喜欢带枪，这只是一个额外的负担。"但尽管如此，她还是边说着话边回到了门廊。迈拉·威拉德递给她一条子弹带和一把带着枪套的好用的柯尔特左轮手枪。这个女孩一点儿也不扭捏，干脆利落地把子弹带扣在腰间，把枪套固定在臀部。

"你会小心的，是吧，亲爱的？"迈拉·威拉德认真地问。

女孩仰起脸，再次送对方一个道别的吻。"当然，亲爱的妈妈。"她笑着说，"我同意射杀我遇到的第一个人，之后再确认他的身份——如果这能让你安心一点儿的话。你不会再担心了吧？"

迈拉·威拉德笑了："一点儿也不，孩子。我知道布莱恩·奥克利是多么爱你，他说如果你带着枪，他就不会为你担心，那个逃犯自己也会冒很大的风险。但是,如果他认为你在漫游时遇到了什么危险,他马上就会把咱们送回费尔兰。"

在咆哮的清溪旁,西比尔坐在一块大石头上——置鱼竿和钓饵于不顾——显然没有意识到她来溪边的目的。她的目光并没有落在脚下打着旋的水潭,而是抬眼望向一千英尺高的橡树丘。她知道那里铺着一条管道小径,克罗伊斯就是在那儿做出了一个重大决定,促成了她与亚伦·金的友谊。她的眼睛扫视着峡谷壁,脑海里仿佛沿着那线状小径,从橡树丘走到离水库一英里远的防火带;接着,她的目光追随着加莱纳的山峰,最后停在那高耸于天、轮廓分明的一丛松树上。她把钓竿放在旁边,从肩上把鱼篓卸下来,一度准备出发去山里。可是,她又踟蹰了,随即转过身来,毅然地再次拿起渔具,似乎对自己的心境感到愤怒,她决心不再沉溺于优柔寡断的情绪中。

但是钓鱼并不顺利。要想正确地甩出鳟鱼的钓饵,必须全神贯注在甩杆的技巧上。心事重重、神思恍惚的人往往会把渔线和浮漂缠绕在一起,以及出现各种令人恼火的情况。西比尔——通常很擅长这种最精妙的运动——但在今天,她的动作既不准确,也很笨拙,像个新手。清溪的许多池塘、瀑布和漩涡,都给她留下了美好的回忆。现在对她来说,这些回忆远比它们庇护的警惕的鳟鱼更有吸引力。她从小就熟悉的地方,正被一种莫名的东西作祟,使它们看起来新奇又陌生。

最后,她对无法控制自我的情绪感到十分气愤,对脑海中挥之不去的想法感到羞愧难当。她的神经和肌肉都渴望通过运动来缓解身体的疲惫感——她决定离开这个熟悉的地方，到更高、更少到过的蕨溪水域去。她沿着圣贝纳迪诺一侧那条陡峭的、几乎像楼梯一样的小径，爬出了峡谷。她艰难而快速地走着，于中午时分到达了孤独屋。但是，当她还没吃完午饭的时候，就决定不去那里钓鱼了，而是继续沿着更难走的小路，到月桂溪上的焦松那边，然后从月桂小径回到下面的峡谷，在傍晚和黄昏时分，沿着清溪往家走。

这条小径从孤独屋峡谷险峻的峭壁，越过山壁凸起的地方到达月桂溪，这不是一条适合城里人尝试的道路，除非有一个向导随时准备伸手接住他们。选择这条小径需要人们头脑清醒，脚步稳健。但西比尔·安德烈斯具有山野生活锻炼出来的肌肉和神经，走这种小道完全不在话下。这个头脑冷静的山间女孩喜欢爬山，而她城市里的姐妹们则会战战兢兢地退缩。

．有一次，在离山顶三分之二的地方，她停了下来。她的耳朵捕捉到了头顶上轻微的响声，几颗鹅卵石顺着几乎垂直的峡壁滚落下来，在她所在的小径上弹了几下，掉落到下方的深渊。有几分钟的时间，西比尔·安德烈斯站在狭窄得几乎只有她双手那么宽，像搁板似的小径上一动不动，如悬崖本身一样寂静。一会儿，她仰起脸，用锐利的目光搜寻着峡谷的边缘；她那只空出来的右手搭在她臀部的左轮手枪的枪托上。然后她继续前行——既不胆怯，也不粗心；虽然并不害怕，但她知道这地方完全不是那些常走的小路,所以走得非常小心。

当她的头和肩膀超过峡谷边缘时,她又停了下来,目光仔细地搜寻小径的周围。然后沿着像刀锋一样的山脊向下走一点儿,通过较好走的路段,绕着山肩和山的侧翼,走到了焦松营地。此时,除了松林里孤寂的冷风和下方峡谷里潺潺的流水声,她见不到任何动物,听不到任何声音。她走完了没剩几步的爬山路,坐下来好好休息一下。有只小动物,她自言自语道——也许是一只松鼠,或是一只林鼠——对她的到来感到害怕,急匆匆地跑去躲藏时,把卵石拨开弄出的轻微声响,就和她刚才听到的一样。

她背靠着一棵大松树的树干坐着,极目远眺,她可以看到远在山岭附近的山翼和山肩,以及山谷更远处的地方,她刚才就是从那边过来的;还可以看到清溪峡谷较低的那一端,以及几英里远的幽蓝的雾霭中费尔兰橘子树林的黑色方格。

在峡谷之门和橘子树林中的小城市之间的某个地方,这个女孩知道亚伦·金和他的朋友正在返回人类的世界。她注视着远方的景色,仿佛在超出视觉能力的范围中,努力寻觅她所知道的那些微小的、移动的斑点。这个在荒芜、孤独的山峡高处边沿的女孩败给了环境,她努力地寻找她在刚过去的几周里结识的和未来岁月里的同伴,但一切都是徒劳。诞生在山中的友谊,能在峡谷之门外的世界中延续下去吗?离开了孕育它的环境,它还能继续生长吗?在山脉的自由氛围中建立的友谊,有可能存活在低海拔的费尔兰吗?西比尔·安德烈斯独自一人坐在她所爱的群山中,从她的内心深处得到了答案:"不能。"但她仍然在探求未来的岁月——就像她的眼睛如此徒然地搜索着峡谷之门外遥远的风景,而那扇门现在似乎把她关在了亚伦·金要返回的那个世界之外。

一个声音把她从遐想中惊醒。声音来自她身后,在她倚靠的那棵树左边一点儿的地方。她以极快的速度站了起来。

詹姆斯·拉特利奇站在几步开外。她坐在树下的时候,他一直朝她走来,但当她跳起来面对他时,他停下了脚步,接着举起帽子,从容地跟她打招呼——他肥胖的脸上挂着自信、得意扬扬的笑容。

这个山中女孩——几分钟前还是那么无所畏惧——现在却脸色刷白、战战兢兢、畏畏缩缩地站在这位有教养的艺术界的代表面前。作为对他的问候的回应,她急急忙忙地走下小路,这时他说:"等等,为什么这么着急?"

她看起来像是不情愿地停住了脚步。"天色越来越晚了,"她结结巴巴地说,"我得走了。"

他笑了:"我这就跟你一起走,别害怕。"他神态自若地跟上来,把他的来复枪靠在她刚坐着的那棵树上。然后,似乎是为了平息她的恐惧,他继续说道:"我和一群朋友在焦松那边宿营。我上来寻找鹿的踪迹,在那边的小木屋里看到你在下面。我刚要下去找你,就看见你正往上走,所以我就等着。这是个美丽的地方,你不觉得吗?而且也很偏僻,刚好是一个悄悄约会的好地方。"

詹姆斯·拉特利奇说话的时候,眼睛盯着她的样子使她更加困惑和害怕。她咕哝着一些对方听不见的回答,又开始走了。可是他蛮横地再次说道:"等一下。"她迫不得已停了下来,"倘若你能无所顾忌地独自和那个画家在山上漫步,我就不明白你还能有什么理由不愿与我欢好呢?"

这个男人自信地推定了女孩和亚伦·金之间交往的性质,并说出了这番话——毫无疑问,他认为自己有足够的证据支撑这种看法。但是西比尔不明白他的意思,在她纯洁的心灵中,他的话丝毫不起作用。她对这个男人的恐惧并不是理智上的,而是出自本能的。在詹姆斯·拉特利奇游刃有余的那个世界里,她从来没有感受过那种不洁的接触。正是她感情上这种无法厘清的因素,使她在这个男人面前总是那么局促不安;正是因为她不明白自己为何畏惧他,所以这个一向敢作敢为的女孩,在他面前反而显得那么软弱无助。

詹姆斯·拉特利奇所处的文化、道德和物质环境,让他完全无法理解西比尔·安德烈斯的本性。他以他惯有的龌龊思想,揣度她和亚伦·金的关系,误解了她在自己面前的行为举止,所以他立刻就把他的求欢用她不可能听不懂的话表达出来了。

当西比尔真正领会了他话中之意时,她的恐惧、颤抖和紧张变成了勇气、愤怒和正义,所以她严厉地谴责了他。

詹姆斯·拉特利奇仍然搞不清楚眼下的真实情况。在他看来,西比尔只是偏爱那位画家而拒绝了自己。在他眼里,这个年轻的女人是个没受过教育的山野姑娘，他早就把她当成自己的女人了，现在她却被另一个男人捷足先登，竟然还如此轻蔑地转身离去。这是对他的侮辱，他不能容忍。西比尔·安德烈斯怒气冲冲地站在他面前，双眼炯炯有神、面颊通红，她美丽的身体随着激烈爆发的愤怒而颤动。这一切只是在煽起他的欲火，而她尖刻的话语更激起了他兽性的怒火，他低声咒骂着、威胁着，朝她走去。

但是，现在站在他面前的是个完全了解他意图的女人，和那个起先还未看穿他的胆怯、受惊的女孩截然不同。她的手垂到臀部，马上又举了起来。由于受过布莱恩·奥克利的精心训练，西比尔·安德烈斯掏枪的动作规范流畅。

詹姆斯·拉特利奇像踢到了铁板似的停了下来。此刻，从左轮手枪的黑色枪管上方望着他的那双蓝眼睛里，他看得出明确的意图。那只迅速拔出武器的小手，现在举着枪就像在练习打靶时一样平稳。詹姆斯·拉特利奇本能地侧身，举起胳膊挡住脸，以免受到来势汹汹的一击。"看在上帝的分上，"他喘着气说，"把枪放下。"

事实上，詹姆斯·拉特利奇此时此刻比以往任何时候都更接近死亡。

他害怕地倒退了几步，仍然举着双手说道："我告诉你，放下枪。你没看见我不打算碰你吗？你疯了，你这样会误杀我的。"

西比尔·安德烈斯以平静的态度和泰然自若的神情,说出一番冷酷又镇定的话语:"如果你能给我任何不杀你的正当理由,我就放你走。"

詹姆斯·拉特利奇小心翼翼地向他放步枪的那棵树退去。

西比尔望着他,脸上露出令人不安的微笑。"你最好马上止步。"她沉着地说,"只要你靠近枪,我就马上开枪。"

詹姆斯·拉特利奇停住,做了一个绝望的手势,看到她对自己的命运明显犹豫不决,他吓得脸色铁青。

过了一会儿,她再次发话了:"别担心。我不会杀你——除非你逼我。我向你保证,这对你来说一点儿也不难——沿着小路往前走,直到我叫你停下来为止。"她指着山脊的方向。

他照做了。

"行了。"她说。这时他离她大约二十步远。

詹姆斯·拉特利奇停了下来,转身面对她。

西比尔拿起他的温切斯特连发来复枪,熟练又迅速地把弹匣里的所有子弹都退出扔掉了。然后用自己的枪指着他,走近几步,把空来复枪扔到他脚边。西比尔发令:"现在,你左肩扛着枪走在我前面,沿着小路一直走,如果你试图躲避或逃跑,或者改变步枪的位置,我就杀了你。"

"你想干什么?"他问。

"我要把你带到你在焦松的营地去。"

詹姆斯·拉特利奇因愤怒和羞耻而脸色苍白,站着没动。"你还不如杀了我。"他说,"我绝不会这个样子进营地的。"

"别担心,"西比尔回答,"我跟你一样,也不急于把这件事公之于众。照我说的做,当我们看得见营地,或者遇到别人时,我就收枪,然后我们一起继续往前走,所以我才允许你扛着枪的。"

于是他们走下山坡——那个肩上扛着空枪的男人走在前,那女孩隔了几步跟着他,手里拿着上了膛的枪。

当他们快到营地时,詹姆斯·拉特利奇说:"那里有人。"

"我看见了。"西比尔答道,把枪塞进皮套,紧走几步和拉特利奇并肩。她的声音透着欣慰,因为那人是布莱恩·奥克利,他正俯身向着篝火。"走吧,"她继续对拉特利奇说,"假装什么事也没发生。"

森林管理员从圣戈尔戈尼奥山附近的某个地方下来,在猎人营地里他发现屋里没人,就生了一堆火,顺手从营地里拿了咖啡和熏肉。他刚吃完这顿迟来的晚餐,西比尔和詹姆斯·拉特利奇就来了。

那女孩用寥寥数语向她的朋友解释说,她正从孤独屋穿过小路,偶然遇到了拉特利奇先生,他就一直陪着走到这里。

詹姆斯·拉特利奇除了向森林管理员寒暄几句表示欢迎外,其他也没有什么好说的。很快,森林管理员和女孩就沿着月桂小径出发去清溪峡谷。一路上,西比尔的这位老朋友问了不少关于她和詹姆斯·拉特利奇碰面的事。可是在狭窄的小径上,女孩走在前面避开了他的问话,而且很高兴他看不见她的脸。

西比尔对拉特利奇说,她不想让任何人知道这件事,这是实话。一想到要将这事告诉森林管理员——即便是她父亲的老朋友和老伙伴,她也感到羞愧难当。她太了解布莱恩·奥克利了,如果他知道了詹姆斯·拉特利奇是怎样接近她的,她都不用怀疑为此会发生什么事。她面对这不可避免的结果退缩了,她只希望能把这件事忘得一干二净,并尽快把谈话转到别的更为安全的话题上去。

森林管理员不能和她一起去她家,他必须沿着峡谷去护林站。于是那女孩独自回到迈拉·威拉德身边。让这个女人吃惊的是,这是第二次女孩拿着一个空的鱼篓回家。

西比尔在解释她为何空手而归这件事时,只是简单地说她没有去钓鱼。接着,她突然哭了起来,乞求立刻返回费尔兰的家,迈拉因此十分惊愕。

迈拉·威拉德认为,她比这个女孩自己更明白,为什么西比尔有生以来第一次希望离开群山,也许这个毁容的女人是对的。

第二十五章
在管道线小径上

在营地，詹姆斯·拉特利奇花了一整天的时间来思索他与西比尔·安德烈斯的相处经历。他的同伴们很快感知到他闷闷不乐、烦躁易怒的情绪，便不再管他，让他沉浸在自己的思绪中。

西比尔对他的求欢所表现出的态度，丝毫没有改变这个男人对她与亚伦·金的关系的看法。对于詹姆斯·拉特利奇这种人来说，受过他所属阶层的知识、道德和审美的教育，是不可能对画家和西比尔之间的关系有任何别的想法。即便他考虑过他们之间可能存在那种干净、纯洁的友谊，可是他目睹他们在友谊的名义下——相约于画室、黄昏时漫步在小路上，以及相聚在画家的营地里——他告诉自己，亚伦·金并不是个会浪费机会的愚蠢至极的人。他一直努力想要赢得的那个姑娘竟如此憎恶地拒绝了他，他的自尊心受到侮辱，怒火中烧。然而这一切却徒增他对她的欲望。西比尔刚毅的精神和被他激怒时充满活力的美,加上她意想不到地反抗他的追求,助燃了他激情的火焰。

詹姆斯·拉特利奇整天想着这件事,阴郁、愠怒、脾气暴躁。第二天早上,他一个人带着来复枪、望远镜和午饭出发了,他的朋友们看到后都松了一口气。表面上看,他朝月桂溪上游的方向出发,但一出营地,他就原路折回,走上通往清溪峡谷的小路。

不能说这个人脑中有什么明确的目的。他一时找不到其他纾解的方式,只能屈从于自己的情绪,漫无目的地瞎溜达。实现他欲望的渺茫的时机可能会不期而至,这种想法催促他去寻找机会最有可能从天而降的地方。

穿过电力公司进水口上方的峡谷后,在距离公路稍远一点儿的地方,詹姆斯·拉特利奇进入了管道线小径。一小时后他到达了橡树丘,有一条政府铺设的小道通向下面的峡谷。亚伦·金和康拉德·拉格朗日就是在橡树丘这里听从了克罗伊斯的裁决。而詹姆斯·拉特利奇离开小道,爬到山的一个凸起处,从那里他可以看到两边及下方稍远的路,也可以一览狭窄的山谷。他靠着一块石头舒舒服服地坐着,调整好望远镜的焦距,对准那一小片开阔的绿地——点缀着巨大的梧桐树、一排排漆黑的雪松,还有那座若隐若现的房子——他知道西比尔·安德烈斯和迈拉·威拉德就住在那里。

詹姆斯·拉特利奇刚把望远镜对准他感兴趣的地方,就发出了低声惊呼。这两个女人和布莱恩·奥克利一起坐在门廊上,身边是她们的行李和露营装备。显然,她们在等着那辆穿过小溪朝房子驶来的马车。詹姆斯·拉特利奇明白西比尔·安德烈斯和那个毁容的女人正准备返回费尔兰。

有一段时间,他坐在那里,饶有兴致地观察着下方峡谷里未觉异常的那几个人。他一度转过去扫了一眼小溪下游老果园后面的梧桐林。康拉德·拉格朗日和亚伦·金在那里的营地已被拆除。很快他又把目光投向西比尔和她的朋友们。不久,正如人们长时间使用望远镜时所做的那样,他放下手中的望远镜,看着眼前的景物让眼睛休息片刻。就在此时,一个男人的身影出现在下方的小路上,那是一个可怜的人——蓬头垢面,饥肠辘辘,面容憔悴。

这可怜的家伙虚弱地沿着那条孤零零的小道潜行,小道将经过拉特利奇所在位置的下方。他佝偻着身子,带着一种惴惴不安、惊弓之鸟的神情朝凸起处走来,没有看见上面山坡上的詹姆斯·拉特利奇。

小道上的人越来越靠近时,高处岩石上的观察者不由自主地向远处的森林管理员瞥了一眼,然后目光又落到这名——正如他准确猜测的那样——逃犯身上。

毫无疑问,像詹姆斯·拉特利奇这样的人,无论他有多坏或多么受到邪恶的影响,一生中也有许多时刻拥有强烈的怜悯之情和善良的助人之心。毋庸置疑,詹姆斯·拉特利奇继承了他父亲的那些脾性,极易被自己卑劣的激情所左右。他的性格确实是时代、社会环境和同流合污思想的合理产物。如果他有更好的出身，或者他在一个具有道德、理智又正直的环境中接受教育，他又会成为什么样的人呢？这也只是一种无稽之谈，因为詹姆斯·拉特利奇是他的遗传基因和他的生活所造就的。他并非没有行善的冲动，这个可怜的、被人追捕的家伙，沿着小道疲惫不堪地缓缓前行，唤醒了詹姆斯·拉特利奇的同情——这在他那个时代是公认的修养，并激起了他想提供帮助的欲望。至于这件事情的法律层面，詹姆斯·拉特利奇具有他这类人全部的冷漠，他们这类人对法律的漠视传承自父辈，是与生俱来的。他犹豫了一会儿，然后，当下面的人影从他的视线中消失时，他就悄悄溜下山坡。几分钟后，他和那个罪犯打了个照面。

"举起手来。"在对准自己的来复枪和尖锐的命令下，这个可怜的家伙以一个悲惨而绝望的姿势停住了。他们僵持了一会儿，然后逃犯冲动地转向悬崖，峡谷就在下方垂直于此近一千英尺的地方。

"别那样做。我不是警官。我想帮助你。"詹姆斯·拉特利奇急忙说。

那个逃犯把脸转向说话的人，惶恐不安、担惊受怕、忍饥挨饿的脸上带着疑惑不解的表情。

持枪的人继续说："我把枪对着你是为了防止发生意外——直到我能解释清楚——仅此而已。"他放下来复枪。

逃犯错愕地向前迈了一步。"你是这个意思？"他用沙哑的声音难以置信地问，"你……你不是在耍我吗？"

"我为什么要耍你？"詹姆斯·拉特利奇和善地回答，"来，我们离开这条小路吧。我有东西吃，在上面。"他领着逃犯回到他放午饭的地方。

饥肠辘辘的人扑倒在地，像动物一样叫着抓住了詹姆斯·拉特利奇递过来的食物，像饥饿的野兽般吧唧吧唧地大口吃着。拉特利奇怀着怜悯和厌恶的心情在旁边看着。

过了一会儿，这个可怜的家伙结结巴巴、断断续续地说了几句话，但从他的话里却可以看出他受过不少教育。他试图为自己不得体的饿狼扑食般的吃相道歉，并竭力感谢他的恩人。当詹姆斯·拉特利奇再次向他保证，他的关心出自善意时，逃犯说道："我想，先生，试图否认我的身份是没有用的。"

"确实没用。"詹姆斯·拉特利奇附和着，"而且，就我而言，也没有必要这样做。"

"你这话是什么意思，先生？"逃犯问。

"我的意思是，我不是警官，没有理由把你交给他们。我看见你沿着小路走过来，当然，我会不自觉地注意到你的情况，猜测你是谁。对我来说，你只是个陷入困境的可怜的家伙，我想拉你一把，仅此而已。"

那个逃犯绝望地看向下面的峡谷，回答道："谢谢你，先生，但如果你不这么做会更好，你的帮助只是将结局推延了几个小时。他们把我关起来了。在山上，我可以躲开他们，但我出不去。我不会回到那个被他们称作监狱的地狱——我不会的。"他孤注一掷，意图非常明确。

想起他刚才快速移动到小道边缘，面对下方万丈峡谷的动作，詹姆斯·拉特利奇动情地说："其实，你倒不像那么坏的人"。

"我不坏，"对方回答，"我只是个傻瓜，一直是可怜、软弱的傻瓜，但我已经得到教训了，只是……太晚了。"

这个人说话的时候，詹姆斯·拉特利奇正在飞快地思考着。起初，被同情心驱使，他暂时帮助了这个可怜的逃犯。现在，他又有了提供更持久帮助的念头——当然，前提是他这样做不会给自己带来太大的危险。这个逃犯绝望的处境和心如死灰的决然，以及他明显想摆脱过去生活的愿望，这些加在一起激起了詹姆斯·拉特利奇想要帮助他的想法。尽管在他的意识中，这种真正的善意并没有掺杂任何险恶的动机；然而，在他的秉性中，比向善的冲动更深层次的，是他通过继承和训练而形成的占主导的本能和激情。这种野蛮的欲望、心情和目的，把他带到了那个地方，从那里他可以借助他的望远镜看到西比尔·安德烈斯，而这种欲望并未被他想帮助别人的冲动所替代。在他所有的思考中，在他考虑如何帮助逃犯过上更好的生活时，有一种隐晦的假设——在可能的情况下，站在他面前的这个人将完全处于自己的掌控之下，或许可以利用对方来实现自己进一步的目标——正是这一目标带来了他们的巧遇。

他研究了一下这个他同情的对象，慢慢地说："我想我们大多数人都应该受到惩罚，就像大多数真正得到惩罚的人一样。不管怎样,我们都在试图逃避对我们错误行为的惩罚。如果我能帮助你,让你能够像其他免受法律制裁的人一样生活,你会怎么样?如果我帮助你获得自由,你会怎么做?"

那个被追捕的人语无伦次地恳求给他一个机会,来证明他确实希望能过上守法、体面、诚实的生活。

"你在山里有一个安全的藏身之处吗?"拉特利奇问。

"有一间藏在深谷里的小茅屋,在冷水区那边。如果有补给的话,我可以在那里生活一年。"

詹姆斯·拉特利奇思忖着。"我想到了!"他终于说,"听着!在这条山脉的冷水区那端,一定有些山峰,从那里你可以看到费尔兰和加莱纳山谷。"

"是的。"对方急切地回答。

"而且,"拉特利奇接着说,"在加莱纳山谷有一条很好的'汽车'道。汽车能开到——我想……比如说,你从营地出发,九小时内可以到达某个地方。你知道日光仪吗?"

"是的。"逃犯面露喜色,"也就是说,我知道一般原理——这是一种通过镜面反射发出信号的方法。"

"好!这就是我的计划。明天我将在月桂溪小径上与你碰面,在它从月桂溪转向圣戈尔戈尼奥的地方。你知道那儿吗?"

"是的。"

"我们将绕过清溪的源头,穿过这条峡谷和冷泉之间的分水岭,在加莱纳山脉上找到某个能看到费尔兰的山顶;在那里,我们用望远镜可以在加莱纳山谷的上端挑出一个以后我们都能找到的地方。"

"我明白了。"

"当我回到费尔兰的时候,我会在夜里开着'汽车',带着补给去那里。你在那里和我接头。在我出发的前一天,我会用镜子的闪光告诉你我要来了;你也从山顶这样回答我。明天我们将商定日期和信号。只要你隐藏得够深,时间够长,等到你胡子拉碴、披头散发的时候,每个人都会认为你已经死了或逃走了,从而不再搜寻你。那时我就带你下山去,给你一份在橘园的工作。园里有一座小房子,你可以住在那里。你不需要在城里露面,假以时日,你就会被遗忘。明天我会带很多食物给你,足够你吃到我回城里,开始第一次夜间行动为止。"

几分钟后,那个逃犯断断续续地表达了他的感激之情,就离开了詹姆斯·拉特利奇。这个男人与拉特利奇一小时前用枪逼停的那个可怜的、惊惶的、疲惫的、饥饿的、绝望的、悲惨的人已经截然不同。他将来会怎样几乎完全取决于他的恩人。

那个男人走后,詹姆斯·拉特利奇又拿起望远镜。西比尔·安德烈斯的旧宅空无一人。就在他和逃犯谈话的时候,女孩和迈拉·威拉德已经动身返回费尔兰了。

詹姆斯·拉特利奇的胖脸上挂着一种诡异的微笑,他把望远镜收进匣子里,缓慢而长时间地打量着四周,然后动身去和他的朋友们会合了。

第二十六章
我要你保持原样

从山上回来的那天晚上,康拉德·拉格朗日发现亚伦·金正在聚精会神地读母亲的信,这位画家一直静默地沉浸在思绪中,心事重重。第二天早上还是老样子。每一次康拉德·拉格朗日尝试与他交谈,他只用单音节心不在焉地搪塞敷衍,拒绝交流。直到对方宣称这位画家既不适合与野兽为伍,也不适合与人类相伴,才留下他独处,带着沙皇离开了。

上午的大部分时间亚伦·金待在画室,没有做任何重要的事情。也就是说,在一个不经意的观察者看来,他的工作似乎毫无进展。他只是把那幅泉边空地的油画放在了泰恩夫人的肖像旁边,然后坐上一个多小时,看着那两幅画陷入沉思。之后他又把那幅"贵格会少女"反挂到墙上,在画架上固定好一块新画布,仅此而已。

刚吃完午餐，亚伦·金就急匆匆地回到画室，好像要去作画一样。的确，他在手边摆好了调色板、颜料和画笔，但却置于一旁。他无精打采、兴趣索然地翻着他的素描作品。他常常透过大北窗眺望远处的山顶，似乎还在倾听什么。他坐在画架前，瞪着空白的画布。就在此刻，从橘园深处传来了西比尔·安德烈斯清脆悦耳的小提琴声。

音乐是如此轻柔，一开始，亚伦·金几乎怀疑乐声是否真实，他认为——就像那天西比尔来泉边空地唱歌时那样——是他的幻想在作祟。当他和康拉德·拉格朗日三天前离开山区时，这个女孩和她的同伴预计至少两周内不会回到费尔兰，可这绝对是山间的音乐。随着旋律变得越来越响亮、越来越清晰，充满着欢快的音符，他知道这是山上的女孩正用她最喜欢的语言宣布她的到来，并向她的朋友们问好。

但奇怪的是，人的内心是如此自私，以至于亚伦·金并未和小说家分享他们邻居以音乐问候的消息，仿佛这是他独自收到的。他倾听着，眼睛闪闪发亮；他笔直地站着，脸朝着远处的山峰，嘴角慢慢弯成一个微笑；他想象着，好像能看见那女孩一边拉着琴一边想到他听到琴声之后惊诧的表情，那张可爱的脸上就会露出愉快自得的神色。有一次，他冲动地朝门口走去，但犹豫了，又转身回来。音乐声刚停，他就走到那扇开着的窗前，望着玫瑰园，满怀期待地注视着。

不久，当西比尔穿过橘园来到知更草树篱时，他听到了她轻浅的吟唱。随后，他在角落的小门瞥见了她的白色连衣裙，于是她就扑入了他的眼帘。

迄今为止，这位画家只看到过西比尔穿着她那件浅棕色的山地装——因经常会刮蹭粗糙的岩石和矮树丛而特制的，戴着与之相配的毡帽，穿着适合登山的花边高筒靴。而她现在穿的衣服，就和康拉德·拉格朗日要避开露易丝·泰恩而在花园里第一次见到她时穿的一样。窗边的那个人稍稍后退，发出开心和惊喜地低呼。玫瑰丛中的那个可爱的人儿是他的山中女伴吗？他所认识的西比尔·安德烈斯——身着短裙、脚蹬高筒靴，一副山地装扮——是一个迷人的、富于幻想的、时而严肃时而任性的少女。而眼前的西比尔·安德烈斯，穿着贴身的白色长裙，是一个身材苗条、亭亭玉立、发育良好的女人。

西比尔姗姗地朝画室那侧的花园尽头走去，不时地驻足俯身向花朵致意，仿佛在表达温柔的、爱的问候，她轻声哼唱，沐浴着金色的阳光，任由微风吹拂拨弄着她的秀发。她是一个纯洁的山野姑娘，是属于玫瑰花的，就像她待在山间的松树和橡树中一样自然。亚伦·金深深陶醉于这美丽的景象中，纹丝不动地站在那里，唯恐一动美景就消失了。

然后，西比尔抬头便看到了他，于是她愉快地笑着，伸出双手打了个招呼。

"别动，别动！"亚伦·金激动地喊道，"别乱动……请保持姿势！我要你保持原样！"

姑娘被他那悲壮的认真劲儿和欢迎的方式逗乐了。她明白，画家因创作激情已经把他的绅士礼节抛到一边去了，她做任何事也是这般朴实自然，因此就对画家唯命是从了。

拖着上面放着空白画布的画架穿过工作室来到窗边，亚伦·金又喊道："别动，请别动！"紧接着就开始作画。他如痴如狂，专心致志地想用颜色和线条，把那女孩站在花丛中所表现出来的可爱、纯洁和真诚完全转移到画布上。"要是我能画出来就好了！要是我能完美体现出来就好了！"他带着狂热而认真的神情一边画着，一边反复叫着。

他经年累月的精心训练，刻苦钻研习得的技艺，以及熟练掌握的绘画手法，现在都自然地融会贯通，被综合运用于创作中。这里没有殚精竭虑地去牢记构图、透视以及和谐的法则，这里不需要使用技巧来修饰他所看到的真相。他创作得如此自由、如此自信，几乎意识不到自己正在作画。他进入无我的创作境界，忘记了所有熟稔技法，就像鸟儿在歌唱、蜜蜂在采蜜、鹿在奔跑。在他的笔下，他的画就像玫瑰花一样成长、盛开，美丽的姑娘就站在其中。

日复一日，西比尔·安德烈斯都在同一时间唱着歌穿过橘园，沐浴着金色的阳光站在玫瑰丛中，伸出双手问候。每天，亚伦·金都坐在画架前，手里拿着调色板和画笔等候她的到来。每天，他的创作状态都如同第一天一样饱满，除了作画，什么都不想。

清晨，亚伦·金会和康拉德·拉格朗日一起散步，有时也会和西比尔一起在花园里劳作。傍晚,这两个男人经常会去造访隔壁的小房子。西比尔和那个毁容的女人偶尔也会来到小别墅,和他们在前廊坐一会儿。就这样,始于山区的睦邻友谊在橘园里得以延续。画家每天在画布上用颜料和画笔来表现这个女孩的精神,表现她未受世俗影响的性格和生活。随着时间流逝,这两个年轻人之间的友谊与日俱增。

在那些日子里,亚伦·金全身心扑在创作中,常常无法回应女孩的问话。对方对他的心情表示充分理解,这使亚伦·金感到惊奇。她似乎本能地知道,他什么时候被"画——不——出——来"这个恼人的恶魔阻碍思路,或被这个愉悦地折磨着艺术家们的恶魔弄得迷惑不解;就像她知道并欣喜地看到灵感闪现后,恶魔被击垮,亚伦·金的灵魂因自信和自由的创作而欢欣鼓舞。有一次,当他们完成了一天的工作时,亚伦·金问她是如何在看不到那幅画的情况下,还能如此清楚地了解作品的进展的。

西比尔愉快地笑了。"但是我能看到你,而我……"她习惯性地犹豫了一下,这对他来说已经很熟悉了,知道她在寻找一个合适的表达词汇,"我只是和你有同样的感受,我想这是因为我的音乐就是这样。有时候,音乐根本就不能准确表达,我觉得我永远做不到了。然后,它好像又自行发挥起来,我听着,心里感到纳闷——就跟这事与我无关似的。"

这一天终于到了,亚伦·金慢慢地后退几步,站在那里久久地凝视着画,却没有再动笔。于是女孩向他喊道:"怎么了?卡壳了吗?"

亚伦·金缓慢地放下调色板和画笔,站到敞开的窗前,看着摆着姿势的西比尔——微笑着,但一语不发。

西比尔一时不明白。"我说错了吗?"她焦急地问道,接着,未及他回答——"哦,你画完了吗?都完成了?"

亚伦·金仍然面带微笑,近乎悲伤地回答道:"我已经尽力了,过来吧!"

片刻之后,西比尔就站在了画室门口。

见她踌躇,亚伦·金又道:"进来吧!"

"我……我不敢看。"她支支吾吾。

亚伦·金笑了。"我真的不认为作品有那么糟糕。"

"哦,不是说我怕它不好……它不会不好的。"

亚伦·金望着她,脸上带着困惑的表情——他好奇地问道:"请问,你从来没有看过这幅画,你怎么知道它还不错呢?我承认,评论家们在对一部作品不甚了解的情况下就对其褒贬不一,这是很正常的,但我没想到你会这么时髦。"

"你在取笑我,"西比尔笑道,"但是我不在乎。我知道你的作品很好,因为我知道你是怎么画的,为什么要画。你画它就像画泉边空地一样,不是吗?"

"是的,"亚伦·金郑重地说,"我是这么做的,但是你为什么不敢看呢?"

"哎呀,我……我害怕看到自己在你眼里的样子,这就是原因。"

亚伦·金的声音温柔而富有感情，他认真地回答："安德烈斯小姐，在我认识的所有人中，你是最不应该因为这个原因害怕看自己的画像的。来吧！"

西比尔慢腾腾地走上前去，和他并肩站在画像前。

有一段时间，她一直盯着这幅亚伦·金全身心投入创作，并发挥了极致天赋的美丽作品。终于，她转过身来，满眼望着他，蓝眼睛闪着奕奕光彩，轻声说道："噢，金先生，它太……太……漂亮了！太美了……美得令人心痛。她似乎……"她在寻找一个词，"融入了玫瑰，不是吗？她给你的感觉就像玫瑰园给你的感觉一样。"

亚伦·金高兴地笑道："你真是个天真的孩子！你忘了这是你自己的肖像了，是不是？"

她和他一起笑起来。"我都忘了，她太可爱了！"然后她若有所思地补充道，"我……我真的是那样吗？有一点点像？"

"不，"亚伦·金回答道，"只有一点儿，她只表现出一点点你的美。"

西比尔半信半疑地看着他，基于对这幅画真实性的考虑，她并未真心实意地去理会这句赞美。她摇着头，带着认真的微笑，慢慢地说："我希望你没有弄错。"

"请允许我展出这幅画，好吗？"他问。

"可以！当然！你画它就是让人们看的，不是吗？我相信，没有美好思想的人也不会认真看它的，不是吗？"

"我相信他们不会。"亚伦·金答道，"但是你看，这是你的肖像，我还以为你可能不喜欢……啊……"他笑着说，"我该说名声吗？"

"噢！我没想到你会告诉任何人我和它有关，有必要提到我的名字吗？"

"不是很必要，"亚伦·金承认，"但现在很少有女性会错过这个机会。"

西比尔摇摇头，肯定地说："不，不，你必须把它作为一幅画展出，而不是作为我的肖像画。肖像的部分并不重要，重要的是你的画所表达的东西，这才是有益的。"

"我表达了什么？"他问，好奇中夹杂着愉悦。

"它表达了……女人应该像玫瑰一样美丽……但不要太在意美丽，你明白我的意思……就像男人应该坚强，但不要太过在意自己的力量一样。"

"是的，"亚伦·金赞同道，"是这个意思，但我想让你知道，无论它以什么标题展出，对我来说，它永远都是一幅肖像画——是我画过的最真实的一幅肖像画。"

西比尔高兴得满脸通红，兴高采烈地说："我喜欢你这样画画，现在让我们看看康拉德·拉格朗日和迈拉·威拉德的反应。你去找他，我跑去把迈拉带来。在我回来之前，小心别让拉格朗日先生进来！我要观察他第一眼看到画的表情。"

当画家找到康拉德·拉格朗日并告诉他这幅画已经完成时，这位小说家不置可否地将注意力转向沙皇。

画家被逗笑了，问道："老伙计，你不过来看看吗？"

对方粗声粗气地回应："谢谢，但我不想冒这个险。"

画家笑容满面地接着说："安德烈斯小姐要我来请你。"

康拉德·拉格朗日用他那奇特而不解的目光看着这个年轻人。"她喜欢吗？"

"看起来她喜欢。"

"如果她看起来喜欢，那就是喜欢。"对方站起身，"那就不一样了。"

小说家和他的三个朋友站在画架前，他沉默了很长时间，以至于西比尔不安地说："我……我以为你会喜欢的，拉格朗日先生。"

他们看到这个奇特的人，眼里噙满了泪水，他对她说话的声音总是那么温柔："喜欢？我亲爱的孩子，我怎么能不喜欢呢？这画的是你……就是你！"面对画家，拉格朗日补充道，"这是一幅伟大的作品，我的孩子，太棒了！我……我真希望你母亲能看到它，这就像她……就像我认识的她一样。你做得很好。"他彬彬有礼地转向迈拉·威拉德问，"你呢？威拉德小姐，你的裁决是什么？"

那个毁容的女人搂着肖像画美丽的模特本人，答道："我想，先生，我比世界上任何一个人都更清楚这幅画有多好，有多真实。"

康拉德·拉格朗日又问向画家："你会展出它吗？"

"安德烈斯小姐说我可以,但不能作为一幅肖像画展出。"

小说家无法掩饰他对这一番话的喜悦。不久,他说:"如果这幅画不作为肖像画展示,我可以给它命名吗?"

"我正期待你这样做!"画家喊着。

"我也是。"西比尔高兴地叫道,"是什么名字,拉格朗日先生?"

"让它作为'自然的精神——一幅肖像画'展出吧!"康拉德·拉格朗日回答。

小说家话音刚落,叶凯就出现在门口。"他们来了……大汽车,一大堆人,泰恩小姐、拉特利奇先生、病人,全都……我来告诉你们。"

画家急忙说:"让他们待在屋里,凯,我马上就来。"说完,那个中国人就消失了。

听了叶凯的话,迈拉·威拉德的脸色变得苍白,低呼一声。

"没关系,亲爱的。"西比尔安慰她,"我们可以从花园溜走,来吧。"

西比尔和那个毁容的女人走后,康拉德·拉格朗日和亚伦·金疑惑地对视了一下。

小说家指着画架上的那幅画厉声道:"你不会让那群秃鹰来吃这东西吧?如果你这样做,我肯定会杀个人。"

"我想我自己都受不了。"亚伦·金一边坚定地笑着答道,一边拉上天鹅绒帘子遮住了画像。

第二十七章
答案

当亚伦·金和康拉德·拉格朗日走进房子去迎接来自费尔兰高地的访客时,亚伦·金奇怪地觉得他像在招待一群陌生人。

泰恩夫人问候时小心隐藏却微妙地透露出的热情令他感到难堪和一时的羞耻。露易丝空泛的话语喷涌而出,泰恩先生咒骂着,并咳嗽得快窒息了——现在他病态尽显,虚弱的肉体已经到了无法独立行走的地步,这让亚伦·金挣扎着、搜肠刮肚地寻找唯一适用这种场合的无伤大雅的客套话。亚伦·金在使用这种毫无意义的词语方面有些生疏,一个人若不想犯严重的技术性错误的话,就需要不断练习言而无物的谈话技巧。詹姆斯·拉特利奇的问候是无礼而熟悉的,就像一个有头脑的人,在公共场合问候和他一起进行过私密、难以启齿的冒险的密友。对于这位伟大的评论家,亚伦·金表现出了冷静的自我克制,这点至少是值得称赞的。

亚伦·金、詹姆斯·拉特利奇和泰恩先生假装饶有兴致地听着露易丝发出连珠炮似的"哦"和"啊"以及有艺术效果的叹息,听起来像是在描述山中的落日。这时泰恩夫人对康拉德·拉格朗日悄悄地说道:"这个夏天,你肯定十分用心地照顾你的门生,他看起来非常健康。"

她说话的时候眼睛瞟着亚伦·金,小说家看着这个女人,回答道:"你很乐意恭维我,泰恩夫人。"

面对他,她露出会心的微笑。"也许我给你的信任超出了你应得的,据我所知,金先生并不是完全由你照顾的,拉格朗日先生,你真可耻!以你的年纪和经验竟然允许你的门生毫无保护地独自和一个活泼的山野姑娘在山林里游荡!还在你警告过我这个可怜人之后!"

康拉德·拉格朗日冷冷地笑了。"我承认,在这方面我曾多次想到过你。"

泰恩夫人怀疑地看着他。"哦,好吧!"她轻松地说,"我想艺术家们偶尔也得消遣一下——就像我们其他人一样。"

"我觉得'消遣'这个词用得不太恰当,泰恩夫人。"小说家不友好地回应。

"不恰当?你该不会是想告诉我有什么严重的事吧?"

"我不想告诉你任何事情。"他相当尖锐地反驳。

泰恩夫人笑了:"不需要,吉姆已经对我说得够多了,金先生他自己会告诉我更多事的。"

小说家低声咆哮着说："除非他比我想象的更蠢。"

泰恩夫人当面嘲笑他："只要有女人牵扯其中，你们男人或多或少都是愚蠢的，不是吗？"

小说家反唇相讥："我们如果不蠢，就不会有女人牵涉其中了。"

当康拉德·拉格朗日说话的时候，露易丝用她那有限的形容词来描绘山中的落日已筋疲力尽了。她双手紧握、胸脯起伏，心醉神迷，眼睛上翻，沉默地表达了她无词可用的挣扎。亚伦·金在她的绝望中狡猾地抓住了这个机会，继而转向泰恩夫人，空洞地评论着加州的夏天。

不管亚伦·金说什么，泰恩夫人都附和赞同，并补充道："我想，你也一直在充分利用你的时间吧？或者你只是在为这个冬天储存素材和能量吗？"

这让露易丝走出了落日的深渊，她笨拙地转移话题，她非常确定金先生会给他们展示一些难以言喻的精彩作品。他们应该立刻去同样难以言喻的美丽的画室，去看那些难以言喻的可爱的画作。她难以言喻地确信，他一直在那些宏伟、美丽、惊人、可爱得难以言喻的山峦中画画。

亚伦·金向他们保证目前他没有新作品，露易丝重新陷入无法形容的失望和绝望的深渊。

虽然如此，几分钟后，亚伦·金发现自己独自与泰恩夫人待在画室里。他无法确切地知道她是怎么办到的，或者为什么要这样做。也许纯粹出于怜悯，她才把他从露易丝仰慕的洪流中拯救出来，也许——她还有其他原因。她好像说什么她有权看到自己的肖像画，然后——他们就来了——其他人就被安全地阻挡在艺术圣地之外。

当不再需要害怕世人的目光时，泰恩夫人的一举一动将之前煞费苦心隐藏着的温情暴露无遗。

"我想知道，你见到我真的很高兴吗？"她魅惑地问，"整个夏天，当我被迫忍受各种蠢人的陪伴的时候，我一直在想着你和你的事。你看，我回家后第一时间就来找你了。"

作为一个男人，亚伦·金对如此诱惑地站在他面前的美丽躯体不可能完全无动于衷，但是，为了他这类人的荣誉，他确实能够不受诱惑，保持着自制力。

这个女人忠实于她的生活经验，就像詹姆斯·拉特利奇在山里接近西比尔·安德烈斯时，忠实于他所受的教育一样——她把这位画家的举止解释成一种谨慎的策略，而不是一种出色的自我控制。对她和她这类人来说，生活中的重大问题不是凭原则掌控，而是完全由策略决定的。一个人是怎样的，或者他能做出什么成就，这些根本不重要。只有当一个人能够巧妙地展现自己，或者他能够巧妙地引起世人注目并议论，才是至关重要的。她从画家身边移动到画架旁，仿佛要在她的肖像画中找到更充分的情感，那些她相信他还不敢说出口的情感。她正要拉开帘子，亚伦·金迅速制止了她，并用微笑消融了他言辞中任何粗鲁的成分。

"请不要碰那个，泰恩夫人。我还没准备好展示它。"

她转身面对他之际，他从墙上取下那幅正面朝墙的肖像画，搁在另一个画架上说："这才是你的肖像画。"

面对这幅画，泰恩夫人兴致勃勃地谈论着自己对画家未来的计划——这幅画将如何展出。由于这是她的肖像画，她的朋友们都是艺术界的领军人物，因此这幅画将受到他们的赞扬和评论。她直白地谈到了"拉拢"、"影响"和"策划"，"攻克"这样那样的"报纸"让他们写"捧场文章"，"处理"这个或那个"批评家"和"作家"，"加入委员会"，把画家引荐到适当的内部派系和宗族中，高明的"广告噱头"让他成为当下最受欢迎的肖像画家，利用这些从而确保他的——正如她所说的——名声。

创作过泉边空地，还如实地描绘过西比尔·安德烈斯在玫瑰丛中的真实之美的画家，带着一种尴尬和羞愧的心情，倾听着这个女人打算让她的肖像出名的计划。

"你真的认为这幅画值得像你说的那样运作出名吗？"亚伦·金怀疑地问。

泰恩夫人狡黠地笑了："等到吉姆·拉特利奇的'评论'出现，其他所有人都会跟他论调一致，你就明白了！这幅画已经足够精妙了——你和我都知道，它很美。它拥有我们女人在一幅肖像画中想要的一切。我真的不太了解你们画家所谓的艺术，但是我知道，当吉姆和我的朋友们完成一系列操作后，你的画作就会具有一幅伟大杰作必备的所有标志,你将登上成功的最高峰。"

"然后呢?"他问。

泰恩夫人再一次按照自己的思想来理解他的话,毫不掩饰她眼中燃烧的火焰,回答道:"然后……我希望你不会忘记我。"

有那么一段时间,亚伦·金回看她,一种对她的厌恶和羞耻的感觉掠过他的全身。他又背过身去,忧郁地望着窗外的玫瑰园。

"你似乎很不安,很担心。"泰恩夫人的语气暗示着她完全理解他的心情。如果不是因为世人的目光,她会心照不宣地接受他将会说的话。

亚伦·金很快笑了起来:"我怕你会认为我对你的好意不懂得领情。相信我,我不是。"

"我知道你不是。"她回答,"不过,你不觉得最好还是坦白吧?"

他惊讶地问:"坦白?"

"是的。"泰恩夫人调皮地假装严肃地对他摇着手指。"哦,我可知道你整个夏天都在干什么——跟你的山野姑娘一起疯跑!真的,你应该更谨慎一些。"

亚伦·金红着脸,结结巴巴地说不知道她是什么意思。

泰恩夫人笑得很开心:"好了,好了,没关系……我原谅你了……现在你又安全地回到文明世界了。我了解你们这些艺术家,你们一定要有自己的一段时间啊……消遣,你们比一般人要自由得多。只不过要小心，别被人知道太多。"

言为心声，听了她这番露骨的话，亚伦·金目瞪口呆地站着。那个女孩纯洁而温柔的同伴情谊，使他在艺术上达到了前所未有的高度，而她竟这样曲解他和那个女孩的关系，他本可以把这个女人从他画室赶出去，因为他觉得她亵渎了这片地方。但他能说什么呢？他还记得詹姆斯·拉特利奇在营地见到那个女孩时，康拉德·拉格朗日对自己的忠告，他说什么能不伤害西比尔·安德烈斯？为了掩饰自己的窘态，亚伦·金强颜欢笑，轻描淡写地回道："真的，我不擅长招供。"

"我也不喜欢扮演忏悔者的角色。"她随着他笑了，"但是，同样，你可以告诉我你对自己的看法，你是不是有点羞愧？"

画家移步到她的肖像前，当他看到这幅画中的谎言时，他的答案呼之欲出。"让我来告诉你我对你的看法，泰恩夫人。让我用最熟悉的语言告诉你，让我在这里回答你的指控吧！"他碰了一下她的肖像画。

亚伦·金的回答几乎堪比康拉德·拉格朗日本人。

"我不太明白。"她说。他的回答太绕了。

"我是说，"他急切地解释，"我想重新给你画一幅肖像。你记得吗，在我归还泰恩先生慷慨的支票时，我在回函里写过，我对画像并不完全满意。再给我一次机会吧！"

"你是说让我又来这儿，给你摆姿势？就像之前那样？"

"是的，"亚伦·金答道，"就像你之前做的那样，我想画一幅配得上你的肖像，因为这幅不是。让我在画布上告诉你，我不能……"他犹豫了一下，然后刻意说，"我不敢用语言表达的东西。"

这个女人接受了他的解释，觉得他不敢公开表达他的激情，而刚才的言辞就是含蓄的表白。她认为他的请求是一个机智的计策，可以让他们俩在他的画室里密会，因此她很高兴。

"哦，那太好了！……天哪！"她喊着，跳了起来，"我们能马上开始吗？我明天可以来吗？"

"可以，"他回答，"明天来吧。"

"我可以穿贵格会的礼服吗？"

"可以的。真的！我希望你还和以前一样——穿同样的衣服，摆同样的姿势。你要明白，这还是同一幅画，只不过更好——是一幅更配得上我们两个的画。现在，"他连忙说，"你不觉得我们应该回房子里去吗？"

"我想是的。"她遗憾地说，留恋着迟迟不走。

亚伦·金已经把门打开了。

当他们走出去时，她把手搭在他的手臂上，抬起头钦佩地望着他的脸。"你真聪明，真聪明！想出这个主意。这对报纸来说将是个多好的故事啊——我的画要展出时，你对这幅肖像是怎么不满意，不肯展示。它在你的画室里放了几个月之后，你又如何重新画了一遍，以满足你的艺术良知！"

亚伦·金面带微笑。

回到房子里，亚伦·金当着大家的面，宣布要重画泰恩夫人的肖像，这引起了每个人特有的评论。露易丝冒出一串咕嘟咕嘟的惊叹声。詹姆斯·拉特利奇由衷地说："天哪，老兄你真有胆量！如果你真的能改进那幅画，那你就是个奇迹。"泰恩先生在他美丽的妻子的眼神警告下，沙哑地低语："完全正确……我的孩子……完全正确！当然可以……当然可以……如果你是这么想的……"他的准许和赞同以一阵咳嗽告终。他虚弱无力，喘不过气来，这几乎完全将他排除出交谈圈。

费尔兰高地的这群人走后，康拉德·拉格朗日上下打量着这位画家。

"喂，"他用最严酷的声调厉声吼道，"这是怎么回事？狗改不了吃屎？还是说，浪子回头？"

亚伦·金微笑着答复他："我想，更确切地说，这是盲人乞丐的故事，他无助地坐在路边，直到一位伟大的医生从那里经过。"

康拉德·拉格朗日瞬间明白了。

第二十八章
你被毁了,我的孩子

亚伦·金放手去做的并不是一件轻而易举的事,他毫不怀疑他将为此付出多么大的代价。当晚他们聚在一起谈话时,康拉德·拉格朗日也明确地指出,当着上帝选中来提携他的权贵的面,亚伦·金如此无礼地自由翱翔,对他刚起步的职业生涯意味着什么。世界艺术史和文学史提供了太多这样的例子,那些因为拒绝献媚于统治集团及其圈子的人,只能眼睁睁地看着成功之门在他们面前砰地关上;即使那些创造了伟大的作品的人,也被迫在辛勤工作的同时,听着名人堂中那些自封的看门狗发出的不和谐的叫喊声。这位画家也没有质疑最终的结果——要是他的作品被认为值得忍受磨难就好了——因为世界历史也证明了一个事实——不在日报上唱赞歌,而是为了更高的价值苦干的人,尽管受到冒充统治者的那些人的谴责,但他永远活在人民心中;而他拒绝向之卑躬屈膝的那些人，却早已湮没在他们自封的宝座尘土里。

受自珍自爱的驱使，亚伦·金走上了自己的道路。缺少了自重，任何人都无法理智地忍受自己，连同那种对艺术的崇敬——我在此特别提出——对他的艺术的崇敬。缺少了这种敬畏，就不可能创作出任何有价值的作品。亚伦·金终于明白，一个人不可能在一个病态的时代，为了不道德的目的出卖自己的天赋，而不得到堕落的报应。泰恩先生在他自己身上所造成的可怕的毁灭，是由于他恣意挥霍了自己男人的力量进而贬损了身体的欲望和激情。现在对亚伦·金来说，这象征着理智、精神和道德的毁灭，而且仅仅因为它们之中任何一个的毁灭就足以导致艺术家创造力的低劣和沉沦。亚伦·金清楚地看到，他的作品必须影响那些他力所能及范围内的人，这种影响一定要与西比尔·安德烈斯带给他的影响相同，她是如此潜移默化地影响他，让他明白了艺术真正的使命和荣耀，从而促使他做出了决定。在他创作并完成那幅玫瑰花丛中女孩的肖像画之后，泰恩夫人紧跟着向他如此清楚地表露了自己的真实思想。他看到、感受到了那个女人，并不仅是一个帮助他获得短暂声望并带来微薄回报的人，而是作为一个时代的精神——通过寻求摧毁重要真理和艺术存在的意义来威胁艺术真正的生命。他觉得，他在画泰恩夫人的画像时——正如他画出来的那样——他辜负了一种信任，他父亲也是如此，纯粹为了膨胀的私欲，就偷走了同伴们所托付给他的重要财产。亚伦·金现在明白了，他既没有达到母亲自我奉献的目的，也没有像他所承诺的那样实现她的遗愿,他已经踏上的这条路将会摧毁其他路。

亚伦·金回应小说家的话是真实可信的,这确实是一个路边瞎乞丐的事例,他本可以让这个角色走得更远些。对那个瞎眼的乞丐来说,当他睁开眼睛时,会被那些恰恰在他眼盲时喂养他的人所扰。有时候,盲目地接受比明眼人的给予更容易。

第二天,当泰恩夫人去画室找那位画家时,发现他正忙着重新捆扎他母亲的信件。亚伦·金读了将近一小时,在那之前,他在那幅康拉德·拉格朗日曾说是自然精神写照的画前,也一动不动地坐了近一小时。

泰恩夫人脱下外衣,穿着那件礼服站在他面前,显露出那件衣服虚伪地掩盖着的肉体魅力。她指着画家手里的信,含蓄地笑了笑,同时,她的眼睛里闪过的不仅仅是好奇。"哎呀,"她说,"我希望我没有打扰你与私密朋友的交流。"

亚伦·金严肃地举起手中的那包信,轻声说:"这是我母亲的信。"

那女人有足够的能力保持优雅,可是这一次,确实因羞愧而脸红了。

亚伦·金接受了她的道歉,把信放在一旁,成功地使她忘记了这个插曲。他说:"现在,如果你准备好了,我们可以开始了吗?"

亚伦·金站在画架上的这幅肖像前,有一段时间都没有触碰调色板或画笔，而是仔细观察摆着姿势的那个女人的脸庞。对方不需转头，只要稍稍动一下眼睛，就能直视他。他继续目不转睛地盯着她看，不一会儿，她笑了，耸了耸肩，装出一副冷漠的样子，说道："你这样看着我，我觉得好像你在我沐浴的时候把我吓了一跳似的。"

亚伦·金立刻转向颜料盒。他看着调色板调色时，故意说："'维纳斯沐浴时的惊诧。'你知道你会成为一个可爱的维纳斯吗？"

她妩媚一笑，大胆地反问："你愿意把我描绘成爱之女神吗？"

亚伦·金仍没有看她，从容地从画架旁的大瓷瓶里仔细挑出几支画笔，回答道，"你知道，维纳斯总是一个非常受欢迎的主题。"

她一时半刻没有说话，画家感受到她的注视。当他转向画布——仍然注意不朝她的方向看去时，她建议道："我想你可以把画像换张脸，这样就没人知道是我摆的姿势了。"

画家记得她一向谨小慎微而获得庄重的名声，但他坚持自己的目标，仿佛已认真考虑了这个问题，说道："哦，至于那部分，可以处理得完美又安全。"然后，他突然看向她的脸，目光犀利而敏锐，以至于血色慢慢地染上了他的脖子和脸颊。

但画家未等脸红，已经看到了自己想要的东西，立刻投入工作——带着他在创作西比尔·安德烈斯的肖像时所表现出的近乎狂野的工作热情。

因此,在他日复一日重新画着康拉德·拉格朗日奇异地称之为"时代"的女人的肖像时,亚伦·金让泰恩夫人泄露了真实的自我——在虚假的文明面具下,披着欺骗性的优雅的外衣,通常隐于世界之外的那个自我。亚伦·金引导她谈论她所生活的世界——谈论她所在的阶级中,那些身居高位、令人羡慕的人以及他们的种种丑闻和阴谋。他从她那里汲取了她那类人的哲学、信仰和宗教观点。他鼓励她谈论艺术——让她谈论她所了解的艺术家的世界,并通过绘画和书籍来表达她真实的观点和品位。他说服她大胆地脱掉她在世人面前所穿的俗丽的华服,这样她就可以在他面前赤裸裸地站着,展现所有的丑恶和粗俗,以及理智的缺失和道德的沦丧。

有时,泰恩夫人在他强烈的注目下匆忙地披上伪装的外衣,亚伦·金就坐在画前,不碰画布,等待着;或者,来回踱步,直到用巧妙的语言消除她的恐惧,又开始暴露本我为止。然后,他用敏锐的眼睛和迅捷的手法,继续创作肖像——只要赋予了他力量,他就能在那个摆着姿势的女人脸上看到一切。泰恩夫人确信亚伦·金会用绘画语言美化自己,所以透露了自己真实的本性。这个被时代扭曲的本性,要求在艺术中表现现实主义,却不知道现实主义的诉求。每次工作完毕,亚伦·金都会拉上帘子禁止泰恩夫人看画,直到他认为画像完工为止。

大部分时间,当亚伦·金不在画室工作的时候,他就和泰恩夫人和她的朋友们待在大旅行车里，或者在费尔兰高地的房子里。但现在，这位画家进入费尔兰的贵族圈，并不是为了利益或享乐——他是为了学习——就像一名医生走进解剖室一样。他用一个老生常谈的论据来为自己证明，说这些都是为了艺术。

除了偶尔在清晨的玫瑰园，亚伦·金鲜少见到西比尔·安德烈斯。女孩知道他在做什么——也就是说，她知道他在画泰恩夫人的肖像，因此，她同迈拉·威拉德一起，避开了这个地方。但是康拉德·拉格朗日现在已经把橘园里的邻居家变成了他躲避露易丝·泰恩的避难所。露易丝总是陪伴着泰恩夫人前来——唯恐别人议论，但她从不进画室。

然而，在他作画的时候，亚伦·金经常听到那山间女孩的小提琴声，他知道西比尔·安德烈斯正以她自己美丽的方式，试图帮助他——正如她说的那样，把山的精神投入他的工作中。很多次，亚伦·金感到有人在窥视着他。有一次，他来回漫步，在画室靠近花园的尽头停下，瞥见了她正从知更树篱那边的小门溜出去。还有一次，在许多个下午中的某个下午，他和泰恩夫人完成当天的工作之后一起离去，第二天清晨，他发现一张便条别在遮画用的天鹅绒帘子上。这是一封离奇有趣的信，以西比尔爱幻想的笔调写的，信中提到了"蓝胡子"，以及她确信自己很坚强，没有看那张被禁止看的画。

随着画作的进展，泰恩夫人常常谈到这位画家是怎样改变的。在画第一幅的时候，他对自己很有信心。他创作时轻松自如，态度温文尔雅，令人愉快，还总是面带微笑或喜形于色。她问过为什么他现在这么严肃认真呢？为什么他经常停下来，坐在那里盯着画布看，或者在屋里走来走去？为什么他看上去那么不确定呢——在怀疑，在寻找，在犹豫？那个女人以为她知道原因，她对自己幻想中的胜利感到欣喜——就快要胜利了——她期待着这一时刻，那时这个杰出的男人，会因为她曾见到的，并以为他现在竭力掩饰的那种激情，拜倒在她的石榴裙下。与此同时，她使出浑身解数——用眼睛、嘴唇、优美的姿势和勾人的手势来引诱他。

亚伦·金用明净无瑕的眼睛看着，用冷静的头脑通晓这一切，他用坚定而灵巧的手，遵循自己的意志，把他所看到和理解的都渗透进她的肖像画中。

于是到了最后一次。第二天晚上，泰恩夫人即将在费尔兰高地的房子里举行宴会，正如她所说，画家要在那里接触一些对他有用的人。他们来自东部，来自公认的艺术和文学中心，都是圈子中的核心成员。这一季他们恰巧来海边度假，她得利用这个机会提高画家的知名度。很幸运，她的肖像画能及时完成，让他们看到。

画家很抱歉地说，虽然她不必再到画室来，但是这幅画还没有完成。在他准备好在画上签名之前，他不能允许它展出。

"但是我可以看吗？"当他放下调色板和画笔，并宣布今天画完了之后，她问道。

亚伦·金迅速地扯过帘子。"还没有,请……在我准备好之后再看。"

"哦!"泰恩夫人带着迷人的气息叫了起来,表现出屈从于他的愿望即是她的法则,"你真是太吝啬了!我知道这幅画很棒!你满意吗?它比原来的那一幅好吗?像我吗?"

"我确信这幅比上一幅要好得多,"他答道,"我尽力画得就像你一样。"

"它和上一幅一样漂亮吗?"

"它很美——就像你一样美。"他回答。

"明天晚上,我要把这一切都告诉他们——即使我还没看过。吉姆·拉特利奇也一样。"

亚伦·金和康拉德·拉格朗日那天晚上去了隔壁的小房子,度过了晚间时光。第二天早上,画家把自己关在画室里。午饭时,他也不肯出来。下午晚些时候,小说家又去敲门。

"进来,老朋友,进来帮我庆祝吧。"亚伦·金喊着,声音中满是胜利的喜悦。

康拉德·拉格朗日进屋后,发现亚伦·金面色苍白、疲惫不堪地坐在画前,手里还拿着调色板和画笔。

这样一幅肖像画!

小说家看了一眼就明白了——正如很少有人能看懂——画上的那张脸如此逼真地揭示了这个世界。然后,他发出怪异而美妙的喜悦之言,抓住这位疲惫的画家,带着他在画室里旋转,跳着胜利的舞蹈。

"你做到了！伙计……你做到了！所有的都画出来了，每一片腐烂发臭的垃圾！哇！但它很好——好得几乎没有人性了。我知道你有这种天分，我知道它一直在你身上——只要你能激活它就行。天哪，伙计！要是这幅能和另一幅一起展出就好了！看这里！"

他把放着西比尔·安德烈斯肖像的画架拽到刚刚完成的那幅泰恩夫人的肖像旁边，拉开帘子。效果惊人。

"'自然精神'和'时代精神'。"康拉德·拉格朗日低声说道。

"可是你毁了，我的孩子，"他高兴地补充，"你毁了。这幅肖像画永远不会被她自己展出的，她一看到就会绞碎它们。而你将被她召唤来保佑你名利双收的所谓的艺术之神诅咒。主啊，但我羡慕你！现在你有机会了，一个真正值得你母亲牺牲的机会。"

"来吧，让我们为宴会做好准备。"

第二十九章
不祥的预兆

那是十一月,自登上"金州号"至今已近一年。这个年轻人继承了他母亲临死前赠予的遗产,并对她许下了庄严的承诺,此情此景依然历历在目——就在那一天,他与观光车厢平台上的泰恩夫人双目对视;同一天,他第一次看到了那个毁容的女人,第一次遇到了著名的康拉德·拉格朗日。

泰恩夫人肖像画完成的那天晚上,亚伦·金和康拉德·拉格朗日动身去泰恩家的时候,心里正想着这些事情。他对拉格朗日说,这段时间对他来说仿佛过了很多年。

"对我来说,亚伦,"这个奇特的人回答,"这是我有生以来最快乐的一年——如果你能明白我的话,也是我最满足的一年。而今天,"他补充道,深沉的声音流露出他的情感,"是一年中最幸福的一天。今天是你的独立日,我将永远庆祝它,因为我……

我自己没有独立日可庆祝,你知道的。"

亚伦·金明白了他的话。当这两个人走近费尔兰高地的大别墅时,他们看到了那座时髦的宫殿,从混凝土地基到铺着红瓦的屋顶,霓虹闪烁。它位于费尔兰社会等级最高处,是费尔兰最亮的地方。而且,很有可能,这璀璨绚烂的盛大景象被下面山谷里的许多居民误认为是一个新的天体星座。也有可能,在遥远山峰之间的天际,某些孤独的神此刻正睥睨这个在广阔的夜幕中闪闪发光的小玩意儿,自得其乐地笑看地面上的孩子们竟如此重视这么脆弱的玩具。

当他们经过大厅入口处魁伟的石柱时,康拉德·拉格朗日说:"真的,亚伦,你不觉得有点儿惭愧吗?你对这些人的盛情款待做出了无耻的回报之后,今晚又到这里来?你明白,如果泰恩夫人看到你对她的肖像所做的一切,比起在这儿破门而入,你能更轻而易举地撬开天堂之门。"

画家笑了。"说实话,我感觉十分不自在,但在这个节骨眼上我能做什么呢?经过这几个月和他们的密切接触,我不能假定他们会把我的作品变成拒绝接受我的理由,是吧?依我看,他们必须采取主动,而不是我。我不能说:'好吧,我画出了你的本质,所以把我赶出去吧。'"

小说家咧嘴一笑。"因此,当'艺术'与'物质'家族纠缠在一起时,即便你知道自己在通往应许之地的路上,也很难从奢侈的享受中挣脱出来。但别担心——'时代'会在看到你为她所作的肖像画时迅速采取主动。哇！与此同时，让我们今晚就玩他们的游戏吧，拿走诸神所赐的战利品。这里将提供大量的作画和写作的素材。"当他们踏上宽阔的台阶，在门口耀眼的灯光下捕捉到里面的声音时，小说家压低嗓音说道："主啊，伙计，但这是一场华丽的演出！要是事物都名副其实就好了。那个古老的巴比伦人，伯沙撒[1]，毕竟不是我们现代人的对手，不是吗？小心不祥之兆。"

此时，费尔兰高地的尊贵人物和东部的名流们正齐聚大厅，当亚伦·金和他的同伴走进这富丽堂皇的大厅时，这群显赫的人顿时发出了一阵议论。除了泰恩夫人以娴熟的技巧为她提携的人铺平了道路外，她还巧妙地激发了宾客们的好奇心——仅凭这两人的外貌，就足以吸引他们的目光。这位画家身材匀称，体格健壮，英俊洒脱，聪敏睿智，周身散发着一种冷静自信的神韵，因为他知道自己的血脉蕴藏着深厚的家族渊源和文化底蕴。反观这位小说家——当然是那个时代最著名的人——高大消瘦又驼背，平淡无奇的脸布满皱纹，看起来苍老又饱经沧桑，他粗糙的眉毛下，那双锐利的眼睛凝视着前方，带着愤世嫉俗、有点儿悲哀又有些幽默的表情。这两个人无疑产生了一种令人难以忘怀的反差。

有那么一瞬间，他们就像战场上并肩作战的战友那样扫视现场。在画家眼中，聚集在一起的客人看起来就像光彩夺目、熠熠

---

[1] 伯沙撒(Belshazzar)是新巴比伦王国的最后一位统治者。

生辉的一团团云雾,从其内部缓慢、优雅、不止不休地流动着,总是随意地形成新的组合和群体,即使已经成型,也会被打破,被改变。男士传统礼服上的黑色纽扣和袖扣会不断映出女士礼服上鲜艳的色彩和花纹;裸露着的白皙的手臂和肩膀展现出肉体的活色生香;璀璨夺目的珠宝、光洁绚丽的丝绸与朦胧柔软的蕾丝交织在一起。画家仍处于山中岁月持久的魔力中,又刚从一天悲壮认真的工作中恢复过来,他的脑海中闪过那本古老神圣之书里的一句话:"你们的生命是什么呢?你们本来是过眼云烟,转瞬之间就消逝了。"

他们礼节性地和美丽的女主人泰恩夫人寒暄了几句。她带着一种迷人的胜利的神气迎接了他们——但不敢太得意。她把他们领进去,低声对亚伦·金说了一句话:"我稍后再来找你。"

康拉德·拉格朗日在和亚伦·金分开之前,找到机会在他的同伴耳边咆哮道:"一个近乎伟大的音乐家……一个在离婚法庭上声名远播的女演员……一个艺术评论家,我们的朋友拉特利奇的好友……两个自由撰稿写黄色新闻的记者……一个诗人……和各种品牌的主流文化俱乐部的女士们,以及一群仅仅时尚富有的乌合之众,人选应该不错。看,'物质'在那边。"

在离聚集的人群中心稍远的地方,泰恩先生坐在轮椅上,一个穿制服的仆人随侍在侧——仿佛没有了泰恩先生,人生的盛景也将如常继续下去。但是在此场景中的灵魂人物——那个百万富翁,仍然坐在那里,不顾一切地攥住自己的位置。这个四肢骨瘦如柴的家伙怪异地穿着传统的晚礼服。他那张憔悴的、野兽般的脸，印着他邪恶、放荡的岁月，令人厌恶。他疯狂地笑着，决心要用他的钱袋来保住他的位置。他那呆滞深陷的眼睛里闪烁着断断续续的光芒，他集结最后一点儿生命力，对那不可避免又即将到来的末日进行着魔鬼般的抗争。

当亚伦·金周身环绕着他所继承的非凡力量，去向这位男主人表达敬意时，我们这个时代的劣质产物突发一阵痉咳，窒息感让他几乎昏厥过去。早有准备的侍者端出一杯威士忌，泰恩先生枯瘦的双手紧紧地攥住那只高脚杯，渴望而颤抖中，水晶杯磕在了他的牙齿上，咯咯作响。酒精强效的刺激带来短暂的安宁，他举起那黄色的、像爪子一样的手，擦了擦皱巴巴的像猿猴一样的额头上积聚的湿漉漉的汗珠。画家看到，在一根皮包骨的手指上，一颗华丽的钻石闪耀着光芒。

泰恩先生用他沙哑的声音跟画家打招呼："你好，老伙计——很高兴见到你！"他瞪着那欢声笑语、金光闪闪的人群，补充道，"今晚这儿有些美人，是吧？哼！我的孩子，但我知道有一天我会加入他们！哈哈！泰恩夫人、露易丝和吉姆都想把我撇在一边，可我却把他们给耍了。该死的，我乐意享受这愉快的时间！我吃不下东西，身体不舒服，但我还是高兴，你知道的，特别开心！"然后他转向侍者，"那杯威士忌呢？"接着，他那只像爪子一样的黄色的手——戴着那颗美丽的、透出一束纯净白光的钻石——把杯子举到他咧着笑的嘴边。

当泰恩夫人来找这位画家时,她的丈夫蜷缩在椅子上——那一堆肮脏的、几乎腐烂的肉——看着他们离去,心中隐藏着无力的愤怒。

几分钟后,泰恩夫人带着她要照料的画家在名流中穿梭引见时,他们遇到了康拉德·拉格朗日。"我看到什么了?"小说家冷嘲热讽地说,"是'美引导艺术走向法官和刽子手',还是'美把艺术家呈现给现代艺术之神'?"

"你最好是在帮忙,而不是在开玩笑,拉格朗日先生。"泰恩夫人反唇相讥,"你自己也并不是永远那么出名,所以你也不能漠不关心,你明白的。"

亚伦·金笑了,康拉德·拉格朗日回答道:"别怕,夫人,别担心——我会在葬礼上帮忙的。"

名人们不断变换交流的圈子,当宣布晚宴开始的时候,亚伦·金发现自己又换到了康拉德·拉格朗日身旁,小说家笑咧咧地低声说:"现在奢侈的生活要开场了,下一幕会让你觉得很不适应。亚伦,只有我们这些出卖了灵魂的艺术家才有权得到我们耻辱的回报。你知道,你应该靠你的骨气吃饭,一个没有骨气的天才,哈!就等于魔鬼没有尾巴,驴没有长耳朵!"

在宴会厅里聚集的光彩夺目的人群中,最引人注目的是泰恩先生那可怕的身影。他坐在餐桌主位的轮椅上,旁边站着穿着制服的侍从。人们常常——似乎是被迫——把目光聚焦到早已过了享受盛宴年岁的宴会主人身上,然后又转向他美丽年轻的妻子——宴会厅里唯一没有裸露肩膀和胳膊的女人。

起初，谈话有些沉闷，众人和自己周围的人低声闲谈着，似乎有一位冷酷的不速之客不祥地出现，给这群人的精力施加了无形的压力。但现场逐渐变得活跃了。餐桌上的器具银光闪闪、晶莹剔透，珠宝繁华炫目、室内富丽堂皇，为宾客们增添了光彩；繁花组成的屏风使空气中弥漫着花香，从那后面的某个地方传来了音乐的旋律。这个宴会的高明之处在于，它掩盖了宴会主办者丑恶、淫邪的形象。强光会使人看不见脚下的沟渠，同样，金碧辉煌的环境也会使客人看不清最高荣誉宝座上的那个恶臭之人存在的意义。但是，丰富的食物和高级的葡萄酒很快就会使那些不动脑筋的人喋喋不休、觥筹交错，为这一幕染上了浮光。声浪一阵高过一阵，随着俏皮话和风言风语的流传，响起了尖锐或喧闹的笑声。现在主导宴会局面的是泰恩夫人，而不是她的丈夫。她两颊通红，两眼炯炯有神，她定谈话的调子，掌握宴会的节奏，不让任何一位宾客被冷落。

康拉德·拉格朗日冷淡而玩世不恭地观察着，他那张憔悴的脸露出嘲弄的微笑；紧蹙的眉毛下，那双锐利而挑剔的眼睛看着这一切，也熟悉这一切。亚伦·金因这段时间的劳碌而疲累，忍耐着——希望宴会早点儿结束。

晚宴有条不紊地进行。这时泰恩夫人举手示意，客人们随即安静下来，她说："听！朋友们，这是今晚我对你们真正的款待。听！"当她说到最后一个字时，带着戏谑和挑战的幽默和画家对视。他正在猜想她是什么意思，此时——从那花之屏的后面传来了柔和而低沉、悦耳而深刻的音调，是他所熟悉的，那令人激动的小提琴纯正的乐声。

画家霎时明白了。这一晚，泰恩夫人雇了西比尔·安德烈斯为她的客人们演奏，她让画家的山区伙伴以受雇仆人的身份出现在画家面前，想以此来戏弄他。亚伦·金不知道为什么那个女孩没有告诉自己，也许她想欣赏他惊喜的样子。这个女孩的出现——或是她的音乐——对这位画家造成的影响，连她自己也无从得知，却完全出乎泰恩夫人的预料。

精灵在用小提琴念着魔咒，亚伦·金被带到了远离这闪闪发光环境的地方。再一次，他站在清溪边，溪水在花岗岩的大卵石间翻滚，他第一次去那里是为了回应山中音乐的召唤。他又沿着那条旧公路走到雪松丛里，在那片长满野玫瑰、四周环绕着野植的小草地，还有梧桐树遮掩下的旧木屋边，他看到一个美丽的姑娘，像森林里的精灵一样舞蹈，自然而优雅地舞动着手臂，向群山致意。他又一次在那神圣宁静的泉边空地上画画，那是她带着三件礼物来找他的地方，她曾在那儿天真烂漫地跳着蝴蝶之舞。后来，随着她的音乐，他们的友谊达到了现在听她演奏的这群人无法理解的纯洁的高度，就像当晚群星之间高高耸立于费尔兰高地房子上空的山峰一样。

音乐停止了，现场响起一片掌声，夹杂着高声的惊呼。"是谁？""你在哪儿找到他的？""他叫什么名字？"因为依据泰恩夫人的开场白来判断,他们以为她希望听到赞赏。

泰恩夫人讪笑地望向画家,轻描淡写地答道:"噢,她是我的一个发现。她教音乐,在费尔兰的一间教堂里演奏。"

"你真是个奇迹!"一位著名的评论家钦佩地说。他举起酒杯,喊道:"敬我们美丽而有才华的女主人——所有艺术的守护神——所有真正艺术家的朋友。"

那位尊贵的先生的话得到了热烈赞同,之后又陷入一片寂静中。此时另一个声音说:"如果是个女孩,我们能见她吗?""是的,是的。"有几个人附和着,"泰恩夫人,请把她带出来吧!""让她再演奏一次。""好吗?"

泰恩夫人笑起来。"当然,她会的。她来就是为了逗你们开心的。"她说着又与亚伦·金对视了。

按照她的吩咐,一位仆人随即离开房间。不一会儿,那个山里的姑娘就站在这群人面前。她穿着简洁的白色礼服,没戴任何珠宝或饰物,只在柔软的棕色头发上别了一朵玫瑰,无邪的眼睛更为她增添了可爱的色彩。她迅速地瞥了一眼亚伦·金,脸上露出一丝不易察觉的微笑。随后,她拿起小提琴,遵照泰恩夫人的意愿,为欢宴者演奏。她站在那里,自然端庄、美丽迷人,就像她身后组成屏风的鲜花一样——天真而纯洁。她被雇来取悦这群名人名士——是那个令人厌恶的、色欲和放荡的信徒的朋友和客人们,而那个信徒坐在轮椅上,用一双燃着熊熊欲火的眼睛瞪着她——她看起来就像——实际上也确实是——一个来自其他世界的精灵。

詹姆斯·拉特利奇肥硕的脸因喝酒而涨得通红,他盯着那姑娘,眼神流露出肉欲的激情。康拉德·拉格朗日黑着脸,眉头紧锁,阴冷而不悦地关注这一切。泰恩夫人则看着亚伦·金,而亚伦·金却看着他的山中女伴,她仿佛在倾听着自己演奏的乐曲。因为她和周围环境格格不入,使他感受到从未体会过的她人格的力量和魅力,他意识到,西比尔·安德烈斯将走进他的生活并永远驻留在他的心中。

情感的洪流席卷了他,在这样的氛围中,她的出现和她的音乐使他沉浸在精神和灵魂的狂喜中,这也让亚伦·金恍然大悟,她确实给他带来了山的力量、纯洁和美;她确实给他指出了通向高山的道路;正是她潜移默化的影响和教诲,使他不可能出卖自己的天赋来赢得世俗的青睐。现在他明白,在为她画肖像的那些日子里,当她沐浴在金色阳光下,站在玫瑰丛中伸出双手时,他就已经把一个男人能给一个女人最好的爱融进了他的色彩中。他也清楚重画泰恩夫人的肖像画,连同为此所要付出的一切代价,是他对爱情的第一次献礼。

那个女音乐家演奏完就悄然离开了。当他们要把她召回来时,泰恩夫人摇了摇头。因为她受过严格的教育,丝毫不会流露出她刚才看到亚伦·金时所引起的情绪波动。

就在那一刻,泰恩先生用颤抖的双手按住桌子,支撑着自己站了起来。一阵寂静,犹如死亡的寂静突然降临在这群人身上。

百万富翁的随从伸出手来扶住他的主人，另一个仆人急忙上前。但是，那个顽强地抓紧自己最后一点生命的人，用他那垂死的肢体借着酒劲甩开了他们，嘶哑地低声说："没关系！不要紧……你们这些蠢货……我能行！"

就在片刻之前，房间里还到处是激动的说话声和刺耳的笑声，现在却静悄悄的。那人沙哑、费力、低微的自吹自擂，像是在嘲笑宴会上某个看不见的魔鬼。

那只黄色的手爪子举起一杯威士忌，手指上纯净无瑕的大钻石发出耀眼的光。为了使他的话得以听清，他竭力强迫那病态的声带，使那副令人反感的面容扭曲成了丑陋可憎之物。这个可悲的家伙说："为我们的女音乐家干杯。在我今天所见的美女中……她是最美丽的……我许久没见过了……当我见到她的时候，我想我又认识了一个漂亮的姑娘……她神采奕奕地从她的山中走来，给我们带来欢乐……并用她的美丽、优雅、智慧和天赋，为如此不同的我们……带来了她家乡原始森林的风情和自由……她的音乐……很好，你们都会同意……"他停下来咳嗽了几声，带着质询的目光环顾四周，每个人都点头表示赞同，并露出鼓励的微笑。"她的音乐很不错……但我坚持她的人更好。对我来说……她的美貌更能让人赏心悦目，比她的琴声更动人！"他又一次被迫停下来，而他的客人们则附和着他的话并予以掌声。他把那杯威士忌举到唇边，却试图说话，双唇后缩露出令人恶心的奸笑，斜睨了一眼坐在离他最近的名人们。"我想明天……如果我们想要这些杰出的艺术家做伴……我们就得跟着他们……到山里去。我不怪你们,先生们……如果我没有……啊……暂时丧失行动能力……我当然也会……亲自到那鼓舞人心的山里去……做一次短途旅行。即使我对音乐和艺术的了解……不比在座的某些人。"他的话又被那剧烈的咳嗽打断了,但咳嗽声却淹没在向他妙语致敬的掌声中。他再次举起杯子,继续说道:"为我们的女音乐家干杯……她自己……是那么的可爱……比她能演奏的任何音乐都更迷人……"他一饮而尽,精疲力竭地坐回椅子上。

就在亚伦·金要跳起来的节点,康拉德·拉格朗日向他投去警告的目光。亚伦·金立刻想到,如果屈服于自己的冲动,会造成怎样的后果。亚伦·金义愤填膺,怒不可遏,羞愧难当,他知道暴露自己只会招致无数轻蔑讥讽的质疑和暗示,会玷污他心爱姑娘的名声。

在这位百万富翁举杯致意后持续的欢呼声和笑声中,这位画家捕捉到赞赏的话语——"这老伙计真棒。""他不是挺开心吗?""他今天一定走了一段路。""这姑娘真漂亮。""我们让她再进来吧。"这最后一句话是如此坚持地重复着,以至于泰恩夫人不得不让步了——她自始至终都在偷偷地注视着亚伦·金,现在她的眼里燃烧着的火焰不仅仅是酒精的作用。一个仆人离开了房间,过了一会儿又回来了,后面跟着西比尔。

这时,全场响起了真诚热烈的掌声,西比尔以为这是大家对她音乐的赞赏,脸上带着愉快的微笑欣然接受了。画家的心和灵魂都因他觉醒的爱而燃烧着，正在与自己做斗争。康拉德·拉格朗日又一次以目光示意，默默地命令他等待。

西比尔拿起小提琴，喧闹的人群安静了下来。对亚伦·金来说，这是来自高山的信息，在音乐的魔力下，他慢慢平静下来。他紧绷的肌肉放松了，他抽搐的神经平缓了，他觉得自己已经从刚才如此激怒他的那一幕中抽离出来了。他的头脑清晰精确地工作着，就像他在重新绘制泰恩夫人的画像时那样。暴怒变成了怜悯，愤慨变成了轻蔑。他自信地微笑着，想着他心爱的姑娘是多么不需要他那拙劣的防御能力，来抵御她受雇来取悦的那群人的兽性。当西比尔演奏的时候，宴会厅里的每一只眼睛都盯着她，她远离为那个垂死的肉欲主义者一番挑逗性的话语拍手叫好的那些人，因为她的音乐超出了他们真实的理解能力。

这时，这位画家潜藏的天分苏醒了，正如黑夜中一道探照灯的亮光所扫到的场景，惊人地呈现出清晰的细节。画家看到了他的画，他用训练有素的眼睛和精心习得的技巧研究着这一场景，把每一个细节都铭刻在他的记忆中——富丽堂皇的宴会厅，锃光瓦亮的华灯，耀眼争光的银器和水晶，璀璨夺目的珠宝和闪闪发光的花边，裸露的肩膀，醉酒的脸庞和狂热的眼神，以及坐在荣誉席上的泰恩先生和他那病态、可憎、满是罪恶的脸，他的费力表达几乎使他失去了知觉，却仍然在用被他祝酒词所亵渎的那个美丽的女孩的形象，来点燃他淫荡生活中最后摇曳的火焰。这群人表达了一个由物质财富主宰、由肉体情欲支配的时代精神——

西比尔作为众人的目光焦点,穿着简约的白色连衣裙,在鲜花的衬托中——依旧是纯洁和天真的,远离他们所有人。山间的女孩拉着小提琴,向他们献上最崇高、最圣洁的神的礼物——她的音乐。但现在,那女孩可爱迷人的脸上,出现了一种惶惑不安的神色。她演奏的时候,那双蓝色的大眼睛充满了求和疑问,还有点儿恐惧,仿佛她本能地感觉到了她无法理解的灵魂的存在;尽管表面上她受到了热烈的欢迎,但她还是觉得自己的献礼遭到了拒绝。

亚伦·金不仅在构思的那一刻看到了自己的作品,感受到画面中每个人物所表达的力量,甚至连标题也清晰地浮现在他的脑海中,仿佛康拉德·拉格朗日曾大声说过:"物质的盛宴。"

西比尔·安德烈斯演奏完毕,迅速离场,似乎是为了躲避嘈杂的掌声。在掌声和喧闹声中,泰恩先生拼尽最后一点儿力气,又挣扎着站起来。他用那双像爪子一样的手抓住桌子支撑住自己;他的四肢都在颤抖,他的五官扭曲成恐怖的狞笑,他面对安静的、沉默的同伴们,那双呆滞的眼睛打量着,一种无力的欲望之光忽隐忽现。

泰恩先生试了两次,但都没能开口说话,房间里死气沉沉。紧接着——在大家的注视下——他把那只瘦削、枯黄的手,举向他那布满皱纹的、猿人似的额头,因此,他紧抓住桌子的支撑力就这样松开了一部分,他向后倒下,变成了一具穿着精美衣服的骇人的病躯,只有那颗无生命的大钻石闪耀着冰冷、纯洁的美,赢得了比佩戴者更重要的生命。

他的仆人们把昏迷不醒的主人从宴会厅里抬了出来,泰恩夫人向大家道了歉,跟在后面离开了。

在随之而来的一片混乱中,隐藏在鲜花屏风后面的音乐家们开始演奏音乐来活跃气氛。有些客人默默地准备离开;有一群男人——文艺界的名人——喝得酩酊大醉,听着一些粗俗的笑话哈哈大笑。其他人——如果能说他们有在思考的话——也许认为宴会主人此次发病并不严重,于是他们重新进行了交谈,并勇敢地试图恢复热闹的表象和被打断的狂欢。

亚伦·金走到康拉德·拉格朗日身边,低声说:"看在上帝的分上,老兄,我们走吧!"

"我去跟拉特利奇、露易丝或者其他人说一声。"对方说完就消失了。

亚伦·金正等着,透过隔壁房间敞开的门,他看见了西比尔·安德烈斯。她手里提着小提琴盒,准备要离开。他一时冲动,向她走去。

"你到底在这儿干什么?"他近乎粗暴地说,伸出手要去取她的琴盒。

西比尔·安德烈斯似乎被他的举止弄糊涂了,仍拿着小提琴微笑着说:"先生,我来这里是为了挣钱。你在这儿干什么?"

"请原谅!"亚伦·金说,"我不是有意对你无礼的。"

西比尔笑了起来,但随后又神色不安。"但是我来这里不对吗？我可以为这些人演奏，不是吗？迈拉不想让我来，但我们需要钱，泰恩夫人又很慷慨。我没有告诉你和拉格朗日先生，因为我想要给你们一个惊喜。"当他还是站在那里如此严肃地看着她时，她莽撞地伸出手来抓住他的胳膊，"怎么了，哦，怎么了？我哪里做错了？"

"你没有做错，我亲爱的姑娘。"亚伦·金回答说，"只是……"

他的话被泰恩夫人冷厉、清晰的声音打断了，她是趁他们不注意时进来的。"我看你该走了，安德烈斯小姐，晚安。明天我会给你寄一张支票。你的音乐很令人满意，汽车正等着载你回家，晚安。"

亚伦·金还没来得及开口，西比尔就走了。

泰恩夫人面向他时，亚伦·金说："拉格朗日先生和我正要离开，我希望泰恩先生没有因为晚上的兴奋而饱受折磨吧？"

泰恩夫人两颊绯红，眼睛因极度兴奋而明亮。她贴着他，轻声急促地说："不，不，你不能走。泰恩先生在他的房间里没事，每个人都玩得很开心，你不能走。来吧，我根本就没有机会让你和我独处片刻。来吧，我……"

正如她打断了亚伦·金对西比尔·安德烈斯的回答一样，康拉德·拉格朗日低沉的声音中夹杂着冷酷和尖刻的语调，也打断了她的话："泰恩夫人，他们正到处找你呢，你的丈夫在呼唤你。我相信在这种情况下，金先生会原谅你的。"

第三十章
同一时间

在一间陈设华丽的房间里，四周摆放着金钱所能买到的一切舒适的物品和奢侈品，泰恩先生奄奄一息，身着制服的仆人在旁侍候。

在门口迎接泰恩夫人的医生面对她询问的神情时说："夫人，您的丈夫快不行了。"露易丝坐在床边，绞着双手啜泣着，詹姆斯·拉特利奇站在近旁，泰恩夫人默不作声地走上前。

医生俯身看着病人，手指放在他骷髅般的手腕上说："泰恩先生，泰恩先生，您的妻子来了。"

听到医生的话，深陷在皱皱的眉毛下的眼睛睁开了，松弛下垂的、厚实的嘴唇颤抖着。

医生又说了一遍："您太太来了，泰恩先生。"

那双无神的眼睛里闪现一道突如其来的亮光。医生可以发誓,他看见病人的嘴拧成了一个阴森、讥讽的微笑。那人仿佛凭借他顽强的意志力,从不可捉摸的内心深处,召唤出他最后残存的一丝力气,环顾了一下房间,用嘶哑的嗓音低声说:"把其他人都打发走……除了她……每个人都走。"

"噢,爸爸,爸爸!"可怜的露易丝抗议地叫喊道。

"没关系,女儿。"床上传来声如细丝的回答,"女儿,勇敢一些,试着像你父亲我一样勇敢。吉姆,把她带走。"

泰恩夫人自进房间以来就像尊雕像一样站着,似乎无法思考、感知或移动。当医生经过她身边时,低声说:"夫人,我就在门外,随叫随到。"

房间里只剩下她和她垂死的丈夫时,他又开口了:"过来,站在我能看到你的地方。"

她机械地服从了,移步到靠近床脚的位置。

他正在竭尽全力凝聚最后的力气,片刻的沉默之后,他说:"啊……游戏已经结束了。你认为……你是赢家。你错了……该死的……错了。我今晚……没有喝得太醉……我看得见。"他扯出一个丑恶的、怀着恨意的笑,"你爱……那个画家。你对他的……艺术的兴趣……都烂透了。你要的是他……而你,你一直在想……你会用我的钱……来得到他……就像我得到你一样。但你做不到了,你已经……失去他了。我很高兴……你爱他……太高兴了。因为我知道……在他看到我之后……即使他不爱…那个山里的……姑娘,他也不会……被你迷倒。你折磨过我……挖苦过我，嘲笑过我……在我痛苦的时候，你开怀大笑……你这个恶魔……而我，会尽我最大的努力……来报复你。我做不到的……你爱的那个人……会为我做到的。你会吃苦头的……一定会的。你以为我一出局……你就一定能赢，但是你输了……你输了……你已经输了！今晚在你的脸上……我看到了你对他的爱……就像你们俩在一起的时候……我每次看到的那样……我也看到了……他对那姑娘的爱……我瞧见……你也看到了。我……我不会……不会死的……除非我把知道的……都告诉你……"他停下来，为他罪恶一生中最后一次邪恶的意图积蓄力量。

泰恩夫人站在那儿，呆若木鸡，两眼直勾勾地盯着那濒死男人的脸，仿佛中了可怕的咒语，在他面前战战兢兢、面色发青。就像面对某个狠毒的巨兽，她畏缩又无助地遮住脸；而她的丈夫，竭力想让她听到自己的声音，拼命地喘着粗气，用他掌握的所有的脏话骂她——带着恶魔般的欢乐嘲弄她，折辱她，奚落她，诅咒她——说的都是些不堪入耳的话。随着他对她未来的咒骂和亵渎的愿望脱口而出，他的末日到了。他的嘴张着，病态枯槁的四肢颤抖了一下，那双被情欲消磨的眼睛里，疯狂的光芒熄灭了。

随着一声尖叫，泰恩夫人昏倒在床边的地板上。

楼下传来了剩下的几个狂欢者微弱的声音。

・※・※・

当晚,亚伦·金和康拉德·拉格朗日离开费尔兰高地的别墅,他们走得很快,似乎急于逃离灯火通明的周遭地区。两人都没有说话,走了一段路后,小说家放慢脚步,指着朦胧的山脉,庄严雄伟的山峰高高耸立在午夜的天空中。

"好吧,孩子。"他说,"群山还在那儿,很高兴再次见到它们,不是吗?"

回到家,康拉德·拉格朗日向他的朋友道晚安,但是亚伦·金说他还不准备上床睡觉,就拿着烟斗,由沙皇陪着到门廊坐了一会儿。

亚伦·金望着黑压压的橘园和远处的山峰。他在脑海中重温了和西比尔·安德烈斯在山上相伴的那几个星期。他回忆起他们友谊的每一件事,他们一起在她所喜爱的风景中度过的每一个小时,回顾他们的每一次谈话——询问着,寻找着,疑惑着,希望着,恐惧着。

后来,他走到玫瑰园——她的花园,空气中弥漫着她精心照料的那些花朵的花香。在夜晚柔和静谧的黑暗中,这个地方似乎到处都有她的身影。他静静地在玫瑰丛间来回走动,来到她进出的知更草树篱的小门前;来到她偷看他作画的爬满藤蔓的凉亭;来到她日复一日站着伸出双手迎接他的地方,当时他正努力在画布上用颜色和线条表现出她的可爱。他还记得，当他对康拉德·拉格朗日笑称这个地方闹鬼的时候，他就已感知到她的存在；他还记得，即使在他认识她之前，她的音乐也总是能打动他，她从山上传来的信息呼唤着他内心最美好的一面。

所以，当亚伦·金回忆起这些事情——当他重温着和她在一起的那些日子，他明白了她是如何进入他的生活的，她总是能唤起他最好的一面，总是满足他最迫切的需要。亚伦·金终于知道了他的问题的答案——他的疑惑、恐惧和希望的答案，就在这个玫瑰园里，在漆黑的篱笆、藤蔓和果园里，在繁星闪烁的静夜里。他面向远方的群山，他知道山间的那个女孩是不会拒绝他的——等她准备好了，就会来到他身旁。

泰恩先生用他邪恶生命中的最后一点力量，污言秽语地诅咒那个他用金钱买来、为他放荡的意志服务的女人而慢慢死去；在同一时间，亚伦·金被他心上人的品格和纯洁所鼓舞，他知道她也爱他，并且梦想着他们的友情再次献身于他的艺术事业，从而开启更精彩的人生，这是神权所赋予的，属于所有将赢得人生的人。

但亚伦·金并不知道，在西比尔·安德烈斯来到他身边之前，他必须接受一场考验，需要把他作为男人最强大的力量发挥到极致。在他爱情觉醒之夜，当他憧憬着爱情实现的日子时，亚伦·金不知道考验他的日子近在眼前。

第三十一章
正如世人所见

就在上述变故发生三天后，一辆从费尔兰高地开来的汽车停在了亚伦·金和康拉德·拉格朗日的小别墅门前。

泰恩夫人穿着丧服，戴着厚厚的面纱，独自一人走进房子，叶凯应声出来迎接她。

那个中国人告诉泰恩夫人家里一个人也没有，他不知道画家跟拉格朗日先生和那只狗去了什么地方，也许几分钟后他们就会回来，也许到晚饭时间才会回来。

泰恩夫人非常渴望见到金先生。她要走了，如果可能的话，在走之前一定要见到他。她进屋让叶凯拿来纸笔，想留张便笺解释一下——以防她和他见不到面。那个中国人把纸笔默默地放在她面前就走开了。

坐下来写信之前，泰恩夫人焦躁不安地在屋里走来走去。当她掀开面纱时,她的脸看起来苍老而憔悴,黑眼圈和下垂的嘴角让她显得疲惫不堪。她在房间里四处踱步,紧张地拨弄着桌上或壁炉架上的书和小东西,似乎焦虑得快要发疯了。她站在窗前,眼巴巴地望着外面,希望画家归来。她走到他敞着门的卧室前,双手紧握,浑身发抖,脸上流露出内心的痛苦。

当天下午四点钟,她和露易丝将一起护送她丈夫的灵柩去东部。她不能不和亚伦·金见上一面就离开——泰恩先生说得对,她爱着那个人——因为她的环境和生活,她有能力爱他。她仍然相信自己对他的控制力,她曾用美貌诱惑他表露对她的激情。但是她在宴会那天晚上所见到的,他望着那个女音乐家时脸上露出的神情,令她心生忧虑。过了一会儿,画家仍然没有回来,她绝望地坐在桌旁,尽可能地把她要说的话写在纸上。

写好信,她看了下表,叫来那个中国人,说她想看肖像画,拿了画室的钥匙。她依然希望那位画家能回来,这样就不必留言了。她还希望在还未亲眼看到的那幅画像中找到画家对她产生感情的蛛丝马迹。她没有忘记他曾说过,要把对她的想法融进画像里,她也不会忘记他在创作时的态度以及她对此做出的自我阐释。

在画室里,她站在画架前迟迟不敢拉开布帘。但是,她的脑海中重现了她与画家在这个房间独处的那段时光,那些情感和思绪使她对他的激情重拾信心,她建立在欲望上的信念唤起了她的勇气。在这些想法的刺激下,她的脸颊悄悄泛起了红晕,她的眼睛闪烁着对胜利的期盼,她急切地伸出手,一把扯开布帘。

画架上是西比尔·安德烈斯的肖像。

泰恩夫人发出了一声类似于恐惧的惊呼,踉跄着倒退了几步。看着这幅美丽的肖像画,画家以浑然不知的爱和近乎虔诚的忠实,描绘出那个女孩的神韵,宛如花丛中的一朵花。泰恩夫人心中五味杂陈,惊讶、失望、惭愧、羡慕、嫉妒、悲伤、遗憾和愤怒席卷全身。痛苦的泪水蒙住了她的双眼,她泣不成声,极端的悔恨和羞愧使她转过脸去,避开那双纯洁的眼睛的注视。然后,随着盛怒的火焰燃尽她的羞耻之情,烧干她的眼泪,她带着野兽般的凶猛向前冲去,妄图毁掉这幅画。但是,就在她伸出手的时候,她犹疑了,又害怕地缩回手。她就这样纠结地站着,在冲动和恐惧之间挣扎时,身后传来的声音引起了她的注意。她立刻转过身,面前站着那幅肖像画美丽的原型,这个世故的女人马上恢复了常态。

西比尔·安德烈斯尴尬地边往后退边说:"请原谅。我以为……"然后就想逃走。

但是泰恩夫人马上非常诚恳地说:"哦,你好,安德烈斯小姐,请进。"

她的声音和举止显得那么真诚,而她的脸,连同那件沉重的丧服,流露出如此强烈的哀伤和悲痛,打动了女孩那颗温柔的心。西比尔走上前,她的思想和心灵没有被惯常的虚情假意所玷污,她毫不做作又庄重地说了几句精心挑选的慰问之语。

泰恩夫人以一种完美的方式接受了这个女孩的哀悼，表面上是小心地克制着悲痛，实际上却巧妙地暗示出，泰恩先生的遗孀和眼前这个默默无闻的山野女孩之间，存在着巨大的社会差距。她似乎勇敢地下定决心不再沉湎于丧夫之痛，说道："我刚才又看了一眼你当模特的这幅画。它很漂亮，不是吗？金先生告诉我，你是一个非常聪明的模特——是他所拥有的最好的模特。"

西比尔对说话人真挚的同情解除了戒心，但这个老练的女人和蔼的话语之下似乎隐藏着什么，仍让她为之感到不安。"对我来说，它很美。"她迟疑地回答，"当然，我不太懂。但是拉格朗日先生认为，这确实是一幅精彩绝伦的肖像画。"

泰恩夫人自信地笑了笑，就像在面对一个小孩。"亲爱的，拉格朗日先生是一位著名的小说家，但他对绘画知之甚少。"

"也许你是对的。"西比尔简单地回应，"不过这幅画完全不会作为我的肖像展示。"

再一次，泰恩夫人露出那会心的微笑。"当然，我也是这么认为的。在这种情况下，你也不能有这样的期待，不是吗？"

西比尔一点儿也不明白这个女人的意思，满腹狐疑地说："不，我……我不希望把它当作我的肖像展出。"

泰恩夫人仔细端详着那女孩的脸，对她的关心变得十分热忱，仿佛出于内心的善良，她纡尊降贵地指点一个涉世未深的同性。"亲爱的，我担心你对艺术家和他们的做法并不了解。"

女孩答道："今年夏天我在山里遇到金先生之前，我从不认识任何艺术家。"

泰恩夫人还是紧盯着她的脸,关切而温和地说:"为了你好,安德烈斯小姐,我可以告诉你一件事吗?"

"当然可以,请说吧,泰恩夫人。"

"一个艺术家,"年长一些的这个女人带着深谙此道的神情,谨慎地说,"必须在生活中为他的画寻找题材。当他四处游历时,他总是在物色他感兴趣的新面孔或人物,或者,他可能会用这些有趣的人来作画。这些题材,或者我应该说,那些为他摆姿势的模特,对画家来说什么都不是,除了他的画之外。你明白的……模特不比他的颜料、画笔和画布更重要。通常,他会雇用职业模特,就像雇用任何类型的服务一样,有时……"她犹豫似的停顿了一下,然后继续温柔地说,"有时模特会是像你这样的人,既恰巧迎合了他的艺术幻想,又容易被说服来为他摆姿势。"

那女孩脸色苍白,她用哀求、惊慌失措的目光盯着对方。她可怜巴巴地想说点儿什么,但是什么也没说出来。

这个年长的女人看着她,继续说:"请原谅,亲爱的孩子,我不想伤害你,但是金先生太粗心了。我早就告诉过他要小心,不要让你误会他对你有兴趣。但他嘲笑我,说他想画的就是你的纯真,并告诫我在他的画完成之前不要提醒你。"她转身望着画架上的画,评论道,"他确实抓住了精髓,亚伦……金先生对这种事很在行。你看,他从不允许他的模特们确切地知道他在追求什么,而是高明地引导她们,让她们在浑然不觉中流露出他想要表现在作品中的特定的东西。"

那个女人留了点儿时间,让遭受打击的女孩领会她话中的含义。接着她面带微笑看向西比尔,为了表示她和画家之间的亲密关系,又问道:"你看到他给我画的肖像了吗?"

"不,"西比尔支支吾吾地说,"金先生告诉我不要看它。我来画室的时候,它总是被布帘盖着。"

泰恩夫人又欣然一笑,似乎只有她自己和画家知道为什么他不愿让这女孩看那幅画像。"你经常到画室来吗……像今天这样一个人来?"她照旧和蔼可亲地问,做出她想根据经验给这女孩一些忠告的样子。"我的意思是……你当模特的那幅画完成以后,你还一直来这儿吗?"

女孩那苍白的双颊因尴尬和羞耻腾地红了起来,她结结巴巴地回答:"是的。"

"可怜的孩子!真的,我必须为此责骂亚伦。我都警告过他了,人们都在谈论他和你在山里的亲密关系,这对他来说太糟糕了!如果他再不小心点儿的话,他会毁了自己。"她装得好像真心为这一情况感到忧虑。

"我……我不明白,泰恩夫人。"西比尔惴惴不安地问,"你是说我的……金先生和我的友谊伤害了他吗?我……我来这儿是不对的?"

"当然,安德烈斯小姐,你应该明白我的意思。"

"不,我……我不明白。请告诉我。"

泰恩夫人假装不情愿地迟疑了一下，然后，仿佛是出于责任感，她解释道："亲爱的，事实是，你和金先生在山里的时候，你经常不拘礼节地去他的营地，长时间和他单独待在山里，接着你又经常到这儿来，这就导致人们说了些闲言碎语。"

"那人们是怎么说的？"西比尔坚持问道。

对方刻意残忍地回答："你不仅是金先生的模特，还是他的情妇。"

西比尔·安德烈斯的脸像挨了一拳似的，后退着避开那个女人。她的脸颊、眉毛和脖子都红透了。她叫一声，用手遮住了脸。

这个年长的女人继续和颜悦色地说着："亲爱的，你看，不管是真是假，效果都是一样的。如果在世人眼中，你和金先生的关系是……是错误的，那结果就像它实际上是真的一样糟糕。我觉得我必须告诉你，孩子，不仅仅是为了你好，也为了金先生和他的工作，为了他在世界上的地位。坦率地说，如果你继续以这样的方式来他的画室，损害他和他的好名声，这会毁了他。世人可能并不特别在意金先生是否有情妇，但人们不会赞同他与她公开交往，即使以她是个模特为托词。"

泰恩夫人说完后，看了看表。"哎呀，我真的得走了，我花的时间已经超过了我的预期。再见，安德烈斯小姐。我知道如果我伤害了你，你会原谅我的。"

那女孩望着她，一双眼睛溢满了痛苦和恐惧，就像一只温和的小动物，无法理解紧紧钳住它的陷阱有多么残忍。"是的……是的，我……我想你最了解，你知道的一定比我多。谢……谢你，泰恩夫人。我……"

泰恩夫人走后，西比尔·安德烈斯坐在她的肖像画前，呆愣地看着画布上那张幸福的脸。她双眼灼热干涩，欲哭无泪，唇焦舌燥。她站起来，小心翼翼地拉上帘子把画藏起来，朝门口走去。她驻足，又走到放着另一幅画的画架前，抓着布帘。她再次停下了，亚伦·金说过她不能看那幅肖像画——康拉德·拉格朗日也说过她不能看——为什么？她不知道为什么。

也许——如果那个山里的女孩拉开帘子，看了亚伦·金画的泰恩夫人的脸——也许我故事的剩余部分就不会发生了。

但是，西比尔·安德烈斯即使在痛苦中也不愿违背朋友们的意愿，她收回手。在画室门口，她又回过身看着房间，依依不舍。然后她走了出去，锁上门，按照她的习惯把钥匙留在一个隐蔽的钉子上。

她徘徊着，缓慢地穿过玫瑰园，来到树篱边的小门，消失在橘园里。

亚伦·金和康拉德·拉格朗日散步了很长时间，碰巧遇上了从城里回来的迈拉·威拉德，这个毁容的女人刚到橘园的小房子门口。三个人站在那里聊了一会儿——就像邻居们会做的那样——然后就各自回家去了。沙皇跑在前面，通知叶凯他们回家了。他们一进客厅，凯就迎了上去，告诉他们泰恩夫人来访的事,并把她留给亚伦·金的信交给了他。

察觉到小说家正细致地观察着自己,画家读着写得密密麻麻的信,因尴尬和羞耻而满脸通红。阅毕,他不动声色地直视着小说家,有条不紊地把泰恩夫人的信撕成了碎片,顺手扔进了废纸篓里。他掸了掸手上的纸屑,故意看了眼手表说:"她的火车四点钟开,现在是四点半。"

"为此,"康拉德·拉格朗日郑重其事地说,"让我们表示感谢。"

小说家说话时,沙皇在外面的门廊上低低地"汪"了一声,告知有朋友来了。

透过敞开的门,他们看见迈拉·威拉德匆匆地走上散步道,看得出那女人非常激动,他们急忙上前迎接她。

像迈拉·威拉德这样坚强的女人——尤其是像她这样明显受过某些可怕经历的淬炼——是不会大喊大叫、喜怒形于色的。但她现在显然忧心如焚,她脸色煞白,眼神充满了恐惧,浑身发抖。亚伦·金赶紧扶她坐了下来。没有无用的、歇斯底里的惊呼,她清楚地告知了他们所发生的事情。几分钟前,和他们在门口分开后,她一进屋就发现了西比尔留下的一封信,那个女孩走了。

她边说边把信递给康拉德·拉格朗日,对方读了信,又转交给了画家。那是一张可怜的小纸条——相当含糊——只说她必须马上离开,向迈拉保证她不是故意做错事的,请她代为向金先生和小说家告别,乞求金先生原谅她不明白的那些事。

亚伦·金看看手里的信，又看看两个朋友的脸，惊愕万分。他缓过来之后，问道："你明白吗，威拉德小姐？"

毁容的女人摇了摇头。"只是发生了一件事，使那孩子认为她和你的友谊伤害了你，她是为了你才离开的。她……她很看重你，金先生。"

"我……我爱她，威拉德小姐，我早该告诉你的，我现在说出来是为了让你放心。我爱她。"

亚伦·金朴素而庄重地向他的两个朋友宣告，他真挚、纯洁和炽烈的感情使他们激动不已。

康拉德·拉格朗日——由于多年来与人类污浊、邪恶、卑劣的情感接触而饱经风霜、伤痕累累的他，抓住了年轻人的手，眼睛里闪烁着他惯有的矜持也无法掩饰的心绪。"我为你高兴，亚伦，"他谦恭地说，"你母亲也会为你高兴的。"

"我就知道你总有一天会告诉我这件事的，金先生。"迈拉·威拉德说，"我想，在你自己还没有意识到之前，我就已经知道了。我也很高兴……为我的姑娘而高兴，因为我知道这样的爱对她意味着什么。可是为什么……为什么她要这样离开呢？她到底去哪儿了？噢，我的孩子，我的孩子！"一时间，这个心烦意乱的女人几乎到了崩溃的边缘，但她用意志力控制住了自己。

"很明显是什么把她赶走了。"康拉德·拉格朗日咆哮着，警示性地瞥了一眼画家，"有人给她灌输了她和亚伦的友谊引起了闲话这种想法。她会去哪儿我想这是明摆着的。"

"你是说山里吗?"迈拉·威拉德迅速问。

"是的,我敢拿命打赌她已经去找布莱恩·奥克利了。想想看!她还能去哪里?"

"威拉德小姐,她有时会向路那边的邻居借一匹鞍马,是不是?"亚伦·金问。

"是的。我马上过去。"

康拉德·拉格朗日飞快地嘱咐道:"别让他们认为发生了什么不寻常的事情,我们会去你家等你。"

十五分钟后,迈拉·威拉德回来了。西比尔借了匹马,问他们能不能等第二天再还马。她没有说要去哪里,大约四点钟的时候离开的。

小说家说:"这样她九点以前就可以到布莱恩家了。"

"我大概会同一时间赶到那里。"亚伦·金急切地补充道,"现在是五点半。她走了有一小时,但我会骑快些追上她。"

迈拉·威拉德说:"乘汽车去,你可以超过她。"

"我知道。"画家回答说,"但是如果我骑马的话,我们就可以并肩骑回来。"

他穿过橘园,向自己的家跑去。

第三十二章
神秘的失踪

亚伦·金找到一匹鞍马准备出发的时候，已经是六点钟了。

假定康拉德·拉格朗日的推测是对的，即这个女孩离家后打算去布莱恩·奥克利家，那现在画家紧随西比尔到达护林站的希望就很渺茫——除非她在中途的某个地方停下来，但他认为这不太可能发生。亚伦一度意识到时间在飞快地流逝，他重新考虑了迈拉·威拉德提出让他乘汽车的建议。之后，他告诉自己肯定能在护林站找到西比尔，想着可以和她一起并辔归来，他决定执行最初的计划。

亚伦·金终于出发了。他骑得并不慢但也不再期望能超过西比尔。尽管他再三安慰自己，他所爱的女孩是安全的，但还是被眼前的情况折腾得心绪不宁，无法信马由缰。在郊外，马开始撒欢跑起来，画家计算了距离和速度，就越发扬鞭催马直至马所能承受的极限。曾经他和康拉德·拉格朗日、沙皇、克罗伊斯一起在这条路上悠闲散步，现在他却走得如此匆忙，以至于住在橘子树林里正在吃晚饭的人们，停箸听着马蹄声疾驰而过。一路上，所遇之人都转头注目，有两三个游客好奇地注视着他，直到他消失在远处。

亚伦·金在奔驰的马背上，思绪也一刻不停。他和那位著名的小说家沿途休憩、赏景的地方，使他不由得回顾在山里度过的日子，以及那些日子给他带来的一切。从他第一次面向群山的那一刻起，一天天地回溯记忆，直到他从国外被召回，站在从少年时代就开始衰败的家里。因为对西比尔·安德烈斯的爱而急切和焦虑，他催促着马儿快跑，接着又一次回忆起母亲临终前虚弱地讲述他父亲丑事的时刻，那是他第一次知道母亲为了他奉献了自己的一生，并且知道了她的牺牲——即使自己过得贫困潦倒，也要为他的毕生事业铺平道路。当他继承遗产时，他郑重起誓，他必定实现母亲对他和他的事业所抱有的期望，以报答母亲经年累月的倾情奉献。他追溯着过去走的每一步，这些经历使他明白，只有真正高尚的艺术才能实现这个诺言。不是通过赢得微不足道、转瞬即逝的瞩目，不是通过赢得愚昧无知的人群的掌声，不是通过赢得自诩艺术评委和赞助人的打赏，而是通过为艺术真正地、诚实地、无所畏惧地献身，无论是赞扬还是批评——通过不畏世俗的评价而真实地说出自己的看法，因为他的直言不讳才能信守对母亲的承诺。在奔向他心爱的姑娘的路程中，他们之间的距离一英里又一英里地缩短着。这让他前所未有地明白了，世俗的友谊令他厌烦，还使他亵渎了自己的艺术。然而，一个不曾被世界污染的伙伴，她的友谊帮助他获得了对自己的色彩、线条、画笔和画布的真实而重要的概念。

日暮时分，画家到达了道路与湍急的小溪交汇的地方——他和康拉德·拉格朗日曾在山脚下过夜的地方。在通往小溪的弯道上，他没有停下脚步，回望下方，远处的山谷正快速地消失在渐浓的暮色中。在诡异而阴郁的迷雾中，只有城镇闪烁的灯光才显示出它隐藏的生命——此刻在画家的心目中，这些灯光暗示了那种他差点儿沦陷的生活，一个骄奢淫逸的陷阱。过了一会儿，他抬眼望向前方仍在夕阳照耀下的山峰，仿佛被熊熊烈火包围着。在天幕中，他可以分辨出加莱纳山脉的那座山峰和一丛松树，那一天，他和西比尔·安德烈斯坐在那里，她曾试图让他看到带他来费尔兰的那趟火车。

他一边骑马一边想着，为什么在他们离开群山之前，他浑然不知自己对那女孩的爱。现在看来，那天晚上他钓鱼时第一次听到她的小提琴声，在雪松林里看着她演奏山间音乐，在草地上跳舞时，他就爱上她了。他问自己，为什么她来泉边空地时和随后的日子里，他没有意识到对她的爱？他在为她画玫瑰园里的肖像时，为什么不明白？为什么直到泰恩先生去世的那晚，在费尔兰高地的别墅里，看到她站在欢宴者之中，他才醒悟过来呢？

在他到达峡谷大门前，天已全黑。在幽暗的峡谷中，只有头顶上窄窄的一小条星光照亮着,他被迫慢了下来。但当他接近西比尔少女时期的家时,他越来越有信心能在护林站找到她,找她的朋友似乎是西比尔必然会做的事。再往前几英里,他就能见到她了。他会告知来找她的原因,宣布对她的爱。于是,他心情愉悦地让那匹疲倦的马放缓了步伐,他甚至想象着她看到自己时的惊喜,不觉露出微笑。

九点刚过,画家从树林中看到护林站窗户透出的灯光,便下马打开大门,又骑回马背上。他躲在屋前,向熟悉的老朋友打了个招呼:"哇……呜。"门开了,随着一束光倾泻而出,高大的布莱恩·奥克利出现了。

"你好!我觉得我应该认识那个声音。"

画家局促地笑了。"是我,好吧,布莱恩……除了我没别人。"

"亚伦·金,我的上帝!"森林管理员一边喊着,一边迅速走下台阶,朝那个黑暗中骑在马上的人走去。"怎么了?出什么事了?西比尔和迈拉·威拉德有什么问题吗?这么晚了,是什么风把你吹到这儿来了?"

亚伦·金听到这些话,心直往下沉。但是他非常确信西比尔一定会来护林站,所以他拖着疲惫的身体从马上跳下来,抓住他朋友的手,生硬地说:"我跟在西比尔身后来的。她到这里多久了?"

布莱恩·奥克利快速地答道:"西比尔不在这儿,亚伦。"

画家抓住了森林管理员的胳膊。"布莱恩,你是说她今天没来过这里吗?"

"她没来过。"森林管理员冷静地回答。

"我的天啊!"画家惊叫着,被对方肯定的回答吓得头晕目眩。他木然地转向他的马。

布莱恩·奥克利走上前,揽着画家的肩。"来吧,老友,振作起来,让我们把这件事想明白。"他镇定地说,"告诉我发生了什么事,你为什么到这里来找西比尔?"

待亚伦·金把事情说完,对方仍旧沉稳地说:"进屋去,你差不多快虚脱了。大约一小时前,我听到戈丹医生的'汽车'驶上峡谷,去莫顿家了,他们的小孩病了。如果西比尔在路上,他会看到她的。我去给麦克斯套上马鞍,然后奔过去看看他知道些什么。不过,你得先去吃点儿东西。"

亚伦·金提出异议,但森林管理员坚定地说:"你可以在我套马鞍的时候吃东西,来吧。我真希望玛丽在家。"他边说边摆出一些冷肉和面包,"她和姐姐在洛杉矶,我准备好了就叫你。"他出门前说了最后一句话。

画家试着吃东西,但无法下咽。当森林管理员骑着那匹栗色的马从马棚里出来时,他又上马准备出发了。

当他们离开峡谷主干道走上通往莫顿牧场的那条路时,布莱恩·奥克利说:"她不太可能去卡尔顿家,但我想咱们最好先去莫顿家找医生问问,不能错过他。你上山的时候遇到什么人了吗？我是说，在你走进峡谷口两三英里以内的地方？"

"没有。"对方回答，"怎么了？"

"大约七点钟，一个骑马的人经过护林站往山下走。那医生是在哪里超过你的？"

"他没有遇到我。"

"什么？"森林管理员厉声说。

"我离开费尔兰后，没有人从我身边经过。"

"嗯……如果医生先于你出城，那就一定是车胎被扎了，诸如此类，否则他早该经过护林站的。"

十点钟，这两个人到了莫顿牧场。

"咱们不要引起任何骚动。"他们在畜栏的门口勒住缰绳，森林管理员说，"你留在这儿，我像平日里那样去看看。"

亚伦·金在黑暗中等待着，感觉他的同伴似乎已经离开几个小时了。事实上，只过了几分钟森林管理员就回来了，他走得很快，跳上马，让马即刻跑起来。

"小孩子好多了。"他说，"今天下午医生来了——大约两点时就回家了。那辆'汽车'一定是开上峡谷了。莫顿对那个骑马下山的人一无所知，我们要抄近路到卡尔顿家。"

不久之后，森林管理员掉转马头离开公路，沿着一条狭窄的小径穿过茂密的树丛。画家看不见黑暗中的小路，但他还是放松缰绳，让马跟着前面的影子走。三刻钟后，他们又来到公路上。在卡尔顿牧场的围栏附近，再走一英里半的路，就能到达那荒芜的果园后面，梧桐林中的旧营地。

已经十一点了，牧场一片漆黑。布莱恩·奥克利未及下马就叫道："你好，亨利！"但没人应答。他知道牧场主卧室的位置，就骑马靠近那个房间的窗户，轻敲了一下窗框。"亨利，出来，我是奥克利，想见你。"

过了一会儿，窗框被抬起来，卡尔顿问："怎么啦，布莱恩？出什么事了？"

"今天晚上西比尔和你们在一起吗？"

"西比尔！自她们夏天回来暂住后就没见过她。怎么了？"

森林管理员简明扼要地解释了一下情况，其间牧场主插了一句话，用"你好，金先生"问候了画家，因为从森林管理员的叙述中他知道了这位同伴的身份。

当布莱恩·奥克利讲完后，牧场主说："我听到'汽车'开上山，大约一小时前又听到它开回来下山去了，你转去莫顿那儿的时候刚好错过了。如果你直接来这里，你就能碰到。"

"你看见那个在黄昏前骑马下山的人了吗？"森林管理员问。

"是的，但不够近认不出他。你不认为西比尔会去她的旧房子吗，布莱恩？"

"在这种情况下，她可能会去，我和亚伦骑马过去碰碰运气。"

"你回来的时候会顺便来跟我说一声吗？"这两个骑马的人离开时，牧场主喊道。

"当然。"森林管理员回答。

在那棵高大的梧桐树下,他们找到了坐落在那块小空地边上的老房子,一片黑暗,无人居住。一小时后,他们回来了。

这时,卡尔顿牧场的窗子里透出了灯光,沿着围栏闪烁着一盏提灯的微光。当森林管理员和他的同伴走近时,这盏提灯显得更亮了。在门廊处,他们见到了亨利·卡尔顿、他的两个儿子和一个牧场工人。四个人站在门廊的灯笼和窗前的灯光下,每个人都牵着一匹马,听布莱恩·奥克利说明情况。

"我想,西比尔回到旧房子的可能性很小,我们最好随时准备骑马出发,这时你们回来了。"山区的牧场主说,"你有什么计划,布莱恩?"就这样,他直接把自己和家人交给了森林管理员统一指挥。

森林管理员转身对卡尔顿的大儿子说:"杰克,你有一匹装备齐全跑得最快的马。我需要你去发电厂看看,有没有人在路上见到过西比尔。你看,"他向大家解释说,"我们还不确定她是不是进了山。虽然我对此毫不怀疑,但我们必须知道她做了什么。"

杰克·卡尔顿已经上马,森林管理员又对他嘱咐道:"尽可能找到有关那辆汽车和那个骑马的人的情况,你回来时我们会在护林站。"铁蹄发出尖锐的撞击声,骑手消失在夜色中。

这支小分队的其他成员则更从容地沿着峡谷路骑到了护林站。当他们走到房子前时,布莱恩·奥克利说:"小伙子们,别拘束，我要写一个小纸条。"他走进屋里，他们则坐在门廊上，透过窗户看到了他的办公桌。

森林管理员写完信，手里拿着密封的公文信封走到门口，这时他派到发电厂的使者杰克·卡尔顿回来了。对方没有下马，在门廊前勒住了马。"来得正好，杰克。"森林管理员温和地说。

杰克复命道："电力公司的一个人看到了西比尔。他当时正带着一车补给上山来，天黑前她从发电厂下面一英里的地方经过他身边。当他打开大门时，有辆汽车开了过去。天太黑了，看不清车里有多少人。他们后来又听到有'汽车'驶下了峡谷。没有人注意到那个骑马的人。天亮时会有三个电力公司的人来这里。"

"好孩子。"布莱恩·奥克利又说。然后，在黑暗中，除了轻微的嚼子或缰绳的叮当声外，没有任何声音打破笼罩在这一小群人身上的寂静。他们把脸转向他们的领头人，等待他的命令。森林管理员穆然肃立，手里拿着公文长信封。当他说话时，他的声音透露出的信号无疑给他的同伴们留下了形势严峻的印象。"米尔特。"他快速地叫道。

卡尔顿家最小的儿子走上前来。"到，先生。"

"你骑马去费尔兰。现在是一点半，你应该会在早上八点到九点之间回来。把这封信交给警长，把他的回信带给我。到威拉德小姐家去，把你知道的情况告诉她，顺便在那儿吃点儿东西。如果你回来的时候我不在你家，你就喂马等着。"

"是的,先生。"对方回答。片刻之后,那个小骑手就消失在夜色中。

那信使的马蹄声仍回荡在耳边,森林管理员又发号施令:"亨利,你骑马去莫顿家,告诉他天亮后带上他的人一起去你家。然后你就回家,准备好早餐等骑手们上门。我们得把你的住处设为据点,这对你的妻子和女儿们来说会很艰难,但莫顿太太很可能会过去帮她们一把,我真希望玛丽也在这儿。"

"别担心我的家人,布莱恩。"牧场主上马时说,"你知道她们会干好的。"

"我当然知道,亨利。"牧场主骑马离开时他答道。然后——"比尔,你要把从这里到峡谷顶端之间的每一个人都带来。如果有人在日出后一小时内未出现在卡尔顿家,我们会把他赶出这个地区。汤姆,你沿着小路进入圣安娜,绕到峡谷口,然后返回清溪,把所有人都带出来。杰克,你去加莱纳山谷附近,让那里的人去据点,但你在找到那个骑马下峡谷的人之前不要回来。"

当最后一个骑手隐没在黑暗中时,森林管理员对画家说:"来吧,亚伦,你必须休息一下。天亮之前没什么可做的了。"

亚伦·金提出抗议。但是,尽管他很强壮,长时间的骑马,加上痛苦的焦虑,已经影响了他的肌肉和神经,他面色苍白,神色憔悴,说不累是在撒谎。

"你必须休息,伙计。"布莱恩·奥克利简短地说,"我们可能还要忙好几天,只要有可能,你就得抓紧每一分钟休息,以保持体力。你已经比我们都累得多了,脱掉靴子躺下,等我叫你,即使你睡不着,也要照我说的做——这里我说了算。"

画家照做了,森林管理员接着说:"我把我所知道的一切,以及我怀疑的一些事情都写信告诉了警长。那辆汽车在我的脑海中挥之不去,还有其他一些事情。汽车一定比你先离开了费尔兰,除非它从铁路沿线的某个小镇出发,经过加莱纳山谷,再到圣戈尔戈尼奥隘口——这不太可能。如果它确实来自费尔兰,那它一定是在途中某个地方等着,等天黑后才进入峡谷。你认为除了迈拉·威拉德、拉格朗日和你之外,还有谁知道西比尔往这儿来了吗?"

"我觉得没有人了。借马给她的邻居不知道她要去哪里。"

"谁是最后一次见到她的人?"

"我想是泰恩夫人。"

画家已经把泰恩夫人和西比尔可能在他的画室里会面的事告诉过森林管理员了。

"嗯……"对方回应。

"你知道,泰恩夫人四点钟就动身去东部了。"画家说。

"你说吉姆·拉特利奇没有去。"森林管理员随口接道。然后,他好像要把这件事搁在一边,继续说:"你现在休息一下吧,亚伦,我来照顾你的马,再给你换一匹新的。天一亮,我们就骑马出发。我要弄清楚那辆汽车开到哪儿去了,有什么目的。"

第三十三章
搜索开始

亚伦·金闭眼躺着,却无法入眠。他想啊,想啊,想啊,想个没完,疲倦的大脑不停地运转,思绪万千。那个未知的骑马人,那辆神秘的汽车,在西比尔心烦意乱的情况下,可能降临到她身上的一些意外,等等。这些猜测一幕幕就像是走马灯似的在他脑海里旋转,永不停歇。天还没亮,布莱恩·奥克利就来叫他,倒让他松了口气。

当这位画家穿靴子时,森林管理员说:"等我们赶到卡尔顿家时,天就亮了,无论如何,咱们知道了汽车曾开到那里。"

当他们路过卡尔顿牧场时,借着灯光,他们看到卡尔顿一家已经准备好迎接骑手们的到来。往前走一段,他们遇到了两个电力公司总部的人,正赶往集合地。很快,在灰蒙蒙的晨光中,汽车轮胎的痕迹清晰可见。他们迫不及待地循迹一直追踪到橡树丘小径的脚下,汽车在那里停下后掉头往峡谷开去了。布莱恩·奥克利老练地仔细搜索了附近的每一寸土地。

最后,他摇了摇头,被迫放弃了通过寻找任何有用的迹象来解决这个难题的希望。森林管理员缓慢地重新上马。"我看不出来。"他说,"这条路太干了,到处都是车辙印,小路上布满了碎石,根本没有什么明显的痕迹。来吧,我们最好回卡尔顿家,让孩子们出发。当米尔特从费尔兰回来的时候,他可能会带来一些消息。"

随着太阳的升起,山民们在夜里收到了森林管理员派出的使者的召集,现在每个人都全副武装,带着自己最好的装备,骑着最好的马齐聚在卡尔顿牧场。有的马拴在院里树上,有的拴在院前栅栏上,还有的套着缰绳站着,都在等待着。而山民们或是躺着,或是蹲在门廊上,带着山里人浑然天成的生动气息。最先到达并吃完早餐的骑手们,已经准备好接受森林管理员的指令。在牧场厨房里,桌子边坐满了后来的人,这些人一吃完就给新来的人腾座。没有大声地谈话,没有喧闹的笑声,没有不安的躁动。这些勇敢的山民眼神冷静,声音柔和,动作从容。他们响应布莱恩·奥克利的号召,现在他们将自己置于他的指挥之下。没有闲言碎语,没有无谓的兴奋,只怀有一种决心和精神,如果需要的话,一旦将他们送上战马,他们将靠着钢铁般的意志战斗到生命的最后一息。

这群人中几乎没有人不认识、不喜欢西比尔·安德烈斯,也没有人不认识、不喜欢她的父母。在威尔·安德烈斯去世的时候，他们中的许多人都曾和森林管理员一起骑马护送灵柩。当森林管理员和亚伦·金出现时，他们聚集在这位领头人周围，简单寒暄了几句，然后就默默地站在那里等候命令。

布莱恩·奥克利简单地将他们分成了几个小组，并分配了各自负责的区域。间隔两分钟的连续三声枪响，就表示这片区域已搜索完毕。等他的信使从费尔兰警长那里回来后，他将带两个人一起上橡树丘小径。日落的时候，他们都要在牧场集合，等待下一步的指令。当森林管理员讲完后，这一小队人马须臾不敢耽搁，骑着马消失在山野中。

比预计的时间提前了半小时，年轻的卡尔顿带着警长给森林管理员的回信出现了。"干得好，孩子。"布莱恩·奥克利由衷地赞赏，"现在照顾好你的马，然后休息一下，准备好迎接后续的任务。"

他转头对着那些准备和他一起走的人说："好了，孩子们，咱们上马出发吧。警长将负责处理费尔兰那边的事务。来吧，亚伦。"

一路沿着橡树丘小径，森林管理员领队，不时从马上俯身，盯着脚下这条小路。他两次下马走在前面，让马跟在后面或停着等他的吩咐。当他们走到管道线小径时，他叫停了队伍，然后从他们站立的地方，徒步小心翼翼地检查着地面。

"孩子们，"他终于说道，"我的直觉告诉我，昨晚这条路上有一匹马跑过。该死的,路面太干了,并且过了这么久,我不能确定。我带着你们两个人,是因为我知道你们是优秀的追踪手。顺着这条管道线爬上峡谷,看看能找到什么。不用我多说了,如果你们发现了任何线索的话,就待在那里。亚伦和我要走另一条路,沿着加莱纳小径到防火带去。"

布莱恩·奥克利在小路上寻找踪迹期间,画家和其他人都在等着。亚伦·金的思绪回到他和康拉德·拉格朗日坐在橡树下的那一天,本着轻率的娱乐精神,玩世不恭地效忠于克罗伊斯的领导。现在对亚伦·金来说,无忧无虑的闲暇时光似乎早已过去许久了。记起小说家对毛驴天花乱坠的演说,他后怕地想,他们在嬉闹的时候,那些看似微不足道的小事实际上引发了重要事件,但他们对此却是多么懵懂无知。他和西比尔一起爬到这里的情景又栩栩如生地浮现在他脑中,他们从管道线上的任何一条路走到这里,然后一起沿着弯弯曲曲的小路走到下面峡谷的大路上。昨晚她是独自一人,还是和一些不受欢迎的同伴在橡树下稍做停留?她还记得和他一起在这里度过的时光吗?

当他跟着森林管理员再次踏上他和她最后一次登山时一起走过的土地时,在他的眼中,路上的每一步都留下了她可爱的印记。沿途的东西——一块石头、一棵松树、他们盛满水壶的木桶、工人们留下的一段混凝土管道的碎片、岩石和悬崖、沿着小路生长现在却枯萎了的花朵,映入眼帘的东西不计其数——都唤起了他的记忆,他甚至能如此强烈地感受到她的存在,几乎以为她会在下一个转弯时,面带微笑、容光焕发地等在那里。森林管理员徒步向前走着,每一步都认真地观察着,在画家看来,他好像在玩一场不可思议的游戏。他此时还是不能相信他所爱的女孩已经……上帝!她在哪里?为什么布莱恩·奥克利走得那么慢,而他的马还慢条斯理地跟着他,啃着草呢?他应该跨上马!让马奔跑、奔跑、奔跑——就像他昨晚那样。昨晚!真的只是昨天晚上吗?

在政府铺设的小径穿过加莱纳山顶的防火带之处,布莱恩·奥克利停了下来,说:"我看这条路没有发生任何事。咱们顺着防火带去上面四处看看。"

中午,他们站在松树丛中的大石头旁,亚伦·金和西比尔·安德烈斯曾在这里吃过午饭。

"我们在这里待一会儿。"森林管理员交代道,"你自己歇会儿,我想去那下边看看是不是有什么动静。"

倚靠着岩石,森林管理员透过强大的望远镜,搜索着山脉加莱纳山谷的这一侧;当有什么东西进入他的视野时,他就会时不时对坐在他身边的同伴说明一下。

他们起身要走,森林管理员把望远镜放回马鞍上的匣子里,这时亚伦·金指着远处山谷里朦朦胧胧的费尔兰说:"看那儿!"

森林管理员转过头去,只见一道亮光,穿过那烟雾缭绕的面纱,异常清晰地闪烁着。他笑了笑,跨上马。"你会经常看到的,"他说,"这是太阳照射在某个明亮的物体上,恰巧以合适的角度反射到这里。屋顶、窗户、汽车防护罩上的一点儿新的金属,任何够亮的东西都可以。来吧,我们回到小路上,顺着岔道走另一边。"

傍晚,在漫长而艰苦的一天即将结束的时候,布莱恩·奥克利和亚伦·金开始沿着橡树丘小径返回卡尔顿牧场。此时森林管理员发出一声惊呼。他那双敏捷的眼睛捕捉到了远在对面峡谷下方,西比尔的老房子里微弱的光芒。下一刻,管理员的马后面跟着它的四脚同伴,沿着陡峭的小路飞奔而下,沙砾飞扬,迫使不习惯这样骑马的画家拼命地抓住马鞍。踏上峡谷路,森林管理员一抖缰绳,马儿像旋风般地奔跑起来。当穿过布满卵石的粗糙河床时,他也没有勒住缰绳。马匹们从翻滚的小溪里跃上对岸,沿着杂草丛生的老路闯进了那片空地。沙皇叫着跑来欢迎他们,过了一会儿,康拉德·拉格朗日和迈拉·威拉德也来迎接他们。

"你为什么不待在下面的牧场里,迈拉?"当森林管理员告诉他们一天的搜索毫无结果时,他问。

"听着,奥克利先生,"那个毁容的女人回答,"我太了解西比尔了,她的脾气是很容易捉摸的。她的性格和她一样细腻、敏感,虽然在正常情况下,她勇敢、冷静又坚强,但在导致她离开我们的那种特殊的精神压力下,我认为她很容易失去平衡。我们什么都不知道。在残酷又恶毒的、试图破坏她幸福的打击下,这孩子可能茫然无助地独自漂泊着。只有某种可怕的感情压力,才会迫使她那般决绝地离开我。如果她是一个人在山里,即使在她心烦意乱的状态下,也能找到回家的路。"那女人停顿了一下,然后在沉默中迟疑地补充道,"我……我可以说,我是从经验中得知我所说的可能性。"

三个男人低下了头。布莱恩·奥克利轻声说:"迈拉,你比我们所有人加起来都更有心,更理智。"他接着问康拉德·拉格朗日,"你要和威拉德小姐一起待在这里吗?"

"是的。"小说家答道,"布莱恩,你在山里的工作我帮不上什么忙。可在这里,我将尽我所能。"

当森林管理员和画家骑马沿着峡谷来到卡尔顿牧场时,森林管理员说:"迈拉很可能是对的,亚伦。毕竟,她比我们任何人都更了解西比尔。而且我看得出来,她相当清楚是什么缘由导致这个孩子离家的。照目前的情况来看,西比尔可能只是在四处闲逛。如果是这样的话,孩子们很快就会把她接回来。她要是遇到了什么意外,我们也很快就会知道。她可能是……我告诉你,亚伦,就是那辆汽车的行路方式我弄不明白。"

这两个人到达时,搜寻者都聚在卡尔顿牧场,没人发现丝毫有用的迹象,警长的回信也无助于揭开那辆汽车的神秘面纱。那两个沿着管道线小径而行的人什么也没发现。有几次,他们以为发现了昨天晚上有匹马走过小路的迹象,但又不能确定;当管线到达峡谷底部之后,毫无踪迹。杰克·卡尔顿从加莱纳山谷附近回来了,和他一起的还有头天傍晚骑马下峡谷的那个人。大家都认识他,他一直在打猎,亨利·卡尔顿和森林管理员看见他时他正在回家的路上,现在他是来帮忙搜寻的。

布莱恩·奥克利从人群中挑选出六个人,派他们在地势较高的小道和防火带上守夜,留意是否有篝火的光。他下令其余的人休息,万一夜间的骑手们一无所获地回来,他们就准备天亮时继续搜山。

亚伦·金身心俱疲,陷入了一种几乎不能称之为睡眠的昏迷。

黎明时分,彻夜在高高的小路和防火带上透过夜幕寻找营地火光的骑手们归来了。

星期三一整天,山里的骑手们骑着马,在森林管理员的指挥下扩大了搜索范围。从日落到天黑后很长一段时间都在搜索,最终他们拖着疲惫的身躯往回走,马匹也筋疲力尽,骑手们开始担心可能永远都找不到活着的西比尔了。费尔兰的警长也没有进一步的消息。

突然,在漆黑的夜色中,一个骑手从加莱纳的另一边而来,他带回消息说,找到了西比尔的马。那匹马在松谷附近吃草,马鞍和马的两侧都沾满了泥土,好像它曾摔倒过。缰绳断了,马可能在地上滚了一圈,可能踩住了缰绳,可能失蹄把背上的人摔得不省人事。他们推断,无论如何,在任由这匹马游荡之后,它根本不可能找到翻过加莱纳山脉的路。

布莱恩·奥克利决定派主要的骑手们前往松谷地区继续搜索。他知道找到这匹马的人会尽可能地顺着马的足迹往回找。但他也明白,如果这匹马已经游荡了几个小时,就不可能按原路找多远。尽管已经很晚了,亚伦·金还是骑马来到峡谷,告诉迈拉·威拉德和康拉德·拉格朗日他们当天的结果。

当画家转述这些山民的普遍看法时,他的声音颤抖着,但迈拉·威拉德说:"金先生,他们错了,我的孩子会回来的。毫无疑问,她受到了伤害,但她没有死,否则……我会感觉到的。"

尽管亚伦·金的理智告诉他,那个毁容的女人的信念毫无根据,但她的话却在某种程度上帮助他燃起了希望。

第三十四章
花岗岩峰上的脚印

搜寻队已经前往松谷，布莱恩·奥克利为了接亚伦·金，同时等着接收警长的早间消息，在西比尔的老房子停留了片刻。

这两个人沿着政府铺设的小径前往西比尔所骑之马被发现的那片区域，当他们走到加莱纳山顶的防火带时，森林管理员勒住马，望着他的同伴，不疾不徐地说："亚伦，你去那个松谷地区没什么用，你从来没去过那儿。"

"布莱恩，那我能做什么？"亚伦·金绝望地问道，"天哪，伙计！我必须做点儿什么！告诉你，我必须做！"

"稳住，老伙计，稳住。"森林管理员镇定地回答，"你知道，你必须做的第一件事，就是牢牢地控制自己的情绪，如果你失去理智，我也会控制住你。"

在同伴的注视下，亚伦·金冷静下来。"你说得对，布莱恩。"他沉着地说,"你想让我做什么?当然,你最清楚该做什么。"

森林管理员仍然盯着他,慢慢地说:"我要你在那儿待上一整天,在那儿。"他指着松树林说,"拿上这个望远镜。"他转过身去,从马鞍上拿出一个备用山地望远镜递给亚伦,接着说:"从那里,你可以看到山脉中加莱纳山谷这一侧地区的全貌。"他犹豫了,似乎不愿意说出这个命令的最后一句话。

年轻人疑惑地看着他。"然后?"

森林管理员低声说:"亚伦,你要留心秃鹰。"

亚伦·金大惊失色。"布莱恩!你认为……"

对方急忙答道:"我没想,我也不敢想。我只是在考虑每一种可能性,生怕漏掉一丝一毫的线索。我也不要你胡思乱想,我希望你做一件最有用的事。正因为我担心你会乱想,所以不愿意把你安排到这个岗位上。"

这些脱口而出的话就像一盆冷水浇在年轻人的头上,他不自觉地在马鞍上挺直了身子。"谢谢你,布莱恩,我明白了,你可以相信我。"

"好孩子!"森林管理员立即真心地表示赞同,"你若看见什么,就去查,在这块大岩石上留下便条,找块石头压住,今晚我回来的时候会看到的。如果什么也没出现,就待到天黑,然后去卡尔顿家,我晚些时候再去。其余的人将留在松谷过夜。"

亚伦·金独自坐在山峰上,他和西比尔最后一次登山的那天,他们一起在这里歇过脚。他看着秃鹰盘旋飞行,尽量不去多想。

时值下午一点钟。亚伦·金——长时间用望远镜搜查之后,正准备让眼睛休息一会儿——再次捕捉到笼罩着远处山谷里的费尔兰的蓝色薄雾中的那道闪光。他们在搜寻的第一天就看到它,布莱恩·奥克利说这是常见景象,但亚伦·金此刻心事重重,就紧紧盯住那光点,权当一时无聊的消遣。

乍然,他意识到光似乎有规律地闪动着。联想起他读过的有关日光仪的知识,以及用镜子发信号的方法,他立即聚精会神地看着:三次快速连续的光——暂停——两次闪光——暂停——一次闪光——暂停——一次闪光——暂停——两次闪光——暂停——三次闪光——暂停。亚伦·金等了几分钟,眼睛盯着远处雾气下的那个地方,然后闪光又开始了,重复着同样的顺序:--- -- - - -- ---

在最后一道闪光亮起的时候,亚伦·金跳了起来,搜索着身后的山峰和突起之处。在加莱纳山脉最远端,孤零零的花岗岩山峰上,一道闪光映入他的眼帘——然后一道接着一道。他惊叫一声,举起了望远镜,但什么也没看出来,只能分辨出闪光投向的山峰。他转身向山谷望去,看见一道长长的闪光,然后就只剩一片雾霭和黑点,他知道那些黑点是费尔兰的橘子树林。

亚伦·金瘫倒在岩石上,无力地浑身发抖。他该怎么办?他能怎么办呢?这些信号可能意义重大,也可能毫无意义。他想起早上布莱恩·奥克利的话:"我只是在考虑每一种可能性,生怕漏掉一丝一毫的线索。"瞬间,他振奋起来。胡思乱想,顾虑重重,就什么都做不成。

他骑上马以最快的速度到达小路旁的一块巨石边,打算在那里留下他的信息。他写了一张便条用小石头压着,然后出发了,顺着防火带,沿着山脊的顶部向远处的花岗岩峰而去。经过一小时的骑行,他来到了防火带的尽头,看着前方的路他明白必须弃马步行了。

他把缰绳捆在马鞍角上,并在马鞍上绑了一张便条,如果有人发现这匹马就能看到便条。他掉转马头,朝着来时的方向,猛拍一下马背,马疾奔而去。他知道这匹卡尔顿家的马懂得自己跑回牧场。手提水壶和剩下的午餐,他转身面对那座孤寂的山峰。

眼前已经无路可行。有时,他强行穿过鼠李和熊果树的灌木丛,它们锋利的刺和缠结的树枝似乎在顽固地反击他。有时,他艰难地行走在陡峭的斜坡上,从一棵松树到另一棵松树,铺满棕色松针的地面很滑,一失足就意味着掉下千尺深渊。他再次爬上了崖壁,手紧紧抓着突出的岩石,脚摸索着踩在岩石上的凹凸之处,或者,借助藤蔓、树根和灌木,找到了看似不可能通行的悬崖之路。时不时地,他从所在的更高处望见花岗岩峰,也经常看向脚下遥远的地方,一边是大峡谷,另一边是宽阔的加莱纳山谷。他勇往直前,脸上满是划痕和污迹,衣服被灌木丛刮破了,手被尖锐的岩石划流血了,全身臭汗淋漓。他吃力地喘着气,但仍不肯停下来。他觉得自己被某种内在的力量驱使着,对苦难或死亡麻木了。他没有察觉,在身后很远的地方,太阳早已落到远处圣盖博山脉的天际线之下,直到夜幕降临,他才意识到这一天已然过去了。

他在一个大悬崖背风处狭窄的石栈道上,匆忙堆积材料生火,靠着岩石吃了一点儿他随身携带的食物。风席卷山脊,夜晚寒冷刺骨。他一次又一次地把自己从极度疲倦甚至几近休克的状态中唤醒,添薪续火,或者强迫自己在狭窄的岩架上来回走动,看着头顶上的星星闪烁着奇异的光芒。在下方深处的峡谷里,有几处灯光,那是卡尔顿牧场和西比尔的老房子,康拉德·拉格朗日和迈拉·威拉德就在那里等候着。数英里之外,橘子树林中城镇的万家灯火,就像另一个渺小的世界里的微弱星光。寒风在漆黑的松林中怒号悲叹,从峭壁上呼啸而过。一只美洲狮在下面山坡上的某处嚎叫,从他头顶的岩架上也传来一声狮吼作为应答。亚伦·金往火堆里添加了更多燃料,来回迈着沉重的步子。

星期五早晨,在寒冷、灰暗的拂晓中,他吃了几口仅剩的食物,天色刚刚泛出鱼肚白,下面的峡谷还处于黑暗中,他就上路了。

上午十一点时,几近气尽力竭,他确定自己登上了头天透过望远镜看到的那个峰顶。在这狂风横扫的顶点,几乎没有植被。亚伦·金从远处的山峰上看到信号的那一侧是座陡峭的悬崖——是数百英尺高的花岗岩;另一侧从悬崖边缘开始,山峰逐渐变缓,延伸到峰底周围生长着松树的边缘。宽旷的地面光秃秃、硬邦邦的。

亚伦·金学着森林管理员的样子，谨慎地寻找着蛛丝马迹。他从悬崖边上的一个地方开始，不断扩大弧形的搜索圈，慢慢地朝着下面的松树左右往返。他陷入绝望，咒骂自己是个傻瓜，竟以为能找到痕迹，就在他即将放弃时，他在一块较软的土壤上看到一个清晰的铆钉筒靴的鞋印。

倦意立刻消失，这漫长、艰难的一路奔波已经被他抛在脑后。至于饥饿和疲劳，他早已麻木。他焦急地朝铆钉筒靴鞋印所指的方向走去。功夫不负有心人，他又看到了另一个鞋印。他靠近柔软的地面，走向树林，循着一个又一个鞋印，然后……

这个男人因为体力消耗和这些天精神上的折磨，一时无法控制自己。痕迹非常明显了，在那双较重的男式靴子的宽脚印旁边，清楚地印着一双更小、更轻的脚印。

他胸脯不断起伏，握紧拳头站了一会儿，然后，迫不及待，带着超自然的警觉、紧张的神经、敏锐的眼睛和强壮的肌肉，循迹向前。

· ※ · ※ ·

那晚天黑之后，布莱恩·奥克利在回清溪的路上，在亚伦·金留下便条的岩石边停了下来。

到达谷底后，他穿过峡谷去告诉迈拉·威拉德和小说家当天的搜寻结果。在松林附近搜山的骑手什么也没发现,正如森林管理员所料,因为这匹马在松谷附近吃草已经至少一天了,是不太可能依循这匹马闲逛的踪迹找到它来时的路。看了亚伦·金留下的便条,森林管理员迟疑地摇摇头。亚伦这样做是对的,但由于他缺乏经验,几乎不可能沿着加莱纳山顶走过去。如果那个年轻人熟悉山里的路,他就知道回到清溪,沿着清溪一直走到峡谷上面,然后爬到分水岭的顶端,再绕到花岗岩峰。如此,搜索线路会变得容易得多。森林管理员自己也会在破晓时,从这条路线出发前往花岗岩峰,然后沿着山脊往回寻找亚伦·金。

在卡尔顿家,他们告诉森林管理员,亚伦骑走的那匹马回来了。在布莱恩·奥克利到达牧场几分钟后,杰克·卡尔顿和他的父亲也从孤独屋和焦松那片区域回到了牧场。大家一致同意,亨利应该在天刚亮时就加入松谷的搜寻队伍中去——以防那晚有人看到亚伦·金的篝火而去查看,浪费宝贵的时间——而杰克应该陪森林管理员去花岗岩峰。

第二天早晨,亨利·卡尔顿动身去松谷,布莱恩·奥克利和杰克则骑在马上,准备前去峡谷。这时警长派的信差来了。那天夜里两点左右,有人看见一辆汽车从山上回来,车上只有一个人。

"杰克,"森林管理员说,"关于镜子闪光这件事,亚伦的判断是准确的。你得一个人去峡谷了,尽快赶到花岗岩峰,并找到发出信号的人的踪迹,留心一下亚伦。我要追踪那辆汽车,它走到哪儿我就跟到哪儿，看看会遇见什么，它会留下什么。我们很可能会在冷水地区的某个地方碰面。"

一分钟后，原本打算一起骑行的两个人朝相反方向出发了。

布莱恩·奥克利沿着费尔兰路，一直走到加莱纳山谷路与清溪路的分岔处，也就是峡谷口的发电厂下方三英里处，他发现了一辆汽车的痕迹——毫无疑问，是在刚刚过去的那一晚留下的。汽车沿着加莱纳山谷路走了一趟，又折返了。

快到中午的时候，森林管理员站在汽车停下、掉头准备返程的地方。这里离山谷的顶端很近，靠近峡谷口一条通往花岗岩峰的路。经过一小时的精心搜寻，森林管理员发现了一小堆补给品，藏在靠近峡谷四分之一英里的地方，沿着山的一侧有几条小路通向远处。布莱恩·奥克利松开缰绳，让马回家。他顾不上吃午饭，又出发了。

· ※ · ※ ·

在高高的花岗岩峰上，亚伦·金正俯身勘查一个纤细的鞋印，旁边是沉重的铆钉筒靴的印记。在清溪峡谷的某个地方，杰克·卡尔顿正骑马赶往亚伦·金所在的地方。山脚下，在山脉的另一边，布莱恩·奥克利正追踪着模糊的车痕前行——那条夜晚从费尔兰来送补给的汽车留下的车痕。

第三十五章
一条艰难的道路

在见过泰恩夫人后,西比尔·安德烈斯离开画室时,心里只有一个念头——她必须逃离那个世界,那里的人们只以邪恶的眼光看待她与亚伦·金的友谊。对这个山间女孩来说,这种友谊就如同她和迈拉·威拉德或布莱恩·奥克利的关系一样纯洁。

在毁容的女人细心且富有经验的呵护下,只有真正值得交往的人才被允许进入这个山间女孩的生活。西比尔的品质——头脑、心灵、身体和灵魂——是群山蕴含的力量和高洁所塑造的,是她与父母、与迈拉·威拉德、与父母一生的朋友的交往中培育的,以及这个世界最伟大的巨擘们创作的音乐和文学作品教导的。正如她的体力和美貌是自由的山野生活赠予的礼物一样,她纯净心灵的美好和力量是那些知心朋友如山一样的精神生活的礼物。

爱情降临到西比尔·安德烈斯的身上，不像降临在那些温室中的姑娘身上——那些在我们称之为"文明"的激情温室里，在骄奢淫逸的气氛中被迫催熟、病态地盛开的姑娘们。爱情那么温柔，那么自然地降临在她身上，就像一朵绽放的野花，以至于她至今也未明白这就是爱情。正巧在她从少女时期步入成人时期的时候，亚伦·金闯入了她的生活，来成就她作为一个女人的人生。她遵从生命的法则选择自己的伴侣，这是世界上最神圣、最无须顾虑的事情。

迈拉·威拉德阅历丰富又聪敏睿智，她对西比尔的爱胜过母爱，她看到并意识到了这个姑娘自己还懵懂不知的东西。她对亚伦·金的性格感到满意，因为在他们俩无拘无束交往的日子里，他的人品经受住了考验。她也看到他对那姑娘的爱越来越深，就很识趣地不再过问他们俩的事，她认为这是上帝的杰作。为什么不是上帝的杰作呢？人类生命的成长、开花和结果，使种族得以延续，这种神圣难道比不上植物的成熟、开花和繁殖子孙后代吗？

泰恩夫人的性格也代表了生活中的各种力量，与塑造西比尔·安德烈斯性格的力量是完全对立的。"时代"受世俗环境的放荡、自私和残酷的精神影响和训练，扭曲了"自然"的美德，使之成为像泰恩夫人的思想一样丑陋可憎又卑劣的东西。这个女人——粗鄙的物质和肉欲的产物——用她邪恶的双手抓住了上帝的人类之花，并刻意揉碎了美丽的它。受伤、害怕、沮丧、不解，无法否认，女孩被迫逃离了这个对她来说因为她的爱而神圣的地方。

西比尔无法不相信泰恩夫人——那女人的态度那么亲切，话又说得那么勉强，似乎很欣赏她的纯真。无数琐碎和微不足道的小事涌进了西比尔的脑海，按照那个世俗女人的说法，这些小事全都可以歪曲成为她所说事实的证据：西比尔的友谊对亚伦·金来说是一种威胁、一种危险，而不是对他的创作有所帮助，也不像她原先想的那样，和他在一起是真正享受生活；她曾经相信——而且这个信念给她带来了一种奇特的幸福——他喜欢她的陪伴；然而，他只喜欢利用她来作画，就像他用画笔一样；他和她一起玩，就像她看到他一边构思，一边漫不经心地摆弄着笔刷一样；当她达到了他的目的时，他就会把她扔到一边，就像她看到他扔掉一把破旧的刷子一样。

这个稚气未脱的女人不能责怪画家——她太过忠诚于自认为的友谊了，她对自己所选择的伴侣那份尚未察觉的爱是这般无私。不，她不能怪他……只是……只是……她希望……啊，她多么希望……能早些明白。如果她早些明白的话，也许就不会这么痛苦了。

在她所有残酷纠葛的情感中，在她所有混乱困惑的思想中，在她所有的痛苦中，有件事是明确的：她必须离开这个只能看到邪恶的世界——必须即刻动身。康拉德·拉格朗日和亚伦·金随时都可能过来。既然她醒悟了，就无法再面对他们。她希望迈拉在家，不过她会留张便条给迈拉，亲爱的毁容的迈拉会理解的。

西比尔飞快地写好信，匆匆换上了登山服。她仍处在逃跑的盲目冲动中，当她向邻居借马的时候并未说明理由。为了避免与任何人面对面遇上，她甚至选择了穿过橘树林行人稀少的街道。她感到既屈辱又羞愧，希望夜晚早些降下一片遮羞的黑幕。直到她远远地离开这座城市，在柔和的黄昏中走近峡谷口，她才多少恢复了一些自制力。

她超过电力公司的队伍和补给车后，第一次回望。在一英里外，她看到路上扬起的一团尘土和一个移动的黑点，她知道那是一辆汽车。她猜是电力公司的汽车，随即松了口气，原来已经离费尔兰那么远了。当她刚踏入峡谷时，天已全黑。但是，随着一步步靠近，她可以看到在天空的映衬下，那些大门安静地、庄严地敞开着，迎接着她的到来。进峡谷后，她骑在马上看着那些大门慢慢关闭。在星光的照耀下，四周的山峰和山脊在黑暗中肃穆宏伟地耸立着，她顿感欣慰。晚风吹过峡谷，带着山峦的气息，令人心旷神怡。清溪奔流的河水咆哮着，恰似低沉的音乐响彻夜空，抚慰她不安的心灵。她很快就将和朋友们聚在一起，而且，不管怎样，一切都会好起来的。

这个女孩已经骑马走了一半的路程，大概在峡谷的大门到护林站之间，在山涧的轰鸣声中，她灵敏的耳朵捕捉到身后的汽车声。她回头只见车灯闪烁，就像黑暗中的两只大眼睛。她心想，这是一辆电力公司的汽车要到总部去，或者是医生去山里出诊。

这辆汽车越来越近,她勒住马,离开大路,停在茂密的灌木丛中礼让汽车。当她的马转过身面对驶近的汽车时,车前灯那耀眼的光刺得她睁不开眼,马也躁动不安起来。她全力控制着马,丝毫没有注意到这辆汽车就在离她几英尺远的地方减速了。突然,有一个人站在她的马前,伸手抓住缰绳,好像是要帮助她。与此同时,汽车从他们身边驶过,然后停下,但并未熄火。

她仍当他们是电力公司的人,只想着这是他们通常礼貌的做法。"谢谢你,"她说,"我可以控制好它。"

因为车前灯晃眼,她在黑暗中只隐约看见一条身影。没容她视力复原细看,马头前的男人仍握着缰绳走到马肩旁边,似乎是为了让自己的话语在汽车的轰鸣声中更容易被对方听到。

"是安德烈斯小姐吧?"他说得好像认识她似的,西比尔还以为是公司里的某个人,而且觉得对方指望她能认出他来,于是向前探着身子,想看清他的脸再作答。

那陌生人因为站得很近又处于有利位置,趁她从马背上弯腰的时机,用强有力的胳膊一把抓住她,把她抱到地上。此时,那个男人的同伴,在黑暗和汽车噪声掩护下,靠近马的另一边,抓住缰绳。

在西比尔毫无防备地大声叫喊之前,一条丝质手绢勒住她的嘴,又巧妙地系紧。她拼命挣扎,但是面对着胁迫者健壮的臂膀,她的青春活力毫无用处。当他捆绑她的双手时,那人安慰道:"别挣扎,小姐,我不会伤害你的,我必须这么做,但我会尽量不勒疼你,把自己累坏了对你没有好处。"

虽然很害怕,但西比尔觉得这个陌生人在条件允许的情况下已经尽可能温和了。实际上,他根本没有伤害她,从他的声音里,她听出了一种真诚的歉意。他的行为似乎完全违背了他自己的意愿,就像是被某种力量驱使着。事实上,他和受害者一样无助。

站在马头旁的同伙焦急地问:"好了吗?"

"好了,先生。"控制住西比尔的男人粗声答道。然后他轻轻地把这个无助的女孩抱在怀里,小心地把她放在汽车副驾驶座上,把一件行车用的外套披在她身上,竖起高领子,遮住她嘴上的丝手帕,她的帽子被一顶"汽车帽"取代,帽檐被拉得很低。然后这个胁迫者回去骑马,他的同伙坐在驾驶座上开车走了。

恐惧完全被冷静所取代后,西比尔意识到任何逃跑的努力都是徒劳,她明智地保存自己的体力,准备随时抓住任何可能出现的机会。她偷偷地试着解开绑住她的绳子,还努力解开那块堵住嘴不让她叫出声的手帕,但是捆绑她的人太有技巧了。她转过头想看清司机的脸,但在黑暗中,司机竖起领子,把帽子拉得很低,还戴着"汽车眼镜",有效地隐藏了身份。

经过护林站的时候,西比尔看到了树林间的灯光,她才又开始了挣扎。她用尽全身的力气想挣脱双手的束缚。只要她用那年轻有力的声音叫一下,布莱恩·奥克利就会很快追踪这辆汽车,那么她的安全就将得到保证。在那条山路上,森林管理员的马很快就能追上他们。她甚至试图跳车,但是因为她被捆绑着,司机的手很容易就抓住了她。于是她坐回座位上,由于徒劳的挣扎而筋疲力尽。

汽车停在橡树丘脚下。一直骑着西比尔的马的人随后也到了。两个人即刻把一袋袋的补给品和毯子——正如西比尔所猜测的——放在马身上。过了一会儿,那个绑她的人,轻轻地把她从车上抱下来。当他抱着她走向马的时候,他附在她耳边说:"别伤着自己,小姐,这对你没有好处。"西比尔不再抵抗,被他扶上了马鞍。

那辆车的司机低声对他的同伴说了些什么,西比尔听到绑架她的人答道:"这个女孩跟我在一起会像在自己家里一样安全。"

对方又说了什么,女孩只听到了回答:"别担心,我明白,我会完成任务,你让我没有时间做其他的事了。"

然后,这个看似唯命是从的人拉住马辔,牵着缰绳,领路上了峡谷。在他们身后,西比尔听到汽车开动折返的轰鸣声,随后汽车声渐渐消失,只余下那人的铆钉筒靴和马蹄铁的撞击声打破夜晚的寂静。

有一次,胁迫者停了一会儿,走到马肩的位置,询问她是否还舒适。那女孩低下头。"我很抱歉堵住了你的嘴。一旦安全了,我就把它取下来,但我现在不敢冒险。"他忽然转过身去,继续往前走。

西比尔从同行之人的态度中隐约看到一线希望，她确信眼下没有危险，显然，他的行事违背他自己的意愿。她很明智的决定，要努力争取他的同情，使他在完成操控者的任务时良心发现，而不是通过不断的抵抗和意图逃跑来激怒他，这样会使他更容易服从操控者的命令。

他们离开峡谷，走上月桂溪小径，来到了焦松。在这里，男人摘下了勒住女孩嘴的手帕。

"哦，谢谢你。"西比尔平静地说，"这样好多了。"

"很抱歉我不得不这么做。"他回答的同时松开了她胳膊的束缚，"好了，你现在可以下来休息，我给你准备一点儿便餐。"

西比尔跳到地上。"束缚解除了，这样轻松多了。"她说，"但是我真的一点儿也不累，我能帮你拿背包吗？"

"不用。"对方生硬地回答，似乎明白了她的意图，提高了警惕，"我们只会在这里待几分钟，前面还有很长的路要走，你必须休息。"

她顺从地坐在地上，背靠着树。

他们在微弱的星光下吃着饭，她开口问道："我可以问一下你要带我去哪里吗？"

"路很远，安德烈斯小姐，我们明晚才会到。"他不情愿地回答。

她借机胆怯地问道："好吧，是……有人在……在我们旅程的终点等着我们吗？"

那人语气缓和了些:"不,安德烈斯小姐,在未来一段时间里,只有你和我。而且,"他补充道,"你无须怕我。"

"我一点儿也不怕你,"她温柔地回答,"但我……"她犹豫了,"我为你感到遗憾……因为你不得不这么做。"

那人倏地站起身。"我们必须走了。"

在距离焦松一段距离的地方,他们沿着月桂溪小径朝圣戈尔戈尼奥进发,然后转到一条只有这个男人知道的未被标记的路。一天中的第一缕柔和的色彩在山峰和山脊后的天空中闪耀时,西比尔的朋友们正聚集在清溪峡谷的卡尔顿牧场,布莱恩·奥克利指挥着当天的搜寻工作。此时,西比尔跟随着绑架她的人在荒山深处的野地里行走,离任何一条小径都有数英里远。这个地区对她来说是陌生的,但她知道他们所处的位置远高于峡谷边缘,在圣贝纳迪诺山脉的一侧,正朝着远处冷水区域走去,那里通向遥远的大荒漠。

随着光线越来越强,西比尔看到她的同行者是一个中等身材的男人,肩膀和胳膊都很强壮,穿着卡其布衣服和登山靴。在他的胳膊下,女孩看见了熟悉的温彻斯特来复枪的枪托。他迈着有力的步伐,以一种近乎不知疲倦的力量领着路。不久之后他停下来,当他转过身时,她看见他的脸。这张脸还不错。络腮胡子遮住了嘴巴、面颊和喉咙,但鼻子还算秀气,额头宽阔而显得聪明。女孩觉得,那双棕色的眼睛里好像存放着无法逃避的回忆,流露出一种惆怅和悲伤。

"如果你愿意的话,我们将在这里吃早餐,安德烈斯小姐。"他严肃地说。

"我好饿。"她回答着跳下马,"我可以煮咖啡吗?"

他摇了摇头。"对不起,一定不能有烟雾,会暴露位置。森林管理员和他的骑手们说不定现在都撒出去了。"

"你似乎对这个地方很熟悉。"她说着,故作轻松地朝他倚在一棵树上的来复枪走去,此时他正忙着拿那包补给品。

"是的。"他回答,"我不得不彻底了解它。顺便说一句,安德烈斯小姐,"他一面跪在地上从那包补给品里拿食物,一面头也不回地补充说,"那把温彻斯特枪对你毫无用处,它没装子弹,子弹都在我的腰带上。"他站起身来,面对着她,解开外衣,摸了摸斜挂在肩上至左腋下的皮套里的柯尔特四十五口径子弹,"这将在需要快速行动时发挥作用,而且你看,它们总是安全地放在你够不着的地方。"

西比尔笑了。"我承认我受到了诱惑,"她说,"我早该知道你把来复枪放在我伸手可及的地方是在考验我。"

"我想,提前把事情说清楚能让你避免不必要的失望。"他答道,"早餐准备好了。"

这件事使西比尔必须对付的这个男人的性格暴露无遗,她比以往任何时候都更明白,她唯一的希望就是赢得这个人的同情和友谊,这样他就会转而对抗那个把他逼到现在这个地步的人。这场斗争将是一场无声的精神之争,战争的力量看不到,但能感觉到，而战斗的人必须经常面带微笑地作战。西比尔的任务是招募胁迫者为她而战，并与他自己抗争。她清楚必须谨慎地接近她的目标。她急于想知道是谁控制了这个人，想知道如此坚强的人会屈从于什么特殊的力量，可她不敢开口询问。时间一小时接着一小时过去了，他们越来越深入山野。她留意着，等待着她的同行者情绪上的某种迹象，能让她觉得接近他是安全的。与此同时，她运用了所有女性的机智，使他忘记了他那令人讨厌的身份，从而使他不情不愿的任务尽可能地令人愉悦。

西比尔不清楚自己的决定能在多大程度上引起胁迫者的钦佩和同情。她没有歇斯底里的呻吟和疯狂的恳求，而是冷静、镇定、勇敢地面对形势，沉着、警惕地备战，这更能实现她的目的。

在那个漫长的上午，她设法同绑架她的人攀谈起来，假装他们是在进行一次双方都感到舒适的愉快旅行。这个男人好像也希望他的思想尽量远离他真正的使命，于是欣然回应，并且成功地使自己成为一个真正有趣的伙伴。只有一次，女孩冒险接近了他的底线。

"真的，"她说，"我要是知道你的名字就好了。不知道怎么称呼你，这看起来很傻。是不是我的要求太过分了？"

这个男人有一段时间没有作答，西比尔看到他的脸上布满了阴郁的思绪。

"对不起，"她温柔地说，"我……我不应该问的。"

"我叫亨利·马斯顿，安德烈斯小姐。"他慎重地说，"但这不是我现在使用的名字，"他痛苦地补充道，"这是一个体面的名字，我想再听听……"他停顿了一下，"想听你叫这个名字。"

西比尔温和地回应道："谢谢你，马斯顿先生……相信我，我很感激你的信任，而且……"她又犹豫了一下，"我也会保密的。"

中午时分，他们已经到达了加莱纳山脉的花岗岩峰，经过一条没有标记的路，穿过清溪峡谷顶端周围的荒野。

他们吃完午饭，马斯顿看了看表，从口袋里掏出一面小镜子，站在那里期待地凝视着远处山谷，费尔兰就隐在山谷蓝色的薄雾下。不一会儿，一道闪光出现了，然后一道又一道。这是亚伦·金在搜寻的第一天看到的信号，他让布莱恩·奥克利注意的那次。

花岗岩峰上的男人用他的镜子应答。女孩看着他，明白他是在和什么人交流，只见他气得脸都黑了，但她没有吭声。

从山顶出发，他们大概走了半英里，这时那个人又停了下来，说："请你在这儿下马。"

他把马鞍上的东西拿下来，牵着马沿着加莱纳山谷那一侧的山脊走了一小段路，把缰绳绑在一棵树上。然后，他张开手拍打马头，迫使马挣断缰绳，向远处的山谷跑去。西比尔又一次看明白了，但没有做出任何评论。

他扛着背包，羞愧地避开她的眼睛，粗声说："走吧。"

现在，他们从更高的山峰和山脊往下走，进入冷水区域的峡谷。没有任何现成的道路，但这个人轻车熟路，好似在家里走路。在深谷顶部，他们像是被迎面而来的不可思议的悬崖挡住了去路，那悬崖从他们头顶上方一千英尺高的地方，笔直垂到下面一千英尺的松树树冠上。他停下来询问地望着那姑娘。"你的头脑很冷静，安德烈斯小姐。"

"我在山区出生，马斯顿先生。"她笑着回答，"你不用为我担心。"

他走到绝壁的边缘，领着她走在狭窄的岩架上，越过眼前的悬崖。然后，他们沿着一条比较容易走的小路，顺着峡谷对面的山壁下去。

下午晚些时候，他们到达了一间小木屋。这间屋子隐藏在狭窄的峡谷底部荒芜的山野之中，一百码开外就看不见它了。

西比尔知道他们已经到达旅程的终点。由于几个小时的体力消耗，加上精神紧张，她耗尽气力，瘫倒在作为同伴的胁迫者为她铺在地上的毯子上。

"天一黑，我就给你做一顿热腾腾的晚餐。"他和善地看着她说，"可怜的孩子，这对你来说是非常、非常艰难的一天。对我来说……"

强忍住泪水，她试着感谢他。他低头看了她一会儿。接着，她看见他气得黑着脸，紧攥拳头转身离去。

为了等黑夜降临好掩盖生火产生的烟，他从附近的树林捡了一些雪松树枝,在小屋里为女孩铺了一张舒适的床。天一黑,他就在简易的壁炉里生起火。几分钟后,就招呼开饭了。晚饭真的不错,尽管处境艰难,西比尔还是尽兴地吃着,胁迫者对此赞赏有加。

吃完饭,他笨拙地说:"安德烈斯小姐,谢谢你让我今天过得这么轻松。我们俩要单独待在这里,至少到星期五为止,也许会更长。这有一根闩门的木棒。你可以放心地在这里休息,就像在你自己的房间里一样。晚安。"

她还没来得及回答,他就走了。

几分钟后,西比尔站在敞开的门前喊道:"马斯顿先生。"

"到,安德烈斯小姐。"从外面的黑暗中立刻传来一声回应。

"请进屋来。"

没有应答。

"外面会很冷的,请进屋吧!"

"谢谢你,安德烈斯小姐,不过我会安然度过。插上门,然后睡觉去。"

"但是,马斯顿先生,如果我知道你睡得舒服些,我会睡得更好的。"

那人走到她跟前,她看见他站在昏暗的火光中,手里拿着帽子。他惊讶地问:"安德烈斯小姐,你的意思是说,如果我和你同住在这间小屋里,你睡觉时不会害怕吗?"

"不,"她回答,"我不害怕,进来吧!"

但是他没有跨过门槛。"你为什么不害怕呢？"他好奇地问。"因为，"她答道，"我知道你是个绅士。"

那人厉声笑了起来——这种笑西比尔从未听到过。"一个绅士！这是许多年来我第一次听到有人如此称呼我。安德烈斯小姐，你没什么理由使用它，因为我对你所做的一切——和现在正在做的。"

"哦，但是你看，我知道你是被迫做这些的，你是个绅士，马斯顿先生，请你进来睡在火炉旁边好吗？你在外面会很不舒服的，这一天你也真够受的。"

"愿上帝保佑你，因为你心地善良，安德烈斯小姐。"男人断断续续地说，"不过今晚我不会打扰你，你难道不明白，"他粗暴地补充道，"你难道不明白，我……我不能吗？请关上门，让我扮演好属于我的角色。你对我的好意，对我的信任，都徒劳无用。"

他突然转身消失在黑暗中。

第三十六章
他该怎么办?

次日早上,西比尔·安德烈斯很清楚,那个自称亨利·马斯顿的人彻夜未眠。

一整天,她都在密切关注着这场战斗——看着他的内心在天人交战。他躲得远远的,话也很少。天刚擦黑,晚饭一结束,他就又离开了小屋,在黑暗中度过漫漫长夜,女孩隐约感觉到他仍处于自我矛盾中。她虽不懂,但觉得他在挣扎、抗争。她明白她的事令他饱受煎熬。到底是什么?是什么样可怕无形的力量控制了这个人,即使他如此憎恨自己的屈服,却还是被迫俯首听命?

警惕、戒备、希望、绝望,这个无助的女孩百感交集,她只能祈祷上帝赐予她的同伴力量。

第二天吃早饭时,他告诉西比尔他必须去花岗岩峰发信号。他得到的命令是把她锁在小屋里,独自前往,但他不想这么做,如果她愿意的话，可以和他一起去。

到目前为止他还在反抗他主人的命令——即使是这一点点的鼓励，也使女孩心中充满希望。"我很想和你一起去，马斯顿先生，"她说，"但如果这会给你带来麻烦，我宁愿留下来。"

"你是说，你宁愿一整天被关在小屋里，也不愿给我惹麻烦？"他问。

"没那么可怕，"她回答，"我想做点儿什么……做点儿事来……报答你对我的善待。我也做不了别的事，不是吗？"

那人讶异地看着她，她的诚意不容置疑。从他的脸上，西比尔从来没有见过一个人的内心如此痛苦。与她对视的那双眼睛充满了疑问、恳求和撕裂的灵魂。她难以自控地热泪盈眶，藏不住眼中泛出的泪水，只好转过身去。

最后，他一字一顿地说："不，安德烈斯小姐，你今天不应该待在小屋里。来吧，我们得走了，不然我要迟到了。"

在花岗岩峰上，西比尔注视着从遥远的费尔兰发出的闪烁的信号——此刻亚伦·金也站在他们最后一次攀登时曾坐过的山峰，盯着这个信号。当逃犯用镜子回应时，他旁边的女孩看着，而画家则透过望远镜瞄准他们站着的地方，但是他们被遮住了一部分，而且距离实在太远了。

当绑架西比尔的人接到闪光传达的信息后，他回过身，脸色很难看。女孩用不着问，就知道危机即将来临，致命的恐惧攫住了她的心，但她出奇地镇静。在回小屋的路上，那个男人只顾低着头走路，几乎不说话，西比尔感到他内心的正邪两股势力在较量、博弈。她想喊出来，恳求他、要求他说出他为什么必须做这件事的原因，但她不敢。她本能地知道他必须独自抗争。所以她看着，等着，祈祷着。当他们面对着峡谷壁，走在狭窄的岩架上时，那男人驻足，忧郁地望着下面的深渊，似乎忘记西比尔的存在。然后他们又继续赶路。那天晚上，他没有一吃完晚饭就离开小屋，而是坐在小屋里的一张简陋的椅子上凝视着炉火。

女孩的心跳加快了，只听他说道："安德烈斯小姐，有一件事我自己也不能做出满意的决定，想问问你的意见。"

她坐在壁炉的另一边。

"什么事，马斯顿先生？"

他回答："我会把它说成一个故事。"他一时觉得很难开口，等了几分钟后，他接着说，"安德烈斯小姐，这是一个久远的故事，一个常见的故事，但又有其独特之处。一个年轻人，他在这世上闭着眼都能走一条正确的道路，可他却走错了。他的父亲是一个有钱有势的人。他出身高贵，受过良好教育。他有许多朋友，有好有坏。我不认为那个人是有意干了坏事，但我也不能为他开脱。他是个傻瓜……彻头彻尾的傻瓜。而且，他必须为自己的愚蠢付出代价。

"安德烈斯小姐，一个年轻人要为自己的愚蠢受到三十年的监禁，这代价太大了。他刚进监狱的时候才二十五岁——刚健有力，头脑清醒；而未来监狱生活的前景……但这不是故事的一部分。我不指望你能明白,对一个二十五岁的人来说,被判三十年监禁意味着什么。但是至少,你不会感到奇怪的是,这个人一直在寻找逃跑的机会,他祈求有个机会。十年来……十年……安德烈斯小姐,这个人一直在守望着,祈求着一个逃走的机会。终于他逃跑了。

"你必须明白,他从本质上并不是一个罪犯。现在他不想再过罪犯的生活了,他只想要理智、守法、有益、自由地活着。他们把他追逼到山里。虽然无法抓捕到他,但也把他困在山里。他饿得……快死了,但他不肯放弃,不肯回到等待着他的二十年的地狱生活,他不想死……但他宁死也不愿回去。

"后来有一天,当他快要死的时候,一个男人发现了他。这个被穷追不舍的逃犯激发起他的怜悯。他主动提供帮助,给这个可怜的、快要饿死的家伙提供食物,安排给养,直到他可以安全离开藏身之处。他给逃犯带来了食物、衣服和书籍。最后等逃犯那长期囚禁导致惨白的脸色消失,头发和胡须变长,狱中的举止和步态在某种程度上被遗忘,警官们以为他死在山里,放弃搜寻的时候,他的恩人就会给他一份工作——在橘园的美好的工作。在那里他会是安全、快乐和有价值的,可以感觉到自己是一个人。

"安德烈斯小姐,你会因那人的感激而觉得奇怪吗?你会疑惑为什么他崇拜他的恩人,把他的恩人看作救世主吗?"

"不,"女孩答道,"我不奇怪。帮助那些回归正道的可怜人是一件很好的事情，我并不疑惑那个逃犯对他恩人的敬爱。"

"但是听着，"对方说，"当那个逃犯开始感到安全，当他看到自己脱离了危险，当他过着体面、快乐的生活，而不是在他们称之为监狱的地狱里苦熬，当他期盼未来是幸福的而不是痛苦的岁月时，有一天他的恩人忽然来找他，对他说：'除非你现在照我说的做——除非你帮我做我想做的事，否则我就把你送回监狱去。照我说的去做，你的生活就会照你所计划的继续下去。你要是拒绝，我就把你交给警官，你就会回到地狱度过余生。'

"安德烈斯小姐，你会惊讶于逃犯服从了他的主人吗？"

女孩的脸因绝望而发白，但她并没有失去自制力。她思考着回答那个人，仿佛他们在讨论无关彼此切身利益的一些问题。"我想，马斯顿先生，"她说，"这将取决于那个人想要逃犯做什么。在我看来，我可以想象那个逃犯在监狱里会更快乐，因为他知道他没有按照那个人的指令去做事；而不是他自由了，还得时时回忆起他为获得自由所做的那些事。那人想要你做什么？"

西比尔屏息以待。

壁炉另一边的那个人没有说话。

最后，亨利·马斯顿激动得声音嘶哑："用代价交换自由、高尚和有益的生活，或者仅仅带着做了一件好事的记忆去地狱，安德烈斯小姐，这个人应该如何抉择？"

"我想，"她回答，"你应该直截了当地告诉我，那个人究竟想让逃犯做什么。"

"我继续讲这个故事。"绑架者说。

"那个逃犯的恩人——或许我应该说是主人——爱着一个拒绝他示爱的女孩。出于某种原因,这个女孩突然出人意料地离家出走了,她匆匆留下一张便条,只说她要走了。那人偶然发现了这张便条,觉得机会来了。他猜想那女孩一定会去山中的朋友那里,他想着如果他能截住她,把她藏起来,谁也不会知道她发生了什么事。他相信在和他单独相处了那么多天之后,她宁愿嫁给他,也不愿面对世人,因为她离家的方式会为她和他私奔的故事增添色彩,他们的婚姻将挽救她的名声。他要求那个他本可以送回监狱去的人帮助他。

"你一定要记住,安德烈斯小姐,逃犯一直确信他的恩人心地仁慈。他知道,这个男人有能力给予他妻子优渥的生活——成千上万的女人都乐意嫁给他。那人向逃犯保证,他只想当着全世界人的面娶那女孩为妻。他甚至同意,在她正式成为他的妻子前,这个逃犯可以一直保护她,而且这个逃犯将亲自见证结婚典礼。"这个男人中断了自己的话。

在女孩没有回应的时候,他又问了一遍:"安德烈斯小姐,你会惊讶于逃犯服从他的主人吗?"

"不,"女孩轻声说,"我不惊讶。但是,马斯顿先生,"她迟疑地继续说,"如果那个男人不想……如果他不想娶那个女孩的话,你认为你故事里的那个逃犯会怎么做呢?"

"我知道他在那种情况下会怎么做。"对方坚定地回答,"他会回到地狱过二十年,如果需要的话,他宁愿回到地狱过五十年,也不愿以这样的代价换取自由。"

那女孩急切地向前探着身子。"假设……假设那个逃犯执行了他主人的命令……假设他把那女孩从她的朋友们身边带走了……那么,假设那个男人不会娶她呢?"

小屋里一时寂静无声,除了壁炉里噼里啪啦的炉火,以及一根烧成两截的木棍掉在灰烬里的声音。

"如果这个男人不娶这个女孩,逃犯会怎么做?"西比尔坚持问道。

逃犯以法官宣判时那种庄严的口吻说:"如果这个人违背了他的诺言,如果他对逃犯撒谎,如果他对那女孩的目的不是一桩体面的婚姻,如果他在逃犯尽了自己的职责后拒绝履行承诺,他就会死,安德烈斯小姐。这个逃犯会杀死他的恩人,就像只有公正的上帝才能说什么是对什么是错。"

西比尔发出一声低呼。

逃犯似乎没有注意到。"但是这个男人会遵守诺言的,安德烈斯小姐,他想娶她为妻,他能给予她当今所有女人渴望在婚姻中得到的一切,在世人眼中,她会被成千上万的人羡慕。逃犯也将获得自由和过体面生活的权利——通过诚实的劳动来谋生的权利。为自由和光彩的一生付出代价,或者仅带着一件善事的回忆去地狱——安德烈斯小姐,他应该选择哪一种?逃犯自己也决定不了。"

对于这个令人困惑的问题,女孩诚实地回答:"马斯顿先生,我不知道。"

壁炉另一边的那个人等了一会儿,然后起身悄悄地离开小屋。直到听到关门声,女孩才知道他走了。

·※·※·

在冷水地区的山野中,在那间藏于深谷的小木屋里,西比尔·安德烈斯坐在快要熄灭的炉火前,等待黎明的到来。在加莱纳山脉高高的、大风呼啸的岩架上,亚伦·金毫不动摇地迈着疲惫不堪的步伐。在清溪峡谷,迈拉·威拉德和康拉德·拉格朗日等待着,而布莱恩·奥克利则在制订翌日的计划。在加莱纳山谷,一辆来自费尔兰的汽车停在通向花岗岩峰的峡谷口。在黑夜中的某个地方,有个人为了分辨是非而苦苦挣扎。

第三十七章
那个男人疯了

第二天早上,西比尔·安德烈斯和他的同伴都没有重启前一晚的谈话,各自心事重重,沉默不语,心里都有说不出的烦恼。

随着上午时间的流逝,西比尔看到那个男人常常在倾听,好像在留意山坡上的脚步声。虽未被告知,但她知道逃犯正等着他主人的到来。大概十点钟,他们听到声音,有人要来了。

那人抓起来复枪,往弹匣里装了一发子弹,临走前对那女孩说:"快进屋去,把门闩上。快,照我说的做!在我叫你之前别出来。"

西比尔服从了。逃犯手里提着枪,消失在茂密的灌木丛中。

几分钟后,詹姆斯·拉特利奇扒开灌木丛,踏进小木屋前的空地。逃犯胳膊下夹着枪也出现了。

刚来的人向西比尔所认识的亨利·马斯顿打招呼:"你好,

乔治，一切都好吗？她在哪里？"

"安德烈斯小姐在小屋里。我听见有人来了，就叫她进去，我自己也躲在灌木丛里，直到确定来人是你。"

拉特利奇笑了："做得好，乔治。不必担心，一切都像墓地一样平静。他们找到了那匹马，现在他们认为那女孩自杀了，或是在神志不清的情况下，在山间游荡时出了意外。"

"我想，补给品你还是放在老地方了吧？"逃犯说。

"是的，我带来一些我拿得了的。"拉特利奇一边说着，一边指了指从肩膀上滑落的背包，"你最好今晚去把剩下的都拿来。如果你现在走，明天中午前就能回来。"

小屋里的西比尔听到了每一个字，吓得浑身发抖。逃犯又说话了。

"你的计划是什么，拉特利奇先生？"

"现在，别管我的计划，计划等你回来再议，你必须马上动身。你说安德烈斯小姐在屋里？"他转身朝门口走去。

但对方马上说："等一下，先生，在我走之前，我有一句话要说。"

"好吧，有话快说。"

"你不会忘记你对我的承诺吧？"

"当然不会，乔治。你是安全的。"

"我指的是安德烈斯小姐。"

"哦，当然不会！怎么了？"

"没事，只是她在成为你的妻子之前由我来照顾。"

詹姆斯·拉特利奇笑起来。"你回来之前，我会好好照顾她，你不必担心。你不会怀疑我的话吧？"

"如果我怀疑你的话，我会带安德烈斯小姐一起去。"逃犯简单地回答。

詹姆斯·拉特利奇好奇地看着他："哦，你会吗？"

"是的，先生，我会的。我想我也应该告诉你，如果你忘记了你的承诺……"

"好吧，如果我忘了你会怎么做？"

对方回复得很慎重："如果你不信守诺言，我就杀了你，拉特利奇先生。"

詹姆斯·拉特利奇没有作答。

逃犯走到小木屋前，敲了敲门。

西比尔问道："什么事？"

"现在请你出来吧，安德烈斯小姐。"

女孩打开门，低声对他说："谢谢你，马斯顿先生。我都听到了。"

"我就是想让你听到，不要害怕。"他轻声回答，接着提高嗓门说道，"我得去拿些补给品，安德烈斯小姐。我明天中午回来。"

他走到小屋的拐角处不见了。

西比尔·安德烈斯对詹姆斯·拉特利奇保持缄默。那一天，他清楚地表明了对她的企图，而她则拿起枪来拒绝他的求欢。此后，面对他时，她不再像以前那样害怕了。逃犯对那个本可以送他回监狱度过余生的人的一番警告，给了她勇气。她不相信，就目前而言，拉特利奇除了听从警告外，还敢意图不轨。

詹姆斯·拉特利奇带着志得意满的微笑望着她。"真的，"他终于说，"见到我，你看起来一点儿也不高兴。"

她没搭腔。

"我饿得要命。"他笑了一声，朝站在小屋门口的她走去，"从半夜起我就一直赶路，急着要到这儿来，都没空停下来吃早餐。"

她让开屋门，走了出去。

他又一笑，进了小屋。

他吃饱之后，又回到西比尔身边。此时，她坐在小空地另一边的圆木上。"你在这儿好像过得挺舒服。"他说。

她没理他。

"我猜，你和我的人相处得很好，他待你很好吗？"

她还是不予回应。

他气急败坏地说："听我说，我的姑娘，你不能一直这样下去。把你想说的都说出来，让我们把这事了结。"

她一直目不转睛地瞪着他——那双蓝色的大眼睛流露出困惑的愠怒。"你怎么能这样？"她终于说出来，"哦，你怎么能做这种事呢？"

他满脸通红。"我这么做还不是因为你把我逼疯了。从我第一次见到你开始,我就一直想要你。在过去的三年里,我一而再,再而三地试图接近你,但你瞧都不瞧我一眼。你越是拒绝我,我就越要得到你。然后那个男人,金出现了。你那么友善地对待他,这使我发狂。自从我在孤独屋那边的山上撞见你的那天起,我已经做好一切准备。我下定决心,如果我不能通过正当手段赢得你,我将不择手段夺取你。我充分利用这次千载难逢的机会抓住了你。现在流言已经传开了,你当了画家的情妇,自杀了。你要在这里待上一段时间,直到大家确信你已经死了,然后你会和我一起去东部。"

"你不能做这么可怕的事!"她大声喊道,"我会把这件事告诉我们遇到的第一个人。"

他冷笑了一声,意味深长又蛮横地提醒道:"你好像还不太明白,等到该走的时候,你将非常愿意对此事三缄其口的。"

西比尔又怕又羞,手足无措,结结巴巴地说:"你怎么能……哦,你怎么能!为什么,为什么……"

"为什么?"他重复着,然后,当他朝她迈出一步时,肆无忌惮地骂着亵渎的话,"去问造就我的上帝,为什么我想要你!去问让你如此美丽的上帝,为什么!"

他又向她迈了一步,疯狂的激情控制了他,他的脸涨得通红,眼里燃烧着不计后果、不计代价的鲁莽之光。那女孩见状吓得跳了起来。她猛地一转身,跑进小屋,想把门插上。她走到门边,嘭地关上门,却不见闩门的木棒。刚才他在屋里,已经把它放在了她够不着的地方。面对姑娘的抵抗,他用肩膀顶住门,轻而易举地就把门推开。当他跨过门槛时,她蹲到小屋最远的角落里,蜷缩着浑身发抖,吓得叫不出声来。他停了片刻,又朝她走去。

就在这千钧一发之际,逃犯从矮树丛中冲进那片小空地。听到这个声音,拉特利奇急忙回身,奔到敞开的屋门口。

逃犯跑得上气不接下气。

"你在这儿干什么?"拉特利奇厉声问道,"出什么事了?"

"有人在追踪我从花岗岩峰下来的脚印。"

"那你带着的枪是做什么用的?"拉特利奇粗暴地说,夹杂着一声咒骂。

"也许附近还有其他人能听见枪响呢。"逃犯回答,"另外,拉特利奇先生,这是你的游戏,不是我的,我不会为你杀人。"

"你在哪儿看见他的?"

"峡谷顶端半英里处,我们拐道去补给点的地方。"

拉特利奇手里拿着来复枪,从屋里走了出来。

"你留在这里看好那个女孩,注意别让她尖叫。"说完最后一句话他就跑了。

逃犯冲进小木屋,西比尔仍然在角落里缩成一团。那人恳求着:"安德烈斯小姐,安德烈斯小姐,怎么了?他碰过你吗?告诉我,他伤害你了吗?"

女孩抽泣着伸出双手，由逃犯扶着站起身。"你……你来……来得正是时候，马斯顿先生。"

他在那儿站了片刻，低声嘟囔了几句，转身拿起来复枪，朝门口走去。

但是，当他走到门口时，西比尔喊道："马斯顿先生，不要，不要再离开我了。"

逃犯踟蹰了一下，然后郑重地说："安德烈斯小姐，你能祈祷吗？我知道你可以，你是个好女孩。如果上帝能听到祈祷，那他一定会听到你的。跟我来，来……祈祷吧姑娘……为我祈祷。"

·※·※·

针对刚才詹姆斯·拉特利奇的行为所能做出的最宽恕的解释，就是接受他自己对西比尔所说的——他疯了，如同泰恩先生一样疯狂，如同泰恩夫人一样疯狂。

在那个物欲横流的时代，对于这个阶级的人还能说些什么呢？这类人对艺术家们提出的要求，不是在他们面前摆上真理、纯洁和美丽的理想，而是要用充满强烈欲望的思想来满足他们病态的心灵，用淫荡臆想来刺激他们变态的激情。一个阶级——不管其披着什么样的文化伪装——在小说、绘画、音乐和戏剧中，把那些最能唤起人类容许的最卑劣的激情视作伟大的艺术，这样的阶级能被准确判定为神智健全的阶级吗？

詹姆斯·拉特利奇是在一种不能容忍纯洁思想的氛围中出生、长大并接受教育的。他根本不可能理智地思考生命中最圣洁、最庄严、最基本的事实。教育、文化、艺术、文学——这些通常意义上被认为是人类有别于野兽的素养，都被他的同类们用来扭曲自己的天性，以至于堕落到兽性的深渊，甚至到了连愚蠢的动物都无法企及的境界。詹姆斯·拉特利奇在他所谓的对西比尔·安德烈斯的爱中疯狂了，但他并不比其他数以千计的人更疯。他们获取欲望对象的手段各异，动机却是相同的，追求的目标也是相同的。

当他急匆匆爬上山坡，从隐藏着小屋的深谷里爬出来时，他的头脑一片混乱——为他在即将胜利的那一刻被打断而愤怒；唯恐即将到来的人们把西比尔从他身边带走；害怕逃犯会惹麻烦，甚至应该避免更紧迫的危险；对自己如此盲目鲁莽的行事感到恼火；还有他应该如何去制止那个从花岗岩峰循迹追踪目标的人；他犹豫不决，心烦意乱，几近癫狂。他的耳边回响着那个逃犯的话："这是你的事，我不会为你杀人。"

在詹姆斯·拉特利奇的狂乱中，没有谋杀的一席之地——去摧毁纯真，扼杀美德，糟蹋一个灵魂——这在他那类人疯狂的哲学中是司空见惯的。但是去杀戮——故意夺去一个人的生命——这种想法是他所厌恶的。他没有接受过杀人的教育，他受过的教育使他认为这是一种反常的堕落行为。他小说中的英雄们没有杀人——他们辜负女人。在那些故事中,女主角不希望背叛者死去——她们爱这些人,还为了他们抛弃自己的丈夫。

但是,袖手旁观地站在一边,把西比尔·安德烈斯拱手相让,允许她从自己的身边被带走——而他自己却要面对随之而来的这件丑事不可避免地曝光——这也是不可能的。如果循迹而来的是一个人,如果他能被拦住,也许还有机会。但他怎么阻止呢?他能怎么办呢?一声枪响可能会招来一打搜索者。

当这些想法在他发热的头脑中沸腾时,他正在迅速地朝峡谷顶端的悬崖爬去。他知道,沿着踪迹前往下面小屋的人一定会经过悬崖。

到达能穿越那个巨大岩壁的岩架一端,他停了下来,眼前一个人也没有,另一端离此不到一百英尺。他往下看,看到一千英尺下,峡谷底部的树梢。他抬起头仔细地环顾四周,并在山坡上搜寻。那个山坡是从狭窄的峡谷边缘陡然向后倾斜形成的。他向上望着耸立在他头顶上一千英尺高的悬崖峭壁。他在听,在想,在思考,他内心的善与恶正激烈地争夺着主宰权。

他听到了从峡谷上方山坡上的岩架另一端传来的声响,便疾步走到悬崖突出的角落后面,手里拿着来复枪,等待着。

第三十八章
不可避免的冲突

亚伦·金顺着他在花岗岩峰上发现的足迹出发,沿着崎岖不平的加莱纳山峰艰难地走了很长一段路,忘却了疲倦。他急匆匆地、看起来精神抖擞地向前走着,同时敏锐地观察着,每一根神经都处于警觉之中,他知道这些痕迹一定会把他引向西比尔·安德烈斯。

他没有试图去解决西比尔是怎么来的问题,也没有停下来考虑和她一起走的那个人是谁,他甚至没有自问西比尔是死是活。无暇他想、不知所以、心无所感,他的眼前只有通往荒野深处的足迹;他对自己的身体状况漠不关心,没有食物;对他要去的蛮荒之地一无所知;他不顾自己的安危,但为了他心爱的姑娘,他还是尽可能小心谨慎地继续追踪下去。

痕迹一直顺着小屋所在峡谷的边缘,很快就把他带到了狭窄的峡谷顶端穿过悬崖的岩架边。这时他停下脚步认真观察四周，然后开始横穿绝壁。当他踏上岩架时，另一端传来一个严厉的声音："站住。"

听到这句话，亚伦·金立即站住了。

片刻过后，詹姆斯·拉特利奇从岩架另一端的岩石后面走出来，亚伦·金就在他的来复枪射程之内。

刹那间，亚伦·金恍然大悟。因为这个拦路者的出现以及他咄咄逼人的态度——那辆汽车以及从费尔兰用镜子传来的信号，这一切就都可以解释得通了。他的手朝挂在他臀部的武器移去。

"别那么做，"拿着来复枪的人说，"我不能冷血地杀死你，但如果你想拔枪，我就开枪。"

亚伦·金停下动作。

詹姆斯·拉特利奇又开口了，他的声音因激动而嘶哑："听我说，金，我没有必要否认我到这里来的原因，你追踪的线索确实指向西比尔·安德烈斯。整个夏天你都和她在一起，但我现在抓到她了。如果不是你鬼使神差地踏上那条小路，我就会把她带出这片地区，你就再也见不到她了。在你看到我之前，我本可以杀了你，但我做不到，我不是那种人。在这种情况下已经不可能和解了，我会给你一个为你的生命和西比尔而战的机会，也给我一个为了我的生命和西比尔而战的机会。把你的枪扔到够不着的地方，我的枪留在这里。我们在岩架上见。"

詹姆斯·拉特利奇不是懦夫，泰恩先生也不是——人们将记住这一点,就在他死的那天晚上,他还吹嘘自己是勇敢的。

亚伦·金毫不犹豫地解下装枪的腰带,转身把还在枪套里的枪扔在身后。在岩架的另一端,詹姆斯·拉特利奇把来复枪放在岩石后面。

那两个人谨慎地脱下外衣,把帽子扔在一边,他们站着互相打量了一会儿。亚伦·金的脑海里闪过在费尔兰车站发生的那一幕,当他被毁容女人的痛苦所触动时,他第一次和面前的这个人说了话。他们相识以来的事情,如闪电般接二连三地在脑中闪过,历历在目——拉特利奇在画室里遇见西比尔的那一天,他造访梧桐林营地的时候,泰恩家宴会的那个晚上——这一件件、一桩桩事使他们初次见面时的那种敌对情绪变得更强烈。而且,他似乎听到康拉德·拉格朗日在描述他的人生故事时,自始至终把这个角色叫作"欲望"。在那一瞬间,亚伦·金意识到这次碰撞是不可避免的了。

此刻,这两个人——他们的生活和性格都代表着如此对立的力量——站在那里望着彼此,都知道决斗将是,且一定是——至死方休。他们慎重地朝着岩架的中央走去,头顶上高耸着那座巨大的悬崖,一千英尺以下是峡谷底部的树梢。四面八方,宁静宏伟的群山在注视着他们,苍茫孤寂的荒野也在等待着。

当越靠越近时,他们像摔跤手一样小心翼翼地挪着步子,半蹲着,沉默又警惕。在他们的衬衫和长裤下,两人的体格都很健壮。詹姆斯·拉特利奇的体重更重些,但亚伦·金的肌肉线条更紧致分明,也更结实,弥补了他体重的不足。

他们扭打起来,就像蛮荒时代的原始人赤手空拳地对抗。他们扣住对方的胳膊,四肢盘绕在一起,表情僵硬,肌肉和神经都高度紧绷。一瞬间,他们撞上悬崖的岩壁,下一刻,又朝着岩架的边沿晃去,在令人眩晕的悬崖上摇摇欲坠。他们的心怦怦直跳,喘着粗气,咬紧牙关,扭作一团。

詹姆斯·拉特利奇的脚在岩石地面上滑了一下,但是经过孤注一掷的努力,他挽回了暂时的失利。亚伦·金连续几日的焦虑不安,夜晚无眠,长时间翻山越岭,没有足够的食物和充分的休息,早已疲劳过度——他感到自己的力量正在一点点地流失。对方的体重和耐力对他越来越不利。詹姆斯·拉特利奇也感觉到了这一点,他的眼睛开始闪耀着凶恶的胜利光芒。

这时他们呼吸急促,发出嘶哑、断断续续的喘息声,说明这场较量就要接近尾声了。亚伦·金慢慢地体力不支,拉特利奇乘胜追击,用尽全身的力气,把对方逼得连连后退、差点倒下。

就在那一刻,逃犯和西比尔·安德烈斯到达悬崖边。那女孩吓得大叫一声,站在那里好似顷刻间化为一尊石像动弹不得。

逃犯沉默着没有动,盯着正在殊死搏斗的那两个人。

西比尔啜泣着伸出双手,低声喊着:"亚伦!亚伦!亚伦!"

岩架上的那两个人听不到,也看不见。

西比尔再次开口,几乎声若蚊蝇,但她的同伴听到了。"马斯顿先生,马斯顿先生,他是亚伦·金,我……我爱他,我……

爱他。"

逃犯没有从苦苦挣扎的那两人身上移开视线,回答道:"祈祷吧,姑娘,祈祷,为我祈祷吧。"说着,他沉着地把来复枪架到肩上。

亚伦·金被压得单膝跪地。拉特利奇双腿发力稳固身形,身体向悬崖边缘倾斜,正在积蓄力量,准备进行最后的胜利一击。

那个逃犯顺着他那平直的来复枪枪管瞄准,又说了一遍:"姑娘,祈祷吧,为我祈祷吧!"话音刚落,他的手指就扣下了扳机,来复枪发出的尖锐的爆裂声打破了山峦的寂静。

詹姆斯·拉特利奇对亚伦·金的控制有所松动。不到一秒钟,他半直起身,都快站直了,然后,他倒下了,像被割草机锋利的镰刀割下的杂草一样,他的身体倒向下方岩石和树木,摔下悬崖,树枝断裂的声音和枪声的回响交织在一起。亚伦·金则僵直地躺在岩架上。

逃犯放下枪向前跑去。他抱起那个不省人事的人,带着他向小木屋走了一小段路,轻轻地把他放在地上。西比尔怀着爱的恐惧和痛苦,担心着亚伦·金,逃犯急忙对西比尔说:"安德烈斯小姐,他很快就会好起来的,我去拿他的外套和帽子。"

他跑回岩架,抓起死者的枪、外套和帽子,把它们丢下悬崖,同时迅速地横穿绝壁去拿亚伦·金的东西,接着他找回自己的来复枪,跑回女孩身边。

"听着,安德烈斯小姐,"逃犯说得很快,"金先生几分钟后就会好的,枪声很可能会招来他的朋友,如果没有的话,无论如何你现在也是安全的。我可不敢冒险了,再见。"

她坐在那儿,那个昏迷的男人的头枕在她的膝盖上。她惊讶地看着逃犯,"再见?"她疑惑地重复着。

亨利·马斯顿无奈地笑了笑。"当然,再见,我还能得到什么呢?"

过了一会儿,她看见他飞快地跑下山坡,就像旷野里被人追猎的动物。

第三十九章
更好的方式

西比尔·安德烈斯与那个唤醒了她女性柔情的男人独自留在山坡上,她俯下身子看着她所爱的已失去知觉的男人。只见亚伦·金因连日的奔波和决斗而胡子拉碴,灰头土脸,满头大汗;他的身体因精神的折磨已经憔悴衰弱,超出了体力的极限;他的衣服被尖锐的岩石、荆棘和灌木弄得又脏又破;而那双手——曾画出她站在玫瑰丛中的肖像的那双手,现在却伤痕累累,沾满了鲜血和污垢。看到这些,她一下就明白了。

就在她看着亚伦·金在岩架上苦苦挣扎的那一瞬间,她意识到他是为她而战,这唤醒了她对亚伦的爱。泰恩夫人在画室里对她说的话都烟消云散了。那些残酷的谎言、无情的谣传和卑鄙的指控,迫使她仓皇出逃,进山避难,来寻求她儿时朋友们的庇护。现在这一切都被她觉醒的爱情火焰烧成灰烬,她对逃犯喊出的那句"我爱他,我爱他"——不仅是她爱的宣言,更是一种胜利的断言,表明她相信他对她的爱,也是她对这个曲解他们友情的邪恶世界的回应。亚伦·金体内的生命力正促使他缓慢地恢复意识,西比尔一如既往地流露出自然的真情,关切地俯身亲吻着他的额头、头发和双手,说着情话,深情呼唤着他的名字:"亚伦,亚伦,亚伦。"但看到他即将醒来之际,她灵巧地脱下外套,把它垫在他的头下,往后退了一点儿。

亚伦·金睁开眼睛,惊奇地仰望着满山坡的深色松树。他的嘴唇动了动,随即西比尔听到他叫唤着:"西比尔,西比尔。"

她急忙靠过去,两颊绯红。"是我,金先生。"

"我又在做梦了吗?"他吃力地问,眼睛盯着她,似乎在竭力控制自己的感情。

"不,金先生,"她轻快地回答,"你不是在做梦。"

就像人们在一团乱麻的事件中挣扎着想理出头绪似的,他仔细地回忆刚刚过去若干小时所发生的事。"我站在山顶上,就是那个我和你一起吃午饭时,你想让我看到'金州号'从山口下来的那个山顶。那天布莱恩·奥克利派我在那里留意秃鹰。"他别过脸去等了一会儿,又接着说,"我看见了费尔兰和花岗岩峰之间交流的闪光。我给布莱恩留了张便条,就往这儿走了。我花了一个晚上走到花岗岩峰,发现了踪迹。是两个人的,一男一女的鞋印。我循着脚印来到峡谷顶端的岩架上,"他卡住了,到此前为止,他的思路是清晰的,"有人拦住我了吗?有没有……有没有打斗？还是说那是我梦中的一部分？"

"不，"西比尔轻声说，"那不是梦。"

"我正要去找你的时候，是詹姆斯·拉特利奇拦住了我？"

"是的。"

"那么在那儿……"他借着冲劲坐起来，抓住她的胳膊，"我的上帝！西比尔……安德烈斯小姐，我……我做了……"他未能把话说完，因激烈的情绪又瘫倒了。

那姑娘语速很快，声音清晰、坚决，这使他振作起来，强迫自己回忆。

"想想，金先生，想想！你还记得什么吗？你在决斗……你的体力在减弱……你不记得了吗？你一定要想起来，一定要！"

他抬头望着她。"有枪声吗？"他缓慢地说着，"我觉得我脑子好像突然断片了，漆黑一片。有枪响吗？"

"有。"她答道。

"我没有……我有没有……"

"不，你没有杀死詹姆斯·拉特利奇。要不是你听到的那声枪响，他就会杀了你的。"

"那拉特利奇……"

"他死了。"她坦白地回答。

"那是谁？"

她言简意赅地叙述了整个过程。从她在画室里遇见泰恩夫人，直到几分钟前那逃犯离开她为止。"现在，"她说完迅速站了起来,"我们必须回小木屋去。那里有食物,你一定快饿死了。我给你做晚饭,等你好好睡一夜,我们就回家。"

"不过首先,"他勉力起身,站在她面前说,"我得告诉你一件事,我应该早点儿告诉你的,但我一直在等,等我觉得你已经准备好了。现在,我想知道你是否明白,是否准备好了听我说。"

她直视着他的眼睛回答:"是的,我知道你想告诉我什么,但别……别在这儿对我说。"她打了个寒战,对方想起了躺在悬崖脚下的尸体,明白了她的意思。"等一下,"她说,"等我们回家了再说。"

"那你准备好了就来找我?你想让我说的时候?"他问道。

"是的,"她温柔地答复,"我准备好了就去找你。"

· ※ · ※ ·

在峡谷的小屋里,西比尔匆忙准备了一顿丰盛的饭。现在没有人会害怕被看到烟雾了。接下来,她用雪松枝和毯子,在靠近壁炉的地板上为他铺了一张床。他想搭把手,但被她拒绝了,说他是她的客人,必须休息,好为归程做准备。

白昼轻轻地从围拢他们的山峰和山脊上溜走,夜幕静静落下。在那间简陋的小屋里,在那孤独的峡谷里,这对男女的生活原本是两条溪流,现在终于汇聚在一起。他们俩坐在炉火旁,前一天晚上，逃犯就坐在这里，把自己的往事告诉了西比尔。

时间尚早，西比尔却坚持要亚伦在她铺好的床上就寝。当他抗议时，她笑着说："那好吧，不过你得一个人坐着。"道了声"晚安"，她就退到小木屋另一边角落里自己的床上。他跟她说了一两次话，但她不予回应。他躺在树枝铺成的床上，几分钟后就睡着了。

在余烬暗淡的火光下，女孩从床上悄悄爬起来，穿过房间来到壁炉前，在燃烧的火堆上添了根木柴。她站了一会儿，借着火光望着那个熟睡的男人。随后，她悄无声息地溜到他身边，跪下来轻吻了他的前额，就又蹑手蹑脚地回到了自己的床上。

· ※ · ※ ·

整个下午，布莱恩·奥克利都在训练有素地循着模糊的踪迹查找那个开车来送补给的人，而那个人的尸体现在正躺在悬崖脚下。当黑夜降临时，这个山里人吃了一顿冷餐，在山道旁，他用熟练的木工手艺临时搭了个简陋的帐篷供夜间休息。清溪源头附近，杰克·卡尔顿在去花岗岩峰的路上，裹着毯子在松树下休息。深夜里的某个地方，那个救了西比尔·安德烈斯和亚伦·金的人，像一个担惊受怕、被追捕的动物一样逃走了。

· ※ · ※ ·

天刚破晓,西比尔就起床准备早餐,她如此安静地走来走去,忙着自己的琐事,没有吵醒画家。她做好早饭,叫他起床。他跳了起来,宣称他感觉自己重获新生。早餐结束后,他们即刻动身。

当他们走到峡谷顶端的悬崖时,西比尔停住脚步,畏缩不前,用颤抖的双手捂住了脸,她有生以来第一次害怕踏上山路。亚伦温柔地领着她越过岩架,从另一边的峡谷边缘往回走了一点儿。

五分钟后,他们听到一声叫喊,布莱恩·奥克利正朝他们走来。西比尔又哭又笑地跑去迎接他,而那个曾经多次直面死亡也毫不畏惧、毫不动容的山里人,此刻把西比尔搂在怀里,哭得像个孩子。

西比尔和亚伦简要叙述了他们与森林管理员相遇前发生的事件,然后对方反过来又告诉他们,他是如何循着车辙,找到了隐藏的补给,并从那里开始顺着詹姆斯·拉特利奇的脚印走。说完他问了女孩几个问题,然后沉默了。他们猜测着他的想法,没有打扰他。片刻后他说:"杰克约在中午时分到达花岗岩峰,他骑马带着西比尔,我们会在天黑前回到清溪源头。你们两个年轻人先在这里等我一会儿,我想到下面稍微看看。"

当他朝峡谷走去时，西比尔跳起来扑到他怀里。"不，不，布莱恩·奥克利，你不能……你不能这样做！"

森林管理员紧紧地抱着她，低头看着她那双乞求的眼睛，笑着问："你以为我会做什么呢，小姑娘？"

"你要下去追寻那个救了亚伦……也救了我的人，但你不能这样做。我才不管你是不是警官，他是不是逃犯！我不会让你做任何可能导致他被捕的事。"

"上帝保佑你，孩子，"布莱恩·奥克利答道，"我所知道的唯一的逃犯，据我判断，去年已经死在了山中的某个地方。如果你不相信，可以查阅我对此事的正式报告。"

"那你不是打算去追查他从哪条路逃走的吗？"

"听着，西比尔，"森林管理员严肃地说，"詹姆斯·拉特利奇声名显赫，他失踪的消息将传遍世界各地，报纸将大肆报道。搜寻工作一定会在这些山里展开，因为那辆夜间开来的汽车不可能毫无疑点，而且沃尔特警长也知道我对此存有太多怀疑。再过几天，即使是通过秃鹰发现尸体，尸体也肯定能被识别出身份。但是我不能冒险让人找到任何可以辨认出坠崖人身份的东西。"

两小时后，他回到他们身边平静地说："我下去真是太正确了。那真不是个好活儿，但我感觉好多了。现在我们可以放心地完全忘掉这件事。记住……"他说话时紧张的气氛给两个年轻人留下了深刻的印象，"即使是对迈拉·威拉德和康拉德·拉格朗日，这个故事必须也只能是一个不知名的人把你——西比尔，从你的马上带走了。当亚伦找到你的时候,那人就逃走了。我们会让警长,或者任何人,来解开那辆汽车和吉姆·拉特利奇的失踪之谜。"

在离花岗岩峰半英里的地方,他们遇到杰克·卡尔顿。正如布莱恩·奥克利所料,天黑时他们安全到达了清溪源头。他们这一路走的是森林管理员熟悉的路线,比那个逃犯和女孩曾走的迂回的路线更好走,路程也更短。

午夜刚过,三个朋友告别年轻的卡尔顿,穿过峡谷前往西比尔的老房子。

第四十章
面对真相

正如布莱恩·奥克利所预料的那样,詹姆斯·拉特利奇失踪的新闻占据了从东海岸到西海岸各地报纸的专栏。在每一篇文章中,他都被冠以"杰出公民""著名评论家""艺术界翘楚""当代最伟大的权威之一""现代学派领袖""对这个时代的艺术创作产生巨大影响的人"等诸如此类的头衔。不知名的山区女孩被绑架和被解救的故事只是当天的新闻,但是詹姆斯·拉特利奇的失踪却让媒体一连忙了好几个星期。这个事件的结局可以用一句话简单概括,那就是谜团从未被破解。

至于把西比尔绑架到山里而后逃跑的那个未知的人,世人都没有听说过。至于那个已经死亡但并没有死在山里的逃犯,世人也一无所知,也就是说,这个世界对逃犯与此事的关联毫不知情。但几年后,亚伦和西比尔知道了亨利·马斯顿的遭遇——这完全不属于本故事，不再赘述。

当他和康拉德·拉格朗日返回橘园的家之后，亚伦·金马上投入创作中。此次创作的用意与促使他第一次在画室里拿起画笔，眺望群山和玫瑰园时的动机截然不同。

日复一日，他沉浸在一幅伟大作品的创作中——"物质的盛宴"。他体会到创作者的快乐，用他的艺术为崇高的目标而献身——与纯粹运用技能而带来的稍纵即逝的快乐完全不同。这位画家现在不需要强迫自己去完成某幅画作，不必像街角行乞的音乐家，为了掉在锡杯里的硬币而勉强自己为路过的人群演奏。他宁愿用娴熟的作画技巧和工具，来充分表达对伟大真理的坚定信念和对真理在这世界上悲哀诉求的领悟。现在他不再是技巧与知识的奴隶，去努力创造一件仅仅是为了炫技的作品。他是主宰者，迫使艺术媒介为他服务；反过来，他也被迫为掌控他的真理服务。

有时在晚间，他和康拉德·拉格朗日会一起去隔壁的小房子；有时在下午，西比尔和迈拉·威拉德会顺道去画室看看。这个女孩再也没有独自去过画室。但是每天，当这位画家作画时，小提琴的乐声就会带着山峦的信息从橘园里传来。画架前的画家正确解读了信息，创作并等待着，确信等她准备好了，她就会来找他。

泰恩夫人来信频繁。康拉德·拉格朗日养成了把每日的信件带到画室的习惯。所以，亚伦·金总是在对方好奇的目光下读着这些信，再仔细地把它们撕成碎片，扔到废纸篓里，不发表任何评论。

有一次，小说家故作严肃地问道："年轻人，你没有想过被审判的日子吗？你知不知道你的罪必定会找上你？"

画家笑了："我相信律法里是这么写的。"

对方则郑重其事地说："你的鲁莽只会加速结局，如果你不回信，很快你将会被迫当面迎接后果。"

"我想是这样的，"画家淡然地回答，"但是我已经准备好答案，你知道的。"

"你是说那幅肖像画？"

"是的。"

小说家冷笑："我想它会助你达成目的。但是相信我，会有苦果的！"

泰恩夫人回到费尔兰的当天就来找画家，此时他正在画室里绘制大幅作品。

刚好是下午，康拉德·拉格朗日和沙皇已经散步去了，但像往常一样，只走到隔壁邻居那里。叶凯在门口迎接泰恩夫人，含糊地解释说画家正在画室忙他的作品，他会去向金先生通报泰恩夫人来了。

"没关系，凯，我亲自去告诉他。"她边走边答，在中国人阻拦之前，她已经走在去画室的路上了。

"可恶！"对方痛陈道，然后退到他的厨房里反复思考"美利坚女人"的生活方式。

泰恩夫人轻轻推开画室的门,画家站在画架前忘我地工作,没有注意到她的存在。女人站在那里看了好一会儿,眼里只有他没有画。当他迟迟没有发现她时,她说:"你忙得连看都不看我一眼吗?"

他吓了一跳,转身面对她,又立马回过身来,伸手就想拉上画架的帘子,但是转念一想,又收回手,瞬时改变了主意。他反而把调色板和画笔放在颜料盒旁边,笑脸相迎:"你好,泰恩夫人,你什么时候回到费尔兰的?泰恩小姐和你在一起吗?"

"露易丝在国外,"她答道,"我……我更喜欢加州。我今天下午到的。"她朝他走了一步,"你……你见到我看起来不太高兴。"

画家的脸一下子红了。但泰恩夫人没有等他回应,便继续充满激情地说:"你要是知道我为你做的一切就好了!——我建了关系网,发挥与我相关的影响力,也和评论家及记者谈好了!当然,你理解,泰恩先生刚死不久,我不能明目张胆地做任何事,我一直都很忙,但照样把一切都安排妥当了。当我们的画在下一季展出时,你会发现自己不仅在艺术界出了名,在社交界也获得了成功。"她顿了一下,看他仍不说话,就带着忧愁的神色继续说道,"不过,我的确想念吉姆的帮助。他失踪的方式很可怕不是吗?你认为他在哪里?我不能……也不愿……相信他出了什么事,这一定只是他的一个计划而已,让自己成为谈论的焦点。当报纸停止刊登关于他的专栏时,你会看到他再次安然无恙地出现,我太了解吉姆·拉特利奇了。"

画家想到悬崖下那具被食腐鸟啄得光秃秃的尸骸。"这似乎是当今一个未解之谜。"他说,"毫无疑问,这也是司空见惯的事。如果有人知道答案就好了。"

显然,泰恩夫人回费尔兰的时间还不长,并未听到西比尔失踪的故事,画家为此暗自庆幸。

"有一件事让我很高兴。"那女人滔滔不绝,一门心思想着她来访的主要目的,"吉姆在他走之前已经为你的画写了一篇精彩的评论,它在我手上。报纸上所有关于他的报道只会有助于让人们关注他对你的评价。世人对他本人和他对艺术的贡献赞不绝口,你知道——这一切肯定会帮助你的。"她等待着他的赞许,等待着他的感恩戴德。

"我想,泰恩夫人,"他慢条斯理地说,"恐怕你弄错了。"

她紧张起来,强颜欢笑地回答:"我不会错,这场游戏里我是个老手,不可能不知道自己敢走和不敢走到哪一个地步。"

"我不是那个意思,"他答道,"我是说我不能尽我的职责,恐怕你看错我了。"

她轻松地笑了。"真是胡说八道!当然,我喜欢你的谦虚——那将是你最大的魅力之一。但如果你是担心你作品的质量——亲爱的,不用管它。一旦我让你扬名立万,没人会去真正鉴赏你作品的好坏。成名的技巧不在于你做了什么,而是你在世人面前如何得到名望。问问康拉德·拉格朗日,我有没有说错吧!"

"至于这一点,"画家回道,"拉格朗日先生完全同意你的观点。"

"但你现在在画什么?这幅也准备展出吗?"她的目光越过他,望着那块大画布。他走到一边,好奇地看着她。

这幅画的一部分虽然还是底稿,但线条和色彩却在诉说着泰恩先生去世的当晚,在费尔兰高地的晚宴上聚集的那群人的真实灵魂。被泰恩夫人召集并引见给亚伦·金的那些人物,他虽不是在画他们的肖像,却极其逼真,惊人地还原了这些人真实的生活和品性。画中的一个人,高举着酒杯,醉醺醺地站在桌前,满脸兽性和淫欲的表情,病态萎缩的四肢,垂死又放荡的眼睛直勾勾地盯着漂亮的女音乐家,这很可能就是泰恩先生本人。一群杰出的作家、评论家、社交界和财富的代表们沉醉于纸醉金迷的宴会;康拉德·拉格朗日脸上浮现出冷嘲热讽的微笑;泰恩夫人装模作样的端庄打扮只为了强调她的寡廉鲜耻;在满脑子污秽的人群之中,站着天性至真至纯、气质淳朴自然的山林少女,正用小提琴演奏他们没有能力欣赏的音乐。画家把那晚亲眼所见的景象重现在画布上。这幅画高声控诉着那个阶级衰退的理智和堕落的心灵,他们以文化、艺术领袖自居,通过认可、赞誉绘画或文学作品中危险的谎言和虚伪,使詹姆斯·拉特利奇这样的人物走上神坛。

亚伦·金观察着泰恩夫人，见她盯着画架上的那幅画，脸上浮现出游移不定的神色。有一次，她扭头看向他，好像要说点儿什么，但是又一语不发地回头盯着那幅画。她似乎感到迷茫和困惑，仿佛窥见了作品中一些她无法正确理解的东西。然后她看着画，眼神透着轻蔑，漠然的语调里带有明显的讥笑，她说："真的，我想我不喜欢你画这类作品。"她冷笑一声，"它令人想起我们家的那次晚宴，你不觉得吗？我猜，那个是拉小提琴的女孩吧！"

"这里面没有任何人的肖像画，泰恩夫人。"画家平静地说。

"没有？好吧，我想你最好还是坚持画肖像类的作品吧。不过，这是一幅很好的画，"她思虑过后承认了，"它，它很抓人眼球，我似乎无法摆脱它。我能预见这幅画会引起轰动。但还是那句话，我就是不喜欢。它不像你画我的肖像那般好。顺便问一句，"她热切地从大画布旁转过身来，好像很高兴避开了令人讨厌的话题，"你还记得吗？我还没有见过我的新肖像画，你把它放在哪里了？"

画家指了指另一个画架，就在他现在用的画架旁边。"在那儿，泰恩夫人。"

她欣慰地笑起来："哦，你一直把它放在画架上！"然后又娇嗔地补充道，"你把它搁在手边，是经常看吗？"

"是的，"画家说，"我必须承认我经常看这幅画。"但他没有解释为什么他在画大作品时要看她的肖像。

"你真好!"她回答,"现在请让我看看吧。我记得你想重画肖像时说过你会把对我的看法揉进画像中,对吧?我想知道!"

"我宁愿你自己判断,泰恩夫人。"说完他拉开了遮住画的布帘。

那个女人看着亚伦运用他掌握的所有绘画技巧来创作的自己的这幅画像,当时她摆姿势时脸上所有的表情都惟妙惟肖地体现在这幅画作上。她满脸错愕地站在那里,随后带着恐惧和羞耻后退,仿佛画中的人物在指责她就是那样的人。

她望向画家,哀求地低声说:"这是……是……真的吗?我……是这样的吗?"

亚伦·金回忆起她是如何把他深爱的女孩逼近几近受辱的境地,也想起悬崖下的那堆皑皑白骨,就带着正义的口吻答道:"夫人,至少这幅画比你对安德烈斯小姐说过的话更真实,就在这间画室,你离开费尔兰的那天。"

她勃然大怒,气得脸色发白,但她克制住自己说:"你情妇的肖像画在哪里?我想再看看。"

"乐意之至,夫人。"画家答道,"因为你是女人,所以这是我对你的指控唯一的回答,请允许我说,情妇之说是假,而你的肖像是真。"

他很快又把另一个画架推到泰恩夫人画像旁,拉开了帘子。

这种效果,有一刻甚至让泰恩夫人也哑口无言——但只是一时而已。她的品格是由其所属阶级的思想和精神多年培育而成的结果,不会因为一幅真实的绘画作品而改变。那个女人的目光从这两幅肖像转向那幅更大的画,然后她面对着画家。

"你这个蠢货!"她尖刻又怒气冲冲地叫着,"哦,你这个蠢货!你以为我会允许你展出这样的垃圾吗?"她挥手指着这三幅画,"你以为我会为了你这样的回报,而把你拽上社会地位的阶梯,让你名利双收吗?"她指着自己的肖像,"呸!你休想……休想!我一定是疯了,才想把你塑造成什么名人。至于你宣称已经画出了真相这种愚蠢的说法……"她抓起桌上工具堆里的一把大调色刀,跳到自己的肖像前,砍划着画布。画家岿然不动,并未出手阻止。当画变得残破不堪后,她一把扔到他的脚边。"给你,你的真相,金先生!"她又迅速地走向另一幅画像。

但画家猜到了她的意图,抓住她的手。"那幅画是你的,夫人……而这幅是我的。"他的声音听上去有获得胜利的喜悦。

亚伦·金和泰恩夫人都没有注意到,有三个人从橘园穿过树篱拐角处的小门进入了玫瑰园。康拉德·拉格朗日、迈拉·威拉德和西比尔故意去画室打断画家的工作。他们有时——正如康拉德·拉格朗日所说——会组成一支三人救生队,当灵感之浪即将淹没画家时,他们就把他拖到安全的地方。当然,沙皇也积极地参与了这些救援行动。

当三个朋友走近从花园通向院子的、离画室门口仅几英尺的拱门架时,泰恩夫人愤怒的声音从敞开的窗户清晰地传了过来。

康拉德·拉格朗日止步。"显然,金先生有客人。"他冷冷地说。

"是泰恩夫人，不是吗？"西比尔轻声问，她听出了那个女人的声音。

"是的。"小说家回答。

那个毁容的女人连忙说："来吧，西比尔，我们得回去了，现在不要去打扰金先生。拉格朗日先生，你们两个今晚过来吧！"他们看到她面色惨白，惊恐万分。

"如果你不介意的话，我想我会和你一起回去。"康拉德·拉格朗日咧着嘴笑道，"我也不想在里面插一脚。"对正朝着画室门口走去的那只狗，他补充道，"沙皇，你不能去打扰那位女士，你不是她那一阶级的。"

他们正要走时，泰恩夫人的话语再次清清楚楚地从窗户传来。

"哦，很好，祝你拥有幸福。不过，我向你保证，世人永远不会见到你情妇的画像。如果你敢展示它，我就会去见那些你必须寻求赞助的人，让他们了解你是如何找到画中原型的——一个无知的山野女孩，并把她带到你的画室与你一起生活。在费尔兰关于此事的闲言碎语已经够多了，但我的影响力阻止了它进一步扩散。你可以非常肯定，从现在起，我不会竭力去辟谣了。"

玫瑰园里的朋友们又一次不由自主地驻足，西比尔低声惊呼。

康拉德·拉格朗日看着迈拉·威拉德。"我想，"他轻声说，"时机已经到了。你能做到吗?"

"是的。我……我……必须得做到。"毁容的女人答道。西比尔走在前面一点,没有听到小说家的话,因此迈拉对她说:"亲爱的西比尔,你能先回家吗?拉格朗日先生会陪着我。我……我过一会儿去找你。"

那姑娘看了康拉德·拉格朗日一眼,照办了。

"跟西比尔去吧,沙皇。"小说家说。于是,一人一狗很快穿过花园走了。

在画室里,亚伦·金错愕地看着那个愤怒的女人。"泰恩夫人,"他平和而有尊严地说,"我必须告诉你,我希望娶安德烈斯小姐为妻。"

她厉声大笑。"那和绯闻又有什么关系呢?"

他简单地回答:"我想,如果你知道,这将有助于你了解情况。"

"我很了解情况。"她反唇相讥,"但你似乎不了解。情况是这样的:我……我对你很感兴趣……因为你是个艺术家。我,以我在世界上的地位,能够帮助你,便委托你为我画肖像。你是个无名小卒,在世界上没有名声没有地位。我本可以给予你成功;我本可以把你引荐给那些你成功之路上必须结识的人,我的影响力能确保你得到权威们的好评,那些人擅长让你这样的人声名大噪;我本可以让你变成时尚宠儿;我本可以让你出名的。但现在……"

"现在,"亚伦·金从容地接话,"你将发挥你的影响力来阻碍我的艺术事业。因为我不献媚于你,你就要用一切力量来毁灭我。这就是你的意思吗,泰恩夫人?"

"你已经做出了选择,就必须承担后果。"她冷冷地回答,转身欲离开画室。

画室门口站着那个毁容的女人。

旁边站着康拉德·拉格朗日。

第四十一章
野兽的印记

当泰恩夫人将要离开画室时,那个毁容的女人叫住她:"等等,夫人,我必须和你谈谈。"

亚伦·金忆起他刚到费尔兰的那天,在火车站发生的奇怪的那一幕。

"我跟你没什么好说的。"泰恩夫人冷漠地答道,"请让开。"

但是康拉德·拉格朗日悄悄地把门关上了。"我想,泰恩夫人,"他漠然道,"你会对威拉德小姐的话感兴趣的。"

"哦,很好。"对方回答并充分了解了当下的形势,"显然,你听到了我刚才对你所庇护的同伴说的话。"

小说家应道:"是的。夫人,请接受我的赞美,你做得很好。"

"谢谢!"她反驳,"我看到你仍然扮演着守护者的角色。你可以告诉你负责的那个人,我是否对他的……啊……我因他所谓的艺术责任心而将要做的事情是错的吗?"

"金先生知道你没有错,事实上,你已经相当温和地阐述了后果。这是一个可悲的事实,但这就是现实,最高尚的作品往往不被世人认可,被迫蒙尘;而通过精妙的方法,那些糟粕却受到世人赞赏。泰恩夫人,你无疑拥有你所夸耀的那股力量,但是……"

"但是什么?"她得意扬扬地说,"你认为我会犹豫要不要使用我的影响力吗?"

"我知道你不会使用你的影响力……在这种情况下。"他的答案令人出乎意料。

她讥笑道:"为什么不呢?有什么可以阻止得了?"

"世上有一件事是你害怕的,夫人。"康拉德·拉格朗日回敬,"那就是,世人的眼光。"

亚伦·金听了颇为惊讶。

"我想我不明白。"泰恩夫人冷冰冰地说。

"不明白?这就是威拉德小姐将要解释的。"小说家回答。

她傲慢地转而面对毁容的女人。"这个可怜的家伙能对我的计划说些什么呢?"

迈拉·威拉德柔和又悲伤地问:"夫人,你一点儿仁慈和同情心都没有吗?难道你心里只有残忍的自私吗?"

"你太无礼了!"对方厉声呵斥,"说你要说的话,别啰唆。"

迈拉·威拉德走到那女人跟前，久久地凝视着她的脸，对方则轻蔑又无情地回看她。

"我为你感到遗憾。"迈拉·威拉德一字一顿地说，"我本不想说出来，但当我知道你在画室里对西比尔说了什么，还有几分钟前我无意中听到你对金先生说的那些话之后，我就不能再保持沉默。"

"继续，"泰恩夫人没好气地回应，"赶紧把你要说的说完。"

迈拉·威拉德照办了。"泰恩夫人，二十六年前，你的监护人——詹姆斯·拉特利奇的父亲赢得了一个年轻女孩的爱。她是谁无关紧要。她美丽单纯，这是她的不幸。夫人，这个世界有太多像拉特利奇先生和他儿子那样的男人了，因此美丽和纯真常常带来痛苦和悲伤。那个女孩不知道那个男人的真名——以为他是她的爱人，她原以为他成了她的丈夫。接着她生了一个孩子，在她眼里是以妻子的身份生了这个孩子，这位年轻的母亲很高兴。有一段时间，她很幸福。

"然后，梦醒了。年轻的母亲怀抱着她的孩子，像所有幸福的母亲们一样唱着歌。这时，一个陌生女人出现在敞开的房门口，她是个漂亮的女人，穿着华丽，但她的脸被愤怒扭曲了。年轻的母亲不明白，她那时不知道那个女人是拉特利奇夫人——她孩子父亲真正的妻子，事后她才知道这件事。站在门口的那个女人举起了手，像是要扔什么东西过来，那位母亲本能地低下头来保护她的孩子。然后什么东西击中了她，像火一样灼烧着她的脸和脖子。她痛苦地尖叫，然后昏了过去。

"我想，故事的其余部分无关紧要。受伤的母亲被送往医院。当她康复后，得知拉特利奇太太死了——她自杀了。后来，拉特利奇先生作为监护人抱走了孩子，抚养成人。他告诉全世界，孩子是一位亲戚的女儿，在孩子出生时她的母亲就去世了。你必须明白，当那个被毁容的母亲知道了事情的真相时，她觉得如果孩子出生的秘密不为人所知的话，对这个小家伙来说会更好。富有的拉特利奇先生可以给她最好的文化和社会地位，她会成长为一位名媛，而且不会有任何的污点。因为这个母亲觉得自己亏欠了孩子，她同意从此销声匿迹，这也是她唯一能给予孩子的东西。"

"夫人，"迈拉·威拉德缓缓地说，"有一滴灼伤了这位母亲脸的硫酸，落在了她私生子的肩上。"

"天哪！"画家惊呼道。

在迈拉·威拉德叙述故事的整个过程中，泰恩夫人像被石化了似的。最后，她盯着那个女人毁容的脸庞，仿佛被恐惧钳制住了，同时她的手伸向连衣裙的纽扣，解开了扣子。她没有意识到自己在做什么，就跟魔怔似的，也没有把视线从迈拉·威拉德那张被毁坏的面容上移开。她解开了裙子腰部的纽扣，露出了右肩。有一道很宽的伤疤，如同她母亲脸上的伤疤一样。

迈拉·威拉德在母性的驱使下向前走去。"我的宝贝，我可怜的，可怜的女儿！"

这些话打破了魔障。泰恩夫人带着一种冷酷、不可征服的骄傲神情，向后退去，同时望向康拉德·拉格朗日。"现在，"她一边说，一边迅速地重新整理了衣服，"你最好告诉我你为什么要这样做。"

迈拉·威拉德背过身子跌坐在椅子上，面无血色，浑身颤抖。亚伦·金快步走到她身边，把手轻轻地放在她的肩上，等着小说家开口。

康拉德·拉格朗日说："威拉德小姐是受我之托来讲这个故事的。我让她把一切讲出来，是因为这将赋予我能力来保护这两个对我来说比全世界都重要的人。"

"我明白了，你还是充当守护者的角色。"泰恩夫人嘲讽道。

"没错，夫人。碰巧这起事件刚刚发生时，我是某家报社的记者，为媒体写了这个故事。事实上，这就是我写黄色新闻的开端，你所认识的小说家就是从那里毕业的。泰恩夫人，我对新闻界的游戏了如指掌，我知道这个故事的真相。请允许我说，我知道如何以公认的新闻风格写作，而且我的名气将能保证这件事广为传播。继续实施你的威胁，我向你保证，我将为这条受人瞩目的新闻添加桃色秘密，并发表在美洲大陆的每一份报纸上。来看看这些新闻头条？'惊人揭露''美丽的泰恩夫人肩膀的秘密''为什么社交界的领导者会让保守成为自己的时尚标签''社交名媛的出身'，你明白了吗，夫人？如果利用你的势力来干涉或阻碍金先生的事业，或者对你编造的安德烈斯小姐品性的谎言袖手旁观,那么我将利用我的笔和声望,在世人面前揭开你的本来面目。"

有那么一会儿,泰恩夫人挑衅地看着他。然后,当她领悟到他话中全部的意义时,她慢慢地低下头。

康拉德·拉格朗日打开门。

当她往外走的时候,那个毁容的女人朝前走去,哀求地伸出双手。

泰恩夫人连头都不回,快步走向小别墅前面等着的那辆大汽车。

第四十二章
亚伦·金的成功

冬季已经过去。

亚伦·金坐在刚画完的作品前——时至今日,这幅作品仍被悬挂在世界上最伟大的画廊之一的显著位置,画布上的色彩依旧鲜亮。经过最后一次细心的润色,画家已经把他所要表达的最好的信息注入他的作品中。在每条线和每一笔的背后,都体现着对作品价值的深刻信念。他坐在画架前,手里拿着画笔和调色板,已经有一小时没碰过画布了,他一笔也不用再加了。

他把画具放在一边,走到书桌前,从抽屉里拿出一包他母亲的信。他把一张高背扶手椅推到他的画前,又坐了下来。他读了一封又一封,几乎每读一句就从信上抬眼看向作品,好像他把自己的作品上交接受最后的考验——事实上,也的确是这样。他读到最后一封信的时候,康拉德·拉格朗日走进画室,沙皇紧随其后。

每天，当这幅画在画家的笔下不断变化时，他的朋友已经目睹了它呈现的美丽和力量。现在他无须再提及刚完成的这幅画了。

"好吧，小伙子，"他说，"又在读信了？"

沙皇把头搭在画家的膝盖上，对方则抚摸着它丝滑的鬃毛，回答道："是的，两小时前我完成了这幅作品。我一直在独自审视自己的作品。听着，"他读着手里的信：

"你胸怀远大抱负是对的，我的儿子，否则你就不是我的孩子。如果一个人没有强烈的愿望，来提升自己达到远超现有水平的高度，那么他就会成为人生大道上的落伍者，只是人生路边的一个游手好闲、懈怠懒惰、好逸恶劳的人。随着岁月的流逝，很容易滑入人类最可鄙的地方——寄生虫的地方，那些对人类的财富毫无贡献，却从经过身边的劳苦大众身上汲取营养的寄生虫。但是雄心壮志必须是高尚的，我的孩子，就像其他天赋一样，引导人们走向上帝，它必须受到崇高思想的控制。仅仅为了地位和权力而奋斗，而不具备与之相匹配的拯救世人的责任感，这是卑鄙无耻的。我明白这种野心——总有一天你也会明白的——不是祝福，而是诅咒。这是我们这个时代正在遭受的痛苦的诅咒，如果它不被解除，它将继续削弱这个种族的力量，毒害他们的生命。

"亚伦，因此我将赐予你抱负，一个可靠的、值得为之奋斗的抱负。我要求任何出自你手的作品，都要经过至高无上的、最后的考验，可能是如此的考验：作品要令你自己感到满意——即使你独自面对它时也不会感到羞耻，而是可以直视它。当你因你的所作所为而被道德法庭审判时，最终判决不是由评论家、权威、民意裁定，甚至不是由法律或宗教裁定，而必须是由你，由你自己做出裁决。这也是真正的裁决，我的儿子，单凭自我审判的结果，你要么将真正地活着，要么将真正地死去。"

在世人眼中如此著名，在他自己看来却如此臭名昭著的小说家说："这就是当我和她年轻的时候，她试图让我相信的。但我没能相信，没能接受。我想，如果我能赢得名声，那她就……"他没再说下去。

"可是你让我接受了，老朋友。"画家由衷地喊道，"你让我睁开了眼睛，帮助我理解了我母亲，因为单凭我一个人永远也无法理解她。"

康拉德·拉格朗日笑了。"也许吧！"他出人意料地承认了，"毫无疑问，糟糕的榜样有时也可以起到好的教育效果。继续审视你的作品吧，我不耽误你了。走吧，沙皇。"

尽管画家挽留了他，他还是离开了画室。

画家把信收起来的时候，小说家和狗穿过玫瑰园和橘园，直奔隔壁的小房子。他们的步态好像在执行一项明确的任务。

西比尔和迈拉·威拉德坐在门廊上。

"你好，邻居。"当这位著名小说家高大、粗陋的身影出现时,女孩叫道:"你看起来像个通信兵,战地最新消息是什么?"

"一切都结束了。"康拉德·拉格朗日回应了迈拉温和的问候,并坐在了西比尔搬来的椅子上。

"那幅作品?"女孩急切地说,脸颊忽然红了,"完成了吗?"

"完成了,"小说家回答,"我离开时,他正对着画出神,就像一个母亲对着刚出生的婴儿发呆一样。"

他们都笑了起来。过了一会儿,西比尔溜进屋子,再没回来,毁容的女人和著名的小说家眼含笑意地对视着。沙皇突然来了兴趣,朝房子的角落跑去,他的主人暗示性地说:"沙皇,你最好和老人家们一起留在这里。"

· ※ · ※ ·

西比尔穿过房子,从厨房的门走出来。她轻快地跑过橘园,来到知更草树篱角落的小门。她顿住迟疑了一下,然后,蹑手蹑脚地溜进了玫瑰园,飞快地奔到凉亭的隐蔽处。她拨开藤蔓的屏风,望着画室。

在那扇朝北的大窗户和花园一侧的窗户之间,她看到了画家,还看到了画架上的大画布。但亚伦·金并没有在看他刚完成的作品,而是坐在另一幅画前。这幅是他凭感觉画出来的,从那位在玫瑰丛中伸出双手为他摆好姿势的姑娘和她的美好与可爱中,他不仅仅看到了真实,也看到了他对她的爱。

西比尔轻声笑了笑，往后退去。就像走到凉亭前那样敏捷，她穿过了花园，不出片刻，又在画室门口停了下来，犹豫了——然后，悄悄地打开门——她的动作如此轻盈，以至于沉醉于幻想中的画家没听到一点儿声响。她站在那里看了他一会儿，接着盈盈地朝他挪了几步。画家似乎感觉到了她的存在，开始四处张望。

她如同画中的站姿，伸出双手，嘴角挂着欢欣的微笑，眼里闪烁着喜悦的光芒。

当他从画架前的椅子上站起来时，她朝他走了过去。

· ※ · ※ ·

几天后，西比尔山上的老房子里举行了一场安静的婚礼。除了那两个年轻人和牧师，在场的只有布莱恩·奥克利、奥克利夫人、康拉德·拉格朗日和迈拉·威拉德。几位朋友为这对新人收拾了老房子，在仪式结束后吃了一顿简单的正餐，就顺着峡谷回到了护林站。

西比尔和亚伦手挽手，站在那条老路绕过的雪松丛的转弯处，也是画家第一次看到这个女孩的地方，目送朋友们离去。从咆哮的清溪对岸，朋友们转身挥动帽子和手帕，站在雪松树荫下的两个人做出了回应。沙皇欢呼祝贺，随后马车消失在荒野中。

两人没有回身后的房子，而是心有灵犀地一起沿着峡谷出发。

很快,他们就站在了古老的泉边空地上。桤木树干光滑、青灰色的树皮上,还残留着久远的恋人们的记忆;光线透过树叶、树枝、藤蔓和铁线莲的帷幕,柔和地洒在花岗岩巨石和水芹点缀的泉水上,就像透过一座宁静的大教堂的窗棂倾泻而下;远处山溪的咆哮声在空气中颤动,就像一架大管风琴奏出的深沉音调。

西比尔穿着棕色的登山装坐在巨石上,这时画家轻轻地说:"看!"

她随着他手指的方向抬起眼睛,看见两只蝴蝶——很可能是以前的那一对——从铁线莲的帷幕缝隙中穿越而来,嬉戏追逐着。女孩双唇微启,两颊绯红,注视着蝴蝶。然后——当这对美丽的生灵在空中跳着华尔兹舞,在她头顶上方旋转的时候——她站了起来,几乎像她那些长着翅膀的同伴一样,轻盈、优美地伴随着蝴蝶起舞。

舞动双翼、象征着天真和纯洁的蝴蝶,越过一排柳树飞走了。西比尔脉脉含情,唇上绽放出一抹浅笑——亦真亦幻地望着她的伴侣。亚伦·金张开双臂,她翩然向他走去。

全文终